LA ROSA DE HIERRO

MARSHA CANHAM

LA ROSA DE HIERRO

Titania
ARGENTINA - CHILE - COLOMBIA - ESPAÑA
ESTADOS UNIDOS - MÉXICO - URUGUAY - VENEZUELA

Título original: *The Iron Rose*
Editor original: Signet
Traducción: Rosa Arruti

© 2003 *by* Marsha Canham
© de la traducción: 2004 *by* Rosa Arruti
© 2004 *by* Ediciones Urano, S. A.
   Aribau, 142, pral. - 08036 Barcelona
   www.titania.org
   atencion@titania.org

ISBN: 84-95752-59-X
Depósito legal: B- 17.648 - 2004

Fotocomposición: Ediciones Urano, S. A.
Impreso por Romanyà Valls, S. A. - Verdaguer, 1 - 08786 Capellades
(Barcelona)

Impreso en España - *Printed in Spain*

Al nuevo rayo de sol en nuestras vidas,
Payton Taylor Glenna Canham.
La abuela y el abuelito llevaban
mucho tiempo esperando la ocasión
de poder malcriar a una preciosa niñita.

Prólogo

Agosto 1614

*T*al y como tantas veces había oído decir a su padre durante los momentos previos al disparo de la primera andanada, era un buen día para morir. El sol era un abrasador ojo blanco en un cielo tan azul y claro que quedarse mirando hacia arriba demasiado rato resultaba doloroso. No obstante, en aquel momento, quedarse mirando cualquier cosa durante tan sólo una fracción de segundo era una opción poco recomendable. Sin tiempo a pestañear, entrevió otro destello de frío acero, de nuevo el impacto de las espadas, el choque y el contacto de sus largas hojas en medio de una rociada de chispas azules.

Juliet empezaba a sentir la presión en su muñeca. Aguantó la furiosa ofensiva de su contrincante todo lo que pudo y luego, volviéndose y agachándose con un solo movimiento fluido, se apartó y permitió que el instinto reemplazara a la fuerza, que empezaba a flaquear. Tras ella surgió una segunda sombra con el rostro ensangrentado pero con una intención letal en su concentrada mirada, y Juliet soltó una maldición. Dio un brinco a un lado, pero se encontró arrinconada entre las llamas de un palo ardiendo y el grueso cañón de una medioculebrina de veinticuatro libras. Los dos españoles, momentos antes desesperados al ver que su vida corría peligro, se percataron del aprieto en que ella se encontraba y estrecharon filas, empujándola contra la baranda. Uno de ellos masculló algo en voz baja y se agarró la entrepierna. El otro soltó una carcajada y se lamió las puntas de sus mugrientos dedos para darle su beneplácito.

La espada de Juliet atacó con un brillante centelleo de luz solar. El sonriente español vio salir por los aires sus dedos, que aterrizaron con una salpicadura de chorros rojos sobre la cubierta. Mientras el soldado aún intentaba recuperar el aliento para gritar, Juliet se volvió hacia su secuaz sin perder un segundo. Dibujó en su rostro una mueca más amplia, una línea de oreja a oreja que le cortó la yugular limpiamente. Cuando el español empezó a desplomarse hacia delante, ella le apartó a un lado con la bota y saltó con gracia sobre el cuerpo convulso para escapar de otro huraño atacante que se apresuraba a ocupar el puesto del anterior.

Juliet levantó la espada mientras su cuerpo delgado se preparaba para recibir un poderoso golpe descendente que pretendía partir en dos su cráneo. El impacto se propagó con una sacudida por sus brazos, convulsionó sus hombros y la obligó a doblarse hacia atrás sobre la borda. La furia del golpe le hizo soltar un gruñido, luego una maldición, pero fue capaz de frenar la hoja el tiempo suficiente para llevar la mano izquierda hasta el cinturón y sacar su daga. La hoja de ocho pulgadas, afilada como una aguja, perforó el jubón de cuero del español como un dedo perfora la manteca.

Juliet apenas había tenido tiempo de recuperar el equilibrio cuando avistó el relumbre de un morrión de acero. El arcabucero se había situado estratégicamente fuera del alcance de su espada y sostenía con calma su arma sobre un útil trozo de madera rota que le permitía mantenerla en equilibrio, con la mecha humeante y el atrompetado cañón apuntado directamente entre los ojos de Juliet.

Atrapada contra la baranda, poco pudo hacer aparte de observar el dedo del español al apretar el gatillo para soltar el muelle real. Vio el cerrojo del arcabuz saltar hacia delante y tocar la mecha situada ante la cazoleta de cebadura. La pólvora se encendió formando una pequeña ráfaga de humo, prendió la carga principal e hizo explotar a través del cañón la bala de hierro de dos onzas.

Como salido de la nada, un rayo en encaje violeta y plata se cruzó en el camino de Juliet. La embestida del acero apartó a un lado el cañón del trabuco en el momento en que descargaba su bala, y el proyectil se desvió. La espada del desconocido volvió a relucir, encontró un hueco vulnerable entre la coraza de hierro del arcabucero y la banda de piel expuesta por debajo del casco, y el español retrocedió un paso hacia atrás con una salpicadura de brillante sangre roja. Juliet alcanzó a ver el destello de una sonrisa cuando su rescatador se volvió y le tendió una mano enguantada para levantarla de la baranda.

—¿Estáis bien muchacho?

Juliet se encontró mirando los ojos azules más oscuros y profundos que había visto en su vida. En parte los oscurecía el ala de un elegante sombrero de caballero, doblado por un lado hacia arriba en un vistoso ángulo, con una pluma en lo alto teñida del mismo tono violeta que su jubón y pantalón.

—¿Muchacho?

En vez de contestar, Juliet sacó una pistola de su cartuchera cruzada y la disparó, apretó el gatillo con el dedo antes de que el rostro del desconocido tuviera tiempo de registrar alguna sorpresa. El disparo pasó propulsado junto al amplio hombro del desconocido y estalló con un ruido sordo en el pecho del español que estaba a punto de matar a uno de los hombres de su tripulación al otro lado de la cubierta. Los ojos azules medianoche siguieron el disparo, luego regresaron veloces a Juliet. La sonrisa volvió a aparecer, amplia y muy blanca a través de un bigote y perilla recortados con pulcritud.

—Buen disparo. Y, sí, ya veo que estáis en buena forma.

Se tocó el borde del sombrero para saludar y luego desapareció, saltando sobre lo que quedaba del pasamanos para reincorporarse al tumulto situado en la cubierta principal. Hacía apenas un instante que le había perdido de vista cuando una explosión brutal volcó a Juliet y la arrojó con fuerza contra el tubo del cañón situado a su lado.

Juliet apartó el rostro mientras una onda expansiva de calor cargada de fragmentos cortantes barría la cubierta. Un gran pilar de llamaradas rojas y naranjas se alzó al cielo, acompañado de los gritos de los hombres a los que había pillado desprevenidos. Todo ello pareció horadar la poca determinación que quedaba en los españoles. Los soldados, de dos en dos o de tres en tres, empezaron a dejar caer sus armas y alzaron las manos en gesto de rendición. Algunos se postraron de rodillas, otros juntaron las manos con gesto suplicante, rogando misericordia.

Juliet se incorporó y corrió hasta la baranda. El combés del galeón era un caos de cuerpos desparramados sobre la cubierta de proa a popa. La explosión no había surgido de los depósitos de pólvora de los españoles, como ella había temido por un momento, sino de la cubierta de la carraca inglesa de menor tamaño que el galeón había amarrado a su casco mediante arpeos.

Precisamente esta distracción, el momento en que los españoles se habían aprestado a caer sobre el mercante inglés para abordarlo, había sido la que había permitido al *Iron Rose*, el barco de Juliet, emerger casi sin ser visto de los bancos de bruma y humo que soplaba el viento. Había llegado con todas las velas desplegadas y soltado una serie de andanadas atroces contra el costado del galeón español que quedaba expuesto, antes de atraparlo con su tela de araña de gruesos cabos. Un grito de «al abordaje» había mandado la tripulación del corsario en masa sobre la nave para unirse con ganas a la refriega. La tripulación del buque inglés asediado, peligrosamente cerca de la derrota, se había recuperado también, y pese al hecho de que el colosal buque de guerra superaba en hombres y armas las dos naves menores... ¡los españoles se estaban rindiendo!

Capítulo 1

—*E*sta vez hemos tenido suerte, muchacha. Una suerte rematada. Hay un par de morteros en la proa que, de haberse presentado la ocasión, nos habrían arrancado las tripas igual que se las han arrancado a los ingleses. Ha sido una puñetera suerte, demonios. Si no lo veo con mis propios ojos jamás lo hubiera creído.

Nathan Crisp era el cabo de mar a bordo del *Iron Rose*. Medía apenas metro cincuenta y cinco, con lo cual sus ojos quedaban a la altura de la barbilla de Juliet, pero tenía un cuello y hombros de bulldog y podía levantar a un hombre dos veces su altura sin forzar ni un solo músculo. Lo que no supiera él del mar, de armas o de navegación con buen o mal tiempo, no hacía falta saberlo. Y pese a ser en ocasiones más arisco que un erizo de mar, Juliet confiaba en él de forma tan incondicional como confiaba en su propio instinto.

—¿Qué daños ha sufrido el buque inglés?

Crisp negó con la cabeza.

—Aún tengo que subir a bordo y echar un buen vistazo, pero está muy por debajo de la línea de flotación y lo único que le sostiene son los cables que lo sujetan a este maldito galeón. Esa última explosión se llevó la santabárbara y la mitad de la cubierta superior.

Juliet inspeccionó la brumosa línea del horizonte.

—Sólo nos quedan unas pocas horas de luz diurna y hay mucho que hacer antes de que podamos ponernos en marcha. ¿Dónde supone que se esconde el capitán de este monstruo?

—Se escabulló como una rata cuando todos éstos empezaron a arrojar las espadas.

Los ojos de Juliet eran de un azul claro, plateado, y al oír las palabras de Crisp, chisporrotearon con motas más oscuras de rabia.

—¡Por todos los infiernos! Estará arrojando sus diarios y manifiestos por la borda antes de que nosotros podamos verlos.

La escotilla que llevaba a las habitaciones del capitán estaba cerrada por dentro, pero unos pocos golpes de un hacha de guerra redujeron el escudete a un pedazo decorativo de hierro sobre la cubierta.

Juliet, que sostenía delante de sí dos pistolas cargadas, dirigió la marcha por el estrecho pasadizo hasta el gran camarote. Como en la mayoría de galeones españoles, las dependencias del capitán ocupaban todo lo ancho de la proa, y Juliet se hizo a una lado mientras Crisp machacaba la pesada puerta de roble. En el instante que tardaron sus sentidos en registrar todo el terciopelo carmesí y los muebles dorados del aposento, vio a dos oficiales de pie junto a la masa destrozada de madera de cerezo que en otro momento había sido un escritorio con detalles magníficos. El capitán de mar, identificado por el peto ornamentado y la amplia y plisada gorguera, se limpiaba la frente con un pañuelo de encaje mientras el oficial situado a su lado metía papeles y libros de contabilidad en un abultado petate de lona. El oficial llevaba una armadura abollada por los golpes de la batalla y tenía el rostro surcado de marcas negras de hollín debajo del reborde curvado de su casco en forma de cono.

Juliet alzó ambas pistolas y las apuntó directamente al pecho del capitán.

Crisp hizo lo mismo con una amplia sonrisa que desvelaba un mínimo de dentadura frontal bastante desigual.

—Ah, pero qué chica más lista… Qué bien conoce a sus enemigos. —En voz más alta se dirigió a los dos españoles—. Y bien, ¿qué payasada es ésta? ¿Deberíamos daros las gracias por actuar con tal premura y juntar con tamaña rapidez los papeles más importantes? ¿O deberíamos pensar que estáis ansiosos por ocultar algo que preferiríais que no viéramos?

El capitán era un hombre grueso, con un contorno tan redondo como un barril y piernas del tamaño de troncos de árboles estrujadas dentro de las medias, tan apretadas que las costuras parecían a punto de romperse. Tenía el rostro rojo, surcado por el sudor que goteaba sobre lo alto del escritorio mientras empezaba a musitar en voz baja a su primer oficial.

Crisp frunció el ceño. El poco y burdo español que sabía sólo le servía para decirle al enemigo que tirara las armas o los tiburones se comerían su bazo.

Juliet fue entonces quien sonrió y dijo en voz baja, con un castellano de acento perfecto:

—Y como se os ocurra dar un paso en dirección a la galería con intención de arrojar el petate por la borda, señor capitán general, os haré volar la cabeza. Primero la de él —añadió, apuntando entonces sus armas para dejar más claras sus intenciones—, luego la vuestra, por supuesto.

El capitán se quedó mirando, sorprendido por su castellano fluido, y entonces otra gota de amargo sudor cayó sobre el escritorio. Tenía una pequeña magulladura en la frente, la carne había adquirido un furioso tono morado; a este golpe Juliet atribuyó el embotamiento pestañeante del hombre, ya que no hizo otra cosa que continuar mirando. No obstante, el oficial a su lado era un soldado, no una mera figura decorativa haciendo poses. Estaba rígido de indignación, tan rígido que los reflejos de la luz solar que entraba por una de las ventanas rotas de la galería penetraron durante un breve instante en sus ojos, a través de las sombras bajo el borde de su casco.

Tenía ojos pequeños y juntos, negros como cavidades vacías. La ira tensaba sus labios hasta formar una delgada línea cuando respondió a Juliet en un inglés de hecho excelente.

—¡Os atrevéis a venir con vuestras mezquinas amenazas! ¿Sabéis a quién os dirigís con tal burda impertinencia?

—No tengo la menor duda de que estaréis encantado de aclarármelo.

Su voz fue un mero sonido siseante:

—Tenéis el descaro de encontraros ante don Diego Flores Cinquanto de Aquayo.

—Aquayo —murmuró ella. Juliet rebuscó en su memoria aquel nombre y agradeció mentalmente al exigente supervisor que le había hecho comprender la importancia de aprenderse los nombres de todos los barcos que patrullaban el Caribe, y se le encendió la luz—: Entonces éste tiene que ser el *Santo Domingo*.

Juliet intentaba mantener un tono de voz uniforme, la respiración regular, pero sintió el repentino golpe de sangre en sus sienes. También podía oír el temblor involuntario en la garganta de Nathan y supuso que había estado a punto de tragarse el pedazo pegajoso de hojas de tabaco que por costumbre mascaba durante un enfrentamiento. El *Santo Domingo* era uno de los buques de guerra de mayor tamaño y esplendor en la flota de Su Majestad Católica en Nueva España. Con ochocientas toneladas y cincuenta y dos cañones de artillería pesada, había sido promocionado como invencible y a la vez como imposible de hundir. Además, según el último recuento se le reconocía la captura o hundimiento de como mínimo catorce corsarios de tres naciones diferentes, que hacían sus correrías por las rutas marítimas de los españoles.

—Estáis muy lejos de Vera Cruz —dijo Juliet con calma—. Habría pensado que, después de escoltar al nuevo virrey desde La Hispaniola hasta San Juan de Ulloa, os habríais quedado a celebrar su nombramiento.

—Estáis muy bien informada —dijo Aquayo, buscando aire... o confianza.

Juliet ladeó la cabeza como gesto de reconocimiento por su cumplido.

—Pagamos sobornos muy elevados a los funcionarios de su puerto para asegurarnos de ello. En cuanto a mis amenazas, señor maestre —Juliet volvió a centrar su atención en el comandante militar al advertir que éste llevaba poco a poco su mano hacia la culata de una pistola medio escondida entre los restos del escritorio—, puedo prometeros que no son en absoluto mezquinas, ya que, tan de cerca, confío en que mi disparo se lleve la mitad de vuestro cráneo aunque mi puntería se desvíe ligeramente con el vaivén.

—Algo que nunca ha sucedido en todos los años que yo la conozco —advirtió con sequedad Crisp—. De modo que, a menos que queráis aumentar la humillación de vuestro capitán general ensuciando sus galones con vuestros sesos desparramados, sugiero que bajéis el petate con lentitud y os apartéis con cuidado a un lado.

Los ojos negros carbón del oficial se entrecerraron, y Juliet pudo verle sopesando las probabilidades de alcanzar el arma y sobrevivir el tiempo suficiente para dispararla. Llevaba el delgado bigote y la barba puntiaguda tan populares entre la nobleza española, aunque el hecho de haber logrado su rango a través del servicio militar y no por designación real como su capitán, sugería que había una mácula ilegítima en su línea de sangre.

—Debéis de ser la que llaman la Rosa de Hierro —murmuró—, la Iron Rose.

—Mi barco es el *Iron Rose*, señor. Los que van a bordo me llaman capitana.

—Yo os llamaré puta —escupió— y algún día me proporcionará el mayor de los placeres abriros de piernas y animar a mis soldados a devolveros el pago por los problemas que habéis ocasionado hoy aquí.

Juliet apretó los labios para dar al insulto la consideración que merecía.

—Estoy segura de que vuestros esfuerzos me aburrirán, señor, tal como lo hacéis vos.

—Habláis como una auténtica fulana. Como vuestra madre antes que vos.

La expresión de Juliet no se alteró, pero sus ojos se volvieron tan fríos como la escarcha con una temible mirada que caía muy mal entre los hombres que se preocupaban por su propia mortalidad.

—¿Conocéis a mi madre, señor?

Una sonrisita atravesó el rostro de él con lentitud.

—Nosotros también estamos bien informados, puta, aunque la reputación de Isabeau Dante, una ramera de tamaña magnitud, es de sobras conocida.

La mueca del español seguía aún cargada de insolencia y arrogancia cuando Juliet ajustó la puntería de las pistolas, dio una rápida caricia a los gatillos y parpadeó durante el retardo de la ignición de la pólvora. Ambas llaves giratorias dieron la vuelta y dispararon de forma simultánea, con el resultado de dos explosiones gemelas que hicieron que Aquayo cruzara los brazos por encima de la cabeza y cayera al suelo con un grito.

—Un insulto contra mí es una cosa, señor maestre —dijo con voz uniforme, mientras observaba al conmocionado oficial del ejército tambalearse hacia atrás contra el mamparo—. Pero un insulto a mi querida madre… bien… eso es algo muy diferente.

Una vez que se llevaron los diarios y manifiestos a salvo al *Iron Rose*, Juliet acompañó a Crisp a bordo de la carraca inglesa para evaluar los daños. La verdad era que no quedaba mucho que evaluar, ya que los mástiles habían desaparecido, las barandas habían quedado reducidas a poco más que púas irregulares y las maderas que quedaban intactas en la cubierta superior no iban a aguantar mucho en vista de los diversos fuegos que ardían con furia arriba y abajo. Había cadáveres y pedazos de cadáveres esparcidos por todas partes, tumbados entre regueros de sangre que con el movimiento del barco fluían de un lado a otro sobre el entarimado.

—¿Cuánto tardará en hundirse? —preguntó Juliet en tono suave.

—Se está tragando el mar más rápido de lo que podríamos expulsar con diez bombas. Coco está comprobándolo ahora, pero cree que le han hecho algún agujero por debajo de la línea de flotación. Me da la impresión de que los españoles no tenían ganas de llevárselo con ellos de regreso a La Habana... o dejar atrás algún testigo.

Juliet asintió con gravedad.

—Apuntan bien. Tanto sus cañoneros como sus mosqueteros. ¿Cuántos supervivientes calculáis?

—He contado menos de cuarenta que puedan aguantarse en pie por sí solos —respondió—. Sólo dos de ellos parecen oficiales. Hay unos treinta con heridas leves, pero fácilmente el doble de esa cantidad morirá si intentamos moverles. Aún no llevo la cuenta de los españoles, pero diría que nosotros hemos salido bien parados. Tenemos menos de una docena de heridos y sólo un muerto.

—¿Quién?

—Billy Crab. Le alcanzó una bala de mosquete en el cerebro.

Pelirrojo, con muchas pecas. Juliet conocía a cada uno de los miembros de la tripulación lo bastante como para que cada pérdida le afectara personalmente.

—¿Quién está al mando aquí? —preguntó Crisp elevando la voz para que se le oyera por encima del rugir y crepitar de los fuegos que ardían.

—Tengo que suponer que yo. —Uno de los dos oficiales a los que Crisp ya había identificado se adelantó cojeando a través del humo. Era joven, tal vez veinticinco años, pero era obvio que el combate no era algo nuevo para él. Su rostro, bastante apuesto en uno de sus lados, exhibía reveladoras cicatrices en el otro. Una placa informe de carne estirada y brillante le distorsionaba todo el lado izquierdo del rostro, desde arriba de la sien hasta debajo del extremo del cuello almidonado. La oreja era una masa retorcida de seda rosa, y la mejilla, cuando hablaba, sufría la rigidez del tejido cicatrizado, lo cual daba a la boca una inclinación peculiar.

Juliet había visto desfiguraciones mucho más atroces a lo largo de los años, por lo que no le inquietaba tanto el aspecto del oficial como su carácter. El galeón era un buque enorme y pesado e iba a ser difícil navegar sin la ayuda de los marinos ingleses.

El oficial se dirigió de manera instintiva a Nathan y se puso firme en un intento de hacer un saludo.

—Teniente John Beck, de la Armada Real de Su Majestad.

—¿Qué barco? —preguntó Crisp.

—El *Argus*, hasta ahora bajo el mando del capitán Angus Macleod, Dios le guarde en paz.

—¿Os importa que os preguntemos qué hicisteis para cabrear así a los españoles?

Beck bufó indignado.

—No hicimos nada, señor. Somos un correo con destino a New Providence, llevamos una carga mínima. En absoluto hicimos algo que despertara su interés o provocara su ataque. Atravesamos la tormenta y… ahí estaba, navegando al fondo del horizonte. Nos vio y se lanzó a perseguirnos, luego lo siguiente que supimos… —Se puso tenso y se secó un goteo persistente de sangre que caía sobre su ojo. Pestañeó hasta aclararse la vista y entonces estudió los pantalones informales de lona de Crisp, la floja camisa blanca y las dobles bandoleras de cuero que sostenían una variedad de pistolas y cuchillos.

—¿Sería muy aventurado presumir que no estáis al servicio de Su Majestad, señor?

—Podéis presumirlo, sí. Pero si estáis pensando que enarbolamos la *jolie rouge*, una vez más os equivocáis, ya que un pirata habría dejado que los españoles os hundieran y habría intervenido más tarde para limpiar los huesos que quedaran.

Sus palabras no es que fueran muy tranquilizadoras, pero Beck mantuvo de todos modos su actitud cortés.

—Me gustaría aprovechar la oportunidad para expresar mi más sincera gratitud, la de mi tripulación y, desde luego, la de la Corona, por acudir en nuestra ayuda en una situación tan difícil y arriesgada para la seguridad de vuestro propio barco y dotación. Me postro con humildad y reverencia ante vuestro capitán, a quien espero sinceramente tener el honor de conocer lo antes posible.

Crisp desplazó de un carrillo al otro el pedazo de tabaco que mascaba.

—Podéis tener el honor ahora, si queréis. Teniente… ¿Beck, habéis dicho? —Se dio media vuelta y estiró la mano en dirección a Juliet—. Capitana Dante.

La mirada de Beck pareció detenerse un momento para pasar de Crisp a la alta y delgada figura que se hallaba a su lado. El oscuro pelo rojizo estaba recogido hacia atrás en una espesa trenza, cubierta por un pañuelo azul. El rostro situado debajo estaba marcado por la mugre; la camisa que en algún momento había sido blanca estaba manchada de sangre y negra pólvora. Unas anchas bandoleras de cuero cruzadas colgaban de sus hombros acogiendo un arsenal de pistolas, dagas, morrales para la pólvora y proyectiles. Y aunque la camisa era floja y podría haber ocultado cualquier cosa debajo, los pantalones de molesquín se ceñían perfectamente a las caderas y piernas que de pronto revelaron la obviedad de ser demasiado femeninas.

—Santo cielo, señor. Sois una mujer.

—La última vez que me miré, sí, lo era —dijo Juliet, conteniendo su sonrisa.

—¿Una capitana femenina? ¿De un corsario?

Juliet cruzó los brazos sobre el pecho y respondió a las redundancias con una de las mejores miradas fulminantes Dante.

Beck contuvo su asombro e intentó prestar toda la atención posible.

—Primer Teniente Jonathan Grenville Beck, de la Armada Real de Su Majestad. A su servicio, capitana Dan... Dan... —Su mandíbula bajaba temblorosa mientras volvía a quedarse boquiabierto—... ¿Dante? —susurró—. ¿Seguro que no se trata de... del Cisne Negro?

Juliet soltó un suspiro sardónico y echó una ojeada a Crisp.

—La verdad, esto es demasiado. Primero me toman por una Rosa de Hierro, ahora por un cisne negro. ¿De veras mis rasgos son tan vagos y confusos?

Nathan Crisp ladeó una ceja.

—Les iría bien un buen fregado, sí.

—Por favor —terció Beck—. No... no quería ofender. El nombre de Isabeau Dante, el Cisne Negro, es conocido entre toda la flota. De hecho es casi tan legendario como el de... —Se detuvo otra vez, pero por lo visto le faltaba fuerza suficiente para que su cuerpo asimilara esta conmoción final tan abrumadora—. ¿No... por casualidad no tendréis alguna relación con el corsario, Simon Dante... verdad?

Casi parecía desear que la respuesta de ella fuera negativa, pero, por supuesto, aquello no era posible.

—Es mi padre.

—¿Vuestro...? Oh... Dios... mío.

Un fuerte mareo pareció apoderarse del teniente mientras toda la sangre parecía abandonar su rostro. Crisp le agarró con firmeza por el hombro.

—Bah, no es ni la mitad de espantosa de lo que cuentan, muchacho. A menos que provoquéis su mal genio. Más de un hombre a bordo del *Rose* puede enseñaros algunas ampollas que corroboren esto.

Tras una gélida mirada que intentaba frenar el humor de Crisp, Juliet indicó la cubierta con una inclinación de la cabeza.

—Deberíais ocuparos de vuestros hombres, señor Beck. Vuestro barco se está hundiendo y es preciso sacarlos del *Argus* lo antes posible.

—Sí. Sí, por supuesto. ¿Qué intenciones tenéis respecto a la tripulación del galeón español?

—¿Os importa?

La mitad no estropeada del rostro de Beck se tensó bajó el oleoso lustre del sudor y mugre mientras repasaba con mirada lenta la ruina destrozada del *Argus*.

—Atacaron sin ninguna provocación y nos habrían hundido sin el menor reparo. ¿Que si me importa qué pueda pasarles a ellos? No. En este preciso momento, que Dios me perdone, pero no.

—Entonces ocupaos de vuestras obligaciones, teniente, y dejad los detalles molestos para nosotros.

Sostuvo la mirada penetrante de Juliet durante otro momento y luego hizo una inclinación ejecutada con cierta rigidez antes de marchar a supervisar su tripulación.

Juliet le observó alejarse cojeando, luego frunció los labios y murmuró con aire pensativo:

—¿Un correo? ¿Qué diablos podía hacer un correo inglés en estas aguas?

Crisp ya iba en dirección de los camarotes de popa.

—Los oficiales de Su Majestad son casi tan meticulosos como los españoles a la hora de dar buena cuenta de dónde han estado y a dónde se dirigen. Me ocuparé de cualquier despacho y carta de navegación, vos regresad al *Rose*. Dicho esto se desvaneció a través de la pared que no dejaba de escupir humo.

Juliet estaba echando una última mirada a su alrededor cuando una mancha incongruente de color llamó su atención. Había dos cuerpos enredados en medio de las ruinas ennegrecidas cerca de la base del palo mayor. El que estaba más arriba llevaba un jubón violeta, y a su lado estaba el sombrero de aquel gallardo caballero que, a bordo del buque español, lo había tocado a modo de saludo.

Juliet casi se había olvidado del paladín que en el fragor de la batalla había venido en su ayuda. Parecía muerto, supuso que le habría alcanzado la explosión que destruyó la santabárbara del barco, ya que a su alrededor todo humeaba abrasado por la fuerza de la pólvora al explotar. A lo largo de toda su espalda y trasero se apreciaban fragmentos humeantes de terciopelo carbonizado. Tenía un bulto del tamaño de un huevo de gaviota en la parte posterior del cráneo y un delgado hilo de sangre goteaba desde su oreja a causa de la concusión. El espléndido abanico de plumas sobre su sombrero había quedado reducido a cañones quemados y erizados, mientras la daga con exquisitas joyas incrustadas que había visto en su mano ahora yacía a varios pies, destellando brillante contra los escombros.

Estaba tendido boca abajo con los brazos estirados como un crucifijo. Por encima de los hombros, de una anchura impresionante para un hombre que opta por vestir de terciopelo púrpura, sus rasgos quedaban tapados por las ondas enredadas de su cabello castaño. Pero sus prendas eran de muy buena calidad. El peto estaba ribeteado de galón dorado, que marcaba por detrás la alta cintura y, por delante, si no le fallaba la memoria, una profunda uve. Las mangas le quedaban ajustadas, una banda le rodeaba el hombro con bordados de cintas doradas. Las largas y bien formadas piernas estaban enfundadas en pantalones hasta la rodilla que se inflaban abombachados, sobre unas medias de seda que habrían sido la envidia de un rey.

Juliet volvió la mirada a la daga. Era un trofeo tan opulento como el que se podía obtener en un año de saqueos, y no pudo evitar pensar que sería una lástima no guardar ningún recuerdo de la muerte valiente de este desconocido.

Pisó un palo roto y estaba estirándose para recoger la daga cuando una mano salió disparada y la agarró por la muñeca.

El samaritano al fin y al cabo no estaba muerto. Estaba muy vivo y la miraba desafiador.

—¿Tenéis la costumbre, muchacho, de robar a los hombres que os salvan la vida?

Juliet cerró el puño e intentó soltarse.

—Pensaba que estabais muerto.

Él sujetaba con fuerza la muñeca y sacudió ligeramente la cabeza para recuperarse un poco. Si la sangre que salía del oído servía de indicación, lo más probable era que oyera en aquellos momentos un coro resonante de campanas, y lo único que consiguió al sacudir la cabeza fue esparcir unas pocas gotas de rojo por la cubierta.

—¡Jesús! —Abrió al instante la mano, soltando de este modo a Juliet. Se llevó la mano a la cabeza para palpar con cautela la parte posterior de su cráneo y gimió una vez más.

La exclamación la repitió el cuerpo que se encontraba aplastado debajo de él.

—¿Beacom? —Apartó su brazo enfundado en violeta para ver qué había debajo—. Santo cielo, hombre, ¿qué estáis haciendo ahí abajo?

—Esperar a que os despertéis, Vuestra Excelencia —fue la respuesta jadeante—, confiando en que, dada vuestra compasión infinita ¡incluso deseéis levantaros de encima mío!

—Estaré más que encantado de complaceros —dijo Su Excelencia— en cuanto pueda convencer a mis extremidades para que vuelvan a funcionar. Y tú, muchacho, deja de mirar boquiabierto los adornos de mi daga. Olvídate de ella de una vez y échanos una mano aquí.

Juliet arqueó una ceja y lanzó una ojeada a ambos lados, pero no había nadie más por allí cerca. Hizo caso omiso de la mano que él le tendió y, colocándose a horcajadas a ambos lados de la estrecha cadera de él, le levantó por el tronco, llevándose varios puñados de terciopelo chamuscado. Así lo sostuvo para que el hombre que estaba aprisionado debajo pudiera salir retorciéndose.

Cuando acabó su cometido, Juliet le dejó caer sin más ceremonias sobre la cubierta mientras Beacom, que estaba de espaldas sacudiéndose el hollín y la mugre de la ropa, hacía una pausa para agitar sus manos en gesto de agradecimiento.

—Oh, gracias, amable señor. Os lo agradezco muchísimo. Mi señor, Su Excelencia el duque, no cooperaba demasiado. Mis intentos de despertarle no obtenían respuesta alguna, empezaba a temer que pudiera morir por falta de aire antes de que alguien viniera en mi rescate.

En contraste con las prendas coloridas que llevaba su señor, Beacom iba vestido de arriba abajo de un sombrío y fastidioso negro. Tenía un rostro alargado y huesudo, a juego con su cuerpo esquelético, y su dentadura, cuando hablaba, chasqueaba como unas castañuelas.

—Ahora ya estoy despierto —dijo el duque mientras intentaba

incorporarse tambaleante sobre sus rodillas—. Dadme una mano, maldito Beacom.

Juliet observó, divertida en cierto modo, a Beacom que dejó por un momento de alisarse el chaleco. Un grito, no muy diferente al chillido de un pollo al que le retuercen el pescuezo, le hizo girarse en redondo y doblarse para ayudar a su señor, quien parecía estar a punto de desplomarse rápidamente otra vez boca abajo contra la cubierta.

—Vuestros miembros, milord. ¿Os encontráis bien?

—Como un bebé recién nacido —balbució el duque—. Es la cubierta la que no para de dar vueltas como un maldito derviche.

Beacom no es que pareciera lo bastante fuerte para aquella tarea, pero consiguió, con un montón de gruñidos, tirones y forcejeos, levantar a su señor hasta ponerlo en pie. En cuanto el duque fue capaz de mantenerse de pie sin ayuda, Beacom sondeó con cautela las capas chamuscadas de terciopelo y encaje en busca de lesiones.

A Juliet le intrigaba más el propio duque, pues aparte de su padre, que había recibido el título de sir de la reina Isabel, era el primer miembro de la nobleza inglesa que conocía. Su rostro, cuando se apartó los mechones desgreñados de pelo de la cara, no era ni puntiagudo ni insulso, como esperaba que fuera. Tenía una nariz larga y regia, ojos profundos y protegidos por pestañas del mismo castaño reluciente que su cabello. Las cejas eran pobladas y rectas, casi se juntaban en medio. Un delgado bigote marcaba una línea perfecta a lo largo del labio superior, mientras la perilla pulcramente recortada se alargaba sobre su mentón cuadrado. Recordaba haber visto una ordenación continua de uniformes dientes blancos, una rareza entre los hombres de mar, y también haber visto, aunque ahora su boca se comprimía intentando contener el dolor y las náuseas, una sonrisa que la había dejado en cierto sentido admirada.

Pese al encaje en garganta y puños, las medias de seda y pantalones bombachos hasta la rodilla, también esgrimía una espada de extremada calidad, que no colgaba de sus caderas como mera decoración o pompa. Ahora se encontraba tendida en la cubierta a unos pasos, y Juliet fue a recogerla mientras Beacom continuaba toqueteando a su amo.

—Parece que no hay ninguna perforación seria, milord. Probablemente se ha salvado por un paso o dos, si llega a estar más cerca del medio no lo habría contado.

El duque frunció otra vez el ceño mientras sentía otra punzada de dolor.

—Ya me perdonará, Beacom, que me espere para celebrarlo a que estos diablos dejen de danzar en mi cabeza.

—Yo no esperaría demasiado —dijo Juliet mientras tendía a Beacom tanto la espada como la daga enjoyada—. Los dos deberíais tener la prudencia de pasar sobre la baranda para que os icen al galeón, antes de que el *Argus* coja mucha más agua. ¿Seréis capaz de ocuparos de él sin ayuda? —preguntó a Beacom—. ¿O necesitáis que os echen una mano?

El hombre bufó con indignación.

—Soy del todo capaz de guiar a Su Excelencia hasta lugar seguro. No obstante, precisaremos ayuda con nuestras pertenencias. Si tenéis un momento más, joven, habrá una moneda para vos.

—¿Una moneda? —Juliet entornó los ojos—. ¿De oro o de plata?

—Más de lo que ganaríais quedándoos aquí y...

Las palabras de Beacom quedaron interrumpidas de nuevo por otro de sus chillidos cuando el buque escoró de pronto. El *Argus* se hundió aún más por la proa y envió al asistente y sus pertenencias tambaleándose de lado hasta la base del mástil. De algún lugar desde las entrañas del barco llegó el sonido de maderas tensándose y reventando, así como un rugido no muy diferente al de un monstruo salido de las profundidades del océano. De pronto, los hombres saltaron a las escalas, incluido un Nathan Crisp empapado de agua hasta el cuello y envuelto en una enorme nube de vapor que salía de la escotilla tras él. Llevaba cartas de navegación, mapas y un grueso libro de contabilidad encuadernado en cuero, rodeado de una cinta roja.

—Hay un agujero tan enorme como el culo de Lucifer en el casco, justo donde reventaron los barriles de pólvora —gritó—. El barco tiene destrozada la popa. Un minuto o dos, no más, y ya no podrá mantener la cabeza levantada. Mejor cortamos los cables o arrastrará a la zorra española con él.

Juliet se volvió a Beacom.

—Sin duda sois libre de bajar nadando y malograr vuestra vida por intentar salvar la palangana de afeitarse de milord, pero si yo fuera vos, me apresuraría a pasar sobre la baranda ¡ahora mismo!

—Bien, yo... —El comienzo de lo que podría haber sido una protesta instintiva se interrumpió con un jadeo de sorpresa cuando el *Argus* volvió a bambolearse y rugir una vez más. Se oyó una estridencia repentina de golpes cortantes cuando los hombres empezaron a dar con sus hachas en los arpeos para soltar el barco, cada uno de los tensos cabos soltó un penetrante ping al partirse con un chasquido—. Sí. Sí, por supuesto. Por la baranda. De inmediato. Vamos, milord. ¡Milord...!

El duque seguía apoyado contra el mástil roto. Tenía los ojos abiertos, pero mantenía la mirada fija en Juliet con una especie de confusión aturdida. Su mandíbula estaba desencajada y su cuerpo empezaba a deslizarse hacia abajo contra la lisa madera.

Juliet soltó una maldición y se colgó del hombro el brazo que Su Excelencia tenía libre. Levantando el peso muerto entre ella y Beacom, arrastraron al duque apenas consciente hasta un lado del barco donde miembros de la tripulación del *Iron Rose*, sostenidos por pesadas redes de carga, ayudaban a izar a los supervivientes hasta el otro lado de la baranda del otro barco, sobre la cubierta del *Santo Domingo*.

Un remolino de agua verde se revolvía apenas a tres metros por debajo del nivel de la cubierta de la carraca inglesa, pero Juliet esperó hasta el último momento para dar la señal de cortar los amarres finales. Con un brazo enganchado a los cables, permaneció colgada mientras el galeón español quedaba libre y se enderezaba. Una vez sueltas las amarras, la fragata que se ahogaba se esforzó por mantenerse a flote entre la estela de olas hinchadas, pero fue inútil. En menos de un minuto, con el borboteo y siseo de la superficie del agua, y con los débiles gritos de los hombres que no podían ser rescatados reverberando en la distancia, el *Argus* se hundió por la popa, dejando un amplio círculo de palos rotos y retazos de lonas ardiendo para marcar su desaparición.

Capítulo 2

Juliet malgastaba poco tiempo o energía en sutilezas. Los prisioneros españoles estaban atados unos a otros por las muñecas y los tobillos. Había bastante más de trescientos cautivos agolpados sobre las dos cubiertas y, aunque habían rendido su nave y esperaban agrupados y aturdidos a oír su destino, superaban en número a la tripulación combinada del *Iron Rose* y los supervivientes del *Argus* en una proporción de más de dos a uno.

La prioridad de Juliet era asegurarse de que no hubiera focos de resistentes españoles ocultos, cobijados debajo de alguna de las cubiertas. Diez soldados intrépidos equipados con mosquetones podrían desbaratar los esfuerzos de todo el día y transformar la derrota en una victoria. Mandó grupos armados a registrar cada una de las cuatro cubiertas, que dieron con una veintena más de hombres que añadir a la aglomeración sobre la cubierta.

Nathan Crisp encabezó uno de los grupos que fue a inspeccionar los compartimentos con cargamentos y lo que encontró allí hizo que se tragara de golpe el tabaco de mascar. Había bodegas llenas de cajones de embalaje con lingotes de plata, todos ellos con el sello de la Casa de la Moneda de Vera Cruz. Cuatro grandes toneles contenían perlas tan grandes como la uña de un dedo pulgar. Había sacos de esmeraldas de Cartagena sin tallar, cofres de oro de las minas de Perú, fardos llenos de especias y caucho en tales cantidades que la euforia inicial que Juliet y Nathan sintieron al abrir una puerta tras otra se convirtió en consternación puesto que iba a llevarles días transferir el tesoro al *Rose*. Y una vez trasladado, corrían el peligro de que el corsario se hundiera con la mitad del cargamento.

Aunque no era insólito que los buques de guerra llevaran tesoros, sin duda era curioso que un barco con el arsenal y la reputación del *Santo Domingo* viajara tan cargado de peso. Aquello daba a entender que enviaban el navío de regreso a España con el convoy que transportaba los botines en septiembre. Dos veces al año, en primavera y otoño, flotas de galeones cargados de tesoros se encontraban en La Habana. Llegaban de Vera Cruz en México, de Nombre de Dios en Panamá, de Maracaibo, Cartagena y Barranquilla en la costa norte de Perú y Colombia. Eran buques mercantes que iban de puerto en puerto a lo largo de las posesiones españolas, recorrían el vasto golfo y hacían escala en las distintas islas Antillas y Caribes hasta que llegaban de nuevo a La Habana, donde se juntaban para formar una sola flota y realizar el viaje de regreso a España.

En La Habana se reunían con una armada de buques de guerra que no pasaban el invierno en el Nuevo Mundo como hacían los navíos comerciales, sino que actuaban estrictamente como escoltas de los barcos que transportaban los tesoros en sus viajes a un lado y otro del Atlántico. En abril y luego otra vez en septiembre, la Armada de la Guardia mandaba una nueva flota a La Habana para buscar a los buques que habían pasado el invierno o el verano llenando las bodegas de tesoros, para luego escoltarlos de regreso por el Atlántico hasta España.

Fuera cual fuese el golpe de suerte que había puesto el *Santo Domingo* en el camino de Juliet, no estaba dispuesta a perder ni el barco ni el inmenso tesoro que transportaba. Por consiguiente, era fundamental desembarcar lo antes posible a la tripulación española y abandonar aquellas aguas antes de que cualquier otra nave curiosa pasara por allí. Una vez se conociera la captura del galeón, correría la voz por las islas como la peste, los controles aumentarían y también se incrementaría la ya asombrosa recompensa que se había ofrecido por la cabeza de cualquier corsario que llevara el nombre Dante.

Durante veinticinco años, el Pirata Lobo, Simon Dante, había sido el azote de los buques españoles. Había luchado junto a sir Francis Drake y era uno de los temibles halcones del mar de Isabel que habían ayudado a defender las costas de Inglaterra contra la invasión de la Armada española. Tras alcanzar la gloria, honores, títulos y tierras, Simon se había quedado sólo con las patentes de corso firmadas por la reina, sanciones oficiales para acosar, capturar y saquear buques de naciones hostiles. Eso, en la zona de las Antillas, quería decir principalmente España.

Su esposa, Isabeau Spence Dante, era vástago de un gigante pirata pelirrojo que había enseñado a su hija a disparar un cañón a la edad de doce años y a navegar alrededor del Cabo de Hornos antes de cumplir los veintiuno. Sus mapas y cartas de navegación eran muy cotizadas entre capitanes de todas las nacionalidades que surcaban el océano, y era conocida por todos los cartógrafos de Inglaterra como Black Swan, por el elegante sello pintado en forma de cisne negro que identificaba su trabajo.

El *Black Swan* también era el nombre del barco que Simon Dante había entregado a Isabeau como regalo de bodas. Ella había correspondido a aquel obsequio con el regalo de un hijo, Jonas, nueve meses después. A los tres años, llegó otro hijo, Gabriel, y Juliet diez meses después de este último. Los tres vástagos habían dado muestras de encontrarse mejor en la cubierta de un barco que en cualquier otro sitio, y con padres como Simon e Isabeau Dante, no era ninguna sorpresa que se convirtieran en un trío magnífico de acicates para el bando español.

Los tres habían peleado y se habían ganado el derecho a navegar al timón de sus propios buques. El *Iron Rose*, armado con doce culebrinas pesadas que lanzaban proyectiles de treinta y dos libras, y con ocho medioculebrinas de veinticuatro libras, había sido el regalo recibido por Juliet por su vigésimo cumpleaños. El hecho de que tuviera a una mujer como capitana no significaba que aquel buque aterrorizara menos a las tripulaciones extranjeras que avistaban sus velas en el horizonte. La mayoría de barcos cazaban tantas escotas como podían y huían con el viento en popa, ya que ver la pirámide de velas del *Iron Rose* lanzarse a la persecución significaba normalmente que sus barcos hermanos, el *Tribute* y el *Valour* no estaban lejos de su manga. Y pobre del capitán arrogante de cualquier buque que pensara poder sacarse de encima a los tres cachorros que le perseguían, tenía unas probabilidades de nueve a diez de que el propio Pirata Lobo, Simon Dante, ya les hubiera circundado con su *Avenger* para situarse ante sus proas.

En esta ocasión, Juliet se encontraba sola, había salido con la intención de llevarse el *Iron Rose* a navegar tan sólo para poner a prueba la resistencia de un nuevo diseño de timón. Y para su sorpresa, al salir de una borrasca tropical se topó con dos buques en plena batalla. Al principio atribuyó el estruendo de los cañones a los truenos persistentes, pero cuando la lluvia cesó y la bruma se despejó, los vigías avistaron el *Santo Domingo* reduciendo al *Argus* a astillas con su artillería.

Ahora Juliet tenía un enorme tesoro, trescientos prisioneros y un buque de guerra de ochocientas toneladas en sus manos, nada de lo cual la hacía especialmente feliz en aquel momento.

—Loftus se muestra conforme con mis cálculos —dijo, mientras dirigía una mirada al timonel del *Iron Rose*—. Estamos a menos de un día de navegación de la isla de Guanahana.

—No tenemos amigos allí —dijo Crisp frunciendo el ceño.

—No, pero... mirad, entre aquí y ahí —clavó un dedo en un pequeño punto de tinta negra en el mapa que había extendido encima de la bitácora— hay un atolón. Podríamos remolcar el galeón al menos hasta allí y dejar en tierra a los españoles. Una vez nos libremos de ellos, podremos pensar qué hacemos con el resto de la carga, si nos arriesgamos a huir hacia Pigeon Cay o descargarla en algún lugar para regresar a por ella con Jonas y Gabriel protegiendo la retaguardia.

Nathan detectó por la mirada en el rostro de Juliet que la segunda opción no era en absoluto una alternativa, la muchacha sentía por sus hermanos tanta rivalidad como amor y afecto inquebrantable. De todos modos, Nathan suspiró y sacudió la cabeza.

—Nos encontraremos intentando dar con ese atolón en plena noche. ¿Cómo diantres esperáis calcular con acierto la posición de unos miserables arenales del tamaño de una uña del pie... y encima de noche?

—Lo encontraré. A menos que os apetezca permanecer de guardia las próximas cuarenta y ocho horas sin descanso hasta que encontremos una uña de pie más grande a la luz del día, tenemos pocas opciones.

—Podríamos echarlos por la borda sin más remilgos —gruñó Crisp—. Es más de lo que ellos habrían hecho por nosotros.

—Podríamos, pero, de cualquier modo, seguiríamos teniendo otro pequeño problema.

—¿Sólo uno? —refunfuñó—. Muchacha, habéis heredado de vuestro padre el don de la mesura.

—¿Qué hacemos con la tripulación inglesa? No podemos soltarles en la misma isla que a los españoles o acabarán muertos o encadenados a remos en el vientre de alguna galera. El puerto amigo más próximo para los británicos está como mínimo a una semana de aquí, así que nos lo pone a una semana de lo imposible. Sería demasiado tiempo.

—Los franceses nos los quitarían de las manos y nos darían unos cuantos toneles de vino por las molestias.

—Sí, luego se darían media vuelta y los venderían a los españoles a cambio de privilegios comerciales.

—¿Me permitís el atrevimiento de hacer una sugerencia, capitana?

Juliet y Crisp se volvieron al unísono a mirar mientras el teniente Beck se les acercaba por la espalda. Ya se habían percatado de su presencia recorriendo la cubierta inferior durante un rato, cobrando ánimos para acercarse a ellos.

—¿Necesitáis alguna cosa, teniente? —preguntó Juliet—. ¿Podemos hacer alguna cosa por vuestros hombres?

—Hoy vuestra generosidad ya ha sido excepcional, capitana. De hecho, confiaba en que pudiera hacer yo alguna cosa por vos.

—Os escucho.

—Bien. —Se agarró las manos tras la espalda y permaneció en pie con las piernas algo separadas—. Mi impresión es que no contabais con encontraros con todo esto cuando vinisteis en nuestro rescate. Este galeón, por ejemplo. Como mínimo, calculo que haría falta una tripulación de setenta hombres para ocuparse de las velas y mantener el rumbo de la nave hacia donde deseéis ir; incluso más hombres si por casualidad os cruzarais en el camino de un buque enemigo. Vuestro propio barco transporta una dotación de… ¿cuántos? No. No, pensándolo mejor —levantó una mano con gesto de prudencia— no me respondáis. No quisiera que me acusaran en algún momento de intentar sonsacar información. Sólo pretendo establecer que, aunque vuestra tripulación es más que suficiente para llevar vuestro barco, se vería en apuros si tuviera que manejar dos. Habéis mencionado la posibilidad de remolcar el galeón, y estoy seguro de que esto sería factible durante un día o dos, con una climatología estable y el mar en calma. Por supuesto, también tenéis la opción de hundir el buque español, pero es un gran barco, y un gran botín, y aunque sólo puedo especular sobre el valor que representaría para vuestra empresa familiar en conjunto, imagino que os disgustaría bastante hacer algo así si pudiera evitarse.

Crisp cruzó los brazos sobre el pecho y frunció el ceño.

—¿Acaso os gusta el sonido de vuestra propia voz, muchacho?

—Disculpad, ¿cómo habéis dicho?

—¿Vais a plantear algo tras todas estas divagaciones?

—¿Plantear? Vaya, pues sí. Sí, por supuesto. Lo que quiero plantear: estoy ofreciendo mis servicios y los de mis hombres en la medida que os puedan hacer falta. Estamos perfectamente preparados, todos y cada uno de nosotros, para las tareas de largar velas, aparejar cabos, manejar la artillería e incluso achicar agua en caso necesario para mantenernos a flote. Podría decirse que es una de las muchas ventajas que tiene nuestra armada en comparación con, digamos, la francesa o la española. Un artillero español sólo está formado para disparar un cañón; no sabría zarpar aunque su vida dependiera de ello.

—¿Os estáis ofreciendo a ayudarnos a llevar el *Santo Domingo* a un puerto seguro?

—Tengo bajo mis órdenes a cincuenta y dos marinos capacitados que no desean quedarse abandonados en medio del océano con los malditos españoles, señor. —Miró a Juliet—. Con mis respetos, capitana.

Ella estudió aquel rostro lamentablemente marcado y decidió que el teniente Jonathan Beck le caía bien. Era serio, el comportamiento poco civilizado de los españoles le indignaba y estaba agradecido por haber salvado su vida y la de sus hombres. Pero, ¿se podía confiar en él? Después de cómo había alardeado de su conocimiento de cada aspecto relacionado con la navegación de un barco, ¿no sería capaz de establecer la ruta que habían seguido? ¿Recordar referencias? ¿Adivinar su posición con precisión razonable gracias al sol y las estrellas? Pigeon Cay era un lugar único por diversas razones, cada una de las cuales serviría para que cualquiera familiarizado con la zona pudiera identificarlo. Aún más, Juliet sabía a ciencia cierta que ofrecían una recompensa de diez mil doblones de oro por la cabeza de su padre. Una fortuna espectacular para un hombre que ganara un chelín al mes por estar al servicio de su rey.

—Capitana —continuó él, pues leía la vacilación en su ojos—. No me pasa por alto el éxito de vuestro padre a la hora de mantener su paradero en estas islas como el secreto mejor guardado. Contáis con mi palabra de oficial de la Armada Real de Su Majestad de que ni yo ni mis hombres harán peligrar ese secreto en modo alguno.

Juliet no delató nada con su expresión, pero al final compartió una larga e indagadora mirada con Nathan Crisp. Él, como respuesta, se encogió de hombros.

—Por eso sois la capitana. Vos tomáis las decisiones, yo sólo hago lo que me dicen.

—Ya me gustaría —replicó ella con sequedad—. Muy bien, teniente Beck, acepto vuestra oferta y vuestra palabra de honor. En cuanto a vuestros hombres, soy consciente de la presión que todo esto podría suponer para su lealtad una vez que se encuentren de regreso en Londres. De hecho —una ceja caoba se curvó espontáneamente hacia arriba— estoy en condiciones de ofrecer a cada hombre que acepte unirse por propia voluntad a mi tripulación, aunque sea de forma temporal y firmando una cláusula que así lo diga, su parte correspondiente como miembro de la tripulación una vez el botín se haya contado.

Beck abrió la boca para protestar, luego volvió a cerrarla con firmeza. Firmar contratos de corsario estando aún legalmente unido a la armada inglesa se contemplaba como deserción, y el castigo por eso era la muerte. De hecho, aquello les convertía en piratas. Para un oficial firmar un acuerdo así era equivalente a cometer delitos de amotinamiento, traición, contrabando y cualquier otra acusación que el consejo naval quisiera interponer si alguna vez aquello salía a la luz.

No obstante, como elemento disuasorio, un contrato de este tipo garantizaría con certeza el silencio de cualquier hombre que lo firmara. Además, todos habían oído los rumores relacionados con el cargamento almacenado en las bodegas del *Santo Domingo*, y para los marineros, la mitad de los cuales se habían alistado a la fuerza, incluso un décimo de la parte que podría tocarles como miembros de la tripulación representaría más de lo que podrían ganar en doce vidas. La parte completa es probable que superara los sueños más desenfrenados de cualquiera de ellos.

—Como es natural, tendré que consultarlo con mis hombres —dijo Beck entrecerrando los ojos con un nuevo respeto por la astucia de la capitana—. Pero puedo anticipar que no habrá ningún impedimento inmediato.

Juliet le tendió la mano.

—En ese caso, bienvenido a mi tripulación, señor Beck.

Estaba a punto de tender su mano para sellar la relación cuando el inglés soltó un soplido y dobló los dedos hasta volver a cerrarla.

—Pensándolo mejor, bien, ah… podría haber un pequeño impedimento.

Juliet retiró la mano y la apoyó en la empuñadura de su espada.

—¿Y qué sería…?

—Sería Varian St. Clare, Su Excelencia el duque de Harrow. Aunque no tengo el privilegio de conocer los asuntos que le traen a estas aguas, sé que está a bordo como portador de unos documentos que llevan el sello del rey. No es marino, ni está bajo mi mando. El compromiso que hago extensivo a mis hombres, por consiguiente, tendría que excluir a Su Excelencia, y si él está excluido entonces no puedo garantizar la disposición de mis hombres a firmar sus contratos. En otras palabras…

—No hace falta que nos deis con una cachiporra en la cabeza, muchacho —exclamó Crisp— nos damos cuenta de que este barco va a la deriva.

—¿Dónde se encuentra él ahora? —preguntó Juliet con expresión cansina, pues empezaba a lamentar haber visto aquella mancha de terciopelo púrpura.

Crisp ladeó la cabeza.

—Le hemos trasladado al *Iron Rose*, como ordenasteis.

—¿Yo? Oh, sí, supongo que lo hice. ¿Y esos documentos que él llevaba a bordo? —preguntó Juliet al teniente—. ¿No tenéis ni idea de qué podría tratarse? ¿O dónde podrían estar?

Beck, de modo involuntario, echó una mirada por encima de la baranda como si pudiera ver el lugar donde descansaba el *Argus* en el fondo del océano.

—Espero que estén con el resto de los documentos del capitán, pues creo que se los confió a su cuidado.

Juliet intercambió una rapidísima mirada con Crisp.

—Entonces por lo que parece la solución es obvia. Vos y vuestros hombres, señor Beck, permanecerán a bordo del *Santo Domingo* bajo el mando del señor Loftus, y Su Excelencia el duque continuará a bordo del *Iron Rose*, ignorante por completo de lo que sucede. Necesitamos tres días con viento a favor y navegación tranquila para llegar a nuestro destino, señor. A cambio de vuestra ayuda para conseguirlo, prometo una partición del botín así como el transporte al puerto británico más próximo una vez que el *Santo Domingo* haya llegado a fondeadero seguro.

El teniente Beck se puso firme.

—En tal caso, capitana, debo trasladar las noticias a los hombres y podremos empezar a ser de alguna utilidad de inmediato.

Juliet sonrió.

—Primero haced que alguien os atienda el corte que tenéis en la cabeza o moriréis desangrado y no tendréis utilidad alguna para mí.

Beck dejó entrever una sonrisa, la primera que ella veía desde que el teniente había abandonado el *Argus*. Aquel gesto quitó diez años a su rostro e hizo que su desfiguración fuera menos desgraciada.

Cuando se marchó, Juliet se volvió a Crisp y se adelantó a cualquier objeción que él ya pudiera tener en la punta de la lengua.

—Cuando estemos a punto de vislumbrar Cay Pigeon, el señor Beck y su tripulación serán invitados a retirarse de la cubierta.

—¿La parte proporcional como tripulación?

—Se lo merecen. Han desempeñado un papel tan importante como el nuestro en llevar al *Santo Domingo* al desastre. Y ya habéis visto las bodegas, Nathan. Creo que en esta ocasión podemos permitirnos un poco de caridad cristiana.

Él respondió con un gruñido.

—Sigo insistiendo en que lo más sencillo sería arrojar a todos éstos por la borda. Nos ahorraría a todos un montón de problemas.

Juliet siguió su mirada hasta los grupos de españoles amontonados. Aunque el capitán Aquayo y sus oficiales se habían librado de la indignidad de estar atados unos a otros, seguían muy vigilados en la proa. La luz se estaba desvaneciendo en el cielo, pero Juliet no tuvo problemas para localizar un par de ojos negros que la perforaban y que no habían dejado de mirar en su dirección desde que ella y Nathan subieron al elevado castillo de proa.

Los disparos de Juliet habían volado la mitad inferior de las orejas del maestre, las balas de plomo se habían acercado tanto a su rostro que habían dejado marcas rojas de quemaduras superficiales en sus mejillas. El lóbulo derecho había quedado limpiamente amputado, el izquierdo había colgado de una tira de carne hasta que sus dedos furiosos lo encontraron a tientas y lo arrancaron. Ahora tenía la cabeza vendada con una tela manchada de sangre que dejaba al descubierto poco más que unos ojos jurando venganza.

—También lo mejor hubiera sido pegarle un tiro definitivo a ese hijo de perra en vez de jugar con sus sentimientos —comentó Crisp con sequedad.

—Ah, pero de esta manera se acordará de mí cada vez que se mire al espejo.

—Tengo la sensación de que os recordará de todos modos, muchacha. Tanto si le hubieras tocado las orejas como otra cosa.

Capítulo 3

Varian St. Clare gimió con el quejido de un hombre moribundo y se obligó a volver la cabeza hacia la fuente de luz que brillaba roja a través de los párpados. Su boca estaba revestida de un amargo sarro, tenía la lengua tan hinchada que parecía a punto de explotar. La cabeza le palpitaba, los oídos le zumbaban sin cesar, y fuera quien fuera el que osaba hablar y reírse allí cerca, iba a pegarle un tiro así que pudiera echarle mano a una pistola.

Palpó la zona próxima a su cintura y no encontró otra cosa que su piel. Pasó los dedos por encima de la protuberancia del hueso de su cadera y recorrió la dura superficie de su vientre. A continuación pasó casi rozando hacia arriba sin dejar de notar más carne, pelo y unas palpitaciones aceleradas bajo su esternón.

Estaba vivo, aunque no estaba seguro de que aquello fuera motivo de celebración.

También estaba completamente desnudo, cubierto por una manta delgada y áspera. En cuanto hubo determinado esto, otros sentidos maltrechos entraron en juego, le hicieron tomar conciencia de una sensación ardiente en su nalga izquierda. Eso, combinado con el olor penetrante a azufre, le llevó a agarrarse bien antes de atreverse a abrir uno de sus ojos azules oscuros.

Medio esperando encontrarse rodeado de llamas sulfurosas, acompañado por una horda de demonios con sonrisas y miradas lascivas, escudriñó a través de la más mínima rendija entre sus pestañas.

No estaba en el infierno, pero tampoco estaba a bordo del *Argus*.

Había estado en el gran camarote del capitán Macleod en muchas ocasiones y éste, con su gran timón de bronce colgado del techo, no le era para nada familiar.

Abrió los ojos aún más y su búsqueda de explicaciones se amplió a otras zonas. La mayor parte del camarote estaba sumido en sombras; aunque había un farol colgado de cada rayo del timón de bronce, sólo uno estaba encendido y lanzaba su hollín hacia arriba manchando el techo con un gruesa capa borrosa de negro de humo. No había forma de decir si era de día o de noche; unas espesas tiras de lona colgaban sobre la hilera de ventanas que cubría la parte posterior del camarote.

Un destello de metal atrajo su atención hacia los travesaños emplomados de una estantería con una rejilla de alambre en su parte delantera, luego pasó a otro aparador justo al lado con varias baldas que contenían un impresionante despliegue de pistolas y petacas de pólvora. Ambas estanterías parecían ser la única extravagancia en una habitación ocupada por un escritorio enorme, una silla y una pequeña palangana para asearse clavada a los tablones del suelo. La cama en la que él estaba tendido era poco más que una litera insertada en el mamparo. El colchón apenas era lo bastante ancho como para apoyar sus hombros, y tan delgado que podría haber estado estirado sin más sobre una madera.

Y encima, no estaba a solas en este extraño y espartano camarote: Beacom estaba sentado sobre un estrecho banco al final de la cama, la cabeza le caía de tal manera hacia delante que casi se tocaba el pecho con la barbilla. Inclinados sobre el escritorio se hallaban dos hombres, uno de los cuales estudiaba un mapa y garabateaba anotaciones en un extremo mientras el otro observaba y ocasionalmente hacía movimientos afirmativos de cabeza para sí como si mentalmente comparara los cálculos anotados con otros que por lo visto él hubiera hecho. Era bajo y robusto, con el rostro de un terrier mascando una bocanada de avispas. El que hacía las anotaciones era más alto, más delgado y llevaba un pañuelo azul ajado sobre una única y larga trenza caoba que le colgaba hasta la mitad de la espalda.

Un recuerdo perforó el dolor de su cráneo y devolvió a Varian al ardor de la batalla, donde recordó haber visto al mismo muchacho con el pañuelo azul, arrinconado contra la baranda por tres españoles. El muchacho sabía defenderse, esgrimía una espada como un joven maestro con mucho talento, y Varian sólo sintió la necesidad de intervenir cuando el arcabucero pensó tomarse una ventaja poco justa.

Eso sí lo recordaba. Pero además recordaba haber regresado a bordo del *Argus* a tiempo para saltar por los aires y acabar en el infierno justo cuando la cubierta explotó debajo de sus pies. Después de aquello… sólo quedaron destellos y vislumbre. Algo acerca de una daga. El barco hundiéndose. El muchacho otra vez.

Había algo peculiar en la manera en que hablaba, también. Algo acerca de su aspecto…

El ojo experimentado de Varian se desplazó por la forma delgada del muchacho y se detuvo en la curva redondeada de la cadera, los pantalones de molesquín tan ajustados, el punto crucial entre los muslos donde no había ningún bulto ni una bragadura para facilitar a uno el acceso…

La mirada volvió rápida al rostro bajo el pañuelo azul y confirmó una sospecha bastante impactante: era una mujer. Inclinaba la cabeza hacia delante con concentración y la luz estaba justo encima de ella, con lo cual dejaba casi toda su cara en la sombra, pero su instinto no dejaba lugar a dudas. El muchacho era una chica, ¡la misma chica con los pantalones ajustados y el jubón de cuero que había visto luchando en la cubierta del galeón!

Si quedaba el menor recelo sobre su identidad fue disipado por la visión de la elegante espada toledana sujeta a la cintura, cuyo extremo chocó contra el tacón de su bota al dar un paso para situarse al otro lado del escritorio. Era un arma tan espléndida como su propia espada, fabricada por un maestro artesano y que había recibido del propio rey Jaime como muestra de aprecio.

Varian quiso echar otro vistazo, largo y lento, por el camarote. Esta vez, cuando volvió un poco más la cabeza en un intento de ver qué había entre las sombras que tenía detrás, una violenta puñalada de dolor se propagó por su cráneo y el duque no pudo detener el entrecortado resuello que se le escapó entre los labios.

—¡Oh! ¡En verdad, dichosos los ojos! —La sombra de Beacom se interpuso ante el farol, bloqueando su luz y también a la pareja que se hallaba de pie junto al escritorio—. ¡Mi señor, Su Excelencia el duque, está recuperando el conocimiento!

Varian intentó hablar, pero la garganta se negaba a emitir otra cosa que un seco graznido.

—¡Por favor! —Beacom se agarró las manos en un ruego que

dirigió al otro lado de la habitación—. ¿Permitís que os pida una copita de vino? Me parece que Su Excelencia necesita beber algo de forma urgente.

—Está ahí, sobre el aparador. —El hombre corpulento hizo un gesto con la mano—. Servíos.

—Cuánto os lo agradezco, señor. Sois de lo más amable.

Un gruñido fue la única respuesta al cumplido antes de que el hombre volviera a sus cartas de navegación.

Un momento después, Varian sintió que unas gotas de vino tinto dulce goteaban a través de sus labios. Permitió que el líquido llenase su boca, luego lo dejó pasar por su garganta y, lo que no escupió al toser, se lo tragó con ávido agradecimiento. Cuando quedó vacía la copa lamió el aire con insistencia pidiendo más, pero Beacom fue cauteloso al respecto.

—A menos que queráis que vuelva a vomitarlo todo —dijo una voz femenina—, esperad unos minutos antes de darle más. Si consigue retenerlo, podrá volver a beber. Se ha llevado un fuerte golpe en la cabeza y, si hay alguna fractura en el cráneo o el cerebro está hinchado, sólo estaréis malgastando mi buen Málaga.

—Tengo bien el cráneo —dijo Varian con aspereza—. ¿Dónde diablos estoy? ¿Dónde está el capitán Macleod?

—El capitán Macleod ha muerto, Vuestra Excelencia —se apresuró a explicar Beacom—. El *Argus*, me temo, ha desaparecido. Perdido. Hundido en el fondo del mar.

—¿Hundido, decís? —Varian frunció el ceño y se esforzó por recuperar más recuerdos.

—Nos atacó un horrible buque de guerra español —narró Beacom—. Fuisteis herido cuando la santabárbara del *Argus* explotó. Os disteis en la cabeza con una viga al salir volando por los aires y, ah —se inclinó un poco y bajó la voz hasta un susurro— vuestro hombro y nalga izquierda han sufrido serias magulladuras. Me atrevería a decir que profundas. El capitán ha aplicado un espantoso potingue de aceite y trementina, que según dice insensibilizará la carne y servirá para que cure más deprisa.

—Pues no ha insensibilizado nada, maldición —susurró Varian entre dientes—. Y aún me tenéis que explicar dónde estamos y quién diantres es esa mujer que se atreve a decirme si puedo o no puedo tomar más vino.

La cabeza caoba salió de debajo de la luz del farol, con lo cual el pañuelo destacó con su luminoso azul pálido en contraste con las sombras más oscuras.

—En este momento os encontráis a bordo de mi barco, señor, en mi cama, y como capitana puedo deciros lo primero que me venga en gana.

—¿Capitana?

—Capitana.

—¿Vuestro barco?

—Mi barco —respondió con gesto afirmativo—. *El Iron Rose*.

Varian cerró los ojos e intentó concentrarse. El nombre no significaba nada para él, y de todos modos le pareció bastante absurdo e insólito que una mujer fuera capitana de un barco, aún más que hubiera desafiado el poderío de un galeón español.

—Si el alojamiento no tiene vuestra aprobación —murmuró ella con sequedad, volviendo a abrir los ojos—, el señor Crisp, aquí presente, siempre podrá colgar un coy en el interior de algún guardavelas para vos y vuestro sirviente.

Puesto que el pálpito en su cabeza no le permitía disfrutar del humor o del sarcasmo en aquel momento, Varian decidió saborear el gusto persistente del vino, reconoció que se trataba de una cosecha buena de verdad, en absoluto el clarete amargo del cual el capitán del Argus disfrutaba a barriles.

—¿Decís que es vuestro camarote?

—Lo es.

—Entonces debo suponer que es lo mejor que puede ofrecer el barco y estoy encantado de aceptarlo.

La muchacha alzó la cabeza y la ceja al mismo tiempo. Dejó el carboncillo con el que había estado escribiendo en el escritorio y se quedó mirando a Beacom, quien al instante se encogió apoyado en la pared.

—Vuestro asistente nos ha informado de que sois un duque.

—El duodécimo duque de Harrow para ser precisos. Varian St. Clare a vuestro servicio, ¿señora…?

—Capitana —le corrigió—. Capitana Dante… para ser precisos. ¿El duodécimo duque, habéis dicho?

—Tenemos tendencia a no vivir demasiado —respondió con brusquedad—. ¿Dante? —Pese a sólo susurrarlo, el nombre puso en marcha un martilleo tan violento en su cabeza que tuvo que apretar los dientes para detener un estremecimiento—. ¿Pretendéis decirme que el bribón de triste fama conocido como el Pirata Lobo es una simple mujer?

La pregunta y la forma de formularla la sacó esta vez de detrás del escritorio. Los ojos de Beacom casi se salen de las órbitas, y su rostro dio rienda suelta a una sucesión de gesticulaciones, la mayoría con la intención de advertir a Varian, mediante elaborados movimientos de boca y cejas, que no jugara con la paciencia de la mujer que ahora estaba atravesando la habitación para aproximarse al lado de la cama. En cuanto ella le dedicó un ceño, la frenética pantomima de Beacom se detuvo. El asistente alzó la vista al techo, pero cuando la capitana reinició la marcha, él enlazó sus dedos en gesto desesperado de súplica hacia su señor para que se mordiera la lengua.

—No pretendo nada, milord. Me llamo Juliet Dante y el bribón al que os referíais de forma tan caprichosa es mi padre, Simon Dante.

—¿Vuestro padre?

—Eso dice él —continuó ella sin alterarse— y no tengo motivos para no creerle.

—Bien, por supuesto, no es que yo quisiera decir eso. —Varian alzó una mano para friccionarse la sien—. Nada más era una respuesta a la noción asombrosa de una mujer como vos capitaneando un buque de combate.

—Parece que a los ingleses os cuesta bastante asimilar esa noción —añadió con ironía—. Pero siento curiosidad por saber a qué se refería con «una mujer como yo». ¿Exactamente qué tipo de mujer podría ser?

Él dejó de frotarse la sien y se la quedó mirando un momento. Eran sus ojos los que le prevenían: ojos que ponían de punta el fino vello sobre su nuca. Aparte del extraordinario color azul plateado, eran atrevidos y directos. Le invitaban a abundar en aquella perogrullada insultante, en caso de que no tuviera el menor deseo de volver a ver amanecer. Ojos situados sobre una nariz que casi parecía que en algún momento se la hubieran roto, inclinada débilmente hacia un lado. La propia cara, aunque pedía un buen restregado, era una mezcla sorprendente de características, desde los largos y expresivos ojos a la barbilla firme, que en ningún caso sugería que se pudiera jugar con ella.

No era ninguna palomita indefensa y ruborosa la que tenía ahí delante.

—Joven —dijo con cautela—, estaba a punto de decir que parecéis demasiado joven para asumir una carga de tal responsabilidad. No pretendo faltaros al respeto, os lo aseguro.

Aquel torpe intento de fintar, dibujó un esbozo de sonrisa en los labios de ella.

—En tal caso, para ahorraros más consternación, el caballero que se halla aquí intentando fingir que hace cálculos mentales es mi cabo de mar, Nathan Crisp, y es tan viejo como Belcebú.

—Ni la mitad de eso —se opuso Crisp.

Varian seguía estudiando el rostro de la muchacha. Antes de partir de Inglaterra, había leído cada trozo de documentación que llevara el nombre de Dante. Había leído los informes ingleses, franceses, holandeses e incluso españoles, algunos con treinta años de antigüedad. Sabía que tenía dos hijos que habían seguido los pasos del padre, pero en ningún lugar había encontrado referencia alguna a que el Pirata Lobo tuviera una hija, y mucho menos una hija que estuviera al mando de un corsario armado.

El duque debió de parpadear mientras ponderaba aquellos pensamientos ya que, sin previo aviso, ella estiró la mano y se la colocó en la frente. Sus dedos eran largos y fríos y, aunque los retiró al cabo de un momento, continuó sintiendo su impronta mucho después.

—No tenéis fiebre y no hemos vuelto a ver el vino que os tragasteis. Sospecho que aparte del zumbido en vuestro oído izquierdo, no hay nada dañado seriamente.

—¿Cómo sabéis que me zumba el oído izquierdo?

Ella volvió a estirar el brazo y esta vez le tocó para rascar una pequeña mota de sangre que se había secado en el cuello del duque.

—Estabais bastante cerca de la explosión. Tenéis suerte de no haber perdido el oído por completo.

—Beacom dijo que me habíais curado las heridas. ¿Sois vos el cirujano del barco además del capitán?

—La necesidad impone que todo el mundo aprenda a hacer un poco de todo. Por desgracia no disfrutamos del lujo de un cirujano. El carpintero tiene cierta habilidad con la sierra y la barrena, así que por lo general es él quien se ocupa de las lesiones serias. Si alguien tiene un corte o un tajo profundo, el velero ejercerá su oficio con la aguja y el hilo, pero una fractura en la cabeza y un trasero magullado no parecen lesiones lo bastante críticas como para merecer atenciones especiales, pese a —hizo una pausa para fulminar con la mirada a Beacom— las quejas incesantes e interminables de vuestro asistente.

Varian intentó sonreír, su mueca dejó ver buena parte de una dentadura blanca y recta sin costarle demasiado esfuerzo.

—Debéis perdonar el entusiasmo de Beacom. Sirvió a mi padre y a mi hermano mayor antes que a mí y tiene un nivel de exigencia con-

sigo mismo al que cualquiera, incluido yo mismo, debería aspirar.
—Aunque ella no preguntó nada, el duque añadió—: De hecho, tenía
dos hermanos mayores, pero ninguno tuvo la previsión de dejar un
heredero antes de morir, por consiguiente aquí estoy yo, el duodécimo duque de Harrow para llenar el vacío. Es una responsabilidad
agotadora y molesta, pero es mía y tengo que hacerlo lo mejor que
puedo. —Hizo una pausa y ablandó su expresión con una leve curva
seductora de sus labios, que por regla general conseguía conmover el
corazón y el cuerpo de cualquier mujer—. Si me permitís decirlo,
capitana, puesto que estamos comentando los méritos propios, me
impresionó vuestra destreza en el manejo de la espada a bordo del
galeón. Os lo aseguro, no conozco ni a diez hombres que pudieran
haber dado una exhibición tan admirable.

—No peleo para impresionar a nadie, milord. Peleo para sobrevivir un día más que mi enemigo.

—De cualquier modo, para una mujer… —Se detuvo, pues sintió
otro golpe sordo dentro del pecho cuando ella volvió a concentrar
todo el poder de aquellos soberbios ojos sobre él.

—Para una joven como vos —corrigió con lentitud— tal vez
hubiera sugerido una hoja más ligera. Vuestro hombro izquierdo
tiende a encorvarse algo cuando os cansáis, y un enemigo diligente tal
vez pudiera sacar partido de eso.

Juliet arqueó una ceja.

—Lo decís como si fuerais experto en otra cosa que saber escoger
las plumas a juego con los volantes de encaje.

Beacom soltó un resuello que quedó estrangulado demasiado
tiempo en su garganta.

—¡Santísimo Dios en el cielo, señora! ¡Milord, Su Excelencia el
duque de Harrow es uno de los espadachines más renombrados en
toda Inglaterra! Su reputación es abrumadora entre los mejores maestros de Europa. Su espada, señora, fue un regalo de Su Graciosísima
Majestad el rey Jaime, quien se la obsequió en persona. Aún más,
durante muchísimos años, esa mismísima espada ha sido la mano
derecha del rey, siempre dispuesta a responder a cualquier llamada de
la Corona ante el menor indicio de peligro. Su Excelencia es un antiguo capitán de la Guardia Real, así como un leal y…

Varian lanzó al farfullante Beacom una mirada que cerró la garganta de su asistente al instante, dejando los últimos elogios reducidos a movimientos sordos de sus labios.

Pero las palabras que ya había pronunciado no podían borrarse y Varian vio que la cabeza de Juliet Dante se torcía levemente a un lado como si hubiera captado el olor de algo pestilente en el aire.

—Bien. —Cruzó los brazos sobre el pecho y frunció el ceño—. Estamos en compañía de un leal confidente del rey Jaime. Un antiguo capitán de los pavos reales de Su Majestad.

—Querréis decir guardias, señora. —Beacom levantó un dedo ahusado para protestar—. Capitán de los guardias de Su Majestad.

Juliet no apartó los ojos de St. Clare.

—Señor Crisp. Si este hombrecillo miserable dice una sola palabra más, sacadlo a la galería y tiradlo por la borda.

—Sí. Con sumo placer. —Crisp sonrió con franqueza—. Si acaso nadara lo bastante rápido, podría alcanzar a los españoles.

Varian pareció consternado.

—¿Habéis tirado a los prisioneros españoles por la borda?

—Por decirlo así —respondió ella con sequedad—. Les hemos dejado a cien metros de un atolón, en aguas tan poco profundas como para que pudieran continuar caminando el resto de distancia. ¿Qué asuntos os traen al Caribe?

—Asuntos míos —contestó Varian cortante—, no vuestros.

Durante una mínima fracción de segundo, ella movió la mano hacia la empuñadura de la espada.

—El teniente Beck dijo que el *Argus* era un buque correo, con destino a New Providence. Una elección de buque un tanto peculiar para que un duque inglés se aventure a viajar... a menos que por supuesto haya venido a entregar copias de la nueva Biblia del rey en un intento de limpiar nuestras almas paganas y enmendar nuestras rapiñas.

Crisp se carcajeó, Varian lanzó una mirada de odio.

—Hay quien pueda considerar una aventura navegar por un rincón perdido del mundo en un cubo de madera que pierde agua, señora, pero os aseguro que a mí me pareció en todo momento horroroso.

—Entonces ¿por qué estáis aquí? Y ahorradme de nuevo el insulto de negar que sois otro de los lacayos del rey enviados para soltar paparruchadas y sentencias de paz.

—No soy lacayo de nadie, señora.

—Y yo no me chupo el dedo, señor. El rey ha estado enviando una plaga de mensajeros hasta aquí durante los últimos cinco años y todos ellos traen misivas que exigen lo mismo. Quieren que dejemos de atacar los barcos españoles; quieren que salgamos del Caribe de una vez por todas. Ellos, me malicio que no es únicamente idea del rey, ya que él extiende su real mano con prontitud cuando le enviamos a Londres su porcentaje de los botines, ellos suponen que si dejamos de incordiar a los españoles, Felipe III estará encantado de abrir los puertos a un comercio honrado. El último bufón que vino blandiendo documentos sellados y encintados incluso amenazó con rescindir todas las patentes de corso. Una amenaza, podría añadir, que nos dejó temblando y llenos de miserable terror, como podéis imaginar.

Pese al desprecio en su voz, Varian no pudo evitar sentirse intrigado. El azul claro de los ojos de Juliet estaba salpicado de motas azules celeste que cambiaban su apariencia por completo. Donde unos momentos antes había habido indiferencia divertida y desdén, ahora latían rabia y pasión tan profundas que casi dejan a Varian sin aliento. El calor también había subido a su rostro y bruñía los efectos ya lozanos del mar y del sol, teñían su piel de un destello pletórico que hizo preguntarse al duque qué aspecto tendría ella si se retirara el desaliñado pañuelo azul y soltara su cabello sobre los hombros.

—¿Bien?

Él pestañeó.

—Bien... ¿qué?

—¿Con franqueza pensáis que los españoles cumplirán alguna vez un tratado con Inglaterra? ¿Podéis fingir que lo creéis después de que vuestro propio barco fuera atacado sin provocación previa? ¡Ja! No, no podéis. En cien años no ha habido paz más allá de la línea divisoria, y el hecho de que vuestro rey y sus ministros ahora envíen un duque con plumas extravagantes para entregarnos otra de sus quejosas amenazas... pues no cambia nada, a excepción, tal vez, del método de vuestra retirada de mi barco.

Las sienes de Varian volvían a palpitar. Ella tenía clara ventaja en este duelo de ingenio y palabras ya que él estaba herido, desnudo y tendido de espaldas sobre una cama sin otro recurso que dejar que ella le hiciera trizas con su desprecio. A pesar del modo en que ella peleaba o hablaba, y pese a su aspecto cubierto de toda esa mugre y sangre seca que manchaba su atuendo, seguía siendo una mujer, por el amor de Dios, y nunca había conocido a una mujer a la que no pudiera seducir con una sonrisa o una palabra suave. Sin embargo, ésta parecía estar inmunizada. No le tenía miedo, no estaba impresionada por su título ni por su posición como emisario del rey, ni parecía preocuparle lo más mínimo el hecho de que acabara de amenazar con ahogar a un par del reino.

Algo de lo que estaba pensando debió de mostrarse en la repentina rigidez de su mentón, ya que ella se adelantó un poco y sonrió.

—Desde luego, milord, no os encontráis en Londres y no hay cortesanos presentes. No tenéis amigos a bordo de este barco, ni poder, ni autoridad, ni tan siquiera influencia sobre el último de los marineros. A bordo del *Iron Rose*, yo soy la única autoridad. Yo soy la reina, la duquesa, la condesa y la suma sacerdotisa, y la única que decide si continuáis aquí como nuestro invitado o si os convertís en alimento del primer grupo de tiburones que veamos pasar nadando. Si nosotros no hubiéramos pasado en aquel momento, los españoles os habrían hundido sin dejar ningún testigo de sus actos. No os equivoquéis, sir: no perderé el sueño por hacer lo mismo.

Varian se quedó mirando aquellos ojos implacables y fríos como el hielo. No tenía motivos para dudar de ella. No creía en las coincidencias, y aunque en un primer momento pudo sentirse inducido a creer que había tenido una suerte inmensa al despertarse en presencia de la hija de uno de los hombres por quien había surcado medio mundo, nada podía convencerle ahora de no haber despertado ni más ni menos que en otro tipo de infierno.

Él tampoco era dado a sonrojarse como un tímido pipiolo, pero nada de su experiencia le había preparado para presentar batalla a esta amazona de ojos azules. Pudo sentir su propia sangre, cálida bajo su piel, subiéndosele a las mejillas.

Una vez dejó clara su posición y exposición, Juliet Dante se dio la vuelta sin decir nada más y regresó junto al escritorio. Crisp, a quién Varian ya había reconocido como hombre de pocas palabras, le dedicó una sonrisita con la beligerancia propia de idiotas y niños incordiantes.

El duque tomó aliento con parsimonia, en un intento de sosegarse. El vino con el que había disfrutado antes, ahora daba vueltas en su estómago con un gorgoteo audible y acabó por provocarle un amargo ardor en la garganta.

—Disculpadme, capitana, pero ¿podría preguntar al menos dónde nos encontramos y hacia dónde nos dirigimos?

Juliet respondió sin tan siquiera alzar la vista de las cartas de navegación.

—A veinte leguas de donde os encontrabais antes, y os dirigís allí donde os llevemos.

—¿Por casualidad estáis pensando en retenerme para pedir un rescate? Si así fuera, debéis saber que el rey es excepcionalmente... mísero. Dudo que vaya a pagar mucho por mi regreso.

—Si tuviera tiempo para dejaros en un puerto británico, creedme señor, lo haría, y sin pedir ni un céntimo por el placer de hacerlo.

—En tal caso, capitana Dante, estaría muy agradecido de que me llevarais ante vuestro padre.

—Disculpad, ¿cómo habéis dicho?

—He dicho que...

—He oído lo que habéis dicho. También os he oído negar ni tan sólo hace cinco minutos que fuerais uno de los lacayos del rey.

—Negué ser un lacayo. No negué que me hayan enviado a este lugar olvidado de la mano de Dios para reunirme con vuestro padre.

—¿Por qué?

—La verdad, no tengo libertad para contestar a eso por ahora. Os diré al menos que si el *Argus* hubiera llegado a salvo a New Providence, y si yo me hubiera encontrado con... por ejemplo... el capitán David Smith o el capitán Frederick Mounts o cualquiera de la docena larga de corsarios antes de oír por primera vez el nombre de vuestro padre, hubiera sido capaz de realizar mi cometido y encontrarme felizmente de regreso en Londres en el siguiente barco. El hecho de que fuerais vos quien intervinierais hoy, y que vuestro padre imprevistamente sea Simon Dante —añadió—, dándose también la casualidad de ser uno de los hombres con los que estoy autorizado a reunirme... todo ello no va más allá de ser una coincidencia increíble que por otro lado es también de una conveniencia increíble.

—Yo no creo en las coincidencias, señor.

—Ni yo tampoco. De cualquier modo, parece que en este caso así ha sucedido, y podríamos pues aprovecharlo... o no. Como prefiráis, capitana.

Juliet se hallaba otra vez de pie debajo de la lámpara, el pañuelo relucía, los fantásticos mechones de cabello cobrizo atrapaban la luz y relucían como una ardiente maraña en torno a su rostro. El aire estaba tan quieto y silencioso como en el instante anterior a un relámpago. Tan silencioso que Varian podía oír las rodillas de Beacom temblar.

—Londres —continuó ella por fin con gesto reflexivo—. He oído que allí huele peor que el pantoque de un barco negrero. Que la gente es tan simpática que arroja la basura sobre las cabezas de los vecinos que pasan por las calles. He oído incluso que el propio rey —hizo una pausa, y en las comisuras de sus labios se insinuó una poco humorística sonrisa— prefiere la compañía de hombres guapos con plumas y terciopelo púrpura.

Varian se negó a morder el anzuelo. No obstante, se incorporó sobre sus codos, consiguiendo con este movimiento que los pliegues de la manta se deslizaran hacia abajo y dejaran al descubierto su pecho y los brazos. Aquello se ganó lo que le pareció la primera mirada de reacción genuinamente femenina en ella, cuando su vista recorrió la amplia musculatura, masculina, muy dura y bien formada, digna de halago. También pagó el precio de aquella pequeña exhibición de vanidad cuando la cabeza bramó y el camarote empezó a dar vueltas con violencia. Pero al menos consiguió mantenerse erguido y no caerse de cabeza de la cama.

—Llevadme hasta vuestro padre —dijo apretando los dientes—. Si él me tira por la borda, pues que así sea; al menos habré cumplido con mi obligación.

Crisp soltó un resoplido.

—A los tiburones les gustará eso, sí. Un hombre que ha cumplido con sus obligaciones. Es un plato más sabroso.

Juliet sonrió con gesto pensativo. Cerró su compás con un rápido movimiento y empezó a enrollar el fajo de cartas de navegación.

—Muy bien, milord, os habéis ganado vuestra audiencia. No porque defendierais vuestra causa demasiado bien, sino porque el tiempo nos apremia. Si el viento sigue así, podremos dejar atrás otras veinte leguas antes de la medianoche y avistaremos tierra para el viernes, dentro de tres días. Hasta entonces, de todos modos, tal vez el señor Crisp sea capaz de encontrar para vos una camisa de sobra y unas enaguas para cubrir vuestras vergüenzas.

—O simplemente podríais devolverme mis ropas. ¿Beacom?

Beacom se puso tan pálido como la cera de una vela, sus ojos parecían a punto de salirse de las órbitas.

—Me temo que no es posible, Vuestra Excelencia. Todo cuanto llevabais puesto se quedó chamuscado sin remedio o tuvo que cortarse y retirarse para poder tratar las heridas.

—¿Todo? ¿Todas mis ropas?

—Incluso la ropa interior, señor.

—¿Y qué hay de mis pertenencias personales? ¿Mis baúles? ¿Mis libros… mis papeles?

—Perdidos, Vuestra Excelencia. Todo se ha ido al fondo con el *Argus*. Todo a excepción de vuestra espada, que tengo aquí —el mayordomo se apresuró a levantarse y se apartó a un lado para enseñarle que estaba en un colgador junto a él— y vuestros zapatos.

—Sí, pese a un atuendo tan atractivo como ése —dijo Crisp con una risita—, yo no saldría así a pasearme por las cubiertas o acabaréis doblado y con las piernas separadas, y con una botella en el culo antes de dar media vuelta.

—No va a ir a pasear por ningún lado, señor Crisp —dijo Juliet en tono categórico—. Éste es un barco en el que se trabaja y tenemos muchas cosas que hacer desde ahora hasta que fondeemos en nuestro puerto. No dejaré que ningún pasajero provoque distracciones o se entrometa en los deberes de mis hombres.

Varian la observó meter los mapas en los casilleros abiertos a un lado del escritorio. La trenza oscura de pelo se deslizó sobre su hombro cuando se dobló y él sintió que sus dedos ansiaban seguirla, enrollarla en torno a su garganta y apretar hasta que aquella lengua insolente saliera de su boca, mordida entre sus dientes. Pero se le pasó aquella urgencia, se esfumó la expresión iracunda, y cuando ella miró en su dirección mientras salía con su secuaz a la izquierda, no vio otra cosa que una sonrisa dibujada con cortesía.

Pero cuando la puerta se cerró tras ellos, Beacom giró sobre sus talones. Se acercó a su señor y agarró la manta con energía, retorciendo la tela con tal pasión que casi la retira de la cama.

—¡Oh, santo Dios bendito, señor! ¡Pensé que estábamos acabados! ¡Estamos en las garras de esos horribles piratas! ¡Somos rehenes! ¡Somos cautivos! ¡Somos prisioneros a su completa merced! Nos veremos obligados a pasear la tabla. ¡Nos azotarán y nos golpearán con barras incandescentes de hierro, nos arrancarán las uñas de los pies con tenazas ardiendo, nos cortarán la lengua y ofrecerán nuestras entrañas trozo a trozo para alimentar a los tiburones! ¿Cómo habéis podido pedir que nos quedemos a bordo? ¿Cómo habéis podido provocarla arriesgando de forma tan temeraria nuestro bienestar? ¿Cómo es que no habéis suplicado nuestra liberación a la primera oportunidad?

Varian arrojó la manta a un lado y se sentó con los pies colgando a un lado de la litera. El movimiento hizo que su cuerpo magullado aullara de dolor pero estaba demasiado furioso como para tenerlo en cuenta.

—¿Azotados, golpeados y pasto de los tiburones? Predecís un futuro muy negro para nosotros, Beacom.

—Con motivo, Vuestra Excelencia. ¿Acaso durante las últimas seis semanas desde que partimos de Londres no nos han obsequiado con historias del medio hombre, medio lobo que ella afirma que es su progenitor? ¿No se nos ha erizado todo el pelo de nuestra cabeza con los cuentos de tortura y brutalidad asociados al nombre Dante? Presenciasteis con vuestros propios ojos y orejas su desdén por mostrar el respeto debido a sus superiores.

—Dudo que no tenga desdén por otra cosa que un puñetazo en la cabeza. ¿Dónde diablos está el vino?

Beacom indicó con una mano que aún agarraba con fuerza un fragmento de manta. Varian avanzó desnudo hasta la mesita auxiliar y se sirvió una copa de vino del pesado botellón verde. Se tragó la primera copa en tres tragos bastante ruidosos y se sirvió otra más.

—Anímaos, hombre —dijo, con una mirada fulminante a Beacom—. Pese a todo el miedo que pueda provocar en sus enemigos, Simon Dante sigue siendo un hombre del rey. Aunque, poniéndonos puntillosos, sería preferible decir que era el hombre de la reina, pero aún lleva la bandera de Inglaterra en su tope. En cuanto a su hija… —Hizo una pausa para volver a servirse otra cantidad de vino—. Pese a su aparente desprecio, ¿no vino al rescate del *Argus* pese al considerable riesgo en que ponía a su propio barco? Ya visteis el tamaño de aquel monstruo español. Nuestros disparos rebotaban contra su casco como mosquitos malolientes. Ahora, id a buscar otra botella de vino y, por el amor de dios, dejad de temblar antes de que se os agujereen los tacones de los zapatos.

Había hierro en la voz de Varian; hierro también en su cuerpo, que relucía por la amplia envergadura de los hombros, a lo largo del tronco, hasta el liso plano del vientre, y en las piernas largas y nervvudas.

Aunque las entrañas de Beacom se licuaban sólo de pensar que le atraparan cogiendo vino de la despensa de licor de la capitana, estaba demasiado familiarizado con el mal humor de su señor y nada seguro de cuál era la opción que en aquel momento presagiaba lo peor para su propio bienestar.

Intentó encontrar algo de alivio en la noción de que al menos no estaba solo en este horrible barco pirata y que su señor era un adversario admirable cuando había que enfrentarse a miembros de ambos sexos. Soltó la manta y, tras alisar las colchas con un movimiento tembloroso, se aventuró hasta el aparador. Sólo había una botella en el estante y su contenido apareció ámbar cuando lo vertió en la copa que tendía Varian.

—Oh, cielos… Vuestra Excelencia, da la impresión de estar un poco pasado.

Varian se llevó la copa a la nariz. Por primera vez desde que se había despertado, la sonrisa que se dibujó en su rostro era genuina y la oscuridad de sus ojos se iluminó con un destello de placer.

—No está pasado, Beacom. Al contrario, está por completo en su punto. Rumbustion —explicó con un guiño cordial y dio un trago prolongado con satisfacción—. El elixir más sano y reconstituyente del que Dios nos pueda proveer.

—De cualquier modo, Vuestra Excelencia, tal vez… tal vez preferiréis ejercer con cautela tanta reconstitución y tan pronto. No habéis tomado ningún alimento o bebida durante las últimas doce horas.

Desdeñando los consejos de su asistente, Varian inclinó la copa y la vació. Durante diez segundos no sintió otra cosa que el cálido espíritu tropical que se deslizaba por su garganta —al fin y al cabo no le eran desconocidos los marcados efectos de los licores—, pero cuando pasaron los diez segundos, su cuerpo se quedó inanimado de cintura para abajo y sus rodillas se doblaron como hojas de papel. Se habría caído en redondo de no haber sido por Beacom que le cogió por debajo de los brazos.

—Os tengo, Excelencia —dijo dando un traspiés en su intento de mantener el equilibrio—. ¿Queréis que os ayude a regresar a la cama?

Varian no podía hablar, sólo podía asentir con la cabeza. Cuando se encontró de nuevo en la estrecha litera, se permitió una bocanada de aire fresco, pero aquello hizo que la habitación diera vueltas a más velocidad y que el ardor que sentía en la garganta prendiera en llamas.

Beacom vació la copa en el lavatorio y la llenó de agua de una jarra de peltre. Varian consiguió dar un trago y luego otro antes de sentirse capaz de permanecer tumbado boca arriba de nuevo con el cerebro mareado y un fuerte picor en la piel, como si se le chamuscara de dentro hacia fuera.

—Lucha como un hombre —dijo con voz áspera—, huele como una pescadera y traga ron como cualquier marino. Una criatura de veras delicada, nuestra capitana Dante… cuando ella y su tripulación no están saqueando galeones españoles.

—O rajando las gargantas de los invitados no deseados y echándolos de comer a los tiburones.

Varian entornó los ojos todo lo que pudo.

—Tendréis que permitirme el lujo de un día o dos para pensar y decidir cuál va a ser la estrategia más afortunada.

Capítulo 4

*J*uliet ascendía por los obenques con la misma agilidad que cualquier hombre de la tripulación. Lo hacía desde el momento en que fue capaz de guardar el equilibrio sobre la cubierta de un barco. El punto más alto del palo mayor era su santuario; desde allí podía imaginarse encaramada en lo alto del mundo. Si el barco estaba envuelto por la bruma, tenía la impresión de estar suspendida en una nube; a plena luz del día, con el viento dividiendo su pelo en sedosas cintas oscuras, le entraba la excitante sensación de volar. Esa noche había nubes, velos de rápido movimiento que destellaban con un azul iridiscente allí donde se cruzaban en el camino de la luna creciente. El viento soplaba fuerte desde el oeste, rociado de un débil sabor especiado, sugiriendo que en algún lugar se estaba formando una tormenta, trayendo el aroma de las islas al mar.

Parte de ella aún no quería regresar a casa, nunca tenía demasiada prisa por cambiar el poderoso oleaje del mar por la blanca arena pulverizada que significaba encontrarse en tierra. Tampoco tenía unas ganas especiales de explicar a su padre que una simple prueba de navegación se había transformado en el rescate de un barco y la captura de otro. Esperaba que la visión del *Santo Domingo* conducido a puerto tras el *Iron Rose* modificara de algún modo el humor de su padre.

Como contrapartida a los efectos beneficiosos de la captura del galeón estaría la presencia de un enviado con rango de duque a bordo del *Rose*. Tal vez Crisp tuviera razón. Tal vez deberían haber metido a Su

Excelencia el duque de Harrow y a su asistente en los botes con los españoles. El duque, de forma especial, todo él era un peligro.

Por desgracia, el Iron Rose llevaba ya un considerable retraso, y su padre estaría subiendo cada día a las colinas para observar si avistaba sus velas. Tal y como estaba la situación, tendrían que tomar un camino muy largo para regresar a Pigeon Cay, navegando bastante al sur de su destino para asegurarse de que no hubiera predadores apostados más allá del horizonte. No había ninguna excusa para dejar de tomar tales precauciones, pese al tiempo y a la energía que llevaban, y si algún buque mostraba interés en seguirles, podía llevarles varios días más llevarle por otro camino y regresar de nuevo.

Pigeon Cay había sido el bastión de su padre durante los pasados treinta años, y aunque los españoles lo llevaban buscando casi el mismo tiempo, ninguno había sido capaz de descubrir la base oculta del Pirata Lobo. En cada galeón atrapado o capturado, se llevaba a cabo una minuciosa inspección de sus mapas y cartas de navegación, pero ninguna de ellas llevaba la marca de la diminuta isla que acogía la guarida del Lobo. Ni siquiera los buques ingleses conocían la localización exacta del atolón de Dante, y desde la distancia su aspecto era precisamente ése: una cima de yerma roca volcánica que se elevaba por encima del mar. De vez en cuando llegaban noticias y misivas de Inglaterra que enviaban al puerto de New Providence, en las islas Baja Mar, donde ellos recogían cualquier mensaje con regularidad. Una vez al año, los Dante enviaban un barco de regreso a Inglaterra cargado con la participación para la Corona de sus aventuras corsarias, y aunque tanto Jonas como Gabriel habían estado en Londres en uno de estos viajes, Juliet nunca había sentido curiosidad suficiente como para cambiar el cálido sol y el aire salado del mar por la bruma, el polvo del carbón y la lluvia.

El querido abuelo de Juliet, Jonas Spence, había supervisado estos viajes hasta su muerte hacía cuatro años. Había sido un infame león de mar, pero Juliet le quería con locura. Pese a ser todo bravuconería y rudeza de marino, ella no podía evitar preguntarse cómo habría sido navegar en compañía de hombres como Jonas o su propio padre, sir Francis Drake, John Hawkins y Martin Frobisher en los días gloriosos de los halcones de mar de Isabel. De no haber sido por el valor y arrojo de todos estos corsarios, Inglaterra no habría tenido una flota para defenderse contra la armada invasora española. Probablemente tampoco habría tenido presencia en el Nuevo Mundo, algo que obligaba al rey español a dividir sus fuerzas navales para poder mantener una flota fuerte y activa patrullando el Caribe.

Felipe II había intentado, dos años después de la Gran Armada y, de nuevo, diez años más tarde, reunir barcos suficientes como para amenazar una vez más las costas de Inglaterra, pero ninguna de estas dos flotas había salido del puerto. Cuando Felipe III llegó al poder, se produjo un marcado incremento en la construcción de barcos para contrarrestar el miedo a la fuerza excesiva que estaba adquiriendo la armada británica. También se habían dado cambios considerables en las flotas de España en el Caribe, con galeones como el *Santo Domingo*, con cincuenta y cuatro cañones, reemplazando los buques menores zabras, de cuarenta cañones, y los guardias de Indias de treinta. Y mientras que había ido decreciendo a lo largo de los años el número real de barcos cargados de tesoros en los convoyes, el número de buques de guerra que navegaban en la escolta de protección se había incrementado para asegurar la llegada sin contratiempos de cada cargamento hasta España.

Por el contrario, hombres como Simon Dante, el capitán David Smith y el capitán Frederick Mounts hacían cuanto podían para que no fuera así.

De la banda original de halcones del mar de Gloriana, dirigida por Draque, sólo Simon Dante continuaba activo en el Caribe y sólo él continuaba eludiendo los mejores esfuerzos de los cazadores españoles para arrollarlos. La recompensa por la cabeza del Pirata Lobo, tanto vivo como muerto, se había convertido en una suma lo suficientemente considerable como para tentar a alguien más que a los carroñeros españoles. No es que Juliet tuviera alguna sospecha o duda evidente de que Varian St. Clare estuviera aquí por otra razón que la entrega de los mandatos de paz del rey; pensaba que era muy poco probable que un asesino viajara con un sirviente que se echaba a temblar o se desmayaba al menor movimiento de un puñal, pero el carácter evasivo del noble le molestaba.

En fin de cuentas, llevar al duque de Harrow a Pigeon Cay y dejar que su padre se ocupara de él era el menor de dos males potenciales. Para disuadirle de hacer demasiadas incursiones fuera del camarote, Juliet había cortado a posta su ropa en cintas, dejándole sin otra cosa que una manta y su ánimo encendido. Entre eso y el hecho de que se encontraba a merced de una «mera mujer», el duque debería resultar dócil durante los tres días que llevara navegar hasta Pigeon Cay.

Juliet puso una mueca y lanzó a la oscuridad un trozo de estopa.

Una mera mujer... No había sido 'acusada en mucho tiempo de defectos femeninos. Una no vivía en una isla próxima a rutas navieras españolas sin aprender a luchar desde muy joven con la espada, el cuchillo y el mosquetón. Su padre, que como espadachín no era ningún inepto, le había enseñado en cuanto fue capaz de levantar el peso de un acero que, aunque encomendaran a Dios el futuro de sus almas, dependía sólo de sus propias habilidades con la espada y la pólvora que tales almas no se reuniesen con el Señor demasiado pronto.

Había sido su madre quien había llevado un paso más allá las enseñanzas. Isabeau le había enseñado a buscar siempre una muerte rápida y segura. Una vacilación de milésimas de segundo para considerar las normas de juego limpio no sólo podían costarle la vida sino también las vidas de los hombres que dependían de ella como líder. Pese a su linaje, no había ninguna tripulación en el océano que estuviera dispuesta a seguir a una mujer, u hombre, que vacilara ante la visión de la sangre en situaciones en las que se requería fuerza y valor firmes e inquebrantables.

El cuerpo de Juliet llevaba cicatrices que ratificaban esto.

Además de ganarse la lealtad y la confianza de los hombres, había necesitado también ganarse su respeto. Aunque la mayor parte de la tripulación a bordo del *Iron Rose* destriparía a cualquier hombre por el mero hecho de mirarla de reojo, a lo largo de los años había habido unos pocos hombres que la consideraron una presa débil y fácil alguna noche fría y oscura. Con demasiado ron en el cuerpo, se les habían ido las manos o los ojos, y no habían tardado en descubrir de forma dolorosa que ella ni era débil ni fácil. Pero tampoco presumía de su virginidad. Hacía ya varios años que había perdido la inocencia así como la castidad, pero había sido elección propia, y con sus condiciones.

Dominic du Lac había sido su primer amante. Un francés alto, de ojos azules, con manos sedosas y palabras cautivadoras. No era especialmente guapo, pero le hacía reír. Cogía flores silvestres y las trenzaba en su pelo. Insistía en enseñarle a vestirse, con una prenda cada vez, como una buena señorita francesa. Después, con igual parsimonia y cuidado, le enseñaba a quitarse cada ropa, y al concluir ambos estaban desnudos y ansiosos por liberar la tensión creada por él con tal maestría.

Dominic murió de fiebre amarilla al cabo de un mes, pero en el corto período en que estuvieron juntos, le había enseñado cosas maravillosas sobre su cuerpo. La había introducido en placeres y anhelos que no podían continuar de luto demasiado tiempo.

Hubo tres hombres después de Dominic, cada uno especial a su propia manera, y aunque ninguno había llenado de poesía su corazón, ellos habían disfrutado con ella y ella había disfrutado con ellos sin vergüenza ni miramiento. Hacía un año más o menos de su último amante, la relación había acabado como sucedía en estos casos en que la mar era una querida tan omnipotente: con la brusquedad de un disparo de mosquete. En verdad, hacía ya muchos meses que no veía algún hombre que despertara su interés. Tal vez ése fuera el motivo de que hubiera sentido aquella agitación reconocible en la sangre al cortar el último trozo de ropa y ver el cuerpo desnudo del duque.

Crisp se había mostrado reacio a llevar al duque al camarote de Juliet, pero era cierto que allí se encontraba la única cama que tenían a bordo, y ni siquiera ésta tenía un diseño muy cómodo. La mayoría de noches ella extendía el coy en la estrecha galería de popa, pues prefería dormirse con el sonido de la estela rizada que dejaba el casco del barco.

Además tenía que admitir que estaba intrigada. Había oído decir que todos los nobles ingleses eran unos blandengues, que tenían la misma constitución menuda que sus mujeres. Sin embargo, éste era alto y fornido, con pecho y hombros bien definidos, piel tersa, músculos sólidos al tocarlos. El vello oscuro que cubría su pecho era espeso y sedoso, se estrechaba hasta la anchura de un dedo por encima de su vientre antes de volver a explotar en un crespo nido en el lugar en que se unían sus muslos.

Allí, su mirada se había demorado unos momentos más de lo necesario, ya que él estaba dotado de cualidades más que suficientes. La desnudez era algo habitual a bordo de un barco y ella había visto suficientes veces las partes pudendas masculinas en toda forma y tamaño. El apéndice más destacado pertenecía a Lucifer, el capitán de artillería de su padre, y aunque el orgullo y gloria del duque no era comparable a tal prominencia, despertó un pequeño cosquilleo de especulación en la parte inferior de su columna.

Una tos escandalizada del asistente del duque la había llevado a echar la manta sobre la cintura del noble, pero no sin advertir antes los músculos de sus muslos duros como el roble, lo cual sugería que era un jinete ferviente además de un espadachín experimentado, de los que no renuncian a practicar con el acero por jugar una partida de cartas o dados.

Las magulladuras curarían en un día o dos. Podía estar agradecido de que sus ropas hubieran aislado su piel lo suficiente como para impedir que el fuego la abrasara. El bulto en la cabeza era más preocupante ya que no había manera de saber si el hueso estaba fracturado por debajo. El hecho de recuperar el sentido no era prueba de que no hubiera algún derrame en el cerebro. Juliet había visto a hombres con heridas similares salir de la batalla aparentemente en buena forma y estado saludable, y caer muertos en cuestión de días, sangrando por la nariz y las orejas.

El hecho de que fuera un noble no infundía ningún respeto en ella por sí sólo, y tampoco iba a proporcionarle ningún favor especial a bordo del barco. La línea de sangre de Simon Dante se remontaba hasta los tiempos en que Inglaterra estaba dominada por sajones con ojos de loco. Ser el duodécimo de tal linaje o el quinto del otro no iba a impresionar a su padre más de lo que la había impresionado a ella; si Varian St. Clare quería salvar el tipo, tendría que controlar su arrogancia y no aparecer en una reunión mirando por encima del hombro a los demás.

Juliet dejó que el viento arrebatara de su mano el único pedazo de cañamiza, luego se fue andando como un gato por la verga, poniendo a prueba su equilibrio con el fuerte balanceo del barco. Era un juego peligroso, sin nada que la sujetara, sin nada por debajo que parara la caída, que le habría ganado una buena bronca de Nathan Crisp si la hubiera visto. La mayoría de hombres que trabajaban en las vergas, de hecho se las recorrían varias veces al día, pero ellos no eran la hija de Simon Dante; devolverles a casa con la crisma rota sólo supondría un reproche por su temeridad, expresado con un movimiento de cabeza y un chasquido de lengua.

Avanzó por la verga y, antes de llegar al extremo, hizo una graciosa pirueta impulsándose con la parte anterior del pie. Doce metros más abajo, la cubierta era todo sombras, muy poca materia, ya que el *Iron Rose* navegaba a oscuras, sin luces de ningún tipo. En alta mar, en una noche sin estrellas, algo tan pequeño como el relumbre de una pipa podía verse a millas de distancia, y Juliet había prohibido que se encendiera cualquier farol o vela en cubierta, y debajo de ella, sólo tomando medidas de extrema cautela. Las ventanas de la galería en su propio camarote se habían tapado con lonas pintadas de negro.

Débiles fragmentos de conversación subían hasta cubierta, pero la tripulación, en su mayoría, estaba aprovechando debidamente aquel respiro tras los acontecimientos del día. Hacía una noche agradable y la mayoría de hombres habían colgado sus hamacas en cubierta, al aire libre. Desde esta altura, parecían un montón de gusanos enrollados en sus pequeñas cápsulas blancas, lombrices de pálido color en contraste con las maderas oscuras.

Debido a la velocidad superior del *Iron Rose*, había sido necesario apocar velas para no perder de vista al *Santo Domingo*, más lento. Juliet apenas conseguía distinguir la fantasmal torre de velas que seguía tras su estela. Por lo demás, el océano se extendía a ambos lados negro, ininterrumpido, con tan sólo una mínima espuma aquí y allá que reflejara la luz filtrada de la luna. Si cerraba los ojos, Juliet podía aislar el sonido de la estela que se rompía detrás, el crujido de las cornamusas, el débil zumbido del viento tensando las lonas. Podía oír la respiración del barco, sentir el rítmico palpitar de un corazón a través del mástil. Conocía el *Iron Rose* tan bien como su propio cuerpo y era capaz de despertarse de un profundo sueño en el instante en que percibía algo que rompía el equilibrio.

El barco avanzaba contra una ola y Juliet compensó el vaivén con un movimiento gracioso y ascendente de sus brazos extendidos. Sus pies eran rápidos y seguros, descendió a su pesar por los obenques e hizo una pausa a medio camino para asegurar el extremo suelto de una vela. Podía sentir que alguien la observaba, siguiendo su descenso a través de las jarcias. Cuando sus pies aterrizaron sobre la sólida cubierta, oyó un gruñido a su espalda.

—Ya sabéis, por supuesto, que si resbaláis y os caéis una de estas noches, eso significará la muerte de todos nosotros, hasta el último hombre. Vuestro padre nos colgará, nos arrastrará y descuartizará a todos, y eso si consiguiéramos pasar bajo la quilla, castigo al que nos someterían vuestros hermanos, si vuestra madre no nos arrancara las pelotas con una tenazas incandescentes y nos obligara a asarlas en el fuego.

Juliet sonrió al rostro ceñudo del carpintero del barco, Coco Kelly. Se había ganado aquel apelativo por las muchas veces que se había roto la crisma con palos y baos, golpes que hubieran fracturado los cráneos de la mayoría de hombres pero que a él como mucho le dejaban un rato aturdido, hasta que se recuperaba. Pese a que Coco le recordaba a un mastín perpetuamente en guardia, demasiado fiero y viril como para que alguien pensara que fuera inofensivo, Coco era inofensivo. Incluso dominado por la indignación masculina, como en aquellos momentos, podía quedar reducido a un colegial enrojecido con una respuesta convenientemente atrevida o una simple mención a su irascible mujer que le esperaba una vez llegaran a puerto.

—Por lo que he oído, las pelotas asadas —respondió ella reflexiva— se consideran un plato exquisito en alguna de estas islas paganas, aunque aún tengo que probar esa vianda. Pero sería algo sabroso, pardiez, ¿verdad que sí?

—Tal vez no os toméis la amenaza muy en serio, capitana, pero hay cien hombres a bordo del *Rose* que sí lo hacen.

—Ah, pero pensad con cuánta más libertad podríais andar por ahí sin toda esa carne engorrosa obstaculizando vuestro paso.

Le dejó pensando aquello y se unió a Nathan, a quien había divisado apoyado en la baranda.

—Coco tiene razón, lo sabéis. Os tomáis más riesgos de los debidos. A nosotros no tenéis que demostrarnos nada, muchacha. Todos os hemos visto cortar cuellos y trepar por los obenques en medio de un temporal... —hizo una pausa para lanzar un mirada sardónica hacia arriba— y bailar sobre una verga en medio de la noche.

—¿Y si no estuviera intentando demostrar nada, Nate? ¿Y si me gusta hacer estas cosas, sin más?

—Entonces estáis tan chiflada como vuestra madre y depende de los santos la salvación de vuestra alma.

—¿Queréis dar a entender que el alma de mi madre necesita salvación?

—No. Tiene a vuestro padre para disciplinarla. Aunque, pensándolo mejor, él está tan chiflado como ella, o sea, que los dos están condenados.

Juliet se rió.

—Confío en que no estéis sugiriendo que un buen hombre podría salvarme...

—No —refunfuñó Crisp—. Haría falta un hombre más que bueno para conseguir eso. Y de cualquier modo, perdería su propia alma con este trato. Como ese cabeza de chorlito... —Subió la pipa aún sin encender para indicar al carpintero—. Va de culo por vos desde hace años y mirad en qué estado se encuentra. Ni siquiera es capaz de mear recto... cada vez que le dedicáis una palabra amable. Garantizo que ahora va a estar toda la noche andando a tres patas sólo de pensar en vos asando y comiendo sus pelotas.

A diferencia de Kelly, Nathan rara vez se mordía la lengua, fuera cual fuera el tema.

—Puesto que estamos hablando de pelotas —dijo ella— ¿qué os parecen las del duque?

Crisp se rascó la barba incipiente en su mentón.

—Pues bien, aún no he podido echar un buen vistazo, pero apuesto a que son tan grandes como el resto de él.

—No quería decir eso —contestó ella con un suspiro.

Crisp se rió.

—¿No? Pues entonces creo que de cualquier modo va a tener problemas. Tiene demasiada labia y se apresura demasiado en responder. Pura palabrería. Y no anda detrás de nada bueno en lo que a vuestro padre se refiere, tomad nota de lo que digo. El capitán Simon no os va a dar las gracias por llevarlo a Pigeon Cay. —Se apoyó en la baranda y escupió—. También creo que os vais a llevar un par de azotes en el trasero por haber hecho frente a un buque de guerra tan importante vos solita.

Mantuvieron silencio durante unos momentos, pudieron contar hasta diez, pero finalmente explotó la sensación de triunfo que habían conseguido mantener a raya durante las últimas horas. Juliet estalló en carcajadas tan sólo un segundo o dos antes de que Crisp se quitará la gorra y empezara a golpear con ella la baranda siguiendo el ritmo de sus botas y chillidos de júbilo.

—¿Podéis creerlo, muchacha? ¡El puñetero *Santo Domingo*! ¡El supuesto Terror de Alta Mar, y lo tenemos! Por los clavos de Cristo, no sólo habéis agraviado al almirante de la flota y sus extravagantes caballeros, os garantizo que al puñetero Felipe de la puñetera España le va a dar un síncope y volverá a poner en marcha su Tribunal de la Santa Inquisición.

—Sí, ¿pero creéis que mi padre estará contento?

—¿Contento? —Crisp hizo una pausa para reflexionar sobre esa palabra—. Creo que le va a hacer tanta gracia que hasta podría dejaros navegar a estribor de su *Avenger* la próxima vez que salga en una de sus correrías.

—¿De veras lo creéis? —El placer de Juliet no podía contenerse y, esta vez, cuando se rió, toda la forma de su cara cambió. El gesto firme de su mentón se suavizó y sus ojos centellearon con la luz de la luna. Sus labios adquirieron una suave plenitud que no siempre era útil para ladrar órdenes o tener que ser obedecido.

Le habría gustado echar los brazos a Crisp y abrazarle, pero sabía que su jovial amistad tenía límites. En lugar de eso, pensó con ilusión en ver las expresiones sorprendidas y bastante ofendidas en los rostros de sus hermanos. Lo mejor que habían conseguido en sus propias correrías era un par de carracas frente a la costa de Colombia, llenas de bucaneros malolientes.

—Jonas y Gabriel se van a poner malos de envidia. Ni más ni menos.

—Sí, no van a tomarse bien que su hermana haya capturado la pieza más cotizada del Caribe. Tendréis que vigilar vuestra espalda y tened cuidado de no salir sola de noche.

Juliet se puso seria por un momento y frunció el ceño.

—¿Creéis que no...?

—*Praemonitus, praemunitus.* Hombre prevenido vale por dos.

Juliet quitó importancia a la advertencia con un movimiento de mano.

—Con la temporada de «caza» a punto de empezar, estarán demasiado ocupados para travesuras de niños, lo sabéis bien.

Estudió el rostro de Crisp a través del relumbre enigmático de la luz de la luna.

—Supongo que os dais cuenta de que, con el *Santo Domingo,* ahora tenemos seis buques. A partir de ahora no sólo los convoyes navegarán atemorizados de toparse con el Pirata Lobo; ahora tenemos potencia de artillería para atacar Cartagena, Maracaibo, incluso Panamá.

—Bueno, bueno, muchacha. ¿No os para nada? ¿Maracaibo? ¿Cartagena? ¿Panamá?

—Todas las posesiones españolas pueden ser nuestras si queremos. Jonas y Gabriel serán los primeros en estar conformes en...

Crisp interrumpió expletivo:

—Sí, y me clavaré una cuchara en el hígado si vuestros hermanos no se muestran dispuestos a tamaña locura. En cuanto a los españoles, ¿pensáis que se han quedado ya sin barcos para seguirnos?

—Si al menos dejaran de seguir a mi padre como perros...

—Simon Dante no les devolvería el favor y bien que lo sabéis. Fue un español quien le hizo las cicatrices en la espalda, y fue un maldito español papista quien le costó un brazo a vuestra madre. No, tiene una larga lista de razones por las que seguir odiando a los hidalgos castellanos, pero hay mucha diferencia entre barcos atacando barcos en alta mar y barcos formando una flota para asediar un puerto bien protegido. —Hizo una pausa durante suficiente rato como para meterse la pipa vacía en la boca—. Algo así no se ha hecho desde que Drake atacó Maracaibo hace casi cuarenta años, y desde entonces ellos han reforzado sus defensas terrestres, han aumentado sus guarniciones en algunos cientos de millares de soldados y han construido barcos como el *Santo Domingo* para patrullar las líneas marítimas y mantenerlas limpias de perros como nosotros.

Juliet ya sabía que no convenía discutir con Crisp, en especial cuando su dentadura sujetaba su pipa con fuerza suficiente como para partir la boquilla. En verdad, había poco que discutir. Simon Dante había pasado cinco años encadenado a los remos de una galera española, y si las cicatrices no eran suficiente recordatorio del odio que guardaba a los españoles, sólo necesitaba ver la manga vacía que colgaba por debajo del codo izquierdo de su esposa.

Había sucedido hacía casi cinco años. Simon Dante se había llevado sus barcos, el *Avenger* y el *Black Swan*, para una incursión frente al estrecho de Florida. Con Isabeau asumiendo el mando al timón del *Swan*, como era habitual, habían acosado a los galeones del convoy y habían puesto la mira en dos barcos más pequeños que avanzaban más lentos que el resto del grupo. Un tercer galeón navegaba protector a la sombra de estos dos, uno de los guardias de Indias, y a primera vista parecía bambolearse como si tuviera problemas con el timón.

Sin embargo, si el buque de guerra parecía avanzar pesadamente, el motivo era el peso de los sesenta y cuatro cañones que llevaba en sus tres cubiertas, la inferior de ellas pintada de negro para disimular su cañonera. Si parecía tener un capitán insensato que permitía que se apartaran de la flota principal, no era más que una treta para llevar a los corsarios a la confrontación, empezando por el menor de los buques atacantes: el *Black Swan*.

Con la confianza de que el *Avenger* de Dante rondaba por las proximidades para atacar la popa del galeón, Isabeau, que nunca rehuía un combate, avanzó para dar respuesta al desafío. Hasta que no se encontró al alcance de los cañones españoles, las troneras de la cubierta inferior no abrieron fuego, y entonces fue cuando Isabeau vio la trampa tal y como era. Antes de que pudiera apartarse, los artilleros soltaron una andanada atroz que hizo saltar por los aires casi todas las velas principales del *Swan*, la parte superior de dos mástiles y barrió su cubierta superior con terribles consecuencias. Indefensa en medio del agua, Isabeau no pudo hacer otra cosa que observar cómo el gran galeón se les venía encima con la intención de embestirles por el medio.

Simon Dante había acudido a toda vela sin perder un momento, los cañones del *Avenger* acribillaban a los españoles con andanadas incesantes mientras el propio Pirata Lobo se interponía como escudo entre el galeón y el Cisne herido. Una descarga virulenta tras otra disuadió al capitán español de continuar su avance y permitió que el *Black Swan* se escapara con dificultades de su alcance. Con importantes daños en su propio buque, Simon se apartó y escoltó a Isabeau hasta aguas más tranquilas, pero no fue hasta varias horas después que los dos barcos pudieron situarse uno a la altura del otro e intercambiar saludos.

Fue entonces cuando Simon se enteró de que su esposa había sido herida de gravedad. Una descarga española, con munición inferior, conseguida mediante la práctica de enfriar el hierro con demasiada rapidez, se había desintegrado en el momento del impacto. Los fragmentos de metal que explotaron barrieron la cubierta del castillo de proa, mataron a tres miembros de la tripulación y casi seccionan el antebrazo de Isabeau a la altura del codo. Pese a los mejores esfuerzos de los cirujanos de ambos buques, había sido necesario retirar el hueso y la carne malogrados antes de que la amenaza de la gangrena acabara el trabajo de los malditos españoles. Para agravar el insulto, los daños sufridos por el *Black Swan* resultaron ser fatales y tuvo que ser abandonado antes de acabar el día.

La pérdida del barco había afectado a Isabeau casi más que la pérdida de su brazo, y aunque nunca se mostró reacia a volver a navegar, no mostró interés en ponerse al timón de ninguna otra nave. En vez de eso, fue la propia Isabeau Dante la que insistió en que entregaran el *Iron Rose* a Juliet, y no pasaba un solo día sin que ésta no hiciera todo lo posible por justificar la fe de su madre en ella. Simon había sido más difícil de convencer, pues cada vez que su hija sacaba el *Iron Rose* de puerto, en lo más profundo de sus ojos podía entreverse un poco del indescriptible horror que mostró al volver a tierra con su esposa herida.

Las habilidades navegadoras de Juliet, su espíritu luchador, su arte al mando del timón, eran iguales a las de cualquier hombre. Si su padre necesitaba más evidencias de lo bien que le había enseñado, en aquel momento la prueba surcaba ahora las aguas tras ella, dócil y sometida, con la bandera británica en el trinquete.

—El español… Aquayo —murmuró con un ceño en el rostro—. Nos elogió por estar tan bien informados.

—Sí —contestó Crisp—. ¿Y qué pasa?

—Trajeron el *Santo Domingo* a las Antillas para patrullar las líneas de navegación entre Cartagena y La Habana, y para mantener a raya a bribones como nosotros. No deja de ser extraño entonces —continuó, pensando en voz alta— que encontráramos en la misma bodega lingotes de plata con el sello de la casa de la moneda de Vera Cruz junto a perlas de la isla Margarita y esmeraldas de Barranquilla. Aún es más peculiar que se hayan subido tantos tesoros a bordo de un buque de guerra.

—Sí, bien —Crisp soltó un largo suspiro— si queréis pasaros las siguientes horas revisando todos los manifiestos, de buen seguro encontraréis la respuesta a tal incógnita. ¿Yo? Puesto que no entiendo esas paparruchas escritas en español, no puedo ayudar en nada. O sea, que me voy a buscar un buen plato de galletas, un trozo de añojo y cerveza suficiente como para quedarme sobre mi culo hasta la mañana.

—Os lo merecéis. Todos los hombres se lo merecen, y si aún no lo habéis hecho, coged también una ración extra de ron.

Crisp hizo una reverencia con su desgarbo habitual.

—Así lo haré, capitana, en cuanto organice las guardias para esta noche y oriente las velas. Huele como si tuviéramos una tormenta cerca, y si Loftus no consigue sacar más velocidad a ese puerco, nos meteremos de cabeza en el temporal.

Capítulo 5

*U*na hora después, Juliet seguía revisando los manifiestos que habían traído del *Santo Domingo*. No había dado con la respuesta a por qué un buque de guerra transportaba cargamento procedente de tres regiones bien diferentes de las posesiones españoles. No obstante, sí había encontrado el nombre del oficial cuyas orejas había acortado un poco, y el descubrimiento hizo que se pusiera un poco más en guardia. El capitán Cristóbal Nufio Espinosa y Recalde. Aparecía en el manifiesto de la tripulación como capitán de navío, el mando militar a bordo del barco y segundo en importancia después del capitán de mar, Diego Flores de Aquayo.

Lo que acabó por avivar la intriga de Juliet fue una información recibida hacía no más de un mes. Según informes dignos de toda credibilidad recogidos a lo largo del mar Caribe por la legión de espías de Geoffrey Pitt, socio de su padre durante treinta años, Recalde era el comandante de la plaza militar de Nombre de Dios. Se trataba del principal puerto de Panamá y Perú, situado cerca de una enorme marisma repugnante que resultaba casi imposible de fortificar mediante los métodos normales. En sus días de marinero, Francis Drake lo había saqueado en dos ocasiones. La primera en 1572 cuando ocupó la casa del gobernador durante una semana mientras sus hombres saqueaban y quemaban la ciudad. La segunda vez, menos de un año después, tendió una emboscada a la comitiva que venía con el tesoro desde el istmo de Perú. Había tanta plata y oro en las mulas que se vio obligado a dejar la mitad en la ciénaga.

Desde entonces, el virrey de Nueva España había optado por tener destinados en Nombre de Dios a los oficiales más tiranos y despiadados. Éstos se ponían al mando de bellacos e inadaptados escogidos de otras guarniciones españolas en el Nuevo Mundo, y cuanto más brutales y sanguinarios, mejor.

Como capitán de navío, Recalde había sido el responsable del ataque al *Argus*. Aquayo era poco más que una figura decorativa, un noble al que habían recompensado con un mando prestigioso como muestra de favor del rey español, pero Recalde había elegido su profesión y era obvio que destacaba en su trabajo puesto que había estado al mando en Nombre de Dios.

Tal vez Nathan tuviera razón... Mejor tener la sangre fría de su hermano Jonas, que habría disparado los dos tiros directos a los ojos de Recalde sin tomarse la molestia de esperar justificación alguna.

Suspirando y frotándose la sien con una mano cansada, Juliet se quitó el pañuelo y lo empleó para limpiarse el sudor de la nuca. El aire era sofocante en el camarote. Miró con el ceño fruncido las lonas ennegrecidas, luego la forma sombría tendida sobre su cama. No se había movido, no había hecho ni un ruido desde que ella había regresado al camarote.

Se llenó la copa con lo que quedaba en la botella de rumbustion y volvió a echar una ojeada al cuerpo. Beacom estaba estirado en el suelo como un cadáver con las manos dobladas sobre el pecho, los tacones de sus zapatos juntos, las puntas hacia arriba.

—Malditos ingleses —balbució.

Llevándose la copa con ella, apartó a un lado la sección de lona que tapaba la estrecha puerta que daba a la galería y la abrió. Casi al instante, pudo sentir que el calor era absorbido hacia fuera, de modo que la abrió un poco más, mientras escuchaba el sonido de la estela rizada que dejaba el barco. Nubes espesas tapaban por completo el cielo, se había levantado un viento fastidioso que tiraba de los cabellos sueltos de su trenza. La oscuridad hacía más complicado distinguir el *Santo Domino* deslizándose tras la popa, pero estaba allí, una forma oscura recortada contra el cielo apagado.

Durante un fugaz momento, Juliet dejó que su mente reconstruyera la imagen del buque de guerra español acercándose al inutilizado *Argus*, el monstruoso cañón arrojando humo y llamas en medio de una cortina tan continua que los dos barcos enseguida quedaron engullidos por las sulfurosas nubes amarillas. Crisp pensaba que ella estaba loca por haber llevado hasta allí al *Iron Rose*, pero Juliet había retrocedido cinco años en su mente, imaginándose una situación similar al difícil momento en el que su madre se había encontrado: un avasallador galeón, el valiente *Black Swan* sumido en un caos, con las cubiertas ardiendo, su tripulación esforzándose por evitar lo inevitable.

En aquella ocasión, el destino, en forma de una horrible inflamación en la planta del pie, había dejado a Juliet en Pigeon Cay; de otro modo, habría estado a bordo del *Swan* durante el viaje maldito. Sabía... sabía que poco podía hacer para alterar el resultado de una forma u otra, no obstante, aún pesaba sobre su conciencia el hecho de no haber estado en el alcázar del *Swan*. En vez de eso, se encontraba echada en la playa estudiando cartas astrales mientras su padre mantenía una terrible vigilia al lado de su esposa.

Juliet cerró los ojos y se concentró en calmar el temblor de sus manos. Sí, desde luego, había demostrado ser igual a cualquier hombre en los años siguientes. La tripulación la consideraba intrépida, los hombres confiaban en que ella les trajera la victoria y la gloria a pesar de las circunstancias imposibles, pese a las dudas acuciantes que la invadían cada vez que daba la orden de enviar a los artilleros a sus puestos. Pensaban que tenía una voluntad férrea, que estaba acorazada, que no temía a nada, que nunca vacilaba en responder a un reto con la espada o con su barco.

Nunca veían las secuelas, por supuesto. El momento de soledad en el que le temblaban las manos y le tiritaban los huesos, cuando le oprimía tanto el pecho que apenas podía tomar aliento y retenerlo.

Se llevó la copa a los labios y consiguió mantenerla con suficiente firmeza como para beber el resto de ron. No era suficiente, nunca era suficiente como para borrar el sabor de la sangre y de la pólvora, de modo que regresó hasta el escritorio a buscar más. La botella, cuando la inclinó, estaba vacía. Con una maldición se fue hasta la estantería para coger otra y su rodilla enganchó al pasar el extremo de la silla. Dio una salvaje patada para sacarla de en medio y, como no consiguió apartarla al instante, la levantó por las dos patas traseras y la arrojó contra la pared, rompiendo en dos respaldo y asiento y repartiendo trozos de madera por todo el camarote. En un acceso más de mal genio, limpió el escritorio de los manifiestos del *Santo Domingo* y demás diarios de navegación, esparciendo los papeles por el aire como si fueran nieve.

*   *   *

Varian había conseguido ir durmiendo a ratos un sueño irregular desde que había anochecido. Se había despertado en cuanto Juliet regresó al camarote, pero como ella había optado por trabajar tranquilamente en su escritorio, él prefirió mantenerse echado de costado, de espaldas a ella, sin hacer ruido y fingiendo seguir durmiendo.

De todos modos, era imposible pasar por alto una silla al romperse o una mujer que maldecía como una rata de embarcadero londinense.

—Si planeáis destrozar más muebles, ¿no sería justo que al menos me advirtierais?

Juliet soltó un resuello y se quedó mirando la forma pálida tendida sobre la cama. Continuó con la vista fija y sin hablar durante todo un minuto, lo cual dio tiempo a Varian para darse la vuelta poco a poco hasta quedarse tumbado boca arriba sin que su cabeza empezara de nuevo a dar vueltas.

—Pensaba… pensaba que estabais dormido —tartamudeó ella.

—¿Se supone que eso debe tranquilizarme?

—Vuestra tranquilidad —continuó ella entrecerrando los ojos— no es mi principal preocupación. ¿Y supongo que también he perturbado vuestro descanso, verdad? —preguntó fulminando a Beacom con la mirada.

—Oh. Oh, no, señora. No, en absoluto.

—Bien. Entonces no os importará ir a buscarme otra botella de ron, ya que mi provisión por desgracia parece agotada.

Beacom se levantó dando un traspiés.

—Desde luego, capitana. ¿Dónde podría encontrar una?

—En la cocina. Preguntad por Johnny Boy; él os enseñará dónde guardo mis provisiones.

—¿L-la cocina?

—Un piso más abajo, en la popa.

—Beacom miró a su señor, quien hizo un gesto afirmativo casi imperceptible e indicó la puerta con la cabeza. Cuando Beacom la cerró tras él, Varian echó una mirada llena de ironía a los trozos de la silla que habían volado hechos añicos por todas partes, hasta el suelo situado junto a la cama.

—Bravo, capitana. La mayoría de mujeres afirman no tener fuerza para levantar una silla, mucho menos la habilidad para reducirla a astillas para el fuego.

—Os garantizo que ahora puedo reunirme con mi Creador más

tranquila, pues sé que me diferencio bastante de las criaturas melindrosas que vos conocéis.

—Mi querida capitana Dante, creedme, os diferencié en el mismo instante en que os avisté por primera vez a bordo del *Santo Domingo*.

—¿Pese a que mi hombro se inclinaba a causa de la fatiga?

—Pese a ello, señora. —Casi sonrió, disfrutando al saber que obviamente le había herido en la vanidad con aquel comentario anterior.

—Podéis estar tranquilo, también vos os diferenciasteis muy bien, señor.

Él arqueó una ceja.

—¿Ah sí?

—Desde luego. Juro que nunca antes había visto en un hombre un tono violeta tan delicado.

—Ahhh. Ya me parecía que oír algún comentario favorable sobre mi destreza con la espada sería esperar demasiado.

—Saltasteis por los aires, eso no hace demasiado honor a vuestra destreza.

La luz de la lámpara proyectaba un relumbre amarillento sobre los hombros de Juliet, y la mirada de Varian enfocó más abajo. Ella se había quitado el pesado jubón de cuero y llevaba sólo una voluminosa camisa blanca de batista especialmente vulnerable a la luz y a las sombras. La forma de sus pechos quedaba visible, así como la esbeltez de su cintura.

Para ser un pilluelo de mar de tosco estilo, parecía tener unas proporciones bastante provocativas.

Por suerte ella salió del círculo de luz. Con una mueca que sugería que era lo suficientemente humana como para padecer algunos males y dolores tras las actividades del día, se agachó titubeante sobre una rodilla y empezó a recoger los papeles que había esparcido por el suelo.

Los modales arraigados de Varian le llevaron a coger el extremo de la manta para levantarse a ayudar, pero un rápido vislumbre de su carne y vello le detuvo.

—Comprended, capitana, que me apresuraría a ofreceros mi ayuda, pero aún me encuentro con una leve desventaja.

Ella hizo un ademán para restar importancia a sus disculpas y depositó un primer puñado de papeles sobre la mesa. Durante un segundo, tuvo que estirarse un poco para llegar e inclinarse hacia delante. Se tambaleó un poco y se apresuró a sacar una mano para no volcarse. Al final sucumbió a la firmeza que ofrecía la madera dura del escritorio y se dejó caer hacia atrás, apoyando la espalda contra el mueble. Reparó en su copa, que había tirado con los papeles, y la cogió. La inclinó con un suspiró al comprobar que seguía vacía.

—Mis felicitaciones también por vuestro licor, capitana —murmuró Varian con una leve mueca—. He tenido ocasión de catar antes vuestro rumbustion y casi me desencaja las rodillas.

Ella continuaba con una pierna doblada pero estiró la otra por completo.

—No estoy segura de poder creer vuestros cumplidos, milord. Tenéis una tendencia a poner una mueca cuando los pronunciáis.

—No pretendía burlarme, os lo prometo. Y si os he parecido ingrato antes, me disculpo de nuevo, puesto que no estoy acostumbrado a despertarme en una cama extraña, despojado de toda ropa y bañado en aceite alcanforado.

—¿De veras? Hubiera pensado que era lo habitual en un hombre de vuestra calaña. Quiero decir, todo menos el aceite.

—El alcanfor tiene sus méritos: su fragancia es dulce y no quema los pelillos de la nariz. Y, por favor, explicadme, qué puede considerarse «un hombre de mi calaña»?

—Un noble pomposo, consentido, con pretensiones de grandeza fuera de lugar.

—¿Y decís que vos no creéis mis cumplidos, señora?

—¿Os tomáis eso como un cumplido? —La risa de Juliet sonó suave y ronca—. En tal caso, no me hace falta decir nada más.

Apoyó la cabeza en el escritorio y cerró los ojos. Dio a Varian una nueva oportunidad de estudiar su rostro bajo la luz del farol. Sin la distracción del pañuelo azul, podía distinguir que el nacimiento de su pelo tenía una forma delicada de corazón que enmarcaba sus rasgos con unos hermosos mechones caoba. Su cutis era lo suficientemente moreno como para escandalizar a todas las matronas en un radio de cien millas de la corte real, teniendo en cuenta que la mayoría de mujeres inglesas contrarrestaban el mero indicio de una peca con sales mercúricas y polvo de arroz. De cualquier modo, bronceada por la exposición constante al mar y al sol, el cálido color cobrizo se adaptaba bastante bien a la naturaleza ferrífera de Juliet Dante, y una vez más se encontró preguntándose qué aspecto tendría con el pelo recogido en tirabuzones y su cuerpo cubierto por una elegante seda ceñida a su silueta.

Frunció el ceño y centró sus pensamientos en territorios menos peligrosos. Buscó algún tema que no tuviera que parecer una guerra de ingenio.

—¿Mencionasteis antes que tenéis dos hermanos?

—Tenéis una memoria destacable.

—¿No tenéis marido?

Juliet volvió la cabeza un poco para escrutarle.

—¿Para que demonios iba a querer un marido?

—¿Compañía? ¿Bienestar?

—Tengo toda la compañía y bienestar que necesito. Y cuando quiero más, es fácil de conseguir.

—Ah.

—Ah. —Imitó el sonido de desaprobación a la perfección, luego volvió a reír—. Siempre me ha parecido desconcertante que los hombres consideren del todo aceptable buscar placer donde les venga en gana, sin sentimientos de culpabilidad o recriminación, pero cuando las mujeres hacen lo mismo, se las califica de putas y rameras.

Varian abrió la boca… luego la cerró con un chasquido audible de la mandíbula.

Ella sonrió y volvió a recostarse en el escritorio.

—Ya veo que he vuelto a escandalizaros. ¿Deberíamos volver a un terreno más político? Mencionasteis antes que pensabais que nadie pagaría un rescate por vos. ¿No tenéis una familia preocupada en casa? ¿No tenéis esposa? ¿Ningún hijo lloriqueante sobre quien recaiga la sucesión de los Harrow? ¿Tampoco hermanos que ocupen vuestro lugar si volvéis a salir volando por los aires?

—Esposa, de momento no —contestó con tranquilidad—. Espero que mi madre sí tenga un momento para llorar mi defunción, pero pasará rápido y estará más preocupada por salvaguardar su propio estipendio como viuda del duque. En cuanto a los hermanos, sólo he tenido dos. Uno se ahogó después de meterse con su caballo en un río desbordado, al otro le mataron el año pasado.

A decir verdad, a ella en realidad no le interesaban los detalles de la vida de Varian St. Clare, pero la nota de obvia amargura que apareció en su voz le hizo darse la vuelta y volver a mirarle.

—La mayoría de gente diría que murió el año pasado. ¿Habéis dicho que le mataron?

—Se batió en un duelo estúpido, sin sentido, por una cuestión de honor que podría haberse resuelto si las dos partes se hubieran reunido y hablado de los malentendidos.

—¿Aprueba el diálogo en vez de la acción, no es así?

—Defiendo la lógica por encima de la locura. Se pelearon por una mujer.

La boca de Juliet se curvó por un lado.

—Cáspita, ¿y por consiguiente habéis decidido adoptar esta agria actitud contra todas las mujeres? O sea, ¿que habéis marchado de Inglaterra con ese virulento grano y habéis elegido el exilio ante la posibilidad de veros tentado de nuevo por alguna joven bruja demoníaca envuelta en sedas perfumadas?

Los ojos oscuros de él se entrecerraron un poco al oír aquella burla, pero no tardó en sonreír.

—Más bien lo contrario, de hecho. Accedí a prometerme en matrimonio poco antes de partir.

—¿Cómo hace uno para «acceder» a prometerse en matrimonio? Yo hubiera pensado que uno se comprometía o no…

Varian respondió con un gesto sombrío de su labio.

—¿No os parece Beacom incesante e interminable? Deberíais aguantar una velada con la viuda del duque de Harrow. Yo llevo siete años de veladas, de hecho desde que cumplí mi vigesimoprimer aniversario. Fue uno de los motivos para continuar en el ejército. Me daba una excusa para eludir los esfuerzos de mi madre por encontrarme esposa.

—Pero a la postre habéis sucumbido.

—Después de la muerte de mi hermano el año pasado, no me quedaban muchas opciones. Me informaron en términos nada vagos que necesitaba un heredero y estar en la misma habitación que mi querida madre era como encontrarme desnudo frente a una hilera de cañones de artillería sosteniendo en mis manos una diana, sólo que en este caso la munición consistía en jóvenes con la edad, fortuna y posición social adecuadas.

—¿Dejasteis que vuestra madre escogiera a vuestra futura esposa?

—No se trata de una práctica excepcional arreglar matrimonios para satisfacer las necesidades de ambas partes.

—Ah, de modo que vuestra prometida… mejor dicho, vuestra futura prometida… ¿es rica?

Varian frunció el ceño.

—En una familia tan antigua como la mía, existen ciertas consideraciones y requisitos que cancelan el lujo de decidir sólo por el gusto y el olfato.

—Estoy segura de que es así. ¿La amáis?

—Me cuesta pensar que eso sea de vuestra incumbencia.

—De cualquier modo es una pregunta sencilla. ¿Amáis a la mujer con la que os vais a casar?

—Proviene de una buena familia con buen linaje.

—¿Y conserva todos sus dientes? Santo Dios, sonáis como si escogierais las esposas igual que se escoge un semental de cría.

—Disculpad, señora, golpeadme en el otro lado de la cabeza con un mazo antes de decirme que creéis en el amor.

Juliet se quedó mirando las sombras por un momento, debatiéndose sobre la mejor manera de responder. Alguien que crecía en compañía de Simon e Isabeau Dante tenía que creer en algo más que la simple conveniencia. Después de todos aquellos años juntos, les costaba mantener las manos quietas, sin que sus ojos reflejaran sus pensamientos libidinosos cuando se miraban uno a otro.

Juliet sonrió.

—Yo quiero que el hombre con el que me case se sienta incómodo cada vez que le mire. Que cuando yo entre en la habitación sea incapaz de moverse, temeroso de hacerlo, no fuera que el aire se desmenuzara y se fragmentara en pedazos a su alrededor.

—Un temor fácil de entender —dijo él al tiempo que miraba de forma significativa las astillas que habían quedado de la silla rota.

—Y si se trata del hombre idóneo, no me importará que sea un mendigo o un rey.

—Pero mejor un rey, a juzgar por el destello que veo en vuestra mano.

Juliet bajó la vista a la copa vacía que sostenía en la mano. Al inclinar la mano, las joyas incrustadas alrededor del borde del cáliz reflejaron puntos fracturados de luz coloreada a lo largo de la pared.

—Las recompensas de un duro día de trabajo —replicó con voz uniforme—. En este caso, un pequeño detalle de las bodegas particulares de don Alonzo Perez, antiguo capitán del *San Ambrosio*. Lo tomamos a la altura de la costa de La Hispaniola el invierno pasado. Estaba carcomido, no merecía la pena el esfuerzo de repararlo o reacondicionarlo, pero vendimos su cargamento por veinte mil escudos.

Yo me quedé con la copa, igual que me guardo alguna pequeña muestra de cada barco que capturamos.

Otro movimiento desenfadado de su mano indicó el aparador con la rejilla metálica que estaba tras la mesa con las cartas de navegación y que exhibía una serie de armas de aspecto excelente. La mayoría eran armas de larga embocadura con llave giratoria, algunas de diseño francés con incrustaciones de nácar, pero en su mayoría eran de estilo italiano con profusa ornamentación dorada. Un par de pistolas atrajo su atención especialmente, una combinación inusual de mecanismos de llave con mecha y de llave giratoria con ambos encendidos controlados por un solo gatillo. La alianza de los dos sistemas se reflejaba en la decoración de la culata de nogal donde estaba representada una pareja desnuda en el acto de unirse. Conocía este detalle, pese a que no alcanzaba a verlo desde esa distancia, porque las armas eran suyas, y la última vez que las había visto las llevaba sobre su persona en la cubierta del *Argus*.

—¡Maldición! ¡Ésas son mis Brescianas!

Juliet siguió su dedo estirado.

—Lo dudo, señor. Ésas son mis Brescianas.

—Desde luego que no, señora. ¡Las hizo a mano para mí el propio Lazzarino Cominazzo!

—Si la memoria no me falla, se las quité a un bucanero llamado Jorges Fillarento, y si se parecen a las vuestras, habrá hecho dos pares vuestro artesano.

—Sólo con mirarlas puedo deciros al instante si son mías o no.

—Pues apartad la mirada —le desafió—. Este instante o el siguiente, poco importa.

Provocado hasta el punto de que su desnudez dejara de importarle, Varian retiró la manta y sacó las piernas por un lado de la cama. Las magulladuras en su cadera y hombro le obligaron a tomar aliento entre dientes mientras se levantaba, pero el dolor era superado por las zancadas furiosas que le llevaban hasta el otro lado del camarote. El aparador no estaba cerrado, de modo que retiró una de las elegantes pistolas de duelo del expositor. Cuando la sostuvo a la luz, el resplandor rebotó en la suave superficie de la placa donde, en vez de aparecer grabado el intrincado emblema de los Harrow, Varian se sorprendió al ver sobre el metal tres iniciales poco familiares con una vistosa caligrafía.

—No es posible —murmuró, y comprobó la incrustación en el

cañón de nogal, con la pareja enlazada, sí señor, la mujer con el cuello y la espalda arqueados como si estuviera en medio de un intenso orgasmo—. Mis disculpas, capitana, estaba seguro de que mis armas eran únicas.

Juliet, todavía sentada en el suelo, se encontró de pronto con su mirada situada justo a la altura de la entrepierna del duque. Por supuesto, había visto todo lo que había que ver al desnudarle para examinar sus heridas, pero la gravedad alteraba de una forma interesante el aspecto de unos apéndices masculinos ya impresionantes en principio. Además, su musculoso muslo era una buena distracción para la mirada; así de tan cerca, pudo apreciar la marca de sus tensos tendones en la cadera y el suave vello marrón claro que descendía por las pantorrillas.

—¿Todos los ingleses se toman tan en serio proteger su cuerpo del sol por debajo del cuello? Juro que nunca antes he visto un cuerpo ni la mitad de pálido que el vuestro ni nadie que estuviera cubierto de tantas capas de ropa a una latitud tan próxima al ecuador. Creo que a ese sarpullido que tenéis le beneficiaría un día o dos sin otra restricción que el aire.

Varian estaba tan sobresaltado que tuvo que mirar hacia abajo. El sarpullido mentado se localizaba en los alrededores poco delicados de sus partes íntimas y también debajo de sus brazos. El jabón, como había descubierto Beacom completamente horrorizado, no se mezclaba bien con el agua de mar, y puesto que el agua de mar era todo lo que le habían permitido usar para lavar la ropa durante su viaje de seis semanas, la ropa interior del duque había adquirido unos irritantes residuos de sal. Aquello se había agravado cuando el *Argus* se adentró en aguas tropicales, ya que el calor y el sol infernales no daban tregua, ni la visión de la tripulación despojándose de una capa y otra de ropa a medida que el calor iba en aumento. La mayoría de hombres trabajaban descalzos, vestidos con aireados petos de cañamazo sin mangas y pantalones flojos.

Negándosele la opción a tales hábitos dignos de infieles, Varian había mantenido puestas sus llamativas medias y pantalones acolchados, sus guateados jubones, sus chaqués y capas, que le picaban sin merced, pero sabedor en silencio de que su figura sobre cubierta quedaba imponente. La idea de caminar por ahí desnudo era casi tan absurda como la imagen que presentaba en aquel instante: de pie, como había venido al mundo, delante de una mujer que inspeccionaba sus partes púdicas con una curiosidad creciente y tan desvergonzada que provocó una sacudida en su miembro.

Puesto que no era costumbre de Varian St. Clare someter a tan minucioso escrutinio no solicitado cualquier parte de su cuerpo, ni encontraba placer alguno en ello, devolvió con un brusco movimiento la pistola a su estante y se dispuso a regresar a la cama. La sonrisa de Juliet se amplió. Soltó una risita y luego una carcajada, con un sonido que hirió algo más que su vanidad y le obligó a detenerse en seco. Sin pensar en las consecuencias, se dio media vuelta, se inclinó y la levantó abruptamente del suelo cogiéndola por los brazos hasta dejarla de pie ante él.

¿Qué diablos había planeado hacer con ella una vez estuvieran uno frente a otro? Eso era algo que no tuvo ocasión de decidir, ya que a pesar de la cantidad de ron que Juliet había bebido, sus reflejos fueron tan rápidos y mortíferos como los del ataque de una cobra. Sacó un cuchillo y colocó su punta bajo la barbilla del duque antes de que él acabara de ponerla derecha.

—Deberían haberos advertido —dijo con voz tan fría como la hoja que besaba su garganta— que son pocos los hombres que osarían a tocarme sin una invitación específica a hacerlo. Y aún son menos los que han sobrevivido a llamarme mentirosa.

Varian alzó aún más la barbilla ante la sugerencia a hacerlo por el acero de la daga. Le soltó los brazos y estiró las manos poco a poco hacia atrás.

—Perdonad mi impertinencia. Las armas son idénticas a las mías. Fue una reacción instintiva y ya me he disculpado por mi transgresión, algo que hago en raras ocasiones, y casi nunca ante alguien que ha bebido demasiado ron como para tener en cuenta tales disculpas.

—¿Ah sí? —murmuró ella entrecerrando los ojos.

—Exactamente, señora. En cuanto a las repercusiones... —Apretó la mandíbula y bajo la barbilla, desafiando la presión del cuchillo, sintiendo el afilado pinchazo mientras la punta perforaba la piel—. Considerando la dirección que ha tomado nuestra conversación, creo que es más trascendental saber cuáles serían las consecuencias por negarse a una invitación vuestra.

Juliet se lo quedó mirando durante un prolongado momento. La total insolencia de sus insinuaciones, que ella le invitara a tocarla de cualquier manera íntima, casi hizo que la hoja se hundiera aún más de motu proprio. En vez de eso, hizo descender la punta de la daga por su garganta hasta el esternón, continuó por los rizos de vello oscuro hasta la superficie plana de su vientre. Cuando el frío acero bajó hasta descansar en la base de su virilidad, lo inclinó de manera que el peso de su miembro quedara sobre la superficie plana de la hoja como una ofrenda en una bandeja.

Él ni chistó.

—Dais muestras de más valor del que yo os creía, milord —dijo ella con calma.

—Y vos de más chulería, capitana. No es de sorprender, de todos modos, con la ventaja de un puñal en la mano.

Juliet soltó un suspiró de incredulidad. Se libró del arma arrojándola con un movimiento experto de muñeca al otro lado del camarote que la dejó clavada en la madera situada al lado de la puerta. Al mismo tiempo alzó su bota, con la que aplastó el empeine descalzo de Varian.

Antes de que él pudiera reaccionar a alguna de estas acciones, Juliet le agarró el brazo y le torció la muñeca de un modo salvaje, doblando a continuación su pulgar hacia atrás hasta que la articulación cedió. El dolor se disparó brazo arriba y obligó a Varian a doblarse por la cintura. Una torcedura más hizo que Varian quedara postrado de rodillas ante ella.

Juliet se inclinó y apretó sus labios contra las ondas de pelo sedoso que tapaban la oreja del duque.

—Ahora no tengo ningún cuchillo, milord. ¿Siguen sonando mis palabras a ron y bravuconadas?

Varian enseñó los dientes, mofándose de su agonía, y estiró la mano libre hacia atrás para enganchar la parte posterior de la pierna derecha de Juliet con el brazo. La torció violentamente hacia delante sintiendo que vencía su resistencia y la obligaba a perder el equilibrio. Un segundo tirón hizo que ella se pegara un golpazo contra el suelo debajo de él, tan fuerte que se vio obligada a soltarle la muñeca y el pulgar.

Varian apenas había tomado suficiente aire para proferir un juramento cuando ella se torció como un látigo y se quedó apoyada de espaldas sobre los codos. Sus piernas formaron unas pinzas y atenazaron con fuerza su garganta, apretaron su tráquea y le privaron del aire que pudiera haber entrado en los pulmones. Varian intentó arañarle los muslos para que aflojara la presión pero era como intentar separar dos barras de hierro. Probó a darse media vuelta para poder así librarse de ella, pero Juliet contrarrestó sus esfuerzos con una llave en sentido contrario, dejándole aún más oprimido por su agarre.

La sangre empezó a agolparse bajo las órbitas de Varian. Unas grandes manchas negras empezaron a cegar su visión, su pecho empezó a arder, los músculos pedían aire a gritos. Soltó sus manos de los muslos, pero antes de que pudiera dar con las palmas en las tablas del suelo para indicar su rendición, un brusco golpe sonó en la puerta del camarote.

Se oyó el sonido de la maldición ladrada por Juliet, luego la puerta se abrió y por ella apareció un delgado muchacho de no más de doce o trece años que traía una gran bandeja de madera haciendo equilibrios en una mano y una voluminosa botella de loza en la otra.

Vaciló un momento en el umbral, pero si le pareció extraño ver a su capitana tumbada en el suelo con un hombre desnudo al que estaba estrangulando entre sus muslos, la expresión de su rostro no lo traicionó.

—Ese hombrecillo tan raro vino a buscar ron y el señor Crisp pensó que a lo mejor quería también algo para comer —dijo—. ¿Queréis que deje los víveres aquí encima de la mesa?

—Sí. Gracias, Johnny Boy —dijo ella con la respiración entrecortada—. Dale un bocado al queso por las molestias.

—Sí, capitana. Gracias, capitana. El señor Crisp también quería que le dijera que tenemos que apocar la vela mayor otra vez, porque... porque dice que el «gran puerco tambaleante» que nos sigue ha vuelto a retrasarse. —Mientras decía esto, sacó con desenfado su puñal del cinturón y se sirvió una buena porción del gran queso amarillo que había traído en la bandeja. Dio un mordisco y se metió el resto dentro de la camisa—. También quiere que le diga que el viento ha cambiado y que la mar se está picando un poco. Lo más seguro es que nos pille un vendaval antes de la mañana.

Juliet soltó otra maldición. Aflojó las piernas de la garganta de Varian y se levantó de un brinco, dejando al duque despatarrado como una estrella de mar en el suelo tras ella, respirando entre jadeos.

—¿Cuánto le llevamos al *Santo Domingo*?

—No le alcanzaríamos con un doble cañón largo disparando una carga ligera.

El sistema de cálculo del muchacho indicaba media milla, tal vez más. Una separación demasiado importante si se encontraban con una borrasca.

—Dile al señor Crisp que voy para allá.

Con el moflete hinchado por el trozo de queso, Johnny Boy preguntó si su capitana necesitaba alguna cosa más.

—Una hamaca para su señoría —dijo Juliet—. A partir de ahora dormirá en otro sitio.

El muchacho dejó de mascar y alzó una ceja.

—¿Dónde debo meterle?

—Vacía uno de los armarios para velas. Resultará bastante privado.

El muchacho miró entonces a Varian, luego a Juliet y a continuación soltó una risita.

—Sí, capitana. Pues un armario.

El golpe amortiguado que acompañó la salida del muchacho hizo que Varian se volviera para mirar pese a su sufrimiento. Desde su posición, tumbado boca abajo sobre el suelo, fue capaz de volver la cabeza lo suficiente para ver a través de la cortina de cabello. Al muchacho le faltaba una pierna. La rodilla derecha iba atada a un cabestrillo almohadillado situado en lo alto de una estaquilla de madera. La visión por sí sola no era algo insólito, con frecuencia la gente de mar no disponía de asistencia médica a bordo más allá del cuchillo y la aguja. Lo que llamó la atención de Varian fue el relieve sobre el palo y el cabestrillo. El primero estaba tallado y pulido para que pareciera el cuerpo de una serpiente; el segundo era una boca abierta que llevaba además relucientes ojos de vidrio y dientes afilados.

El duque gimió y volvió a cerrar los ojos. Tenía el pulgar dislocado, la mano le ardía como carbón en una fragua y la garganta justo entonces empezaba a responder a sus esfuerzos por tragar.

Juliet retiró su daga de la pared y se puso en cuclillas al lado de St. Clare. No podía ver su rostro. A la altura de sus labios, oscuras ráfagas de cabello eran absorbidas y sopladas de nuevo. Utilizando la punta de la hoja, apartó a un lado la cortina de relucientes mechones y esperó a que uno de los ojos azules medianoche se entornara y la mirara.

—Tal vez la próxima vez mostréis más cautela a la hora de plantear desafíos. —Echó un vistazo a la mano que él sostenía contra el pecho y chasqueó la lengua una sola vez con aire compasivo.

—Apuesto a que duele lo suyo. ¿Os parece que vuelva a poner el pulgar en su sitio o podéis apañaros solito?

A través de la rejilla blanca de su dentadura, soltó un bufido sibilante mientras ejercía una pronunciada torsión sobre su pulgar. El hueso encajó en su hueco con un ruido sordo y, aunque un estremecimiento recorrió todo su brazo, el duque no apartó sus ojos del rostro de Juliet.

—Al igual que vos, señora —su voz sonó ronca a causa del furor—, preferiría que no me tocarais otra vez sin una invitación específica a hacerlo.

Juliet dejó que el pelo cubriera de nuevo su rostro y recorrió con su mirada toda su espalda hasta sus tersas nalgas.

—Según como interprete eso cada cual, milord, podría tomarse por otro desafío.

Él tomó aire y volvió a expulsarlo antes de contestar.

—Ni por un momento penséis que se trata de eso, ya que antes buscaría las atenciones de una vieja desdentada y deforme.

Juliet sonrió burlona.

—Cielos, si ésas son vuestras preferencias de compañía femenina, tendré que esforzarme en reprimir cualquier pensamiento libidinoso que pueda tener.

—Si lo hacéis así, moriré en un estado de eterna gratitud.

—Espero que no demasiado pronto. Me habéis hecho pensar que tal vez merezcáis una recompensa después de todo. De vuestra novia, por ejemplo. ¿Qué pagaría ella para teneros de vuelta sano y salvo y —echó una ojeada al largo cuerpo musculoso una segunda vez— sin mancillar por las depravaciones de una pobre pirata saqueadora?

A él le había caído de nuevo el pelo sobre el rostro, pero Juliet alcanzaba a ver el destello en sus ojos a través de los sedosos mechones.

—¿O tal vez —dijo ella aproximándose un poco más para susurrarle al oído en tono seductor—, debería yo esforzarme en conquistaros con mis encantos?

—Puesto que carece de los recursos necesarios —escupió él—, el riesgo es desdeñable.

Juliet apoyó sus manos en las rodillas y se incorporó.

—Saboread esta sensación de piedad bondadosa, milord, ya que aún tenéis que conocer a mi padre. ¿Creéis que yo me tomo demasiado en serio cualquier insulto? Como se os ocurra tener algún gesto altivo en su presencia, os cortará el cuello sin pensárselo dos veces.

Capítulo 6

*E*l tiempo se mantuvo sin llover toda la noche, con apenas unas ráfagas de viento ocasionales, pero el amanecer llegó con un cielo plomizo y un mar con olas tan altas que arrojaban gotas de espuma verde por encima de las barandas de cubierta. Una ancha y rugiente franja de negras nubes de tormenta rondaba el cielo por el oeste, y aunque el *Iron Rose* podría haber desplegado más velas y así dejar atrás la tormenta, el galeón no. Culpa de ello era la exacerbada testarudez de los carpinteros de navíos españoles que se negaban a alterar el diseño de sus buques. Sus desmesurados aparejos de cruz sólo les permitían ir a donde les llevara el viento. Insistían también en construir grandes castillos de proa y de popa: altísimas cubiertas de madera que limitaban seriamente la velocidad y volvían inseguras sus naves, ya de por sí inestables, en casos de mala climatología.

No obstante, Juliet hubiera preferido caer muerta que entregar al viento y al mar un botín tan preciado.

—Amarrad todo lo que no esté ya clavado o atado, señor Crisp. Nos espera una buena. —Bajó el catalejo y miró entrecerrando los ojos la masa de nubes que avanzaba hacia ellos—. ¿No dijimos los dos que había sido demasiado fácil?

Nathan soltó una maldición y se fue hacia la popa gritando órdenes a su paso a todos los hombres.

La sesgada horquilla de un relámpago estalló en medio de las nubes y Juliet contó los segundos que tardó en llegar el sonido hasta ellos. Calculando una legua por cada tres segundos, supuso que la tormenta se encontraba a cuatro leguas de distancia y que avanzaba hacia ellos a buena velocidad. El viento era frío y húmedo, los sombreros salían volando, resonaban las vigotas, y cambiaba con brusquedad de dirección de un minuto a otro, con lo cual la lona de las velas retumbaba como cañonazos por encima de las cabezas.

Aparte de los hombres asignados a los cabos, la tripulación permanecía abajo. Los capitanes de artillería comprobaron que las culebrinas estuvieran bien sujetas y las portas precintadas para que el agua no entrara. Se colocaron tapones de cera en los tubos y orificios de cebadura de los cañones. Los barriles de pólvora se pusieron a buen recaudo y varios cientos de proyectiles se guardaron en lugar seguro en la santabárbara. Las bombas estaban engrasadas y con marineros asignados. Los faroles que no se habían encendido durante la noche permanecían apagados, ya que el principal peligro a bordo de un barco era el fuego; incluso las brasas de carbón de los fogones se enfriaron para prevenir cualquier derrame accidental.

Juliet controlaba desde el alcázar la aproximación de la tormenta con los pies muy separados para contrarrestar los altibajos del *Iron Rose* que pasaba de una ola a otra. Llevaba el pañuelo bien anudado sobre su frente para que el pelo no se le fuera a los ojos, pero todo el rato se le escapaban mechones, que le hacían sentirse la mitológica Medusa.

Una figura inmóvil que sin duda compartía esta impresión se hallaba en medio de la cubierta principal con las manos agarradas a la baranda y el rostro vuelto hacia el mar. A Juliet le sorprendió que el duque de Harrow se atreviera a salir con un tiempo tan desapacible. En realidad la había sorprendido el simple hecho de verle vestido como iba, con una camisa de basta tela y holgados pantalones de lona, ninguna de las dos prendas demasiado limpia, en absoluto algo que pudiera considerarse el atuendo adecuado para un duque.

La camisa, que podría quedarle floja al marino medio de constitución nervuda, a él le iba ajustada por los hombros y, puesto que no llevaba lazadas, se le abría por el pecho. Los pantalones se estiraban de forma parecida por las costuras y estaban tan raídos que se preguntó si aquella prenda le serviría de algo si tuviera que inclinarse con algún movimiento apresurado. Todo ello, en combinación con los refinados zapatos de cuero engalanados con rosas de cintas, el único que había podido salvar del naufragio, creaba una figura bastante cómica, y Juliet sospechó que sólo su pura testarudez le había llevado a salir a cubierta.

No le había visto desde el incidente en su camarote, ni se había molestado en indagar qué armario había elegido Johnny Boy para transformarlo en su cubículo. Lo único que sabía era que su litera había quedado libre cuando fue a echarse, en algún momento después de la medianoche.

Una rara punzada de culpabilidad remordió la conciencia de Juliet mientras le estudiaba. Era posible que hubiera consumido más ron de la cuenta la noche pasada y que su reacción, cuando él la tocó, fuera desproporcionada teniendo en cuenta el delito real. Más que nada la había dejado muy desconcertada que él la levantara del suelo, precisamente porque apenas medio momento antes se estaba preguntando qué se sentiría con todo ese cuerpazo desnudo pegado al suyo. Antes de que se diera cuenta, el cuchillo había aparecido en su mano, después de lo cual, por supuesto, no podía dar marcha atrás. Sobre todo no podía hacerlo después de que él la acusara de contar con una ventaja injusta.

Desde su posición en el alcázar no podía verle el rostro. Tampoco él parecía interesado en mirar en su dirección, lo cual era como echar un sedal con un cebo de roja carne fresca ante un tiburón. Tenía ya un pie en la escala cuando el cielo retumbó, el viento dejó súbitamente de soplar y la parte inferior de las nubes se encendió con un infame relumbre verde.

En medio de aquel repentino y sobrenatural silencio, Varian echó una rápida mirada hacia el cielo y contuvo el aliento. Unas ardientes descargas de electricidad estática formando una cola crepitaron desde topes y vergas. De brillante color naranja, eran como pequeños rayos jugando sobre el esqueleto del barco, saltando de palo en palo, descendiendo por los mástiles y haciendo que todo el aire silbara por encima.

—La mayoría de marineros tienen un miedo supersticioso al fuego de San Telmo —dijo Juliet con calma—. Creen que cualquiera lo suficientemente atrevido como para permitir que su luz ilumine su rostro morirá en el plazo de un día.

Varian apartó la vista a su pesar de las luces danzarinas. El viento le había soplado el pelo sobre el rostro, los mechones se pegaban a su mejilla y garganta, enganchándose a una oscura barba de dos días.

—He oído hablar del fenómeno pero nunca lo había visto.

Juliet inclinó la cabeza hacia arriba, pero los parpadeos de luz ya empezaban a desvanecerse.

—¿No sois supersticiosa? —preguntó él.

—Respecto a ciertas cosas, sí. Nunca iniciaría un viaje en viernes, por ejemplo, ni dejaría subir un gato negro a bordo. También es cierto que tengo el amnios de un recién nacido colgado en mi camarote y nunca me hago a la mar sin verter una buena botella de vino sobre las cubiertas de batería para que traigan buena suerte. Pero, ojo, al parecer la maldición más temida en alta mar es la de tener una mujer a bordo, por lo tanto, podría decirse que soy más escéptica que la mayoría de grumetes.

—Pues antes de partir de Londres me confiaron de buena fuente que las tormentas y los vientos fuertes amainaban si había una mujer desnuda en cubierta...

—Ése es el motivo de que en la mayoría de barcos el mascarón de proa sea una mujer desnuda. No obstante, tal vez prefiráis guareceros abajo —recomendó ella, y pestañeó cuando una gruesa gota de lluvia le salpicó la mejilla—, no tengo intención de desnudarme, y el viento puede derribaros como si fuerais un muñeco si vuestras piernas no están bien acostumbradas al movimiento del barco.

—Gracias, capitana —dijo Beacom asomándose desde detrás de los amplios hombros de su señor—. Estaba a punto de sugerir eso mismo a Su Excelencia: retirarnos abajo hasta que pase esta desagradable situación.

—Yo, sin embargo, estaba pensando en que un poco de lluvia y un poco de viento fresco podrían ser un cambio estimulante —dijo Varian con tirantez.

—Como queráis —dijo Juliet—. Pero si acabáis empujado por una ola por encima de la baranda, no daremos media vuelta para pescaros y sacaros del agua.

Beacom profirió un sonido con la garganta, pero Varian se limitó a hacer una pequeña inclinación, como agradecimiento por el consejo, y se volvió a mirar de nuevo aquel mar desbordante.

—¿Estimulante? —Beacom esperó a que Juliet regresara al alcázar para cuestionar el estado mental de su señor—. ¿Tan estimulante como la tormenta que nos cogió en las Canarias cuando navegábamos hacia el sur?

La oscura ceja de Varian se torció con el recuerdo, ya que el vendaval les azotó durante cuatro días y cinco noches y dejó a los dos hombres tan débiles por el mareo que habrían agradecido una muerte rápida con una cachiporra de púas. De todos modos, la muchacha había arrojado el guante con sutileza. Si ahora se retiraba, consciente de que ya en una ocasión ella había demostrado su superioridad, aquello sugeriría que sus piernas estaban hechas de una materia menos firme que las de ella.

—Bajad si queréis —dijo entrecerrando los ojos para protegerse de las gotas de lluvia—. Yo prefiero quedarme aquí unos minutos más.

Los pocos minutos se alargaron hasta diez, y para entonces las nubes más negras ya estaban justo sobre sus cabezas, el viento azotaba la cubierta y el chaparrón caía en forma de gotas como agujas. Varian se sentía satisfecho de haber dejado claro lo que quería.

Por fin, con Beacom castañeando los dientes con demasiada violencia como para poder expresar su gratitud, los dos hombres empezaron a avanzar por la cubierta, pero antes de que llegaran a salvo a la escotilla, el suelo de madera se movió bajo sus pies. El barco pareció elevarse por debajo, escorándose peligrosamente a un lado, y arrojó tanto a Varian como a Beacom con fuerza contra la base del mástil. Aturdidos, lo único que pudieron hacer fue agarrarse mientras una sólida y verde pared de agua de mar caía con estrépito sobre la cubierta, golpeándoles con fuerza suficiente como para arrastrarles sobre el entarimado y dejarles aplastados contra el mamparo. El barco se enderezó y luego se inclinó en dirección contraria, enviando a Beacom patinando y resbalándose casi hasta la baranda de nuevo.

Varian soltó una maldición y se fue tras él. Consiguió agarrar un brazo huesudo y arrastrarlo hasta la seguridad de la escotilla. Por encima de ellos, en el alcázar, Juliet estaba gritando órdenes al timonel, quien estaba doblado sobre el pinzote con el cabello azotado verticalmente por el viento. El marino estaba allí, empujando con todo su cuerpo para mantener firme el timón, y un momento después había desaparecido, arrojado contra la baranda y salvado de ser barrido por encima de la borda gracias al cable que llevaba sujeto a la cintura.

—¡Excelencia! —Beacom estaba gritando, tirándole del brazo, pero Varian no podía moverse, apenas podía ver más allá de unos pocos metros delante de él. Intentó restregarse el agua salada de los ojos, pero todo seguía borroso. No podía ver a Juliet Dante. Si seguía arriba en el alcázar, las cortinas del aguacero la tapaban.

Si es que aún estaba ahí.

Un crujido atronador atrajo la mirada de Varian aún más arriba en el momento en que un rayo impactó sobre lo alto del trinquete. El recortado haz blanco pareció quedar suspendido en el aire antes de disolverse en una fuente de brillantes chispas rojas, algunas de las cuales rociaron las cabezas de los hombres que se ocupaban de los cabos. Debilitado tras la batalla con el *Santo Domingo*, el mástil superior se fracturó en dos bajo el feroz rayo, y una sección de tres metros se estrelló contra la cubierta al tiempo que los obenques saltaban y estallaban con la caída. El trozo roto de roble salió propulsado contra el entarimado lo bastante cerca de Varian como para salpicar su rostro.

—Excelencia, os lo ruego, ¡debéis bajar!

La voz de Beacon sonaba frenética, pero la atención de Varian volvía a estar en el alcázar. Seguía sin haber señales de Juliet. El timonel estaba a cuatro patas, con la frente ensangrentada por el golpe contra la baranda. Varian se libró de las manos de Beacom que le agarraban con firmeza y se fue corriendo hasta la parte inferior de la escala. Trepó los peldaños de dos en dos y la vio. Estaba en el lado de estribor del alcázar e intentaba subirse a los obenques.

Al principio no pudo entender por qué iba a hacer algo tan disparatado, pero luego miró más arriba y vio colgado boca abajo de los flechastes al muchacho de la pata de palo. Tenía un cabo enlazado alrededor de su tobillo bueno, y Varian imaginó que, cuando el mástil cayó, el cabo se había tensado y había levantado del suelo al muchacho hasta el lío de jarcias. Estaba colgado indefenso, balanceándose hacia delante y atrás con el movimiento del barco, y con cada balanceo se acercaba más peligrosamente a la base del mástil.

Doblado contra la fuerza del viento, Varian se abrió camino a través del alcázar. Llegó al lado de Juliet cuando otra descomunal ola verde estallaba sobre la proa, que estuvo a punto de arrojarlos sobre la cubierta. Le rodeó la cintura con un brazo y con el otro se sujetó a los acolladores cuádruples, sosteniéndoles a ambos contra los obenques hasta que pasó la ola.

A sus pies reptaban traicioneros cabos sueltos, y la sección rota del mástil continuaba tirando de las jarcias con cada movimiento del barco, partiendo palos rotos, reventando cadenotes de la borda y soltando más cabos que golpeaban sobre sus cabezas. Varian oyó a Juliet gritarle algo al oído, pero tenía la boca y la nariz taponadas por el agua salada y el pelo pegado al cráneo. Se volvió al otro lado en el momento en que el extremo de un cabo golpeaba su mejilla con un fuerte azote.

El doloroso escozor se sumó a su cegamiento, con lo cual casi no vio a Johnny Boy cuando el muchacho se acercó balanceándose a los obenques. Varian se estiró para agarrar la mano que el muchacho sacudía, pero calculó mal la distancia en medio brazo y comprendió que tenía que trepar un poco más para alcanzarle. Empujó a Juliet a un lado, puso un pie en la baranda y se impulsó por los obenques. Consiguió equilibrarse a tiempo de ver la siguiente ola que estaba a punto de golpearle y volvió el rostro para evitar lo peor del choque, pero cuando meneó la cabeza para sacudirse el agua del pelo y de los ojos, el cabo suelto volvió a azotarle. Con una maldición, atrapó el extremo y le dio varias vueltas alrededor de su muñeca, lo cual, comprendió demasiado tarde, era lo más insensato que podía haber hecho.

El barco volvió a hundirse en el seno de una ola, y la verga alrededor de la cual estaba atado el cabo se inclinó hacia delante con el movimiento, llevándose a Varian con él. Fue propulsado desde su posición en los obenques y se encontró en una situación casi tan peligrosa como la del muchacho a quien había acudido a rescatar. Los dos se tocaron durante un breve instante mientras se balanceaban en direcciones contrarias; luego St. Clare fue empujado hacia fuera, donde se columpió alrededor del extremo más alejado del obenque. Puesto que él era mucho más pesado, y había mucho más cabo en juego, fue lanzado hasta el otro lado dando vueltas como un molinete y durante diez segundos no hubo otra cosa bajo sus pies que el aire vacío y el mar revuelto.

Mientras el buque se erguía para encaramarse sobre la siguiente ola, Varian regresó balanceándose al punto de partida, y en esta ocasión fue capaz de alcanzar con su mano el brazo del muchacho, antes de que volvieran a separarse. El cabo que le sostenía le cortaba la muñeca, y el brazo casi se le sale de la cavidad cuando cogió al muchacho y arrastró su peso hacia sí. Pero antes de que el barco volviera a escorar, fue capaz de empujar al muchacho en dirección a los obenques, donde Juliet se encontraba ahora a altura suficiente para atraparlo.

Varian la vio recoger a Johnny Boy. Un segundo después, el duque volvía a salir propulsado hacia fuera del barco, llegando al extremo del arco con un tirón tan fuerte que sintió el cabo deslizándose dolorosamente por su mano. Mientras luchaba por subir como podía por el cabo, un puño tras otro, fue atrapado por la siguiente ola y sus pies se vieron arrastrados hacia delante por la imparable fuerza del mar. Cuando la ola ya había explotado sobre la cubierta, su visión se aclaró el tiempo suficiente como para ver la forma sólida del palo mayor apareciendo a toda velocidad, de un modo mortal, delante suyo. Un momento antes de chocar contra la madera de roble, sintió que unas manos le alcanzaban y le cogían por las piernas, y que alguien le gritaba que soltara el «puñetero» cabo. Cuando lo hizo, le recogieron en el aire y cogido por hombros y muslos le arrojaron por la escotilla abierta.

Aterrizó en la misma pila que Johnny Boy, lanzado allí tan sólo unos momentos antes. Nathan y Juliet permanecieron un momento mirando a ambos con gesto furioso desde arriba antes de cerrar la escotilla tras ellos y regresar a la bruma de fuerte lluvia y agua que corría a raudales sobre la cubierta.

Otra figura sombría surgió del pasillo que tenían a un lado.

—¡Jesús, María y José! —gritó Beacom—. Pensé que os habíamos perdido, Excelencia. ¡Perdido! ¿Qué tipo de locura os ha arrastrado a correr el riesgo de salir al exterior con esta tempestad?

Varian apretaba los dientes con demasiada fuerza como para dar alguna respuesta y el muchacho ya había desaparecido en la penumbra. El duque aceptó la ayuda de Beacom para ponerse primero de rodillas y luego de pie, pero desdeñó el ofrecimiento del hombro de su asistente para apoyarse. Se fue tambaleándose a solas a través de la penumbra de la pequeña cubierta de baterías que no dejaba de dar bandazos, en busca del pequeño armario mal ventilado en el que había sido encerrado la noche anterior.

Después de abrir tres estrechas puertas de madera y de que le cayeran encima velas, piedras de cubierta y palos, soltó una maldición y continuó dando tumbos por otra estrecha escalera de cámara que llevaba a la popa. El camarote de la capitana estaba vacío y relativamente seco de agua de mar, así que se quedó allí, de pie, goteando como un gran perro lanudo con el pelo caído sobre su rostro y con aquellas ropas prestadas empapadas y pegadas a él como una capa de pergamino mojado.

—Excelencia…

No quería pensar en el agobiante dolor que sentía en su hombro y cadera magullados en el *Argus*, pero cuando miró hacia abajo, descubrió que la parte delantera de la camisa estaba cubierta por una amplia mancha roja de sangre que continuaba salpicando a cada segundo. Recordó el extremo del cabo golpeando su mejilla y se examinó el rostro con la punta de los dedos. Soltó un jadeo ante lo que encontró.

—¿Excelencia...?

Varian se giró en redondo con un bramido, cerró la puerta de golpe y, pese a las subsiguientes protestas y golpes de puño, echó el cerrojo, dejando a Beacom ahí afuera, en la escalera de cámara.

La tormenta vapuleó el *Iron Rose* durante otras dos horas más antes de amainar y dirigirse hacia el este. A última hora de la tarde había dejado de llover, pese a que el viento seguía soplando con fuerza mucho rato después de que los rayos y los truenos se hubieran desplazado hasta el Atlántico. Dado el carácter peculiar de una tormenta tropical, cuando cayó la noche el cielo se había despejado lo suficiente como para ofrecer una visión fugaz y tardía de la puesta del sol en el punto donde éste se hundía como una bola de fuego cobrizo por detrás del picado mar.

Un hombre había muerto al caer de las jarcias; otro había sido arrastrado al agua por las olas. Había velas rotas y mangueras enredadas, palos partidos y restos esparcidos por encima de todas las cubiertas, pero no era eso lo que preocupaba a quienes se hallaban sobre el alcázar inspeccionando el horizonte vacío tras ellos.

El *Santo Domingo* no aparecía por ningún lado. Se estaba haciendo de noche muy deprisa y ya no sabían siquiera en qué dirección buscar; el mar parecía vacío en millas a la redonda. Juliet envió arriba a las cofas a los hombres con mejor vista y se negó no sólo a abandonar el alcázar sino a dejar a otro el catalejo hasta que finalmente detectaron un centelleo de luz muy lejos en el horizonte. Dio órdenes de hacer virar el *Iron Rose* y, como precaución, destapó las armas para pasar a la acción en caso de que las luces no fueran las que estaban esperando. Pasó otra hora de ansiedad antes de que se acercaran a suficiente distancia como para asegurarse de que se trataba del *Santo Domingo*.

El galeón había sufrido un duro castigo, pero la tripulación inglesa había ayudado a superar el trance. Cuando el *Rose* se situó a su altura, se trasladaron más hombres a bordo del *Santo Domingo*, entre ellos Nathan Crisp. Con lo picada que estaba la mar, Juliet no quería correr más riesgos en el último tramo antes de llegar a Pigeon Cay.

Volvieron a cambiar de dirección y tomaron de nuevo rumbo sursudeste. Sólo entonces Juliet se tomó un rato para bajar de la cubierta e ir a buscar ropas secas. Aunque aún había luz del día, hacía rato que había ordenado encender los fuegos de la cocina para que el cocinero pusiera a hervir los calderos, aunque no sabía qué ansiaba más, si un cuenco caliente de potaje de carnero o una copa del ron más fuerte.

Postergó la necesidad de tomar una decisión al ver a Beacom de pie y abatido ante la puerta de su camarote.

—¿Qué diantres estáis haciendo aquí? ¿Dónde está vuestro señor?

—Está... está dentro, señora —contestó Beacom mientras se retorcía las manos—. He hecho todo lo posible para disuadirle, pero él, no obstante...

—¿Está dentro? ¿Está dentro de mi camarote?

—Sí, señora. Me temo que así es. Y... y me temo que ha cerrado la puerta por dentro.

Juliet abrió aún más los ojos. Se acercó a la puerta, llevó una mano a la altura del pestillo y dio una sacudida. Al ver que no pasaba nada, retrocedió un paso y pateó la parte inferior de los tablones.

—¡Bien, milord, tenéis dos segundos para abrir esta maldita puerta antes de que empiece a disparar a las puñeteras bisagras!

Al no haber ninguna respuesta inmediata, y siendo consciente de tener las pistolas encerradas dentro, soltó una maldición y volvió a dar una patada a la puerta, en esta ocasión con suficiente fuerza como para que salieran astillas volando por los aires.

Estaba a punto de lanzarse corriendo contra la puerta y embestirla con el hombro cuando oyeron que el pasador se deslizaba por la madera y se abría el pestillo desde dentro. La puerta se abrió tan sólo una rendija y ella acabó de abrirla de par en par de una patada, golpeándola con fuerza suficiente como para que rebotara en la pared.

Juliet entró a zancadas en el camarote, los ojos le echaban chispas moteadas de azul intenso.

—¿Cómo os atrevéis? ¿Cómo os atrevéis a entrar aquí y...?

Se paró en seco y sus pulmones se quedaron sin aire ante la terrible sorpresa. Varian St. Clare se tambaleaba sobre un pie inestable delante de ella, con la camisa teñida de escarlata hasta la cintura y los pantalones rojos hasta la rodilla. Sus oscuros ojos parecían agujeros abiertos en su cráneo, una parte del cual relucía blanco a través de su mejilla, en el punto en que ésta se había desgarrado dejando el hueso al descubierto.

Una botella vacía rodaba de un lado a otro del suelo debajo de la litera. La copa que le colgaba de la mano dejó ir unas pocas gotas cuando el duque dio unos pasos hacia atrás para no caerse.

—Parece que le habéis cogido mucha afición a mi ron, señor —dijo Juliet con calma.

Él no dijo nada durante un momento, luego levantó la mano para tocarse el pliegue de carne que le colgaba de la mejilla.

—Encuentro que sus efectos me resultan cada vez más necesarios a medida que se van revelando los placeres de cada nuevo día en este paraíso tropical.

Juliet volvió un poco la cabeza y se dirigió en voz baja a Beacom.

—Id a buscar al velero del barco, no, esperad. ¡No está a bordo, maldita sea!

Varian empezó a caerse hacia delante. Juliet se vio obligada a dar unos apresurados pasos hacia él para cogerle por debajo de los brazos e impedir que su peso les arrastrara a ambos al suelo. Hizo un sonido peculiar con la garganta, seguido de un eructo que apestaba demasiado a ron.

—Vomitadme encima, milord —advirtió con un gruñido— y no acabaréis con vida el día.

—¿Es eso una amenaza o una promesa?

—Ambas cosas. —Juliet lanzó una fulminante mirada a Beacom por encima de su hombro—. No os quedéis ahí mirando. Ayudadme a tumbarlo en la litera.

El asistente agitó las manos antes de ir apresuradamente hacia ellos. Juntos bajaron a pulso al duque sobre el lecho y le obligaron a quedarse tumbado. Juliet arrojó un poco de agua en un cuenco de esmalte y encontró unos paños bastante limpios. Luego ordenó a Beacom que limpiara la sangre del rostro y la garganta de su amo mientras ella, tras rebuscar en su arcón, sacaba un pequeño costurero de oro del que se había apropiado en un barco olvidado hacía tiempo.

Cuando regresó a la cama, Varian tenía los ojos cerrados y un brazo sobre la frente.

—¿Se ha desmayado? —preguntó Juliet a Beacom.

—No, no se ha desmayado —respondió Varian con voz pastosa—, pese a las buenas intenciones.

—En tal caso, habría sido mejor que lo hubierais conseguido. ¿Debemos esperar o estáis ya preparado para aguantar unos cuantos puntos?

—Eso depende de quién vaya a coser.

—Por desgracia no estáis en posición de escoger en este momento. Nuestro velero aún se encuentra a bordo del *Santo Domingo* ocupándose de los hombres heridos del *Argus*, y puesto que me habéis prohibido de forma expresa tocaros sin invitación previa, parece ser que eso sólo nos deja a Beacom.

Juliet tendió la aguja al asistente quien se puso del color de la ceniza vieja y chilló con suficiente fuerza como para que Varian volviera a abrir los ojos.

—Oh, por el amor de Dios —suspiró—. Tocadme, matadme, cosedme la mejilla al pie, no tiene la menor importancia.

—Entonces, vamos a ello —dijo Juliet—. Además, erais demasiado guapo. Una cicatriz os dará carácter.

Juliet hizo un ademán con la cabeza para que Beacom trajera una silla y la colocara al lado de la litera. Encendió un farolillo, luego se lo pasó al asistente para que lo sostuviera mientras ella enhebraba la aguja con hilo de seda.

—A decir verdad, es cierto que en una ocasión cosí dos dedos juntos, por puro accidente, por supuesto. Las heridas eran tan serias que no podía distinguir dónde acababa un dedo y dónde empezaba el otro.

Varian tragó saliva con dificultad.

—Creo que voy a necesitar un poco más de ron.

—Más bien lo que hace falta es que no os mováis. Y si sentís la necesidad de gritar, avisadme primero para que no os clave la aguja en el ojo.

El pecho de él subió y bajó cobrando aliento, los músculos de su garganta se contrajeron y sus dedos formaron lentamente un puño. Y así continuaron hasta que Juliet devolvió con suavidad a su sitio el pliegue desgarrado de carne y empezó a coser los extremos en carne viva con puntadas rápidas y eficientes.

—Es una suerte que sangrara tanto. La herida está limpia y debería de curarse sin demasiadas complicaciones. Es más, la cicatriz sigue el nacimiento del cabello y será visible tan sólo desde, oh, cien pasos más o menos.

Los ojos azules medianoche se abrieron y encontraron los de ella a tan sólo unos centímetros por encima de su rostro.

—Con sinceridad —continuó ella tirando despacio del hilo a través de la carne fruncida— podía haber sido mucho peor. Podríais haber perdido un ojo o una oreja o... —Continuó varios minutos más, sacando la punta de la lengua por la esquina de la boca con gesto de concentración. Cuando finalizó, se incorporó y frunció el ceño.

—¿Qué pensáis, señor Beacom? ¿Acaso la dulce prometida del duque no encontrará esta cicatriz peligrosamente atractiva? Pero Beacom, hombre, por el amor de Dios, ahora ya podéis volver la cabeza y mirar.

Uno de los ojos color avellana de Beacom se abrió una rendija, a continuación el otro hizo lo mismo.

—¡Oh, oh! —Se adelantó y casi sonríe—. Que me aspen, la capitana dice la verdad, Excelencia. El corte queda cerca del pelo y las puntadas son tan esmeradas como las mejores que haya podido ver en un traje de seda.

Una vez guardó la aguja y el hilo en el costurero, Juliet lo metió de nuevo en su arcón. Cuando regresó junto a la litera unos minutos después, llevaba un paño empapado en una tintura tóxica así como un pequeño frasco envuelto en hule.

—¿Creéis, señor Beacom, que podréis volver a encontrar el camino hasta la cocina? El cocinero ya habrá calentado las tripas de los hombres con un poco de potaje caliente, y mi estómago está tan vacío que me refriega la espina dorsal. También debería haber galletas. Y queso. Y aparte podéis traer una jarra de cerveza ya que vais allí, y un poco de ternera fría si ya la han cortado. O mejor, decidle al cocinero que su capitana se muere de hambre, él sabrá qué hacer.

Beacom echó una ojeada a Varian pero esta vez no esperó a que diera su asentimiento para salir del camarote. Juliet volvió a su asiento otra vez.

—Puede que escueza. —Apretó el paño caliente y húmedo sobre su mejilla y lo sostuvo durante tanto rato que Varian pensó que sus pulmones iban a estallar por la presión de contener un grito. Para cuando remitió el increíble ardor, se sintió medio despejado y ella ya había desplazado su atención a la mano del duque. Era la izquierda, la misma cuyo pulgar le había dislocado la noche anterior, y que ahora mostraba unas inflamadas marcas rojas en la palma y en la muñeca, que había dejado el cabo.

Juliet hundió dos dedos en el frasco y sacó una pasta marrón y viscosa. Olía a despojos infernales pero en el instante en que entró en contacto con su palma quemada, el dolor se calmó.

—Fue realmente disparatado lo que hicisteis —dijo ella al final—. Y más llevando zapatos con tacones de madera y rosas de cintas de seda.

Los ojos oscuros estudiaron su rostro durante un momento antes de contestar.

—¿Se encuentra bien el muchacho?

—Estaba más asustado que otra cosa. Y le habéis impresionado lo suficiente como para que no echéis de menos un defensor si alguien levanta la mano y se ríe a vuestra espalda.

—¿Incluida vos?

—Yo me río delante de vuestra cara, señor, ¿o acaso no lo habíais notado?

—Desde luego que sí —tuvo que reconocer con sequedad el duque.

Juliet, guardándose muy bien de encontrar su mirada, volvió la atención al pulgar, aplicó más bálsamo y lo masajeó con cuidado alrededor de la articulación hinchada.

—Tuvisteis suerte de que esto no volviera a desencajarse.

—Y habría tenido más suerte si no lo hubiera hecho la primera vez.

Ella dobló su labio inferior entre los dientes y lo mordisqueó de manera caprichosa.

—Sí, bien... mi reacción anoche tal vez fue un poco exaltada. Sucedió, milord, que escogisteis el peor momento para poner a prueba mi paciencia.

—Santo Dios —murmuró él—. ¿Es eso una disculpa?

Ella se quedó mirando la oscuridad impenetrable de sus ojos y sintió un calor inquietante en la base de su columna—. Tomáoslo como prefiráis.

—Entonces, la aceptaré... con la condición de que aceptéis la mía.

—¿La vuestra? ¿Por qué?

—Por no saber tener la boca cerrada.

La franqueza autocrítica provocó un asomo de sonrisa en los labios de Juliet. También provocó un segundo acceso de calor que recorrió todo su cuerpo, esta vez más fuerte, centrado entre sus muslos, y mientras él continuaba mirándola, el placer se intensificó y se extendió por todo el cuerpo en oleadas de la más extraordinaria suavidad.

—Ahorradme la fatiga de una respuesta larga, milord, pero ¿qué hacéis aquí? ¿Qué puede haberos inducido a salir de vuestro acogedor lugar delante de la chimenea en Londres? Con toda certeza, como duodécimo duque de Harlow, podríais haber designado a otra persona más apta para hacer frente en vuestro nombre a los rigores de un viaje por mar.

—Es Harrow. Y debo suponer que el rey me consideró bastante apto para la tarea.

—¿Que consiste en...?

Esbozó una leve sonrisa.

—No he tomado tanto ron, capitana.

—Sean cuales sean vuestros asuntos aquí, tendréis que dar explicaciones en mi presencia.

—Entonces que sea vuestro padre quien lo decida, no yo.

Juliet dio un suspiro de impaciencia.

—Válgame Dios, de verdad que estoy perdiendo el interés...

—Ya me doy cuenta. Y si seguís frotándome el pulgar con tal fuerza, es posible que volváis a dislocarlo, porque no podía dolerme más.

Ella frunció el ceño y le apartó la mano con un movimiento brusco.

—Confío en que sepáis nadar, señor. Si mi padre encuentra vuestras agudezas tan divertidas como yo, es posible que necesitéis recurrir a esa habilidad.

La sonrisa de Varian vaciló entre la diversión y la curiosidad. Lo único que necesitaba en aquel momento era más ron, que es lo que había adormecido la mayoría de dolores y achaques de su cuerpo por primera vez en dos días. Pero cada vez se sentía más intrigado por esa pilluela pirata de lengua afilada e ingenio agudo; y no sólo por su mente.

Varias horas bajo la intensa lluvia habían suplido la falta de jabón y agua, ya que la mugre de la batalla se había lavado y había dejado su cara limpia y suave. El pelo, medio sujeto y medio suelto de la trenza, se había librado de las capas de polvo y sal y relucía con su intenso color caoba oscuro bajo la luz del farol. Los largos mechones que caían en rizos por su cuello atrajeron su mirada hacia la uve abierta y profunda de la camisa. Allí donde el tejido no estaba del todo seco se pegaba de tal manera a unas curvas femeninas que hubiera sido preferible dejarlas sólo en imaginaciones. Formas y sombras que le parecían inquietantes la noche anterior ahora hacían correr la sangre por sus venas con insistencia y empuje, le hacían empezar a contemplar la idea de que ella incluso fuera hermosa a su manera salvaje y pura.

Varian se obligó a apartar la mirada, preocupado por el cariz que adquirían sus pensamientos. Si este viaje infernal había tenido alguna compensación era la refrescante ausencia de mujeres a bordo. Debido a la riqueza e importancia de su familia, llevaba la mayoría de sus veintiocho años acosado por féminas codiciosas que a la menor oportunidad se interponían en su camino. De joven, había disfrutado bastante con sus atenciones, había disfrutado de una buena cantidad de amantes a lo largo de los años. Pero después de que las muertes de sus hermanos le convirtieran en el único heredero, los esfuerzos por hacerle sentar cabeza habían alcanzado proporciones casi frenéticas. Su pobre madre había sido la peor de todas, le arengaba sin cesar sobre la necesidad de escoger novia y seguir los pasos adecuados para dar un heredero legítimo a la familia.

Suponía que estaba justificado el desprecio mostrado por Juliet Dante al decirle que a la postre había sucumbido. La viuda del duque se había dedicado a seleccionar entre la manada de potenciales yeguas de cría hasta dejar como candidatas para acoger la semilla St. Clare a las tres vírgenes más ricas y suficientemente puras. Varian sencillamente había escogido una. Las tres tenían modales impecables, la misma educación perfecta e intachable que no las preparaba para nada más agotador que ser la perfecta esposa, anfitriona y señora del castillo. En esencia, todas eran réplicas de la propia viuda del duque: frías, hermosas y asexuadas a su manera elegante y pálida.

Por más que lo intentara, no podía imaginarse que su prometida, lady Margery Wrothwell, le permitiera verla con el pelo revuelto, la camisa húmeda y pegada a unos pechos que casi suplicaban que desgarrara el maldito tejido y los cogiera entre sus manos.

Movió las piernas pues sabía que la excitación que sentía era sobre todo producto de sus divagaciones empapadas en alcohol, pero de todos modos siguió inquieto. El celibato del que había disfrutado durante las anteriores seis semanas tenía sus inconvenientes, y se mentiría al pensar que había alcanzado un estado de pureza premarital en la que la curva de un pecho voluptuoso no tenía ningún efecto sobre él.

¿Dónde diablos estaba Beacom?

Como si leyera su mente, Juliet echó un vistazo a la puerta y balbució la misma pregunta.

—Ha llegado a perderse —explicó Varian con indulgencia— por los pasillos de Harrowgate Hall pese a haber pasado los últimos treinta años de servicio allí. Pero conste que, con sesenta y cinco dormitorios y Dios sabe cuántas alcobas principales, yo también me he equivocado en una o dos ocasiones.

Ella se había quedado mirándole como si acabara de afirmar que había volado a la luna y regresado a la tierra.

—¿Sesenta y cinco dormitorios?

—Es… es una finca muy antigua.

—¿Y vivís allí vos solo?

—Solo y con un pequeño ejército de unos cien sirvientes.

Juliet, con el ceño fruncido, empujó la silla otra vez a su lugar y volvió a colocar el pote de ungüento en el arcón. Encontró unos pantalones secos y una camisa limpia antes de cerrar la tapa. Haciendo equilibrios sobre una pierna, levantó la otra para quitarse una bota. Repitió la operación con el otro pie y, a continuación, se soltó el cinturón y lo dejó caer al suelo, sacando también los faldones de su camisa del interior de los pantalones.

Varian observaba con los párpados caídos y pesados, con los pensamientos descontrolados, sin entender del todo qué estaba haciendo Juliet hasta que se sacó la camisa por la cabeza. Cuando llevó sus dedos a las lazadas de sus pantalones para desatarlas, los ojos se le salían de las órbitas.

—Disculpad, capitana, pero… ¿qué estáis haciendo?

—Tengo la ropa mojada, necesito cambiarme.

—Es del todo comprensible, pero…

Juliet se detuvo y se dio media vuelta con las manos apoyadas en la cintura. Esta vez no había nada que alimentara su imaginación, sólo carne cálida, desnuda, y si Varian hubiera estado de pie, su mandíbula de buen seguro hubiera colgado hasta sus rodillas. Tenía unos pechos plenos y redondos, bronceados con el mismo tono oliva que su rostro y brazos. Los pezones eran sólo un poco más oscuros que la piel que los rodeaba, con unas puntas que se erguían de forma natural, como pequeñas bayas maduras. Su cintura era delgada y sus caderas prietas bajo los ajustados pantalones negros.

Varian había visto todo tipo de formas femeninas, todo tipo de figuras, todos los tamaños, con y sin corsé, con sedas y adornos, ofreciéndose de modo seductor, recatado, coqueto, pero esta… esta presentación natural, del todo desinhibida, le dejó sin aliento.

Ella permaneció quieta unos momentos antes de echarse a reír con una risa suave y amedrentadora. Inclinó la cabeza como un gato que observa un ratón.

—¿Nunca antes habéis visto a una mujer desnuda?

—Sí. Sí, por supuesto, lo he hecho, pero yo… yo difícilmente podía esperar veros así.

—Bien, a menos que se os ocurra otra manera de que me cambie de ropa, tendréis que soportar tal horror, me temo.

Cuando Varian vio que ella metía los pulgares bajo la cinturilla de sus pantalones y empezaba a bajarse el molesquín, se obligó a volverse de cara a la pared. El ron y la tentación corrían rugientes por su sangre, fuertes y pulsantes, y le instaban a volverse, mirar sin más y dejarse de tonterías. Pero no se atrevía.

Oyó que cada una de sus piernas quedaba desnuda de los pantalones, oyó el agua vertida en el cuenco, un paño empapándose y escurriéndose, a lo que siguió el suave susurro del tejido húmedo desplazándose sobre la piel desnuda. Cerró los ojos y apretó los dientes con fuerza porque podía notar ciertas alteraciones íntimas, cada vez más volumen con cada movimiento del paño. Y aunque no podía verlo, era fácil imaginar la brillante humedad que dejaba sobre sus pechos, sus muslos, y sobre el resbaladizo valle de en medio.

—Si os quitáis la camisa y los pantalones —dijo con desenfado—, puedo decirle a Johnny Boy que los lave. O podéis poneros algo más adecuado. Os garantizo que el muchacho encontrará algo mejor que esos pantalones de lona y ese mandil tejido a mano, aunque tenga que ir nadando hasta el *Santo Domingo* y saquear todo el terciopelo y encaje de las bodegas españolas.

Varian gruñó para sus adentros y se puso de costado, confiando en que las sombras disimularan su incomodidad. De todos modos, el dolor del bulto que sobresalía en sus pantalones sobrepasaba el dolor de su cadera magullada. Su respuesta, por consiguiente, surgió como un susurro ahogado.

—Decidle al muchacho que no se tome ninguna molestia por mí. Beacom puede ocuparse de mis cuidados cuando regrese. Os doy las gracias de cualquier modo por vuestro ofrecimiento.

Juliet se encogió de hombros y sacudió la camisa limpia que se acababa de poner.

—Como queráis. Pero si continuáis forzando esos pantalones sin daros un alivio, no seréis vos quien despeje las preocupaciones de vuestra madre sobre la falta de herederos en vuestra familia.

Capítulo 7

Los estruendosos ronquidos de Beacom despertaron a Varian. El camarote se encontraba a oscuras, lo cual indicaba que aún era de noche, y cuando se dio media vuelta para verificar cuál era la fuente de luz que tenían a sus espaldas, vio que un débil baño de luz de luna entraba por las ventanas de la galería. La mar ya no estaba tan agitada como antes, aunque el barco continuaba dando brincos de una ola a la siguiente como una vigorosa potranca.

Por lo visto, Juliet Dante había vuelto a subir a cubierta. Pero ¿nunca dormía?, se preguntó. Era obvio que comía: había dejado algunos restos de una gran bandeja de viandas esparcidos por encima de su escritorio. Del pequeño festín quedaba una galleta mordisqueada y vuelta hacia abajo sobre un charco de grasa solidificada, un triángulo de queso amarillo reblandecido por los extremos y unos trozos partidos de cordero con vetas de grasa solidificada en forma de pegotes blancos. Supo todo esto porque se había levantado con cuidado de la litera para acercarse a buscar unos mendrugos con los que calmar su ruidoso estómago.

Mientras mordisqueaba el queso se le ocurrió pensar que había comido bien poco desde la tormenta sobre la cubierta del *Iron Rose*. La mayor parte de su sustento había provenido de varias botellas.

La línea de puntos que tenía en la mejilla, cuando la tanteó con suavidad, estaba hinchada, palpitante. Le dolía el hombro, y aunque las quemaduras provocadas por el cabo en su mano no le molestaban hasta incomodarle, olían mucho a linimento. Casi había olvidado el chichón en la parte posterior del cráneo, pero el chichón no se olvidaba de él, tuvo que inclinar la cabeza entre sus hombros y menearla adelante y atrás para aliviar la presión. En aquella posición, con luz o sin ella, era difícil no apreciar las oscuras manchas que cubrían su camisa. El burdo tejido artesanal se había mojado con la sangre, cada gota había multiplicado su tamaño por dos o tres, por lo que casi toda la parte delantera de la camisa estaba roja.

Teniendo presentes su hombro y mano doloridos, se sacó con cuidado la prenda por la cabeza y formó una bola con ella. Por un instante estuvo tentado de arrojársela a Beacom, resentido por los ronquidos que continuaban con una irritante regularidad. Resistió la tentación y en vez de eso arrojó la bola sobre la litera, luego se fue cojeando hasta el palanganero y se lavó el pecho con una esponja, en la misma cubeta que Juliet había usado antes. Junto al palanganero había un armario con taza evacuatoria, supuso que la actitud solidaria de la capitana de compartirlo todo con sus hombres no se aplicaba a poner el culo sobre el agujero en el beque, y ya que estaba allí, se alivió en el orinal de esmalte. Cuando acabó, el orinal quedó medio lleno y, presagiando la mirada en el rostro de Juliet Dante si levantaba la tapa y lo encontraba así, se volvió instintivamente otra vez hacia Beacom.

Esta vez el nombre del sirviente se quedó a media garganta, en forma de murmullo que decidió no pronunciar finalmente. Vaciar orinales era lo más alejado que podía imaginar de su rango de duque, pero en perspectiva, comparado con todo lo que había aguantado en las últimas horas, parecía una menudencia.

Sosteniéndolo sólo con las puntas de los dedos, sacó el orinal de debajo del asiento de madera y lo llevó hasta la galería de popa, donde había un estrecho balcón que recorría la anchura del camarote y servía para poco más que respirar un poco de aire fresco y vaciar el contenido de orinales malolientes.

Y, por lo visto, para tender hamacas bajo las estrellas.

Era evidente que Juliet Dante dormía. Estaba estirada en el coy con un brazo descansando sobre su cabeza y el otro apoyado en la cadera, una pierna doblada por la rodilla y la otra colgando libremente sobre un lado de la hamaca. Las puntas de los pies descalzos relucían como pequeñas perlas bajo la luz de la luna. A Varian le habían proporcionado uno de aquellos ingenios endiablados para dormir y se había caído dos veces antes de conseguir dominarlo. Pero la capitana parecía cómoda como un gatito en un cesto, se balanceaba suavemente con el movimiento del barco. El cabello se le había soltado de la trenza y descendía por un lado, los extremos agitados con un ligero vaivén como si fuera una nube oscura.

Las manos de Varian apretaron con fuerza el orinal de esmalte, y supo que debería retirarse sin demora, antes de que ella despertara y le viera allí de pie. De todos modos, los pies no respondieron a su orden de regresar al interior. Sus ojos se mostraron también rebeldes, preferían no mirar el cielo del todo despejado o el río de agua de mar fosforescente que se desplegaba formando una senda plateada tras el barco. En vez de eso, se entretuvieron en el pálido arco de la garganta y siguieron el extremo de la camisa hasta donde quedaba abierta, torcida hacia un lado, sobre el pecho.

Pese a lo mucho que le había afectado antes el imprevisto destape de Juliet, esta exhibición de desnudez indolente a la luz de la luna le puso casi a reventar. En realidad, no podía recordar la última vez que había visto los pies descalzos de una mujer o incluso un pie que no estuviera metido bajo mantas o en una pantufla. Además, tenía unos tobillos delgados. Y esbeltas pantorrillas. Y unos muslos que ya le habían conmocionado una vez por su fuerza nervuda.

—¿Nunca os han dicho que es de mala educación mirar fijamente, milord?

La pregunta susurrada hizo que la vista de Varian se trasladara de inmediato al rostro de Juliet. Tenía los ojos abiertos debajo de unas cejas oscuras, arqueadas con curiosidad hacia arriba.

—Hay diferencias —dijo despacio— entre mirar y… admirar.

—¿Eso es lo que estáis haciendo? ¿Admirar?

—No soy ningún monje, señora.

—Doy fe. Y sería una lástima que lo fuerais.

Hizo el comentario con ronca sinceridad. La luna creciente había convertido la piel de Juliet en una mancha pálida y cremosa allí donde se asomaba por la camisa, y doraba también los amplios hombros de Varian con marcadas pinceladas, resaltando cada curva de su pecho musculoso, cada dura banda sobre las costillas. Aquella visión hizo que Juliet experimentara algo que, por extraño que pareciera, le recordó las chispas del Fuego de San Telmo que habían presenciado antes.

Se había despertado justo cuando él había salido a la galería. El instinto había hecho que metiera la mano en la funda que tenía en la cintura, pero cuando vio al tan cacareado duodécimo duque de Harrow vaciando los contenidos de un orinal por encima de la baranda, se relajó y soltó la daga pegada a su cadera. Había confiado en que él se metiera sigilosamente de nuevo en el interior del camarote y regresara a la cama, pero cuando Varian continuó allí de pie, repasándola con la mirada, optó por acabar con la pantomima antes de que él notara el efecto que toda aquella intimidad visual tenía sobre su cuerpo.

—¿Qué pensaría vuestra prometida —preguntó en voz alta— si os viera ahí de pie admirando los pechos de otra mujer?

Varian no respondió al instante. El viento encauzado por el casco del barco se enganchaba en su cabello y lo arrojaba sobre su rostro de tal manera que Juliet sólo podía ver un débil relumbre donde deberían estar sus ojos.

—¿No da facilidades para que alguien haga migas con vos?

—¿Os he dado motivos para creer que necesito más amigos o que tan siquiera los deseo?

—Ni una sola palabra o acto, señora. De eso podéis estar del todo segura.

—Deberíais comunicar eso a vuestro cuerpo, milord —replicó ella mirando con descaro la obvia protuberancia que exhibían sus pantalones—. No parece del todo convencido.

—Prefiero pensar que mi mente tiene una voluntad más fuerte. Igual que la vuestra, sin duda.

Ella sonrió y se metió el brazo doblado debajo de la cabeza como si fuera una almohada, desplazando de este modo un poco más el extremo de la camisa.

—¿Estáis sugiriendo que en mi interior ardo en deseos de acostarme con vos, señor?

—No estoy sugiriendo nada parecido aunque, por mi experiencia, las mujeres no se desnudan normalmente delante de un hombre a menos que quieran hacer algo más que la sencilla operación de cambiarse de ropa.

—Tampoco alza el vuelo la virilidad de un hombre, cual mítica ave Fénix, cuyos pensamientos son puros como el agua de un manantial.

—Perdonadme si me repito, pero no soy ni monástico ni insensible. Desnudad vuestro pecho y miraré. Desnudadlo bajo la luz de la luna y admiraré. Pero, no obstante, podéis estar tranquila de que hay suficientes elementos disuasorios como para mantener el deseo debidamente refrenado.

Ella se rió.

—Ninguno tan terminante, diría yo, como un hombre sosteniendo en su mano un orinal con meados.

Más rápido de lo que ella le hubiera creído capaz, Varian arrojó el orinal de esmalte por encima de la baranda y se fue al lado de la hamaca. Cogió a Juliet por la muñeca y le arrancó el puñal oculto en la mano, y luego, con un resoplido de satisfacción, agarró la lona de la hamaca y la sacudió con fuerza suficiente para arrojarla a ella por el otro lado.

Juliet cayó sobre la cubierta formando un lío de brazos y piernas. Cuando se puso en pie de un brinco, él ya estaba esperándola. La cogió por ambas muñecas y las retorció de forma salvaje por detrás de la cintura, juntándolas con su puño de hierro mientras empleaba su gran cuerpo para sujetarla contra la baranda. Consciente de la costra bajo su barbilla donde ella le había pinchado la noche anterior, se sintió contento de apretar el afilado borde de su daga contra la garganta de ella y dejar que el frío acero acariciara el tenso arco blanco.

—Haríais bien en considerar, capitana —dijo sin alterarse— que aprendo de mis errores y que rara vez cometo el mismo dos veces.

—Palabras valientes —escupió ella, burlándose de la acusación que él le había hecho la noche anterior— con un puñal en vuestra mano.

El puñal también se fue dando vueltas por encima de la baranda. Él se agolpó un poco más y con la mano le rodeó la garganta con tal firmeza que la barbilla de Juliet quedó sostenida mientras él localizaba y apretaba con sus dedos un punto nervioso sensible justo debajo del oído. Las puntas de sus dedos actuaron con crueldad suficiente como para que todo el cuerpo de ella flaqueara y separara los labios con gesto de dolor.

—Ahora que ya no tengo ningún orinal, señora —siseó contra su mejilla— ¿debo reconfortarme en algún otro lugar?

Ella soltó una maldición en forma de jadeo sofocado. Varian, aprovechándose sin reparos, volvió la cabeza y la besó con fuerza en la boca. Cuando ella intentó cerrar los labios, él apretó aún más sus dedos sobre el cuello, consiguiendo otro grito, otro resuello estremecido de dolor. La lengua surgió entre los labios separados de Juliet y él tomó lo que se negaba a entregar, empleando la boca e incluso los dientes para reprimir sus esfuerzos por rechazarlo.

Cuando ella consiguió liberar su lengua, él volvió a capturarla.

Cuando intentó darle una patada y escabullirse, él metió un muslo entre sus piernas y la elevó hasta que Juliet levantó los pies sobre la cubierta y se encontró peligrosamente cerca de volcarse por encima de la baranda.

Su lengua saqueó su boca sin piedad, sin permitir que escapara ni una pizca de aire ni un sonido. Las manos de ella se escaparon y, en menos de un instante, Juliet transformó en desafío toda la rabia y furia que sentía. Combatió con sus puños los intentos de él de recapturar sus manos y se las clavó en el pelo y, en vez de apartarle, le retuvo con firmeza y empezó a devolverle cada embate de su lengua, a igualar cada inclinación de ésta y cada giro de sus labios mientras él devoraba su boca.

Conmocionado por el revés repentino y del todo inesperado, le tocó a Varian intentar librarse, pero Juliet retorció sus dedos alrededor de los mechones de cabello, amenazando con fuerza suficiente como para desgarrarle pedazos de cuero cabelludo si intentaba apartarse. Ella utilizaba el cuerpo también, apretaba sus pechos contra él y cabalgaba sobre la barrera del muslo hasta que encontró algo más vulnerable e inestable de lo que aprovecharse. Él ya tenía una medio erección sólo de imaginar su triunfo, pero ahora la fricción y las ganas que ella ponía les tenía a ambos entregados, buscando satisfacción uno en el otro, ninguno de los dos seguro de quién era ahora el agresor y quién la víctima.

Fue esa incertidumbre la que hizo que Juliet apartara la boca. Hacía demasiado tiempo que no sentía el calor del cuerpo de un hombre entre sus muslos, pero también sabía que éste era el hombre equivocado para ocupar tal lugar. Cualquier hombre, en aquel momento, sería el equivocado, pero éste en particular era demasiado poderoso, demasiado inquietante, y estaba haciendo un trabajo demasiado bueno para haber menospreciado la idea de intentar seducirla. La boca de Juliet ardía, húmeda del sabor de él, y ahora toda su carne la traicionaba. Sentía temblores en los brazos, en las piernas y, de haber permitido que la mano que se deslizaba por su cadera se inclinase unos centímetros más abajo, habría sentido temblores en algún otro sitio, y no habría sido capaz de controlarlos.

Por otro lado, pese a la obvia erección de él y el duro destello de furia en sus ojos, Varian no hizo ningún intento para vencer su rechazo y volver a atraerla hacia sus brazos.

—Me decepcionáis, milord —dijo ella con rudeza—. Os calificáis de experto espadachín, pero incluso un novato sabe que es mejor no intentar ninguna astucia si no se tiene la fuerza o el ingenio suficiente para rematarla.

Los ojos de él continuaban brillando, flexionaba y aflojaba las manos a los lados.

—Ha sido… una reacción desmesurada a una situación desmesurada, y lo único que puedo hacer es ofrecer mis más sentidas disculpas por mi conducta. Si he expuesto equivocadamente de algún modo mis…

—No, no lo habéis hecho —le tranquilizó ella de forma rotunda—. Pensé que erais un hijo de perra arrogante que se permitía cualquier capricho cuando hablamos por primera vez, y nada ha cambiado eso ahora.

Ella se pasó el dorso de la mano por la boca para limpiársela, se apartó con ímpetu de la baranda y pasó ante él dando zancadas sin más palabras ni miradas. Estaba demasiado furiosa consigo misma, demasiado furiosa con él como para poder responder de sus actos si continuaba en su compañía un momento más. Notaba su boca tierna, sus pechos ansiosos. Le flaqueaban las rodillas y sus miembros parecían gelatina. Su cuerpo palpitaba con tal violencia que le entraron ganas de subir a la cubierta y sobrepasarse con el primer hombre que encontrara: desnudarle, cabalgar sobre él hasta que ambos rogaran piedad y luego echarle por la borda con los residuos de la cocina.

Como alternativa, aunque un poco pírrica, agarró el jubón del colgador, cogió sus botas y salió del camarote dispuesta a pasar el resto de la larga noche sin dormir y a solas ahí arriba en su posición privilegiada, en el palo mayor.

Capítulo 8

*E*l sol estaba en lo alto del cielo cuando el grito de «tierra a la vista» llevó a Juliet corriendo al alcázar. La débil marca de color purpúreo a babor de la popa no era más que un bulto irregular en un horizonte de otra forma liso, pero para cuando se acercaron y ese único bulto resultó ser un grupo de cinco islas diferenciadas, la tripulación del *Iron Rose* era todo sonrisas. En cuestión de una hora dieron orden de apocar velas y soltar escotas hasta avanzar sólo con el timón. Tras su estela, el *Santo Domingo* hizo lo mismo.

El motivo quedó claro cuando atravesaron una franja de agua azul transparente. Una medición con un calabrote indicó que la profundidad era de seis brazas debajo de la quilla, más o menos seis veces la amplitud de los brazos extendidos de un hombre, lo cual suponía un cambio drástico en comparación con las cien brazas de agua azul oscura que habían tenido por debajo casi toda la mañana. Menos de una legua después, el agua se volvió de un intenso turquesa que, doscientas yardas más allá, cambió otra vez a un pálido cobalto. En total, había siete bandas diferenciadas de azul que formaban un aura reluciente alrededor del grupo de atolones. La banda más clara tan sólo tenía tres brazas de hondura, el fondo estaba tan cerca y el agua tan clara que la tripulación podía ver bancos de peces tigre amarillos alimentándose en los esplendorosos casquetes de coral.

También eran visibles las costillas rotas de barcos naufragados, tendidas en sus tumbas de agua. Un número incalculable de capitanes habían permitido que su curiosidad les llevara demasiado cerca del arrecife y que por tal atrevimiento sus quillas acabaran quebrándose de proa a popa. Un barco en concreto, de identidad y origen desconocidos, se hallaba casi intacto en el fondo, con un único mástil señalando dirección suroeste. Era esta marca la que buscaba el vigía en la cofa, quien la localizó con un grito excitado.

Juliet, con voz tranquila, dio orden de que el *Iron Rose* siguiera la dirección marcada por aquella aguja indicadora del mástil hundido. Después de calcular la velocidad del viento y la dirección, giró un reloj de arena señalado con una marca distintiva. Ahora había dos hombres encargados de calcular la profundidad con los cables. Uno de ellos gritaba sin parar medidas desde la proa, mientras el otro dejaba ir la corredera por la popa y contaba el número de nudos que se sucedían en el transcurso de un minuto para calcular la velocidad. El resto de la tripulación se mantenía en silencio, la mitad de ellos subidos a las vergas, listos para seguir cualquier orden así que se les diera. La otra mitad miraba con fijeza hacia delante, donde Juliet se encontraba ahora encaramada en la mismísima punta del bauprés, comunicando instrucciones al timonel mediante indicaciones preestablecidas con su mano. Aunque ella conocía estas aguas tan bien como conocía las fisuras y valles de su propio cuerpo, sólo había una manera de cruzar el arrecife, sólo existía un estrecho canal de agua más profunda, que daba varios rodeos y virajes y que no perdonaba la arrogancia de ningún práctico que no mostrara el conveniente respeto.

Casi de modo simultáneo, cuando el timonel indicaba que el último grano de arena había caído al globo inferior del reloj, Juliet indicó a su vez que la popa ya había vuelto a entrar en aguas profundas. Haciendo equilibrios sobre los tensos estays, regresó a lo largo del bauprés y saltó ligera sobre la cubierta del castillo de proa, donde Johnny Boy esperaba para tenderle el catalejo. Ella lo cogió, abrió con un ademán el tubo de cobre y cuero y lo enfocó con ansiedad hacia el *Santo Domingo*, de tamaño mucho mayor, que estaba empezando a hacer el recorrido a través del arrecife.

—Parece un cerdo haciendo los virajes —dijo Juliet, pensando en voz alta—. Te garantizo que Nathan a estas alturas ya habrá triturado su tabaco de mascar.

—Apuesto a que el capitán Simon también está mascando alguna otra cosa —respondió Johnny con una risa burlona.

Juliet volvió rápidamente el catalejo y enfocó mejor las islas. Cuatro de los atolones no eran más que eso: casquetes de antigua roca volcánica que habían ido emergiendo hasta la superficie del mar. Estaban cubiertos de marañas de maleza coronadas por alguna palmera dispersa, pero su población se componía en su mayoría de tortugas y lagartos. No ofrecían ningún fondeadero y no prometían nada a los barcos que pasaban por allí, excepto una vista espléndida de las grandes olas blancas que rompían con espectacular violencia contra las rocas desnudas.

Era la quinta isla, enclavada en medio y elevándose por encima de las otras, la que acogía el secreto más buscado de todo el Caribe. Con la forma aproximada de una C cuyos brazos se traslapaban, en el pasado había sido el relieve superior de un volcán. Un levantamiento del fondo del mar había agrietado el relieve y creado un puerto natural de aguas profundas en el interior del cráter, un puerto protegido por paredes de roca en apariencia impenetrables. Simon Dante había descubierto esta isla santuario por puro accidente hacía ya unos treinta años, cuando una tormenta de proporciones horrendas provocó olas de quince metros que arrojaron su barco sobre los dientes afilados del arrecife de coral. Le había llevado casi seis meses reparar los daños en la quilla de su querido *Virago* y encontrar otra vez el camino de salida: tiempo suficiente para explorar las cinco islas. A la mayor la bautizó Pigeon Cay, por el pequeño grupo de aves grises que el cabo de mar de su barco había traído a bordo. Habían sido las primeras que, una vez liberadas de sus jaulas, volaron directamente a la base del muro de pura roca más inverosímil, mostrándoles el camino a través de la entrada al cráter.

Por muy aguda que fuera la vista de Juliet, y pese a lo familiarizada que estaba con aquel entorno, no era capaz de ver la entrada entre la roca hasta superar las dos islas exteriores. No obstante, en su imaginación podía visualizar los vigías sobre la cima haciendo sonar las campanas de alarma que llevarían hombres corriendo a las pesadas baterías de cañones que vigilaban el acceso. Nunca en sus veintiún años de vida, había oído disparar ningún cañón en defensa de Pigeon Cay, de todos modos no pudo evitar sonreír al pensar en la confusión que reflejarían algunos rostros al observar al coloso buque de guerra español haciendo la maniobra a través del paso de coral.

—Si éste fuera el *Tribute* —murmuró— y yo fuera mi hermano Jonas, sentiría la tentación de lanzar una andanada nada más que para acelerarles un poco el pulso.

—Pues mejor que saquéis una bandera blanca —le sugirió Coco

Kelly por encima del hombro—. A menos que me traicione mi buena vista, hay un montón de hombres ocupando sus emplazamientos de artillería, preparándose para ofrecernos una cálida bienvenida.

Juliet enfocó con el catalejo los salientes que sabía que se encontraban a media ascensión por la pendiente de los acantilados. Lo que estaba claro era que veía el destello apagado de la luz del sol sobre el metal, lo cual revelaba que habían retirado la maleza y el emparrado que ocultaba las embocaduras de cuatro decenas de cañones pesados. Los centinelas habrían visto los dos buques a varias leguas de distancia y, aunque conocían el *Iron Rose* como la palma de su mano, el hecho de que les acompañara un buque de guerra español del porte y artillería del *Santo Domingo* habría caído muy mal.

—¿Pensáis que al capitán Simon le complacerá el trofeo que le traéis a casa?

Juliet bajó un momento el catalejo para sonreír a Johnny Boy.

—El capitán Simon de hecho se sentirá muy complacido con el *Santo Domingo*. Es el resto de nuestro cargamento lo que tal vez le provoque algún mal gesto.

Echó una mirada significativa hacia donde Varian St. Clare se hallaba, de pie junto a la baranda, y su sonrisa se tornó ceñuda.

—¿Por qué está en la cubierta? Di órdenes específicas de que se quedara abajo.

Johnny Boy soltó un resoplido.

—Con su conocimiento del mar, capitana, dudo que pudiera volver a encontrar el camino ni en mil años.

Juliet fulminó con la mirada al muchacho.

—¿Y exactamente cuánto sabe?

—Cuando he ido a llevarle unas galletas y cerveza esta mañana, me ha preguntado dónde estábamos. Le he enseñado un plano de las Tortugas y Cabeza de los Mártires y él ha asentido como si supiera qué estaba mirando. Y también le he dicho que nos encontrábamos a diez grados del ecuador, y él ha vuelto a asentir.

—Decirle que nos encontramos a doscientas leguas al norte de donde estamos no es que sea prueba de su ignorancia, y si te equivocas, darás cuentas al capitán Simon de tu lapsus. ¿Supongo que también has sido tú quien le ha conseguido esas ropas?

—No ha sido ninguna molestia, capitana. Las encontré en uno de los baúles del barco español que subimos a bordo. Pensé que no debía presentarse ante el capitán Simon con los pantalones rotos y un mandil lleno de sangre. Ahora parece un duque de verdad, ¿a que sí?

Algo, probablemente el calor de unos ojos color azul plata perforándole la parte posterior, indujo a Varian St. Clare a volverse y alzar la vista al castillo de proa. Tenía el mentón muy bien afeitado, el bigote y la perilla habían recuperado el esperado y preciso corte. La camisa manchada de sangre había sido reemplazada por una de fino lino español, con puños y cuello ribeteados de encaje. En lugar de botargas gastadas ahora llevaba unos pantalones venecianos de color verde oscuro justo hasta encima de la rodilla y con bandas de seda dorada. Medias oscuras, una gorra acolchada inclinada en un ángulo desenfadado y un jubón de terciopelo esmeralda que le quedaba sorprendentemente bien completaban la restauración de Varian, de superviviente del naufragio a emisario del rey. Si no fuera por las magulladuras y la línea de puntos que descendían por el lado izquierdo de su rostro, ella habría pensado que acababa de salir de la corte real.

Los ojos azules medianoche sostuvieron su mirada durante un largo momento antes de que hiciera una profunda inclinación para responder al interés de Juliet. No le había visto ni había hablado con él en toda la mañana y no deseaba hacerlo ahora. Era suficiente sentir los vestigios de calor consumiéndola bajo la piel y saber que si se acercaba a él, sufriría la tentación de arrojarlo por la borda y obligarle a alcanzar la costa a nado.

—Arrogante hijo de perra —refunfuñó en voz baja—. Ya veremos quién se burla de quién antes de acabar el día.

Con un esfuerzo, llevó su atención otra vez al *Santo Domingo*. Pareció una eternidad lo que tardó el pesado galeón en salvar el arrecife pero, una vez lo atravesó, con el *Iron Rose* encabezando la marcha, los dos barcos se dirigieron ya hacia Pigeon Cay. Cuando se hallaron lo bastante cerca, Juliet alzó el catalejo otra vez y fue capaz de identificar algunas diminutas manchas que se hallaban formando grupos a lo largo de los emplazamientos de artillería.

Su padre se encontraba en la batería principal. Era un hombre alto, imponente, que se sentía tan cómodo en la cubierta de un barco de camino a una batalla como ocupándose de las defensas del fortín de una isla. De pie y al lado de Simon Dante se encontraba como siempre Geoffrey Pitt, un hombre de conocimiento inestimable que presentaba un aspecto intelectual y conducta amable con el mundo, pero cuya capacidad y crueldad al timón de un buque en combate sólo tenían rival en el propio Dante.

Elevándose sobre los dos, con su calva reluciente a la luz del sol, se hallaba el enorme negro cimarrón que en el pasado estuvo encadenado junto a Simon Dante en el vientre de una galera española. Su odio por sus antiguos captores era casi tan legendario como el del corsario que contaba con su lealtad desde las últimas tres décadas. Lucifer era el artillero mayor de Dante, y no se había forjado cañón o fabricado pistola con los que él no pudiera disparar con una precisión aterradora.

A lado del letal trío, una cuarta figura se hallaba de pie, más pequeña, de constitución más menuda, con una manga vacía anudada por debajo del codo izquierdo. Isabeau Dante se había tomado con calma la pérdida del brazo. Había pasado media vida en el mar y, al igual que Johnny Boy se había adaptado a la pérdida de un miembro. Beau había ajustado sus antiguas costumbres y había inventado nuevas para mantener alertas a su marido y familia. No buscaba la compasión de ningún hombre, ni la respetaba cuando se la ofrecían. De hecho, cuando Juliet partió para esta última salida al mar, Isabeau y su veterano primer oficial, Spit McCutcheon, estaban trabajando en un nuevo artilugio que se ajustara al muñón y le permitiera sostener una pistola.

—¿Las banderas, capitana? —le recordó Kelly gritando.

Juliet asintió y un hombre de la tripulación desenrolló las enseñas, la primera un perro lobo carmesí y una flor de lis azul sobre un campo negro: los pabellones de Simon Dante, compte de Tourville. Directamente por debajo ondeaba un segundo estandarte negro y carmesí con doble cola de golondrina representando un perro lobo con una rosa dorada sujeta entre los dientes. Una tercera banderola cuadrada de seda verde ascendió por el mástil, una señal preestablecida que aplacaría las preocupaciones que tuvieran arriba en las fortificaciones por el hecho de que un buque español hubiera superado al *Iron Rose* y les hubiera coaccionado para ser conducido hasta Pigeon Cay.

En cuestión de minutos, una vez que los pabellones quedaron desplegados ruidosamente contra la brisa, los enormes cañones de asedio volvieron a recogerse y quedaron ocultos, y el personal dio un paso hacia delante, saludando y vociferando pese a que aún se encontraban demasiado lejos como para que llegara el sonido. Geoffrey Pitt incluso se quitó el sombrero y lo levantó para saludar, algo que Juliet interpretó como una buena señal pese al hecho de que su padre no había hecho movimiento alguno. Permanecía afianzado sobre sus largas piernas muy separadas, con las manos agarradas tras la espalda mientras les observaba acercarse.

Simon Dante, que superaba ampliamente la cincuentena, seguía siendo un hombre apuesto. Su cuerpo tenía músculos duros como el hierro, y aparte de unas pocas arrugas profundas, consecuencia de criar tres hijos y mantener a su lado a una vehemente mujer, su rostro no había cambiado mucho a lo largo de los años. Sus ojos claros, de color azul plateado, aún podían aterrorizar el corazón de sus enemigos. La voz firme, autoritaria, podía hacer callar en un silencio incruento a un millar de hombres o, a la inversa, tener una salida de las que hacen estallar en carcajadas irreprimibles a toda la concurrencia. Su expresión no delataba nada que no quisiera desvelar, y aunque Juliet sabía que aquel enorme corazón la quería más allá de cualquier medida mortal, aquello no podía calmar el nerviosismo que agitaba incontrolado su estómago. Una palabra furiosa pronunciada por aquellos labios tenía el poder de reducir a la nada todo su valor y bravuconería. El menor indicio de decepción en sus ojos podía destriparla más rápido que un cuchillo.

Isabeau Dante sólo era un poco menos aterradora.

—Llévenos adentro, señor Anthony —dijo Juliet con calma, al tiempo que lanzaba una mirada al timonel.

—Sí, capitana. Los muchachos están muy ansiosos por llegar a casa y alardear un poco, seguro que bajan los botes al agua antes de echar el ancla.

Juliet no le devolvió la sonrisa entusiasta.

—Ya habrá tiempo para alardear y sacar pecho cuando todo el mundo haya acabado su faena. No quiero ni un trozo de cabo sobre la cubierta o una sola escotilla sin reforzar. Es más, quiero los barriles de pólvora girados y los cañones de cubierta engrasados y taponados antes de que una sola gota de ron moje los labios de un hombre. Señor Kelly —se volvió al carpintero—, para mañana al mediodía espero ver un nuevo trinquete montado en el *Rose* así como una lista detallada de las reparaciones que se precisan a bordo del *Santo Domingo*. Estoy segura de que no faltará ayuda en tierra para descargar cualquier cargamento que el galeón tenga en las bodegas, pero quiero que se inspeccione el galeón de arriba abajo y se retire cualquier peso innecesario. Si fuera preciso, sacadlo todo, lo que quiero es poder ganar otros cinco nudos de velocidad.

—Podría retirar lo que queda de esos malditos castillos de proa y de popa; ganaríamos dos grados con viento a través, y un travesaño más sobre la línea de flotación.

Juliet sacudió la cabeza.

—Veamos cómo se maneja con esos nuevos ajustes de los que hablamos y con unos foques balones, antes de pasar a cambiar demasiado su silueta. Nunca se sabe cuando un caballo de Troya puede resultar útil.

—¿Eh? ¿No iréis a utilizarlo para llevar caballos? Por los despojos de Gomorra, ¿para qué necesitamos caballos?

Juliet suspiró e hizo un ademán, negándose a dar explicaciones.

—Hacedme caso cuando os digo que podría sernos útil.

—El capitán Simon tal vez quiera decir algo al respecto. Los caballos son criaturas asquerosas. Una vez me mordió uno en el culo cuando era pequeño. Aún tengo la marca.

Juliet miró por el catalejo.

—Sí, bien, a menos que al tan cacareado Pirata Lobo se le haya ocurrido reescribir los contratos de corso que hemos firmado, el *Domingo* es mío. Yo lo he conseguido. Yo lo he traído a casa. Es mío y puedo hacer con él lo que me venga en gana.

Kelly echó las manos al cielo para expresar su opinión final al respecto.

—Seré el último en discutir con vos, capitana. Sólo estoy diciendo que podríais venderlo a los portugueses y sacaros una bonita suma.

—Ya tengo una bonita suma, suficiente para mantenerme hasta que sea vieja.

Juliet dio un repaso final a las olas que estallaban contra la base de los acantilados y tomó nota de las líneas de espuma y las burbujas que marcaban el movimiento de las corrientes alrededor del irregular rompeolas. A esta hora del día, las olas eran más favorables para los barcos que partían del puerto oculto que para los que llegaban, y hacía falta estar atento a los remolinos y trombas que se formaban en la base de los acantilados. Una vez se bordeaba la lengua curvada que protegía la entrada, había que tener un cuidado especial en mantener la velocidad y no dejarse arrastrar por la corriente que tiraría de ellos otra vez hacia fuera. Había hombres con cabos y arpeos a ambos lados del paso para ayudar a tirar del barco por el canal hasta el puerto en caso necesario, pero a Juliet sólo la habían remolcado en una ocasión en la que su timón se tuvo que reparar de forma improvisada y no se fiaba lo suficiente de la reparación temporal como para aguantar la corriente. Sus hermanos, por otro lado, habían sido remolcados unas cuantas veces y ahora era una cuestión de orgullo para ella mantener la velocidad del *Rose* hasta el último instante posible.

La mayoría de hombres de la tripulación conocían esta rivalidad no manifiesta y contenían el aliento en los momentos finales de la aproximación. El más mínimo cálculo erróneo podía hacer escorar el barco sobre las rocas y, mientras Juliet se abría camino hasta el alcázar, todos los ojos se volvieron a las elevadas defensas de los acantilados y las enormes fuentes de espuma blanca que explotaban en su base.

Varian St. Clare había pasado nueve años en el ejército. Como uno de los oficiales más jóvenes en conseguir una promoción a capitán, había ganado elogios por su valor y coraje en la línea de fuego. Había servido tres de esos años como capitán de la Guardia Real de Su Majestad; lo cual no era desdeñable si se considera el número de papistas que maldecían el día en que Escocia e Inglaterra se unieron bajo las órdenes de un único gobernante. Le había hecho frente al fanático Guy Fawkes, el cual había estado a punto de matar al rey y a todos sus ministros en su fallido intento de hacer saltar por los aires los edificios del Parlamento. Con calma, aunque había sido algo estúpido, el capitán St. Clare se metió en la bodega del edificio, en la que se amontonaban treinta barriles de pólvora negra, y cortó la mecha sin tan siquiera pestañear… Y ahora, no obstante, se encontraba apartándose con cautela de la baranda, con húmedas gotas de sudor descendiendo entre sus omoplatos, mientras el *Iron Rose* se precipitaba frontalmente hacia lo que parecía ser una colisión inevitable contra acantilados de seiscientos pies.

Por más que buscara, no podía detectar grietas, no encontraba hendiduras en las rocas, ni cuevas que fueran a permitir el paso de mástiles de veinte pies por su interior. Aunque lanzaba miradas frecuentes a la loca que se hallaba de pie en el alcázar, ésta parecía más interesada en observar el vuelo de una gaviota dando vueltas por encima de la nave que en tomar nota de la furia estruendosa de las grandes olas que tenían delante. Ni siquiera se fijó en el timonel cuando éste empezó a saltar sobre un pie y otro y a retirar las manos del pinzote cada pocos segundos para secárselas en los pantalones.

—Bien, señor Anthony —dijo con claridad—. Apocad velas, por favor, y todo a estribor. Dejadme a mí el artimón y tened hombres preparados con las pértigas.

Varian alzó la vista al oír un clamor de órdenes transmitidas a gritos mientras los hombres situados en las vergas tomaban vida. Recogieron las velas de lona con toda la rapidez que sus manos podían tirar de los cabos y las plegaron formando gruesos fardos que convertían los palos en largas salchichas. En cubierta, los hombres ocupaban posiciones a lo largo de ambos lados del barco y sostenían unos gruesos bastones de roble cuyo propósito Varian no podía adivinar.

La velocidad no aminoró de forma apreciable. En todo caso, el barco pareció coger impulso cuando empezó a virar y una ola lo impulsó a un lado. La espuma les llevó deslizándose con gracia alrededor de una lengua de roca, y fue entonces cuando Varian vio la abertura. Por un momento pensó que bien podrían rebasarla y miró con inquietud las olas que estallaban a tan sólo doscientas yardas a babor, tan cerca como para sentir la bruma humedeciendo su rostro.

Pero también veía los rostros de los hombres en las cofas y los de los que estaban situados a lo largo de las barandas. Algunos se reían abiertamente, disfrutando de la euforia de la travesía.

—¡Oh, Dios bendito en los cielos! —gimió Beacom apretando el rostro contra las manos—. ¡Estamos condenados! ¡Vamos a naufragar! ¡Estrellados contra las rocas! ¡Ahogados después de todo lo que hemos soportado!

—Por el amor de Dios, Beacom, no vamos a ahogarnos. Abrid los ojos, hombre —añadió Varian comprendiéndolo con claridad— y admirad una hazaña sin parangón.

Se movió otra vez hasta la baranda. El cálculo había sido preciso, el viraje exacto, y el barco ahora avanzaba deslizándose hacia delante entre dos paredes escarpadas de roca, dejando atrás el tumulto estruendoso de las olas. La necesidad de las resistentes pértigas quedó clara de inmediato cuando la popa amenazó con oscilar más de la cuenta y triturarse contra las rocas. El *Iron Rose* obedeció al timón y se enderezó, manteniéndose majestuoso en medio del paso.

Las abruptas paredes cubiertas por una frondosa vegetación verde se alzaban a ambos lados de ellos, se estrechaban por arriba, de modo que los emparrados filtraban casi toda la luz y la volvían verde. Había senderos ocultos tras las palmeras encorvadas, y los saludos intercambiados entre los hombres que estaban a bordo y los hombres que corrían por las repisas ocultas, reverberaban de un lado al otro por encima del agua. Pese a la constante disminución de la velocidad, el barco continuaba hacia delante, y Varian se quedó una vez más maravillado al descubrir una brillante abertura al final del túnel lleno de maleza. Tras otros treinta metros consiguieron salir a aguas claras y a la brillante luz del sol, y esta vez, la vista que se extendió ante él era ni más ni menos que asombrosa.

Por lo visto habían navegado hasta el interior de un enorme puerto cerrado con dos o más millas de extensión en su punto más amplio. Lejos de la visión de una cima poco acogedora y torva de roca con apenas vegetación que la isla presentaba al mundo exterior, el interior contaba con exuberantes laderas verdes y masas de palmerales espesos. Salpicados entre los árboles había grupos de cabañas con techo de paja y casitas de piedra, mientras en el relieve más alto los pastos acogían rebaños de ovejas y vacuno. Limoneros y limeros crecían profusamente y, en el extremo más alejado de la bahía, una gran olla de roca empleada para extraer cristales salinos del agua de mar relucía blanca en contraste con la distante costa verde. El sol ya se había hundido por debajo del perímetro occidental del cráter y sumía en gruesas sombras la mayor parte de la ladera. En la base ya empezaban a titilar algunas luces en alguna de las cabañas, lo cual sugería que había tabernas y una barriada junto al muelle principal.

Éste último podría competir con un activo embarcadero del Támesis. Contaba con almacenes y largos edificios planos construidos con madera, diques de desembarco y enormes cabrestantes de los que colgaban redes de descarga. Incluso había una carretera que seguía la línea de la costa, repleta de carros y carretas. En el extremo más alejado se hallaba una iglesia, cuyo campanario se elevaba blanco por encima de las sombras.

También había un trío de altos barcos anclados en el muelle. Dos de ellos eran similares en porte y tonelaje al *Iron Rose*; el tercero era más grande y exhibía el doble de cañoneras en las cubiertas.

—Ése es el barco del capitán Simon —dijo Johnny Boy, quien se acercó a su lado—. El *Avenger*.

Varian estaba demasiado abrumado como para hacer otra cosa que asentir. También, como era de esperar, estaba impresionado, pues entendía que era uno de los pocos privilegiados que habían visto el alabado barco corsario tan de cerca sin que sus cañones dispararan.

Cuando el *Iron Rose* pasó deslizándose a su lado, estudió las elegantes líneas del navío que había sembrado el terror en los corazones de los capitanes españoles durante más de dos décadas, y su mirada se quedó hipnotizada cuando se detuvo en el singular mascarón de proa.

El rostro guardaba un parecido asombroso con Juliet. La exagerada abundancia de cabello tallado se extendía hacia atrás por ambos lados del bauprés, como si el viento enviara la ola de rizos flotando tras ella. La fina prenda interior se había escurrido hacia abajo y dejaba desnudo un pecho de roble de forma perfecta como el que Varian había contemplado la noche anterior. Sin embargo, más abajo las similitudes concluían, ya que el cuerpo era el de un cisne, y sus plumas eran tan reales que parecían arrancadas de un ave para pegarlas allí, en las enormes alas negras desplegadas hacia atrás contra el viento.

—Ésa es la esposa del capitán, la señora Isabeau —explicó Johnny Boy casi con reverencia—. Es lo único que salvó del barco de ella, el *Black Swan*, antes de que lo hundieran. No hundieron a la capitana, por supuesto. Sólo al barco. Y esa dama que tenemos ahí arriba —indicó un elegante buque de dos mástiles oculto de manera parcial por el corsario más grande— es el *Christiana*, la nave del señor Pitt. Lo diseñó él mismo y no verá otra más rápida sobre el agua. Al menos así será cuando esté acabada. Los otros dos, detrás de él, son el *Tribute* y el *Valour*. Pertenecen al capitán Jonas y al capitán Gabriel.

Había una docena de pinazas más ligeras ancladas cerca de la costa, embarcaciones de un solo mástil que se empleaban principalmente como transporte para llevar provisiones. No tenían capitanes específicos, explicó Johnny Boy, puesto que estaban construidas para desmontarlas y esconderlas con el lastre de un buque más grande. También pasaron junto a un considerable grupo de botes llenos de hombres, remos y cabos, esperando en la embocadura del canal para ir remando y buscar al *Santo Domingo*. El *Rose* había traspasado las corrientes y remolinos sin problemas, pero los españoles necesitarían ser remolcados.

Varian hizo un gesto silencioso de asentimiento mientras el muchacho charlaba, pero su atención se había desviado a otro lugar. En lo alto de la ladera oriental del cráter, donde los últimos rayos de sol aún bañaban de luz la colina, se alzaba una casa solariega de dos plantas sobre una terraza natural de tierra verde. Era tan grande y espléndida como cualquiera que pudiera encontrarse en la campiña inglesa, construida con piedra blanca y tejas rojas de arcilla en el techo. El exterior de las plantas superior e inferior estaba envuelto por galerías con celosías. La carretera que iba de la mansión al puerto parecía una cinta que discurriera entre la vegetación. Mientras el *Rose* continuaba hasta detenerse y la cadena del ancla empezaba a repiquetear contra el escobén, pudieron verse unas pequeñas ráfagas de polvo terroso tras dos jinetes que acudían veloces en dirección a los muelles.

—Ésos serán el capitán Jonas y el capitán Gabriel —supuso Johnny Boy—. La gente les llama los Gemelos Infernales con razón, de modo que tendréis que tener cuidado. No ven con buenos ojos a los marineros de agua dulce. En especial el capitán Jonas. Tiene el pelo rojo como un demonio y su genio a juego.

—Tengo planeado un comportamiento impecable.

El muchacho se sonrió.

—Si ése era vuestro plan, no funcionó con la capitana Juliet, ¿eh que no?

Varian miró de soslayo y le irritó la mueca del muchacho.

—¿Qué edad tienes, chico?

—Cumpliré doce por San Miguel —se apresuró a responder—. Mi madre dice que nací bajo el signo de la estrella sagrada. El señor Crisp dice que no era más que un farolillo encendido en la colina.

—El señor Crisp parece un hombre práctico.

El chico se encogió de hombros.

—Es mi padre, o sea, que tengo que escucharle; pero me gusta más la historia de la estrella sagrada.

—¿El señor Crisp es tu padre?

—Eso he dicho, ¿no?

—No quería ofender, sólo… —Varian echó un vistazo a la pata de palo del muchacho, tallada con tal ornato—. Bien, me resulta peculiar que un hombre le permita a su hijo correr peligro después de haber sufrido tanto.

—¿Habláis de mi pierna? Sí, pagué la cuenta del carnicero con ella. Pero fue sólo culpa mía. Llevaba una carga de pólvora y la acerqué demasiado a una mecha encendida. Aparté la vista sólo un instante y ¡bam! Estalló. El señor Kelly me hizo esto —añadió con orgullo mientras golpeaba con los nudillos la cabeza tallada de serpiente—. La capitana Juliet me dio la esmeralda para el ojo. La señora Beau me dio las perlas para las escamas y el capitán Simon, bien, él me echó una bronca del carajo por no tener más sentido común. Pero entonces sólo tenía diez años y no podía saber. Ahora tengo doce y la capitana Juliet me está enseñando a leer las cartas de navegación y a trazar una ruta.

—Estoy seguro de que algún día serás un buen navegante.

—El Terror de los Mares. Eso es lo que quiero ser. Igual que el capitán Dante. —El muchacho sonrió radiante y saludó con reverencia. Al oír un grito desde el timón, continuó moviéndose a lo largo de la baranda y soltó la sección que colgaba ante el portalón. Varios esquifes habían partido de diversos puntos de la costa y convergían en el *Iron Rose* como virutas de metal en un imán. El que transportaba a los hermanos Dante fue el primero en llegar y Varian se apartó con discreción del portalón mientras la embarcación chocaba contra el casco.

Los hermanos treparon por los tojinos incrustados en el casco del barco y se saltaron el portalón, llamando a gritos a la capitana antes de que plantaran las botas sobre las maderas de cubierta. Parecidos en altura y constitución, ahí acababan las similitudes. Gracias a la descripción de Johnny Boy, Varian pudo identificar a Jonas Spence Dante por la violenta mata de pelo rojo encendido que caía rizada sobre sus fornidos hombros. Su mentón era cuadrado, con la barba de pocos días del mismo castaño rojizo que poblaba sus cejas y pestañas. Una cicatriz visible marcaba el lado izquierdo de su barbilla y otra cruzaba su cuello por encima de la tirilla de su aporreado jubón de cuero.

En contraste, el más joven de los Gemelos Infernales, Gabriel, tenía el rostro de un arcángel destronado. El oscuro pelo caoba rodeaba un rostro apuesto dominado por unos ojos grandes y expresivos y una boca de forma pecaminosa que haría derretir a las mujeres en grupo si se presentara en un concurrido salón de baile londinense. Si a su hermano se le veía cómodo vestido de cuero y basto algodón, la camisa de Gabriel estaba confeccionada con la mejor batista blanca, su chaquetilla llevaba brocados bordados y sus largas piernas iban ceñidas en una elástica gamuza.

—Bien, ¿dónde está ella? —La voz de Jonas resonó como un trueno. Sus ojos color oro deslustrado recorrieron la sonriente tripulación desde detrás de la ancha ala de su sombrero—. ¿Dónde está la capitana de esta lamentable excusa de barco?

La escotilla delantera se abrió y por ella salió Juliet Dante.

Varian siguió el sonido de los vítores de los hombres y tuvo que pestañear para asegurarse de lo que veía, ya que el camaleón había vuelto a cambiar de piel. Iba vestida con un ajustado pantalón negro de napa y una camisa de seda blanca como la nieve con puntillas de encaje rodeando cuello y puños. La forma delgada de su cintura ahora estaba acentuada por un jubón ceñido de cuero negro que relucía con bandas de aljófar. Llevaba una capa corta de satén con el forro escarlata, colgada con estilo de un hombro y con los faldones echados hacia atrás dejando espacio para el brazo que cogía la espada. Su cabello caía en una masa de rizos castaños rojizos sobre su espalda, con un llamativo sombrero de amplia ala escarlata por encima. La botas altas negras tenían anchas vueltas por debajo de la rodilla, y en la cintura, lucía la espada toledana de forja exquisita.

Mientras la miraba avanzar a zancadas por la cubierta —la viva imagen de un orgulloso y triunfante corsario— Varian casi olvida a quién estaba observando.

—¿Quién ha permitido la presencia de estos dos putañeros a bordo de mi barco? —preguntó Juliet—. ¡Ofrezco un par de doblones de oro al hombre que tenga el valor suficiente para arrojarlos por la borda!

Pese al murmullo de excitación que se oyó entre la tripulación, nadie fue tan imprudente como para dar un paso adelante. Juliet, con un suspiro exagerado desenfundó lentamente su estoque.

—Ya veo. Entonces tendré que hacer yo misma los honores —anunció Juliet—. ¿Quién va a ser primero? ¿El chucho vagabundo o el cachorro?

Jonas Dante esbozó una amplia mueca y sacó la espada.

—Si sigue igual de mordaz cuando yo acabe con ella, Gabe, muchacho, te doy permiso para que le des un par de azotes en ese insolente culo suyo.

—Y tú cuenta con el mío, queridísimo Gabriel —dijo Juliet, doblando la delgada hoja del estoque hasta formar un arco reluciente— para trinchar esa bragadura tan aparatosa que lleva en el pantalón, hasta dejarla del tamaño que le corresponde. A menos, por supuesto, que lo haga yo misma antes.

Una ronca ovación surgió entre la tripulación del *Rose*, quienes estaban sentados colgando de las barandas de la cubierta de proa, rodeando penoles, reunidos en tres filas en el alcázar. Gritaron apuestas y se dieron palmadas en los hombros para indicar que se hiciera sitio mientras hermano y hermana empezaban a dar vueltas lentamente uno alrededor del otro y las hojas silbaban de atrás adelante,

cortando el aire mientras los dos calentaban sus brazos y se preparaban para medir sus habilidades.

—Por todos los cielos, milord —susurró Beacom por encima del
hombro de Varian—. ¿Creéis que van a hacerse daño de verdad?

Pero Varian se limitó a alzar una mano para ordenarle que se
callara, intrigado por el espectáculo que se estaba desarrollando ante
él. El duque y sus hermanos a menudo había practicado su destreza
en el manejo de la espada, pero nunca con armas sin despuntar, nunca
con una intensidad tan feroz en los ojos.

Jonas arremetió primero, aprovechando una ingeniosa finta para
iniciar el ataque. Juliet esquivó la serie inicial de golpes con facilidad,
respondiendo a cada uno con una destreza letal que obligó al Dante
mayor a retroceder de forma apresurada y con dificultad.

El segundo y prolongado intercambio vio a los dos saltando como
gatos entre cabrestantes, arremetiendo alrededor y por encima de
barriles y cajones, empujando la pared de rugientes tripulantes contra
la baranda. El sonido del acero resonando contra acero iba acompañado de destellos de chispas azules y gruñidos de ambos combatientes
que se veían forzados a pensar más deprisa que sus pies a medida que
los golpes se sucedían cada vez más rápido, más cerca del blanco.

Sólo su tamaño debería de haber concedido a Jonas la ventaja de
la fuerza, pero resultó sorprendentemente obvio que Juliet le superaba en habilidad. Sus estocadas se sucedían demasiado rápido, los ataques estaban calculados en precisos cuadrantes. El brazo con el que
mantenía el equilibrio rara vez abandonaba la estrecha mella de su
cintura el tiempo suficiente como para sacudir las colas de su capa, ni
su sombrero corrió peligro de desplazarse en ningún momento. Cada
intento que hacía su hermano de contraatacar o dominar una de sus
embestidas por la fuerza bruta, se encontraba con un ágil giro o un
salto acrobático que la dejaba de pronto y de forma incomprensible
detrás de él, encima de él, al lado de él, pinchándole en el trasero con
la punta de la hoja. Cuando él se daba la vuelta, ella se reía, ofrecía
aberturas intencionadas que luego bloqueaba de forma drástica con
una rapidez que dejaba al oponente arremetiendo de forma ineficaz
contra el espacio vacío.

Los instintos de Varian afloraron a la superficie, se inflamaba de
indignación masculina cada vez que veía a Jonas fallar una oportunidad o retroceder dando un traspiés en torpe retirada.

El tormento acabó con relativa rapidez cuando Jonas fue hostigado y se quedó contra el portalón abierto. Con la ofensiva bragadura del pantalón colgando de un resto de tela en la entrepierna, recibió por fin el golpe de gracia y salió impulsado, aullando y maldiciendo, a través del portalón abierto y sobre las aguas del puerto.

Un gran rugido recorrió la cubierta, y Juliet, casi sin aliento, se giró sobre los talones y dejó descansar la reluciente punta de su espada debajo de la barbilla de Gabriel Dante. Él respondió con un encogimiento de hombros desenfadado, a la vez que levantaba las manos para mostrar que no llevaba arma alguna.

—¿No te apetece darte un baño esta noche?

—El agua está un poco fría para mi gusto —dijo él con un suspiro—. Y llevo una pluma nueva en mi sombrero, maldita sea. No voy a estropearla por el engreimiento de mi hermano.

—Yo tampoco —replicó Juliet mientras examinaba la pluma con interés—. Aunque tal vez te la arrebate si no se me concede el recibimiento respetuoso que me merezco.

Gabriel bajó las manos, adelantó una pierna elegante e hizo una graciosa inclinación doblándose por la mitad. También se colocó en la posición perfecta para estirar los brazos y, mientras se levantaba, rodear la parte superior de los muslos de su hermana. Con un maníaco alarido de júbilo, la levantó sobre su hombro y utilizó el impulso para propulsar a ambos hacia el lado del barco. Cuando se encontraba a un paso de echarla al agua por encima de la baranda, se detuvo ante la visión de otras dos visitas que se hallaban en el portalón.

De las dos caras recriminadoras, la más formidable pertenecía a Simon Dante de Tourville, quien se hallaba con los brazos cruzados sobre el pecho y una ceja levantada con gesto interrogador. Menos amenazador pero no menos sobrecogedor era el reproche dibujado en el semblante de Isabeau Dante, cuya cabeza se movía de un lado a otro censurando las payasadas de sus tres hijos adultos.

—Bájame, puñetero hijo de Belcebú —gritó Juliet—. O me bajas o nada impedirá que te despelleje los cojones con los dientes y…

Gabriel puso una sonrisa y se dio media vuelta para que Juliet pudiera ver qué había provocado aquel ataque momentáneo de compasión fraternal.

Al levantar la cabeza, Juliet apartó la cortina de pelo que le caía sobre la cara.

—Oh, buenas tardes, padre. Madre. Bienvenidos a bordo.

Capítulo *9*

—*T*e presentas aquí con una semana de retraso y con un galeón gigante detrás y ¿eso es todo lo que tienes que decir: «Bienvenidos a bordo»?

Juliet se retorció un poco para librarse del asimiento de Gabriel y bajarse de su hombro. Recogió el sombrero tirado en la cubierta y enfundó su espada, luego esbozó una amplia sonrisa.

—Bienvenidos a bordo, padre, madre. Estoy muy contenta de veros a los dos.

—Hemos estado preocupadísimos, jovencita —dijo Isabeau— y tu labia embaucadora ahora no va a servirte de nada. ¿Dónde has estado? ¿Cómo diantres ha acabado en tus manos un maldito buque de guerra?

—Es una historia muy larga, madre, y...

—Tenemos tiempo —dijo Simon interrumpiéndola con una voz tan suave como la seda y tan afilada como una cuchilla. Era una voz que Juliet sabía que no debía desafiar pero que de todos modos arrancó una sonrisa de sus labios.

Cruzó los brazos sobre el pecho en clara imitación del hombre que la fulminaba con la mirada y pasó a narrar con brusca eficiencia el incidente relacionado con la desaparición del *Argus* y el ataque al *Santo Domingo*.

—Aprovechamos la distracción del galeón para acercarnos por su lado vulnerable, abordarlo y tomar el mando —dijo ella, concluyendo el relato en medio de un silencio tan completo que cualquiera hubiera pensado que la tripulación lo escuchaba por primera vez.

—¿Lo abordaste? —Los ojos color ámbar de Isabeau Dante se entrecerraron—. Un galeón español armado, tres veces del tamaño del *Iron Rose*, ¿y tú simplemente te lanzas a abordarlo?

—Diablos, no, capitana Beau. —Una voz anónima surgió de algún lugar entre la multitud—. Primero lo acribillamos a conciencia. Limpiamos las cubiertas de esos extranjeros con petos de latón y les intimidamos sin puñetera compasión. Luego la capitana nos dijo «al abordaje» y allí fuimos todos nosotros. Y lo haríamos otra vez, claro, si ella nos lo pidiera.

Un murmullo de aprobación general recorrió la cubierta, pero sólo sirvió para palidecer aún más la expresión de Isabeau. Ella precisamente no era ajena a los riesgos de un combate en el mar, fuera cual fuera el tipo de embarcación: la manga vacía que colgaba en su costado daba buena prueba. Además, conocía demasiado bien a su hija y sabía que lo que contaba, o lo que contara cualquier miembro de su fiel tripulación, no sería ni una décima parte de lo aterradora y peligrosa que en realidad habría sido la acción.

Simon Dante también estudiaba los rostros de la tripulación, se detenía aquí y allí cada vez que uno de ellos tardaba demasiado en borrar una mueca jactanciosa. Inclinó la cabeza hacia arriba y escudriñó los mástiles, tomando nota de las maderas nuevas que apuntalaban el trinquete roto, los cabos recién ayustados en las jarcias, las velas reparadas…

—Además, ayer nos pilló una tormenta —añadió Juliet—. Eso también nos provocó algunos daños.

Los cristalinos ojos azules se posaron en su hija.

—¿Eras consciente, verdad que sí —dijo con lentitud— de la identidad del *Santo Domingo* antes de decidir intervenir? ¿Conocías su dotación y potencia de fuego? ¿Sabías que nadie en sus cabales consideraría siquiera la posibilidad de plantarle cara por su cuenta, pese a que el galeón se encontrara distraído con otra presa?

La respuesta de Juliet fue tan tranquila como su mirada.

—Me indignó que el *Argus* se hubiera rendido y que ni siquiera así los españoles retiraran sus armas. De hecho, se preparaban para disparar contra el casco del inglés y hundir el buque sin dejar testigos.

—Y por tu indignación, te lanzas tú, tu tripulación y tu barco por un camino de peligro injustificado.

—No. Intenté imaginarme qué habrías hecho tú en una situación similar.

Simon Dante entrecerró los ojos. Pasaron unos instantes antes de que respondiera.

—Sí, pero a mí, por lo general se me considera un loco. Tenía otras esperanzas para mis hijos.

—Si ese fuera el caso, amor mío, —añadió entre dientes Isabeau—, sólo tienes que mirar a Jonas y a Gabriel para apreciar la forma lamentable en que has fracasado, antes incluso de que Juliet pisara una cubierta.

Las negras cejas del corsario se juntaron y el gran señor pirata miró desafiador a su esposa. El silencio se prolongó unos cuantos segundos antes de que el sonido de una risa empezara a retumbar en su garganta. Se transformó en una risotada y, con la cabeza hacia atrás, Simon Dante medio maldijo, medio elogió la fortuna de encontrarse con una familia como la suya.

Sus amplios hombros aún se sacudían cuando quitó otra vez a Juliet su sombrero recién colocado y lo arrojó al aire, una señal para que los vítores contenidos de un centenar de gargantas estallaran una y otra vez hasta que el barco acabó sumido en un estruendo clamoroso. Entretanto, Juliet se vio arrastrada al círculo que formaban los brazos de su padre, que la alzaron y le dieron vueltas hasta dejarla mareada y riéndose también a carcajadas, tanto como para rogar que la bajara. Fue la señal para que dos fornidos marineros sacaran rodando sobre la cubierta un gran barril de ron, quitaran el tapón y llenaran las copas y cazoletas que los hombres empujaban bajo el chorro dorado.

Apartados a empujones y casi olvidados en medio de las celebraciones, Varian St. Clare se hallaba junto a la baranda con Beacom a su lado.

—¿Y qué os parece esto, Beacom? Creo que la palabra excepcional se queda corta para calificar a cada uno de los miembros de la familia Dante.

—Supongo que todos están locos de remate, Excelencia. Locos, sin lugar a dudas, y cuanto antes nos libremos de estos miserables barbarrojas, más seguras estarán nuestras gargantas durante la noche.

—Si queréis insultarnos, al menos podríais emplear el término correcto.

El rostro de Beacom perdió hasta la última gota de sangre cuando volvió despacio la cabeza y vio a Simon Dante de pie a su lado.

—Barbarroja era sarraceno, ejercía sus actividades en el Mediterráneo —explicó el Pirata Lobo como si tal cosa—. Aquí en el Caribe podéis encontrar bucaneros y piratas, filibusteros y contrabandistas. Somos una hermandad muy territorial, como podéis ver.

A Beacom le temblaba la boca, agitándose luego como un pescado arrojado sobre la playa. Ningún sonido surgió de su garganta. Tras un momento, los ojos se entornaron hacia atrás de su cabeza, y el criado se arrugó poco a poco hasta hacerse una bola sobre la cubierta.

Dante bajó la vista y luego apretó los labios.

—¿Hace eso a menudo?

—Con bastante regularidad —suspiró Varian.

—¿Y os pertenece?

—Es mi asistente, sí.

Hasta aquel momento, Varian se había contentado con observar y estudiar a la persona sobre la que tanto había leído. No cabía duda de que el hombre conocido como el Pirata Lobo imponía un temor reverente, a la manera despiadada del lobo, alardeando de unos brazos y hombros de poderosa musculatura propios de un hombre con la mitad de edad. También era obvio de dónde había heredado Juliet Dante la capacidad de atravesar a un hombre con una sola mirada, ya que los ojos de Simon Dante eran tan penetrantes que parecían agujas clavándose hasta la parte posterior del cráneo.

Su pelo negro como el carbón sólo exhibía unos pocos cabellos plateados. Formaba ondas relucientes muy por debajo de sus hombros, con una docena de pequeñas trenzas formadas en las sienes para mantener la frente despejada. El destello de un grueso aro de oro en su oreja respaldaba la impresión de que se trataba de un hombre situado en la finísima línea que separaba al pirata del corsario. Su esposa exhibía una figura no menos impactante con su cabello caoba oscuro y ojos de tigresa. El hecho de que le faltara un brazo había causado cierta sorpresa en Varian, pero nada dejaba entrever que tal pérdida la convirtiera en una inválida. Una lesión así en el caso de alguna notable de la nobleza inglesa —y en virtud de su matrimonio con Simon Dante, Isabeau era condesa— habría significado el exilio permanente lejos de la mirada pública.

Una de las cejas negras de Simon Dante adoptó una decidida curvatura ascendente.

—Mi hija me dice que sois un emisario del rey. ¿Cómo está ese mojigato hijo de perra escocés? Juliet ha mencionado que nos había enviado un cajón de Biblias con la esperanza de salvar nuestras almas, pero se perdieron con vuestro barco.

Varian lanzó una rápida mirada en dirección a Juliet. Se hallaba a unos pocos pasos y la boca le temblaba de diversión. Al ver juntos a padre e hija, Varian entendió que había heredado algo más que el inusual color azul plateado de los ojos.

—Su Majestad envía sus respetos.

—Estoy seguro de que así es.

El duque esperó, pero parecía que nadie más iba a dar un paso adelante para hacer las presentaciones, de modo que se decidió a hacerlo el mismo.

—Varian St. Clare, a su servicio, señor.

Estaba a punto de hacer una cortés reverencia cuando Juliet cogió a su padre del brazo.

—Está siendo modesto, padre —dijo—. Es un duque. Un miembro auténtico de la Cámara de los Lores, a menos que me engañe mi formación, enviado por el rey para dar una patada en el suelo con su noble pie y exigirte que dejes de molestar las rutas comerciales españolas.

Simon esbozó un sonrisa maliciosa.

—No debería sorprendernos demasiado, supongo. ¿Cuánto tiempo ha pasado... cuatro, cinco meses, desde que el último emisario intentara convencernos de que abandonáramos nuestras costumbres depravadas? —Hizo una pausa y tomó nota de las magulladuras en el rostro de Varian, la línea de hilos anudados que seguían el nacimiento del cabello—. Confío en que no hayas sido demasiado dura con este pobre tipo.

—Por Dios, no, padre. He sido un alma hospitalaria: le he alimentado y le he vestido, incluso le invité a compartir mi cama.

La mirada de Dante se desplazó de uno a otro, y Varian incluso soltó un resuello de conmoción.

—¡Os aseguro, *comte*, que nada incorrecto sucedió en ningún momento! Simplemente fue...

El Pirata Lobo alzó una mano.

—Por favor, hace muchísimos años que nadie se me dirige como comte de Tourville. Si habéis intentado algo indebido con mi hija, confío en que ella misma os haya machacado alguna otra cosa aparte de la cabeza. Ah, aquí está el joven Johnny Boy con otra ronda. ¿Tomaréis una copa de ron con nosotros para brindar por el regreso a salvo del *Iron Rose*?

Sin esperar una respuesta, Simon Dante extendió su copa para que se la llenara Johnny Boy. El muchacho metió un cazo en el cubo que llevaba y se la llenó, luego sirvió un poco en otra copa que ofreció a Varian. Simon chocó su copa con la de Juliet, luego esperó con expectación a que el inglés hiciera lo mismo.

Varian les complació con un solemne:

—Por el valor incuestionable del *Iron Rose*, por el valor de su capitana y su tripulación.

—Bien dicho. —Dante asintió con aprobación y vació la copa.

—En cuanto a lo que me trae por aquí, capitán Dante…

El Pirata Lobo alzó la mano otra vez.

—Cualquier asunto que traigáis, sea de mi interés o no, puede discutirse en un momento más adecuado.

—Capitán, es inaplazable y urgente a la vez. Cualquier demora podría tener consecuencias muy serias para vos y para vuestra hermandad aquí en el Caribe.

Dante echó una ojeada a Juliet, quien se encogió de hombros.

—No se ha dignado a contármelo.

—Entonces el asunto no puede ser tan urgente e inaplazable como quiere dar a entender.

—Su Majestad y el primer ministro insistieron bastante en que os entregara un edicto a la primera oportunidad.

—¿Un edicto, de eso se trata? —Bajó la vista como queriendo ver si Varian en efecto había dado una patada en el suelo—. Si habéis mantenido la fe hasta ahora, St. Clare, un día o dos no creo que cambien las cosas, el sol saldrá y volverá a ponerse como siempre. Es más, os encontráis en otro hemisferio, señor, donde las cosas se mueven con mucha más parsimonia de lo habitual por las estancias de Whitehall. Tomáoslo con calma. Disfrutad del fantástico aire tropical. Como invitado de mi hija, sois bienvenido y estaréis bajo su protección una vez en tierra, pero no mentéis el nombre del rey por ahí esperando que las paredes tiemblen sobrecogidas. Estamos muy lejos de la corte, y los caprichos de un pacificador encopetado tienen poca repercusión aquí. —Dejó la copa a un lado y rodeó con un brazo la cintura de su hija—. Y ahora, hija, sin duda tienes un montón de historias que contar y de las que alardear hasta que a tus hermanos les piten los oídos. ¿Las dejamos para cuando estemos en tierra y podamos brindar sin miedo a ahogarnos de camino a la cama? Oh, y antes de que se me olvide… ¡señor Kelly!

El carpintero se volvió para responder a la llamada, con tal rapidez que se dio con la cabeza en el extremo inferior de un palo. Cerró los ojos un momento antes de volver a ver con claridad.

—¿Sí, capitán?

—¿No habréis olvidado el motivo inicial por el que enviamos al *Iron Rose* a hacer una prueba de navegación?

Coco se rascó durante un momento la barba crecida en su barbilla, antes de que el recuerdo brillara en sus ojos.

—¡No, sir! Ha ido como una seda, y tanto que sí. Lo probamos a seis, a ocho y a doce nudos, y en los virajes no ha vertido ni una sola gota del puchero. ¡Capeó el temporal como una princesa de verdad!

Dante hizo un gesto de asentimiento y procedió a explicarse con más detalle, en consideración a Varian.

—Esto sí que es un asunto urgente e inaplazable. Un nuevo diseño de timón que aumenta la velocidad, mejora la dirección en condiciones climatológicas adversas y facilita mayor estabilidad en los virajes. ¿Cuánto tardaréis en instalarlo en los otros barcos, Coco?

El carpintero hizo una reverencia.

—La capitana Juliet me tiene ocupado vaciando un poco el galeón español, pero una vez acabe ahí... nos llevará dos semanas como mínimo ocuparnos de los tres barcos... a no ser que queráis arrimarlos para hacerlo al mismo tiempo. Entonces podrían estar en una semana o menos.

—Ya lo pensaré. Entretanto —apretó a Juliet por el hombro— parece que tenemos otra cosa más que celebrar esta noche. Lo habéis hecho muy bien. El siguiente paso será diseñar barcos enteros, con lo cual daríais motivo al señor Pitt para ponerse en guardia.

—¿No ha subido a bordo el señor Pitt? —preguntó Juliet reparando de pronto en la ausencia.

—Se ha detenido en otro lugar, me temo. Otro niño, nació ayer.

El rostro de Juliet se iluminó con una amplia sonrisa.

—Cáspita, pero ¿son ya ocho o nueve?

—Nueve muchachos, cuatro chicas. Tendré que considerar mandarle a la mar con más frecuencia. Es obvio que dispone de demasiado tiempo libre. Pero basta de esto. Esta noche celebraremos la captura del mayor botín —alzó la voz para que resonara de proa a popa— ¡conquistado por la tripulación más osada de todo el Caribe!

La compañía del barco soltó otro estridente coro de vítores y pataleos. Era un gran elogio, viniendo del Pirata Lobo, y muchos soltaron sin reparos unas lágrimas de orgullo. La ovación siguió a Simon Dante hasta el portalón, donde se encontró con Isabeau, Gabriel y Jonas, éste como una sopa. Después de advertir con afabilidad a Juliet que no se demorara demasiado a bordo, los cuatro descendieron hasta un bote y los remeros les llevaron hasta la orilla. Había que preparar la casa para la gran fiesta.

Mientras los remos se hundían en el agua y el bote les alejaba del *Iron Rose*, Isabeau se recostó en el hombro de su marido y soltó un trémulo suspiro.

—Santo Dios, Simon. ¿qué hemos hecho tú y yo?

Él apenas oyó el susurro con el estrépito del agua que se movía bajo la quilla.

—¿A qué te refieres, cielo?

—Los dos la hemos animado a seguir este camino, aunque admito que yo tengo más culpa que tú. Tú querías enviarla a Francia a estudiar, para que tuviera la oportunidad de convertirse en toda una dama. Yo fui quien insistió en que escogiera el camino que quisiera.

Dante apretó los labios contra la masa de pelo de su esposa.

—Después de ti, mi encantadora *cygne noir*, Juliet es la mejor dama que conozco. Tiene coraje, tiene honor… y temor. Más temor que estos dos tunantes, te aseguro —añadió con un movimiento de cabeza en dirección a sus dos hijos sentados en la proa del bote—. Y eso es lo que la mantendrá a salvo.

—Un hombre bueno tampoco le iría mal —dijo Gabriel por encima del hombro—. Si fuera posible encontrar uno lo bastante aturullado como para aceptarla.

—¿Eh? —Jonas se volvió—. ¿De qué estáis hablando?

—Del tamaño de las orejas de tu hermano —soltó Isabeau—. Y a menos que quiera recibir una buena manotada, se cuidará mucho de escuchar conversaciones que no son de su incumbencia.

Capítulo 10

*U*na vez más, Varian no estaba conforme con la situación. Beacom se había recuperado lo bastante como para sacudirse el polvo y retirarse abajo a recoger el pequeño arcón del que Johnny Boy se había apropiado para que ellos pudieran usarlo. No había demasiado en él: una camisa y medias de repuesto, algunas sábanas y un cepillo de crin, pero brindaban al asistente la excusa para hacer algo a lo que estaba acostumbrado y así distraer su cabeza y dejar de pensar en gargantas rajadas y entrañas hervidas.

En cuanto a Varian, no estaba acostumbrado a que le relegaran de un modo tan claro ni a que se acordaran de él en el último momento, de modo que siguió a Juliet hasta su camarote una vez concluyó el jolgorio en cubierta.

Hizo una breve pausa cuando ya tenía la mano en el pestillo. A regañadientes sus dedos formaron un puño y llamó a la puerta.

—Adelante.

Estaba junto al escritorio recogiendo libros de contabilidad, mapas, manifiestos y todo tipo de documentos que habían recuperado del *Santo Domingo* y del *Argus*. Se había quitado el sombrero y el farolillo vertía su luz sobre los hombros, dorando las ondas oscuras de su pelo con vetas de fuego rojo y oro.

Cuando Varian entró, alzó la vista y suspiró.

—Parecéis la viva imagen del resentimiento, milord. Os advierto, mi paciencia se ha agotado y tengo las pistolas a mano.

Él se agarró las manos tras la espalda.

—La forma correcta de tratamiento, que hasta ahora habéis preferido pasar por alto, es, de hecho, «Vuestra Excelencia».

Ella acabó de revolver un puñado de papeles y se irguió.

—Estoy segura de que no habéis venido aquí, todo inflado como una codorniz, para enseñarme buenos modales.

—Me temo que en ese aspecto no tenéis salvación, capitana. He venido para interesarme por el significado de las palabras de vuestro padre: que seré bienvenido en tierra siempre que lo haga bajo vuestra protección.

—A mí me parece bastante claro, milord —dijo ella utilizando una vez más aposta el tratamiento incorrecto—. En esencia, fuisteis capturado conjuntamente con el galeón, lo cual os convierte en parte del botín, si me permitís decirlo así. Por consiguiente, y por pura definición según los artículos de actividades de los corsarios, os habéis convertido en propiedad mía. Así pues, sois mi responsabilidad. Podéis creerme si os digo que esta designación no me complace más que a vos, pero es lo que tenemos. Incluso los piratas tienen normas. —Tras aguantarle la mirada unos momentos más, Juliet se inclinó otra vez sobre su tarea—. Por otro lado, deberíais estar agradecido a mi padre por poneros bajo mi protección; de otro modo, mi hermano Jonas os habría pegado un tiro sin pensárselo dos veces.

La mente de Varian continuaba trabada en la palabra propiedad.

—¿Vuestro hermano? ¿Qué tiene que ver con todo esto?

—Odia a los españoles aún más que mi padre, aunque me vería en un apuro si tuviera que encontrar el granito que inclina la balanza a su favor. Y si habéis venido aquí a insistir en las exigencias caprichosas del rey para que respetemos la paz... bien...

Alzó la vista mientras Johnny Boy cruzaba ruidosamente la puerta abierta para decirle que el *Santo Domingo* ya había sido remolcado hasta puerto.

—Sí, de acuerdo. Gracias. Mira, puedes llevarme esto arriba. —Amontonó el último fajo de documentos en un abultado saco de lona y se lo tendió al muchacho.

—Que preparen un bote. Bajaremos a tierra en cuanto el señor Crisp nos avise.

—Sí, capitana.

—Espera un momento —llamó, deteniendo al muchacho justo en la puerta—. ¿Qué te ha pasado en la pierna?

Johnny Boy inclinó la cabeza para mirar el oscuro círculo de sangre que manchaba sus pantalones por encima de su pata tallada.

—No fue nada, capitana. Retrocedí y me di contra una cureña y me raspé contra un trozo de madera.

—Asegúrate de limpiarte la herida antes de bajar a tierra. No me haría gracia tener que cortar otro trozo de muñón por ese descuido.

—Sí, capitana —respondió el muchacho con una sonrisa—. Lo restregaré hasta que chirríe y luego me mearé ahí dos veces al día.

Cuando se marchó, Juliet advirtió la mirada en el rostro de Varian.

—Es la mejor manera de limpiar una herida, señor, y prevenir la corrupción de la carne. —La mirada de Juliet danzó por un momento sobre la mejilla de Varian, pero en vez de exacerbar su conmoción y confirmarle la naturaleza de la tintura con la que había frotado su herida, se puso el sombrero de caballero en la cabeza y recogió los guantes del escritorio—. ¿Vamos arriba, milord? Tengo que ocuparme de un par de detalles más antes de desembarcar.

Frustrado por el hecho de venir buscando respuestas e irse con más preguntas, se estiró para cogerla por el brazo cuando ella pasó a su lado para salir. La mirada desafiadora que ella lanzó a su mano y luego a su rostro interrumpió lo que pensara decir, fuera lo que fuera. Varian la soltó al instante, pero las dagas ya estaban en los ojos de Juliet y el acero en su voz.

—Creía haberos oído decir que aprendíais de vuestros errores.

—Es lo que intento a toda costa. Por desgracia las normas parecen cambiar cada vez que me doy media vuelta.

—Pues entonces tendréis que daros la vuelta un poco más rápido, ¿no os parece?

—Creedme, ahora mismo estoy dando vueltas, señora —masculló, pero ella ya había franqueado la puerta y había subido la mitad de la escalera que llevaba al alcázar.

Una hora después, Juliet por fin estaba lista para bajar a tierra. El *Santo Domingo* estaba fondeado sano y salvo a cincuenta yardas de su popa y se había convertido en un imán para el hervidero de esquifes que lo rodeaban. Ya era noche cerrada y se habían colgado faroles de los cables y jarcias, iluminando las cubiertas como si fuera de día. Los hombres ya habían juntado montacargas para usarlos por la mañana para bajar el cargamento de tesoros.

Juliet se encaminaba hacia la pasarela cuando advirtió la atención con que observaba el duque de Harrow las actividades a bordo del *Santo Domingo*. Tenía los ojos entrecerrados para protegerse del resplandor, y cuando Juliet estudió la cubierta más alejada para ver qué atraía su interés, descubrió al teniente inglés, Beck, moviéndose a su aire entre la tripulación, supervisando incluso a los hombres que bajaban grandes redes por el interior del galeón.

—Si queréis bajar a tierra, milord —dijo Juliet apartando así la atención de Varian del *Santo Domingo*— nos vamos ahora. Pero tomad buena nota de que si creáis molestias, os trasladarán de vuelta aquí como si fuerais un saco de cereal.

Aparte de un pequeño músculo que tembló en su mejilla, Varian permaneció en silencio.

Por el contrario, Beacom echó una mirada a través del punto abierto en la baranda, a la altura del portalón, y se quedó pálido. Era un descenso empinado por el revestimiento del casco, sin otra cosa en la que apoyarse que los estrechos travesaños insertados en las maderas. El cielo estaba negro sobre sus cabezas, y por debajo, el agua era una inquietante confusión de sombras y formas. Las luces habían atraído bancos de peces, algunos de los cuales nadaban cerca de la superficie y se movían veloces como rayos iridescentes. Algunas sombras más oscuras en el fondo se movían independientemente de los botes que flotaban arriba, enormes criaturas redondas que sacudían largas colas en forma de látigo.

—Cielos, Excelencia. —Beacom se encogió y retrocedió de la baranda—. Creo que preferiría esperar a que me transportaran en una silla.

Varian observó que Juliet se echaba un faldón de su capa sobre el hombro y desaparecía por debajo del nivel de la cubierta.

—Dudo que haya otra manera de desembarcar, Beacom —dijo Varian con voz seca—. Su hermano siguió antes la vía rápida, y ante vos tenéis la otra forma de bajar.

—¡Eh! ¿Qué sucede ahí? —gritó Juliet desde abajo—. No tenemos toda la noche. Si os caéis, dad un par de patadas fuertes a las barracudas y se quitarán de en medio.

Beacom gimió y Varian suspiró.

—Tal vez prefiráis quedaros a bordo… Estoy seguro de que la tripulación del barco encontrará alguna manera de entreteneros.

La pálida mano del asistente revoloteó hacia arriba para agarrarse la garganta.

—No os abandonaré, Excelencia. Os sigo.

—No os separéis de mí. Os guiaré los pies y os sujetaré si dais un mal paso.

Beacom hizo un gesto tembloroso de asentimiento y esperó a que Varian estuviese tres peldaños por debajo antes de sacar con cautela un pie hacia fuera. El terror más que la habilidad le hicieron descender la escala, y no se detuvo ni abrió los ojos hasta que sintió una mano rodeándole el tobillo y guiándole hasta apoyarle en un bote oscilante.

En cuanto Beacom y Varian estuvieron instalados, uno de los remeros empleó la pala para apartarse del *Iron Rose*. Presentaba una perspectiva peculiar desde el agua, y Varian se sintió enano en contraste con el enorme casco de madera y los elevados mástiles que se alzaban en el cielo nocturno. Había boquetes en la madera, marcas de conflictos pasados. También contó las cañoneras y comprendió el buque tan poderoso y mortífero a bordo del que había estado.

Cuando bordearon la proa, toda su atención se centró en su mascarón tallado. Era una mujer, desnuda salvo por una breve ondulación de lino que formaba una diagonal sobre su ingle. Tenía los brazos extendidos como si sostuviera el amplio *bauprés*; las piernas rectas y bien proporcionadas y los pies de punta hacia abajo como los de una bailarina.

Alcanzaron el elevado casco del *Santo Domingo* y esperaron apenas un momento para que Nathan Crisp y el teniente Jonathan Beck descendieran por el lado del barco. Los dos hombres iban riéndose juntos por algo que había dicho el malhumorado y veterano lobo de mar, pero cuando Beck vio a Varian sentado en el bote, se puso serio al instante e hizo una amable inclinación.

—Vuestra Excelencia. Había oído que os habíais recuperado de vuestras heridas y me alegré al enterarme de que no eran fatales.

—No más que a mí, teniente. No habíamos tenido oportunidad de hablar desde el incidente, pero, por favor, aceptad mis condolencias por la pérdida del barco y los valientes hombres de vuestra tripulación.

—Gracias, señor. El capitán Macleod era un huen hombre y un excelente marino. Se le echará muchísimo de menos.

—Enseñó bien a sus hombres, en todo caso —anunció Crisp para información de Juliet—. Loftus me dice que si no fuera por la labor de la tripulación del *Argus*, no se habrían mantenido a flote durante la tormenta y habrían sido arrastrados hasta el Atlántico. En cuanto al teniente, aquí presente, es una pena que no le tire más la piratería, yo le pondría al timón hoy mismo. Llevó el *Argus* a través del arrecife como si lo hubiera hecho cien veces.

—Crecí en Cornualles, señor, allí las corrientes y las grandes olas han partido el armazón de muchos buenos barcos.

—Acepte los cumplidos ofrecidos con sinceridad —dijo Juliet—. El señor Crisp los esconde como una solterona esconde sus besos.

Los remeros siguieron dando paladas y en cuestión de minutos habían cruzado la bahía y se aproximaban a las luces encendidas a lo largo de la costa. Más arriba, en la ladera, la enorme casa blanca relumbraba como un puñado de joyas. Cuando el bote chocó contra el muelle, Juliet y Crisp fueron los primeros en salir de un salto y, mientras los otros desembarcaban, se mantuvieron juntos hablando en voz baja.

Varian, tras dar los primeros pasos en tierra firme, se sorprendió al descubrir que se sentía mareado y que sus rodillas estaban inestables, igual que había sucedido durante los primeros días en alta mar. No sin cierto disgusto, le vino a la memoria que había pasado parte de esos días con la cabeza inclinada sobre una cubeta llena de porquería y que no le tranquilizaba saber que era susceptible de padecer la misma debilidad al pasar del mar a tierra firme.

Un carruaje les esperaba para llevarles a la gran casa. Traqueteaba como los huesos de un esqueleto sobre la carretera llena de baches, y con el tembleque a Varian casi se le salen los dientes de las encías por el esfuerzo de aguantar aquel martilleo reiniciado en su cabeza. Su cadera y hombro también volvían a quejarse. Para cuando hicieron una parada, tenía ganas de arrojar su cuerpo al suelo y abrazarse al árbol más próximo.

—Me gustaría disponer de un momento a solas con el duque para poder hablar —dijo Juliet mientras indicaba con un ademán a los demás que bajaran—. Llevad esto a la casa por mí —dijo mientras tendía a Crisp el saco de cartas de navegación y manifiestos que habían viajado junto a ella en el asiento—. Que alguien lleve al teniente y al señor Beacom a unas habitaciones con sábanas limpias y baños calientes.

El carruaje se había parado delante de la gran casa. Colgaban faroles de todas las columnas y postes que se sucedían a lo largo de la amplia galería de cien pies de largo. Cada ventana de los dos pisos resplandecía. En el carruaje sólo quedaba un rincón en sombras que no alcanzara la luz y, mientras Juliet Dante contaba con la ventaja de ver cada arruga del rostro de Varian, cada cabello de su cabeza, ella se mantenía a oscuras casi en su totalidad, a excepción del volante de encaje blanco que cubría su garganta.

Al duque no le pasó por alto la ironía de que ella llevara encaje y terciopelo. Al mismo tiempo, tenía que admitir que el negro y el carmesí se adaptaban bien a la naturaleza de ella. Y no respondían a la necesidad de seguir las modas, sino que reflejaban el poder, la seguridad y la gracia letal de Juliet.

Permaneció sentada unos momentos tamborileando ligeramente su regazo con los dedos, luego, buscando alguna manera de ocupar las manos, empezó a quitarse los guantes de cuero, un dedo tras otro.

—En una ocasión me quemé —dijo sin dar importancia al hecho—. Mi camisa se prendió con las llamas y perdí unas capas de piel antes de que los hombres pudieran apagar el fuego. Desde entonces, aunque he tenido algunos cortes e incluso heridas de mosquetón, nada me ha dolido ni la mitad que aquellas quemaduras. Admiro la fortaleza del teniente, tiene que haber sufrido mucho. ¿Sabéis cómo sucedió?

—Me temo que no me ha confiado tal información.

—¿Estuvisteis con él en alta mar durante seis semanas y nunca se os ocurrió preguntar?

—Uno no le pregunta directamente a un hombre cómo se quemó la cara, así de simple.

—¿Ah no? Entonces, vaya modales los míos, porque yo sí se lo pregunté. Por lo visto estaba prometido y, en cierta forma como vos, deseoso de regresar a casa para casarse con su novia cuando su barco se topó con un holandés a la altura de las Canarias. Hubo un intercambio de disparos y una de las velas ardió en llamas. Él tenía pólvora en la mejilla tras haber descargado varias veces su mosquetón, y el fuego se propagó por su camisa, pelo y rostro. Cuando estuvo de regreso a Inglaterra, su novia le echó una mirada y gritó de horror. Regresó de inmediato a la armada, donde sabía que la vida era más tolerante, lejos de las sutilezas vulgares de la alta sociedad.

—Reconoceré que hay personas que juzgan a sus compatriotas con más dureza que otras, pero decir que toda la sociedad inglesa en conjunto es tan vulgar...

—¿Voy muy desencaminada? ¿De veras creéis que mi madre sería bien recibida en la Corte? ¿La invitarían a bailar una gallarda, a jugar una partida de bolos en el césped? ¿Tendría muchas parejas dispuestas a sentarse a su lado en una cena mientras emplea su muñón para sostener la carne para cortar?

Varian escudriñó las sombras.

—¿Es vuestra intención turbarme, capitana, o nada más intentáis que admita que todos nosotros somos unos groseros engreídos? Si es así, pues bien, lo admito… si vos admitís que vuestro engreimiento alcanza niveles similares, sólo que visto desde el otro lado del espejo. Lucís con orgullo vuestras cicatrices y naturaleza feroz, y despreciáis a cualquier hombre sin callos en las manos y con rosas de cintas en los zapatos. Como decís, no es probable que la esposa manca de un señor pirata se convierta en dama de compañía de la reina; no obstante ¿qué probabilidades hay de que hombres como Beacom o yo mismo seamos tratados como iguales en la mesa de vuestro comedor? La primera vez que hablamos, insististeis en que me dirigiera a vos como «capitana», sin embargo os burláis de mi propio rango a cada ocasión. No podéis aplicar las reglas tan contradictoriamente, Juliet. No podéis decir que algo no es válido si sois culpable del mismo crimen.

Estaba tan quieta y tan callada que Varian casi podía oír el sonido de las pestañas al juntarse. Era la primera vez que había usado su nombre de pila y sospechaba que a ella no le sentaría bien.

—No os he hecho esperar aquí para recibir una perorata sobre conceptos sociales, Excelencia. Sólo había pensado en ahorraros con mi consejo, y con toda la buena fe, más situaciones embarazosas, por si pensáis entrar en la casa y soltar vuestras directrices y exigencias reales. No serán bien acogidas.

—Aún tenéis que decirme por qué.

Ella contestó con un largo resoplido de desdén y él extendió las manos para indicar que con aquello le estaba dando la razón.

—Me reprendéis por no plantear al teniente una simple pregunta. No obstante, cuando yo intento hacer lo mismo con vos, me claváis una daga.

—No he clavado nada, señor.

—¿Pensáis que no? Si vuestros ojos fueran armas, señora, habría acabado ensangrentado de pies a cabeza en una docena de ocasiones.

Ella volvió a tamborilear con los dedos. Volvió la cabeza al oír unos pasos afuera en la gravilla, pero la mirada fulminante que dedicó a quien se acercara forzó una apresurada retirada.

Dejó de mover los dedos. Dobló las manos alrededor de los guantes y se volvió otra vez a mirarle.

—Nuestro abuelo, Jonas Spence, murió a bordo del *Black Swan*, en la misma batalla que le costó el brazo a mi madre. Tras cincuenta años en el mar, le quedaban pocos de los apéndices originales con los que nació. Sólo tenía una pierna y un brazo, su cuerpo era un mapa de cicatrices y deformaciones que, a su lado, dejaban al teniente Beck como un hombre guapo de veras. No obstante, nunca quería quedarse en tierra cuando había alguna aventura por delante. Nunca eludía un combate, nunca huía del enemigo, nunca se quedaba a medias si había que echar toda la carne en el asador. Mi hermano Jonas siempre estaba a su lado, imitando su grandiosa y sana risa, cogiéndole cuando estaba a punto de caerse por haber bebido demasiado ron. —Se detuvo, pensando que tal vez ya había hablado demasiado, y concluyó con un matiz de impaciencia en su voz—. Si hubierais visto la mirada en el rostro de mi hermano cuando sacó el cuerpo de mi abuelo del barco, no tendríais que preguntar por qué nunca tolerará un edicto que ordene la paz con los españoles. Ni mi padre, ni mi madre. Ni yo misma, en realidad.

Varian negó con la cabeza.

—¿Todo eso no debería llevaros a ansiar la paz aún más?

—Paz, sí. Capitulación… nunca.

—Nadie os pide que capituléis.

—¿Ah, no? Los españoles nunca cumplirán un tratado de paz que permita que barcos extranjeros naveguen por estas aguas. Se juegan demasiado. Tienen todo el Nuevo Mundo bajo su dominio, por el amor de Dios, y mientras lo mantengan, conservarán la supremacía en el mar. Mientras la Virgen estaba en el trono, mi padre solía recibir misivas oficiales que exigían su regreso a Inglaterra para una audiencia con su soberana, insistiendo en que cesaran los ataques sobre barcos españoles, reprendiéndole, amenazándole con todo tipo de represalias si desobedecía. Aun así, llegaban también otros comunicados, enviados en secreto, a menudo en clave para que sólo nuestro padre pudiera entenderlos. Le elogiaban por sus triunfos, incluso le animaban a incrementar los ataques, a hacer todo lo que estuviera en su mano para desbaratar las rutas comerciales de los españoles y golpearles donde más les doliera: en su Tesoro público. La vieja reina entendía que si se interceptaba el flujo de oro y plata desde América, el rey español no tendría dinero para construir barcos, para pagar sus ejércitos, para guarnecer puertos a miles de millas de distancia de Sevilla. Había docenas de corsarios en estas aguas y la mayoría de ellos recibían el mismo tipo de guiños velados de Isabel que mi padre, y sus esfuerzos tenían resultados. Mientras los cofres españoles se vaciaban, Inglaterra se quedaba con la décima parte del botín incautado a cada barco capturado. Una buena parte de la armada de Inglaterra se construyó con las ganancias mal habidas de los halcones del mar de Isabel.

»Pero luego ella murió, y Jaime Estuardo ocupó el trono. No estaba informado de los tratos privados de la reina con sus hombres al otro lado del mundo, o si lo estaba prefirió ignorarlos. Tenía su armada, su cofre del tesoro estaba lleno, era pues hora de engatusar al monarca español con sus buenas intenciones y ordenar a hombres como mi padre que abandonaran las armas. Por supuesto, no tenía ningún control sobre los holandeses o los portugueses, pero la mayoría de corsarios ingleses se retiraron en vez de arriesgarse a ser calificados de piratas. Eran ricos, ya habían vivido sus aventuras. Muchos de ellos regresaron a Inglaterra como se les ordenó y se retiraron a sus casas solariegas a echar tripa y criar ovejas.

—Pero vuestro padre se negó.

Juliet suspiró.

—Se negó a dejar todo por lo que había luchado y que tanto le había costado ganar. Éste es nuestro hogar ahora. ¿No es lógico que queramos defenderlo?

—Defenderlo, sí, pero…

—¿Habéis oído la frase «no hay paz más allá de la línea divisoria»?

—Os referís a la línea imaginaria trazada por el papá Alejandro VI que desciende por el medio del Atlántico y divide los territorios del mundo entre España y Portugal.

Juliet hizo un gesto de asentimiento.

—Se trazó un año después de que Colón descubriera el Nuevo Mundo, en un momento en que los ingleses apenas sabían navegar, ni para cruzar el Canal de la Mancha. No obstante, éstas son las fronteras que España insiste en defender. Es el tratado que España emplea para justificar sus acciones cada vez que atacan y destruyen uno de nuestros barcos, sin tener en cuenta si ese buque se dedica al comercio legal o a simples exploraciones.

—Los reyes de Inglaterra, Francia y Holanda están intentando cambiar eso, igual que Felipe III de España —dijo Varian—. Pero las negociaciones para lograr la paz y el libre comercio no tendrán éxito, no pueden tenerlo, a menos que se silencien los cañones de ambos bandos.

—Me sorprende siquiera oíros decir esas palabras con algo de convicción después de lo que le ha sucedido al *Argus*. Pero seguro que mi padre nunca las reconocerá, ni la idea de una paz con España.

Varian se inclinó hacia delante, el cuero del asiento crujió suavemente al hacerlo.

—Soy más que consciente de que no piso fondo aquí, Juliet. Admito sin reparos que no entiendo vuestra forma de vida, que lo más probable es que muriera antes de una semana si me perdiera en una isla en la que vos, en condiciones similares, podríais sobrevivir todo un año. Por la misma regla, yo soy un soldado, y, ojo, muy bueno, y me molesta la insinuación de que prefiero pelear con palabras que con hechos. Ponedme en el campo de batalla con artillería y caballería, y pelearé las mismas batallas y ganaré vuestras guerras. Pero trasladar esas batallas al mar, con franqueza... cambia las reglas de lo que yo conozco, de todo lo que yo puedo esperar con razonable certidumbre. Aquí no se permite error alguno. Uno intenta rendirse con honor y el enemigo te hunde de todos modos. Pierdes una batalla y no vives para luchar ni un día más: te ahogas. Sólo en ese sentido, me cuesta incluso concebir la fuerza y el coraje necesario para salir navegando de este puerto sabiendo que hay buques mayores con más cañones esperando en el horizonte para haceros pedazos. Pero tampoco concibo los motivos para no apoyar los esfuerzos del rey en las negociaciones de paz. —Se detuvo y volvió a recostarse—. Como he dicho, intento entender, pero no me lo ponéis fácil, por no decir otra cosa.

Un farol en el exterior de la ventanilla proyectaba sobre un lado del carruaje un halo vaporoso de luz, que oscilaba cada vez que la rama de la que colgaba se movía con la brisa. La luz alcanzó los ojos de Juliet, luego retrocedió, volvió a alcanzarlos y aguantó ahí hasta que ella apartó el rostro.

—La verdad, hay veces en las que yo misma tampoco lo entiendo —admitió finalmente—. Pero luego miro la manga vacía de mi madre y el asiento vacío en la mesa del comedor donde solía sentarse mi abuelo, y no tengo que darle más vueltas. Es toda la justificación que necesito.

Varian la estudió en silencio con las manos entrelazadas y los dedos índices formando un triángulo bajo su barbilla.

—De modo que ya tenéis vuestra explicación —concluyó ella—. Así podréis entender que os han enviado a perder el tiempo.

—¿Cambiaría algo si digo que el rey y sus ministros tienen intención de rescindir todas las patentes de corso, y que las consecuencias de negarse a obedecer las órdenes del rey serán acusaciones de piratería y traición presentadas contra toda la familia y quienes naveguen con ella? Eso significaría que si atrapan a vuestro padre acabará ahorcado como un vulgar ladrón.

Juliet sonrió.

—Primero tendrán que atraparle, ¿o no?

—¿Puedo recordaros —dijo con voz suave— que todo el mundo es falible?

—¿Y puedo recordaros yo que no estáis en condiciones de lanzar amenazas o de señalar nuestras debilidades? Lo más fácil habría sido abandonaros junto con los españoles.

—Y aun así me subisteis a bordo, y me habéis retenido. —Levantó despacio la barbilla de los dedos—. ¿Como prisionero? ¿O como rehén?

Juliet se encogió de hombros.

—De un modo u otro, Vuestra Excelencia, sea cual sea el asunto que habéis traído del rey, se ha hundido en el fondo del mar con el *Argus*.

Alzó una mano e hizo una señal por la ventana del carruaje. Varian oyó de nuevo unos pasos sobre la piedra y, un momento después, dos rollizos hombres aparecieron de pie junto a la puerta.

—Os desaconsejaría hacer cualquier tontería. Os encontráis aquí bajo mi protección y por eso os tratarán con el respeto que merecéis. Pero os encontráis en una isla, no hay en absoluto manera de escapar y, no os confundáis, estos hombres os matarán sólo con un chasquido de mis dedos.

La puerta se abrió.

Juliet bajó del carruaje y, tras murmurar unas órdenes a los dos hombres, entró a buen paso en la casa sin tan siquiera echar una sola mirada atrás.

Capítulo *11*

*J*uliet entró sola en la casa, la espada golpeándole el talón de la bota con cada uno de sus pasos furiosos. La familia estaba reunida en la gran sala, podía oírles antes de verles, y se obligó a tranquilizarse, a relajar el rostro para poder presentar una expresión más agradable. Al fin y al cabo se trataba de una noche de celebraciones. Casi había olvidado todo lo relacionado con el maldito diseño del timón, algo que Coco y ella llevaban meses retocando, pero su éxito era indisputable. La velocidad incrementada y mayor maniobrabilidad le habían permitido interceptar el *Santo Domingo* con mucha más rapidez y efectividad, le habían permitido pasar con el *Iron Rose* bajo el arco de la trayectoria de los pesados cañones españoles antes de que pudieran utilizarlos.

Juliet llegó al gran salón y se quedó un momento en el umbral mientras la cálida familiaridad de este mundo reemplazaba el júbilo salado del otro. El aroma a almizcle de los libros de cuero y el fuego crepitante le recordaron las horas pasadas enfrascada en las lecciones, aprendiendo a trazar cartas del mar y las estrellas, a calcular la velocidad del viento y las corrientes, a mezclar y calcular la carga de pólvora...

Con diez años de edad, las clases en el aula se habían complementado con el tiempo transcurrido a bordo del *Avenger*, donde había aprendido a traducir el conocimiento práctico descubierto en los libros de texto a aplicaciones de sentido común. Cuando cumplió dieciséis años, podía trazar una ruta y manejar un barco desde un punto a otro con un margen de error de pocas leguas. Con dieciocho había demostrado su valía en la batalla al encaramarse sobre una pila de cadáveres para ocuparse de uno de los pesados cañones de treinta y dos libras.

Dos años después, tomó el timón de su propia nave, el *Iron Rose*.

Jonas había hecho su aprendizaje en el *Black Swan*. Aunque él había aprendido principalmente a controlar sus impulsos violentos bajo la atenta mirada de su madre, el joven se parecía demasiado a su abuelo; los arrebatos iracundos eran algo que se transmitía con la sangre Spence. Gabriel, por otro lado, se había beneficiado del tutelaje de Geoffrey Pitt y por consiguiente había acabado por apreciar la diferencia letal que podía marcar una mente racional y fría.

Su padre estaba con Pitt al lado de la chimenea apagada, los dos hombres especulaban sin duda sobre el revuelo que causaría en el Caribe la noticia de que un miembro de la familia Dante había capturado uno de los buques de guerra más famosos de España.

Isabeau, Gabriel y la esposa de Pitt, Christiana, estaban sentados junto a las cristaleras que daban a la galería. Juliet podía contar con los dedos de una sola mano las veces en su vida en que había visto a su madre cambiar voluntariamente los pantalones y el jubón por el boato más femenino de la falda y el corpiño. La sorpresa de ver a su madre ataviada esta noche con un vestido de seda azul cielo sólo se vio superada por el placer de descubrir a su padre con traje de ceremonia, complementado por el tahalí decorativo repujado en oro y la espada que Gloriana le había regalado tras la desaparición de la Armada española.

Gabriel estaba tan elegante y distinguido como era habitual en él, con el pelo rizado en ondas brillantes y las largas piernas estiradas hacia delante y cruzadas a la altura de los tobillos. Jonas se había puesto ropas secas, pero rara vez variaba su vestuario y pocas veces se quitaba los pantalones de cuero, jubón de cuero e hinchada camisa de camelote blanco, y por lo tanto su aspecto presentaba pocas diferencias.

El último rostro familiar capaz de arrancar una suave sonrisa de los labios de Juliet fue Lucifer, quien después de todos aquellos años, aún no se había aficionado a llevar más prendas de las que pudiera quitarse con un rápido movimiento de muñeca. Se hallaba detrás de Simon Dante como un perro guardián con cara de pocos amigos, negro como el carbón, vestido con pantalones cortos y un jubón a rayas. Llevaba tres décadas protegiendo la retaguardia del Pirata Lobo y en aquellos momentos volvió su calva cocorota, atraída su mirada hacia el umbral de la puerta donde Juliet se hallaba en pie, pasando inadvertida aún para su familia.

Aunque su rostro no parecía haber envejecido en todos los años que le conocía, los dibujos y volutas de tatuajes punteados habían crecido de tamaño. Desde las primeras marcas que formaban espirales sobre sus mejillas, las figuras de tinta se habían extendido por su garganta y por el reluciente mármol negro de su pecho y hombros. Llevaba incluso personajes grabados sobre la masa colgante de su sexo, un testamento de su resistencia al dolor, en concreto tenía decorado su miembro con la cabeza de una cobra cuyo cuerpo se hinchaba y estiraba en capas de relucientes escamas cuando estaba erecta.

Los labios de Lucifer se separaron para murmurar una palabra a su capitán antes de formar una enorme sonrisa. Era un gesto que normalmente hacía encogerse a cualquier hombre hecho y derecho, ya que había limado sus enormes dientes blancos hasta formar puntas cortantes. Cuando Jonas era niño, le había contado a Juliet que se los había afilado para despedazar a sus enemigos y comerles las entrañas. La verdad era un poco menos dramática, ya que el proceso de limadura era la marca de los grandes guerreros en su aldea natal.

Algo de la sed sanguinaria propia de aquellos guerreros se dejó entrever en el gruñido que soltó mientras se dirigía a zancadas hasta el umbral. Allí, hizo algo que Juliet sólo le había visto hacer en contadas ocasiones: una reverencia profunda y formal para rendir homenaje a la gran victoria del *Iron Rose* y aplaudir el valor de su capitana.

—Habéis hecho que nos sintamos orgullosos, Little Jolly —dijo dirigiéndose a ella por el apodo con el que la denominaba desde que era niña—. Habéis aprendido mucho y habéis seguido bien los pasos de tus hermanos. Tanto, que ahora ellos se enfurruñan y ponen malas caras como niñitas lloriqueantes.

—No estamos enfurruñados —protestó Gabriel—. En realidad quiero expresar mi respeto reverencial por nuestra hermana pequeña —añadió al tiempo que se ponía en pie— y manifiesto mi fe en que, con el tiempo, nos hará recuperar toda la flota española. Y qué demonios, seguro que podríamos enviarla a España y ella nos traería al propio Felipe, aún sentado sobre su trono.

Geoffrey Pitt se adelantó y cogió la mano de Juliet, depositando en ella un beso galante.

—No hagáis caso a ese gran bufón. Está celoso... y tan orgulloso... como el resto de nosotros. Cincuenta y dos cañones, cielo santo, y lo habéis conseguido sin apenas un rasguño. Sólo los cañones valen dos veces su peso en lingotes de plata, ya sabéis que los españoles se toman muy a pecho la calidad del bronce empleado en la fundición.

—Me he enterado de que vos también merecéis felicitaciones, señor Pitt. ¿Otro muchacho, verdad? Pronto tendréis bastantes como para cubrir la tripulación de vuestro nuevo barco.

Pese al sonrojo de él, Juliet le dio un fuerte abrazo y un beso, luego se fue hasta Christiana. Menuda y morena, poseía el rostro de un querubín y el cuerpo de una palomilla pese a haber dado a luz a trece criaturas.

Juliet metió la mano en su jubón y sacó un pequeño paquete envuelto en satén que contenía una gran esmeralda tallada en forma cuadrada que Nathan había encontrado en el *Santo Domingo*.

—Para el nuevo bebé —dijo besando a su tía en ambas mejillas—. ¿Ya tiene nombre?

Christiana se rió y sacudió la cabeza.

—Ay, no. Ya hemos agotado los nombres de los padres, abuelos, tíos y primos a los que honrar, o sea, que ahora debemos esperar a ver qué nombre le va bien.

Juliet sonrió, pero la distrajo el hecho de que las dos fueran las únicas que hablaban. Las miradas de todo el mundo estaban sobre ella, algunas con más expectación que otras, pero todas tensas a causa de la curiosidad.

Una ojeada más le informó de que el saco que Crisp había depositado en el mismo umbral de la puerta aún estaba por abrir.

—Me asombra vuestra compostura, hermanos queridos. —Juliet murmuró y luego añadió como si tal cosa—: Plata. Hay más de cincuenta cajones de plata en lingotes en su bodega, junto con la misma cantidad llena de oro, perlas, especias, incluso unos cincuenta quintales bañados en cobre. Apenas he podido inspeccionar personalmente los manifiestos, pero, ¡como no!, podéis hacerlo vosotros mismos.

Jonas y Gabriel llegaron hasta el saco en dos zancadas. Lo abrieron y depositaron el contenido sobre el escritorio antes de que las risas de su padre dejaran de reverberar por toda la habitación.

La siguiente hora la pasaron enfrascados en los manifiestos del cargamento, brindando con cada nuevo e increíble descubrimiento, cosas en las que Juliet no había reparado, y calculando de forma aproximada el valor del botín. Iba a ser imposible hacer un recuento preciso hasta que se abriera cada cajón, se pesara y se ensayara el contenido, pero como cálculo extremadamente prudente, Geoffrey dio un valor muy por encima de las doscientas mil libras inglesas, una suma pasmosa si se comparaba con el cargamento habitual de un galeón con tesoros: su valor medio oscilaba sólo entre las treinta y las cincuenta mil libras.

De nuevo se hizo un silencio, mientras Pitt volvía a repasar las sumas, pero aunque hubiera sido demasiado generoso en los cálculos y el valor llegara sólo a la mitad, lo cual no era probable, era con facilidad el botín más sustancioso desde que Drake había conseguido el tesoro de Nombre de Dios.

El sentido práctico de Pitt le llevó a rechazar otra copa de vino. Intercambió un gesto enfurruñado con Simon Dante.

—¿Por qué un buque de guerra iba a llevar tal cargamento?

—Y de tal variedad —añadió Juliet, agradecida por no ser ella la única que podía dejar de deslumbrarse por el oro y hacerse preguntas sobre la naturaleza del propio tesoro—. A ver, los lingotes de oro se acuñaron en Barranquilla, la plata en Vera Cruz, las esmeraldas provienen de Margarita, y está claro que algunas especias se han sacado de los galeones de Manila. Es casi como si hubiera realizado el circuito por todas las posesiones españolas y se hubiera ido quedando con el cargamento de más que los otros barcos no podían almacenar.

—¿Qué sabemos del capitán... Aquayo, no es así? —preguntó Simon.

Pitt rebuscó en su memoria llena de incontables volúmenes de cifras y datos.

—Diego Flores Aquayo. De Sevilla. Su tío era el duque de Medina-Sidonia, capitán general de la Invencible. Ser capitán de un galeón del tamaño y valor del *Domingo* tendría que ser una designación destacada del rey, pero estoy de acuerdo: el buque no llevaría tanta carga a no ser que planeara regresar a España. No obstante, estoy bastante sorprendido de que lo haya arriesgado todo para atacar a un mercante inglés, que además no buscaba confrontación.

—Sospecho que el ataque fue más bien iniciativa de su primer oficial, el capitán de navío —informó Juliet—. Sin duda es un veterano. Se llama Recalde —añadió, mirando a Pitt—. Don Cristóbal Recalde.

—¿El mando de la guarnición de Nombre de Dios?

Juliet asintió.

—No me percaté al principio, por desgracia, al estar un tanto ocupados intentando decidir qué hacer con trescientos prisioneros, pero parecía conocerme, al menos sabía de mí. Me llamó la Rosa de Hierro y dijo que yo era una puta, igual que mi madre. Me lo tomé como un cumplido —manifestó sonriendo a Isabeau.

Su madre frunció el ceño.

—Has dicho que el *Argus* ya se había rendido, ¿y no obstante este capitán Recalde continuaba importunándolo?

Juliet volvió a hacer un gesto afirmativo.

—Nosotros no llegamos a ver las primeras salvas; la bruma matinal era espesa y acababa de pasar una borrasca, pero el teniente inglés dijo que el galeón había abandonado de forma deliberada su rumbo para lanzarse en su persecución. Para cuando nosotros llegamos, el *Argus* estaba destrozado, la tripulación pedía a gritos la rendición, y los españoles tenían arcabuceros en los puestos elevados, disparando sobre ellos como si fueran patos en una charca. No pretendían hacer prisioneros, y en los cañones encontramos cargas incendiarias que sugerían su intención de quemar todo lo que quedara a flote. Casi era como si...

—¿Sí? ¿Cómo si... qué?

Juliet se encogió de hombros y dio un sorbo al vino.

—Como si no quisieran dejar testigos que pudieran informar que habían sido vistos por la zona. Hay otra cosa. Aquella noche, los vigías informaron haber visto luces moviéndose muy lejos en el horizonte. Pensaron que habrían contado al menos siete buques en dirección nornoreste. Yo misma subí a echar un vistazo, pero o bien se habían rezagado más allá de la línea del horizonte o nos habían detectado y habían apagado las luces, la cuestión es que no pude ver nada. No me arriesgué a acercarme para ver mejor, no en nuestra situación remolcando al *Santo Domingo*.

—Podría corroborar los rumores que hemos estado escuchando las últimas semanas sobre los planes del convoy de regresar antes a España —dijo Geoffrey Pitt—. Algunas de nuestras fuentes de información han mostrado unos reparos poco habituales a aceptar nuestro oro, pero hemos enviado una patrulla a reconocer la zona.

—¿Y qué hay del otro tesoro que nos has traído? —Jonas plantó sus manos en la cintura—. Este... emisario del rey. ¿De qué se trata esta vez? ¿Una petición de que nuestro padre regrese a la corte y le bese el anillo? ¿O quiere una mayor parte del botín tal vez?

Juliet negó con la cabeza.

—Por lo que he conseguido sacarle al duque, parece que el rey busca respetar los términos del tratado de paz entre Inglaterra y España. Ha enviado a nuestro lord pavo real con su buen plumaje y amenazas para advertir a todos los hermanos de que no prosigamos con las hostilidades mientras el rey de Inglaterra y el rey de España negocian los términos de una coexistencia pacífica. Dice que si nos negamos, nos arriesgamos a vernos en la categoría de piratas y traidores.

Jonas soltó un resoplido.

—La verdad, nunca he entendido las diferencias entre un pirata y un corsario aparte del puñetero trozo de papel que otorga permiso real para «comerciar a la fuerza cuando se niega el permiso». Me sorprende que no le hayas echado todavía por la borda.

—Es incordiante hasta para eso… lo habría hecho si no me hubiera salvado la vida a bordo del *Santo Domingo*.

Como sabuesos oliendo carne fresca, todas las orejas se volvieron en dirección a Juliet, quien sintió un calor incómodo extendiéndose desde su garganta hasta sus mejillas.

—Fue una tontería, no tuvo importancia, y yo le devolví el favor por triplicado cuando salvé su cuello sarnoso sacándolo a tiempo del *Argus*.

—Entonces ¿por qué está aquí? —preguntó Gabriel.

—Necesitábamos la ayuda de la tripulación inglesa para que nos echaran una mano y traer el galeón a Pigeon Cay, y habría resultado peculiar abandonar nuestra ruta simplemente para hacer desembarcar a un duque y su asistente.

—Yo habría resuelto el problema de un modo más práctico —masculló Jonas.

Simon Dante alzó una mano para poner fin a la discusión.

—No pasa nada por que oigamos lo que ese duque tiene que decir. Pero no esta noche. Esta noche celebramos la victoria de nuestra Rosa de Hierro. Vamos. Nos espera un banquete en la mesa y no quiero que nada nos estropee la fiesta.

Pasaron horas hasta que Juliet pudo excusarse y subir agotada a su dormitorio. Había comido mucho más de la cuenta, también había bebido demasiado e, incluso, una vez su hermano Jonas dejó clara su contrariedad por la presencia del emisario del rey bajo el mismo techo, habían cantado demasiado. La gente que más quería en el mundo se encontraba en la misma habitación y, si miraba a Jonas, con el rojo fuego de su barba y su risa escandalosa, hasta podía sentir el espíritu de su abuelo al lado de ella.

Cansada como estaba, ordenó un baño caliente y se hundió en el agua para lavarse la escarcha de sal que dejaba su pelo como si fuera alambre y su piel pergamino. Cuando los últimos vapores se disiparon, se envolvió en una toalla seca y se puso una camisa sin forma para irse a dormir. Por experiencia sabía que aunque sus hermanos aparentaran estar a punto de desplomarse en un estupor embriagado, no encontraban inconveniente en meterse a escondidas en su habitación una hora después y gastarle una broma que a ella podría salirle cara. La última vez que Juliet había mostrado más astucia en el mar que ellos, sus hermanos la arrojaron desnuda a una pileta llena de tinte añil, y las manchas habían tardado semanas en irse.

Como precaución, metió unas almohadas enrolladas debajo de las mantas de su cama y las dispuso de forma que parecieran un cuerpo durmiendo. Apagó el farol y se fue sigilosa al ala opuesta de la casa, con cuidado de no encender ninguna vela ni dejar pistas tras ella. Con suerte, los Hermanos Infernales registrarían tan sólo su habitación y darían por supuesto que había regresado al *Iron Rose*.

El mobiliario de la habitación escogida estaba cubierto de sábanas blancas y las ventanas estaban atrancadas. Necesitaba aire, de modo que retiró el cierre de los ventanales y los abrió, luego salió a la amplia galería para esperar a que la habitación se refrescara. La mayoría de los faroles del nivel inferior se habían apagado y aparte del relumbre que llegaba de varias ventanas en la parte delantera de la casa, el resto estaba a oscuras. Aunque no tenía nada que ver con las sesenta y cinco habitaciones de las que se vanagloriaba Harrowgate Hall, había media docena de dormitorios en el piso superior preparados para alojar a invitados fantasma que nunca aparecían.

El zumbido estridente de las cigarras era constante, un sonido al que Juliet tardaba un día o dos en adaptarse después de varias semanas en alta mar. La brisa que susurraba sobre las palmeras era similar a la corriente de olas bajo la quilla y ayudaba a hacer más fácil la transición. Más abajo vio el círculo iluminado del puerto con su puñado de barcos fondeados. Parecían casi insignificantes desde tal altura, como juguetes en una charca.

No estaba muy segura de cuándo se percató de que no se encontraba a solas en el balcón o cómo supo la identidad de la oscura silueta apoyada contra la pared. Tal vez fuera el cosquilleo en sus pechos o el estremecimiento ligero que recorrió su columna.

—No es una buena noche para andar por ahí a oscuras, Vuestra Excelencia.

—Sólo he salido de la habitación, que está aquí mismo —dijo él volviéndose un poco para indicar las puertas abiertas—, para poder respirar un poco de aire fresco. Es más, con todos los gritos y cánticos que se oían abajo, dormir estaba resultando bastante difícil.

Juliet se alisó hacia atrás un mechón de pelo que le había caído sobre la cara.

—No estamos acostumbrados a satisfacer las necesidades de invitados en la casa.

—¿Invitados o prisioneros?

—Da la casualidad de que tenemos una cabaña sólida en la playa con barrotes en las ventanas y un cerrojo en la puerta. Si preferís ese alojamiento...

—*Mea culpa.* —Se puso una mano sobre el pecho—. Ha sido una respuesta de mal gusto. Considerándolo bien, habéis sido más que generosa.

—*Benedicamus Domino.* —Dio la bendición con una inclinación burlona.

—*Ex hoc nunc et usque in seculum* —murmuró él—. ¿Estáis familiarizada con la liturgia católica?

—Me esfuerzo por conocer los puntos débiles y los fuertes de mi enemigo —contestó en castellano—. Conozco sus defectos —añadió en francés—. Conozco sus debilidades —en holandés— y sé cómo sacarles provecho —concluyó en latín.

—Todo eso —reflexionó él—, y además sois capaz de hacer navegar un barco en condiciones desfavorables, acertar contra un guisante en el tope del mástil, algo de lo que me ha informado Johnny Boy con demasiado orgullo, y esgrimir una espada como el ángel del demonio.

Una de las cejas de Juliet se estiró brevemente hacia arriba.

—¿Supongo que pensáis que una mujer sólo debería ser un adorno, colgada del brazo de un hombre?

—Por Dios bendito, no. Me inclino reverente ante cualquier mujer que pueda hablar de algo más que de moda y del estado del tiempo.

Ella soltó un ¡ja! y masculló con desdén algo en portugués:

—Mientras sean suaves y regordetas y se tiendan debajo de vos como una sumisa estrella de mar...

—Un cuerpo suave a veces puede ser reconfortante —reconoció con calma.

Su portugués no era tan fluido como el de Juliet, pero el hecho de que hubiera entendido lo que ella acababa de decir consiguió volver a incomodarla.

—¿Os metéis en todas las conversaciones con la intención de molestar?

—En todas, no —admitió él.

—Sólo en las que mantenéis conmigo.

Él sonrió con gesto travieso.

—No podéis negar que vos misma arrojáis el guante, Juliet.

—Qué vos recogéis y volvéis a lanzar a cada oportunidad... Varian.

La sonrisa de él se transformó en una suave risa.

—Intento demostrar que tengo razón cada vez que puedo, ya que vos no dejáis demasiadas ocasiones. Vuestra lengua es afilada como vuestra espada, y confieso que vuestro dominio de ambas armas me intriga. Creo que puedo decir con completa y absoluta honestidad que nunca antes he conocido a una mujer como vos. Una que provoque en un instante las ganas más violentas de ahogarla y al siguiente...

Ella arqueó de nuevo la ceja.

—¿Sí? ¿Y al siguiente...?

Varian apretó los dientes y maldijo para sus adentros. Había visto la trampa pero había picado de todos modos el anzuelo. Aún peor, sus ojos habían perdido la batalla en su empeño de mantenerse fijos sobre su barbilla y habían iniciado un lento descenso, temerario y peligroso, sobre su larga garganta, hasta donde el cuello de la muy holgada camisa colgaba abierto.

No había podido dormir. Conducido hasta su habitación por los dos corpulentos vigilantes, había recibido órdenes estrictas de quedarse adentro. Beacom no estaba por allí pues le habían encerrado en otra habitación, al menos eso supuso él. Sin mucho más en que ocupar el tiempo, Varian había hecho uso del baño caliente y de la suculenta comida que le ofrecieron, pero en cuanto se echó sobre el colchón de plumas, experimentó la misma sensación de mareo que momentos antes en el embarcadero. La habitación se aguantaba con firmeza pero él no paraba de moverse, se inclinaba sobre olas imaginarias, y para evitar vomitarse encima aquella sabrosa comida, había empezado a recorrer la habitación. Luego se había sentado con la cabeza entre las manos y considerado su situación. Había oído los sonidos apagados de los cánticos y el jolgorio que tenía lugar en alguna sala del piso inferior y, al final, abrió los ventanales de par en par y salió a la galería, pensando en que se encontraría con otro par de vigilantes apostados allí para disuadirle.

Lo que encontró fue un extenso y desierto balcón. No había barreras entre las habitaciones, ni vigilantes que le impidieran el paso mientras caminaba a lo largo de todo el ala para doblar luego la esquina y pasearse por la parte delantera de la casa. Contó más de cien pasos antes de llegar al final. Allí encontró una celosía que impedía la entrada a los intrusos en el ala occidental de la casa, y supuso que ésa era la zona en la que se hallaban los alojamientos privados de la familia, incluidas las habitaciones que ocuparía Juliet Dante.

Se había detenido un momento para admirar la vista verdaderamente espectacular del puerto, pero cuando los efectos del baño caliente empezaron a disiparse y sus diversas heridas comenzaron a doler, pensó que un poco de náusea no era un precio alto a pagar por poder echarse en una cama blanda con sábanas limpias. Desanduvo sus pasos y fue entonces cuando descubrió que ya no estaba solo en la galería. Había alguien más de pie en el extremo más alejado y entre las sombras. Alguien vestido con una holgada camisa de batista hasta la rodilla y con un largo pelo oscuro suelto a la brisa de la noche.

—¿Y al siguiente instante…? —repitió ella, obligándole a volver la atención de nuevo a su rostro.

Las manos de Varian formaron puños a sus lados. La noche anterior había estado a punto de hacer algo que desafiaba toda lógica, no podía permitirse cometer otra vez el mismo error.

—Al siguiente —dijo con brusquedad—, por supuesto, las ganas urgentes de ponerla sobre las rodillas y darle unos azotes hasta dejarla amoratada.

La ceja de Juliet continuaba arqueada. Le estudió el rostro en silencio durante todo un minuto antes de que la sonrisa que hacía temblar las comisuras de sus labios superara sus esfuerzos por contenerla. Inclinó la cabeza y soltó una carcajada profunda, resonante, que se prolongó tanto y de un modo tan desinhibido que su alegría ablandó la expresión rígida de Varian.

—Bien, es cierto —dijo él—. Seguro que sabéis que tenéis ese efecto sobre la gente, o no lo habríais perfeccionado de este modo con los años. Mirad al pobre Beacom, por ejemplo. Sólo tenéis que echar un vistazo en su dirección y se pone a temblar como un flan.

—Beacom siempre tiembla como un flan. Me sorprende que toleréis su compañía.

—Venía con el título, por desgracia, y no tengo el valor de mandarle a tomar aire fresco. No tiene más familia, ni otros intereses. Le he pillado sacando brillo a las botas incluso a las cuatro de la mañana porque no estaba contento con el trabajo del limpiabotas.

—¿Tenéis un limpiabotas?

Hizo la pregunta con el mismo sarcasmo que había gastado cuando indagó sobre los sesenta y cinco dormitorios de Harrowgate Hall.

—Es un castillo muy viejo —explicó él con un suspiro—. También es un título extremadamente antiguo y, me guste o no, lleva consigo muchas responsabilidades y obligaciones. Una de ellas, que no carece de importancia, es la de asegurar el empleo de un centenar más o menos de aldeanos que han dependido de la familia durante generaciones. No se diferencia demasiado de la comunidad que al parecer vuestra familia ha acogido aquí —añadió indicando con la cabeza la bahía—. Si no fuera por vuestra familia, ¿dónde estarían? ¿Qué estarían haciendo ahora?

—Bebiendo con alguna fulana en otro lugar, supongo. Pero no nos preocuparía demasiado, al menos a mí.

Los ojos azul medianoche se volvieron para escudriñar el rostro de Juliet.

—No, eso no os queda bien, capitana —dijo con tranquilidad—. Declaráis indiferencia, no obstante os preocupáis en sumo grado de lo que sucede a quienes están próximos a vos. Johnny Boy, por ejemplo. Si os preocuparais tan poco por la gente que tenéis a vuestro alrededor, no habríais advertido la manchita de sangre en su pierna en medio de todo lo que estaba sucediendo hoy. Ni habríais preguntado al teniente Beck cómo se quemó la cara, ni hubierais acudido cada día a verificar cómo evolucionaban los hombres heridos en la batalla con el *Santo Domingo*.

—Sería una capitana muy necia si no me ocupara del bienestar de mi tripulación.

—Del mismo modo, sería un necio el señor que permitiera que sus criados se murieran de hambre durante el invierno. Sin embargo, como me habéis recordado con tal interés a cada ocasión, aquí no tengo amigos. Mi título aquí no cuenta, mi posición no tiene ninguna influencia ni autoridad. Después de haber estado en vuestra compañía, en menos de tres días soy consciente de la imagen tan cómica que habré dado con toda mi arrogancia y pretensiones. Aun así, sólo os pido la oportunidad de demostrar lo contrario. Es más, pediría que fuerais tolerante con errores similares que haya cometido al juzgaros.

Aquella oferta y la manera en que la planteó, con las manos abiertas en gesto de súplica, hizo que Juliet inclinara la cabeza a un lado, pues ahora sentía tanto curiosidad como cautela.

Él sabía halagar con su labia, de eso no cabía duda. Sospechaba que Varian St. Clare escondía muchas más cosas de las que se veían a simple vista, debajo del terciopelo y las plumas no sólo camuflaba aquella fuerza física formidable.

Como si quisiera comprobarlo, Juliet dejó que su mirada recorriera la columna que formaba su cuello y luego cruzara sobre la impresionante amplitud de sus hombros. Sólo llevaba una camisa y pantalones, sin jubón ni cuello almidonado. La camisa, de hecho, estaba abierta hasta la altura del pecho y revelaba el abundante y suave vello que formaba un peto natural y oscuro.

—Creo que ya he sido bastante tolerante —murmuró—. Especialmente después de anoche.

—Anoche fue un error. Mi conducta fue… por completo inexcusable. Supongo que podría achacarlo al ron, pero no… mi conciencia no me permite ni siquiera eso. Debería haber controlado mejor mis actos. Tengo mejor control que todo eso, por Dios, y el hecho de que brillara la luna… y las estrellas… y que estuvierais a medio vestir…

Su voz se fue apagando pues comprendió que en aquel preciso instante se daban las mismas condiciones. La luz de la luna brillaba sobre el pelo de Juliet, hacía centellear los rizos humedecidos. Ya no olía a agua salada y lonas, y el cuello de su camisa se había corrido a un lado dejando al descubierto la suave redondez de un hombro a la luz de las estrellas.

—En todo caso —continuó— no excusa que perdiera todo sentido del decoro.

—¿Estáis diciendo que tenéis mejor control sobre vuestras necesidades esta noche? Si es así, me alegra oírlo, pues no estoy de humor para pelear con vos.

Su voz sonó muy suave, tanto que, de forma inexplicable, a Varian se le puso de punta el vello de los brazos. La provocativa camisa se había caído un poco más y con toda probabilidad habría dejado expuesto el seno derecho de no ser por el pezón que, de tan erguido, se enganchaba al tejido de seda.

—Yo tampoco tengo ningún deseo de pelear con vos —dijo él.

—Bien, entonces —se preguntó ella— ¿qué deberíamos hacer?

Si aún quedaba alguna remota posibilidad de que Varian recuperara el juicio lo suficiente como para pedir perdón por la interrupción y alejarse de allí... la ocasión se perdió cuando ella dio un paso para apartarse de la baranda, se puso de puntillas y le dio un beso en la boca. Sus labios eran suaves y el beso fugaz, pero cuando acabó, él se sentía igual que si le hubiera alcanzado el rayo de una tormenta. A ese primer rayo le sucedió otro cuando Juliet deslizó una mano hacia arriba y le rodeó el cuello para atraer su boca y así darle otra caricia más larga, más atrevida.

Cuando acabó, él estudió el brillo en sus ojos y entonces se le erizó algo más que el vello de su nuca.

—¿Puedo preguntaros por qué habéis hecho eso?

—¿Por qué me besasteis anoche? Y si volvéis a decir que fue un terrible error y que lo lamentaréis el resto de vuestros días... os advierto que vuestros días acabarán aquí y ahora, y de una forma bastante desagradable.

Varian aflojó por un momento la mandíbula, luego volvió a apretarla con fuerza.

—Supongo que la respuesta que estáis buscando es que os besé porque quería.

—¿Y por qué os detuvisteis?

—La verdad, capitana, yo...

Juliet se rió suavemente y retrocedió un poco.

—¿Aún os duele la mano?

—Disculpad... ¿cómo habéis dicho?

—La mano. Dejadme verla.

Él tomo aire con recelo y retiró las dos manos, sujetándolas tras la espalda.

—Las quemaduras han mejorado mucho, gracias. El pulgar sigue magullado, pero puedo usarlo sin echarme a gritar.

Juliet sonrió y estiró el brazo, buscó sus muñecas y las estiró hacia delante. Ya había reparado con anterioridad en que sus manos eran grandes y fuertes, demasiado fuertes como para pasar horas ociosamente jugando a cartas o a los dados. Los dedos eran largos y finos, romos en las puntas y con suficientes callos como para sugerir que no siempre se acordaba de protegerlos con guantes de cabritilla. Eran manos de espadachín, con muñecas de hierro. Al inclinarlas ahora bajo la luz, podía ver que la rojez de la quemadura provocada por el cabo ya casi había desaparecido de una palma y, si ella no hubiera estado presente para oír el ruido del pulgar al salir de su cavidad, la débil hinchazón del dedo nada hubiese revelado.

Atrajo hacia ella la mano herida y la colocó sobre su pecho. Oyó a Varian dar otra entrecortada bocanada de aire, le oyó aguantar el aliento en la garganta, pero él no retiró su mano. No movió ni un dedo, ni un pelo se meneó, en otro momento ella se habría reído con estrépito al ver tal rigor conmocionado en el rostro de él.

Pero en cualquier otro momento lo más probable es que ella no se hubiera sentido tan inquieta, con aquella sensación de contradicción. Volvía a encontrarse en el seno de su familia. Sus barcos estaban a salvo en el puerto y era alabada como una heroína. Tenía el estómago lleno de buena comida, sentía un agradable cosquilleo en la piel tras el caliente baño jabonoso… y no obstante no había podido eliminar ni con baños ni comida ni bebida aquella sensación de desasosiego. Un rato antes, un bicho se había posado en su brazo y ella casi acaba acuchillándoselo, por el amor de Dios. Ahora, sólo la sensación de tener la mano del duque en su pecho encendía cada palmo de su piel, calentando el demonio que ya corría por sus venas.

Al mismo tiempo, cada vez era más consciente del aroma embriagador de la piel de Varian, la amplia anchura de su pecho apenas a centímetros de distancia. Los latidos de su corazón eran tangibles bajo la punta de sus dedos que, tentados por la camisa abierta, apartaron el tejido a un lado con lentitud y se apoyaron sobre la cálida piel. Era todo músculo, duro y esculpido, y cuando las puntas de sus dedos comenzaron a vagar, sintió que un estremecimiento recorría su piel.

—Habéis conseguido eludir la respuesta a mi pregunta —murmuró Juliet.

—Ya… casi no recuerdo qué preguntasteis. —Su voz sonaba ronca, intentaba forzar una indiferencia que agrandó la sonrisa de Juliet y la animó a investigar un poco más con la mano. El vello le hacía cosquillas en la palma y peinó los mullidos rizos hasta encontrar el pezón, dibujando entonces un lento y especulador círculo alrededor de la sensible carne, consiguiendo que se endureciera y formara una dura punta.

—Os he preguntado si esta noche controlabais mejor vuestros impulsos.

La pregunta consiguió que la sangre de Varian palpitara en sus sienes, luego le picara en las venas mientras las manos de Juliet descendían y se deslizaban por debajo de la camisa para explorar las bandas de músculo que se extendían sobre sus costillas y vientre. Pasmado ante su completa incapacidad de detenerla, Varian observó como ella se inclinaba y le tocaba el pecho con la punta de la lengua, luego seguía el mismo recorrido que sus dedos habían trazado sobre su pecho. Cuando su boca se pegó al pezón, lo saboreó como podría paladear un manjar exótico. Atrapó la piel con los dientes y tiró del oscuro disco hacia el calor interior de su boca donde continuó atormentándolo con la lengua.

El cuerpo de Varian se volvió de hierro. Alzó las manos y la cogió por las muñecas, pero de todos modos no la apartó. Sus dedos temblaban, también temblaba su garganta con cada respiración cada vez más áspera que la anterior.

Juliet, intrigada, succionó un poco más. Al mismo tiempo, empezó a sacar los faldones de la camisa de sus pantalones. Cuando la batista colgó sobre sus caderas en pliegues sueltos, ella buscó los cierres de la cintura, soltó un botón, luego el otro. No esperó a que la tela se separara del todo, deslizó las manos debajo y lo que encontró allí hizo que su propia respiración se entrecortara, ya que su miembro ocupó sus dos manos, y aún se estiraba hacia arriba pidiendo más.

—Cristo bendito. —La voz de Varian sonó ronca contra la frente de Juliet—. ¿Vuestros excesos no conocen límites, señora?

—Esta noche, no —contestó mientras le acariciaba la garganta con los labios, luego la parte inferior a la barbilla—. Aquí, no, ahora, no… a menos que queráis que pongamos límites, como no hacer esto… o no hacer esto otro…

Varian gimió y todo su cuerpo se estremeció mientras ella le mimaba con sus manos. La sujetó con más fuerza por los hombros mientras y Juliet sintió el estremecimiento que sacudía aquel cuerpo parte de la presión se liberaba palpitante y mojaba sus dedos con una amenaza y una advertencia.

Varian desplazó las manos para cogerla por la nuca. Metió ardorosamente la lengua entre sus labios para silenciar su risa burlona y, en algún momento, de algún modo fugaz, el poder se traspasó alegremente de la boca de Juliet a la de él. Los labios, la lengua de Varian, la ocuparon sin la delicadeza con la que ella había jugueteado antes. Esto era deseo, urgente y enardecido, y ella sintió los efectos formando una espiral entre sus muslos, temblando a través de sus miembros.

Juliet quería más y se levantó los faldones de la camisa mientras atraía a Varian hacia delante para que pudiera deslizarse en el húmedo calor de su entrepierna. Su miembro, dando sacudidas y creciendo más allá de lo concebible, se estiró hasta que ella pudo sentir las venas palpitando contra sus dedos. Entonces él apartó la boca con un jadeo entrecortado.

—¡Ya es suficiente, maldición! ¡Es suficiente, si no queréis la perdición para ambos!

Durante un momento de locura ciega, Juliet pensó que él iba a rechazarla, pero el ansia que se había apoderado del cuerpo del duque era salvaje y arrollador. Dominó también el poco sentido común que le quedaba y entonces él la cogió en sus brazos y la llevó a través de la galería con zancadas bruscas y poderosas. Apartó de una patada las llamativas cortinas que se hinchaban hacia el exterior de su habitación y se fue directo hasta la cama. La arrojó encima y él se demoró lo justo para quitarse la ropa antes de unirse a ella.

Juliet le acogió con ansia entre sus brazos. Estaba a punto, santo Cristo, estaba más que a punto, y se rió de puro placer cuando él agarro la camisa entre las manos cerradas y se la rasgó de cuello a dobladillo. Se arrodilló encima de ella durante un momento con sus hombros relucientes bajo la luz de la vela y los ojos oscuros llenos de preguntas que no tenían respuesta.

Con lentitud, casi con respeto, llevó las manos sobre sus pechos y los acarició, descendiendo luego hasta la cintura, hasta las caderas, hasta situarse a continuación entre los muslos y deslizarse entre los suaves rizos cobrizos. Inclinó la cabeza y ella se retorció al sentir su boca y su lengua bañando de fuego sus pechos y vientre, pero cuando él continuó más abajo, ella se arqueó para elevarse sobre la cama.

—¿Qu-qué estáis haciendo?

—Dijisteis que no había límites, capitana.

—No, pero…

—¿O preferís imponer algunas normas ahora, como… no hagáis

esto... —Bajó la cabeza y la tocó con la punta de la lengua que deslizó ostentosamente sobre un liso labio y luego hizo ascender por otro—. O esto... —Los suaves lamidos fueron reemplazados por una invasión giratoria, una serie de acometidas húmedas y sedosas que la dejaron sin aliento, dejaron su cuerpo sobre la cama derritiéndose con impotencia.

Varian sondeó y acarició, hasta que los muslos abandonaron toda resistencia; podía percibir la conmoción del descubrimiento latiendo por los miembros de Juliet. Él exploró cada tierno pliegue y hendidura, aplicaba una capa de placer y luego otra, hasta que ella ya no se resistió a la extraordinaria intrusión y se abrió voluntariosa pidiendo más.

Para complacerla puso en juego manos y dedos. Juliet fue consciente de cómo se agarraba con desesperación a las sábanas. No sabía a dónde mirar, a qué aferrarse para evitar salir volando de su cuerpo y, al final, arrojó los brazos por encima de la cabeza para agarrarse al poste de la cama, pero ya era demasiado tarde.

Se levantó de la cama formando un tenso arco, el cuerpo se estiró como la cuerda de ese arco. Cada embestida despiadada de la lengua de Varian la obligaba a gritar contra las sombras, a estremecerse y retorcerse hasta que, finalmente, soltó el ruego frenético que hizo a Varian cambiar de postura para reemplazar el calor de su boca por el choque impulsor de su miembro.

Juliet alcanzó el clímax incluso antes de que él completara la primera embestida; la segunda hizo que retirara las manos del poste de la cama para agarrarse frenética a los hombros de Varian y luego a sus caderas. Aunque su vida hubiera estado en juego, no habría sido capaz de tomar aire, sólo había placer, intenso e imparable, grandes contracciones estremecedoras de éxtasis que nunca parecían acabar, nunca disminuía el ardor o la intensidad.

Varian recurrió a todas sus habilidades para resistirse a la tentación de aquellos músculos codiciosos. La levantó por las caderas para cambiar el ángulo de penetración y observó los ojos plateados vidriarse con incredulidad mientras las convulsiones de otro orgasmo hacían sacudir a Juliet la cabeza de un lado a otro, esparciendo la oscura nube de pelo por encima de la cama. Él la mantuvo ahí, temblando y sin sentido, todo lo que pudo antes de que su propio placer estallara en torrentes oscuros e impetuosos.

La pura fuerza de la eyaculación hizo que él se hundiera hacia delante sobre el cuerpo de ella. Sintió que sus piernas se entrelazaban con las de él como una palanca y echó la cabeza hacia atrás, se entregó a cada ávido movimiento giratorio de caderas de ella hasta que ya no tuvo más que ofrecer. Un estremecimiento final le dejó tan completamente agotado, inmutable, que volvió a caer entre sus brazos y allí se quedó jadeante, humeando su propio sudor.

Juliet no había salido mejor parada. La sangre repiqueteaba por sus venas, su corazón latía enloquecido en su pecho. Cada estremecimiento, cada temblor que recorría el gran cuerpo de Varian encontraba un eco en el suyo. Podía sentir su respiración contra su cuello, el vello de su pecho allí aplastado contra sus senos. Se sentía expuesta y vulnerable, allí echada con un hombre despatarrado entre sus piernas abiertas. Parte de ella quería empujarle por los hombros y sacárselo de encima. La otra parte quería meterle los dedos entre el pelo y volverle el rostro para poder saborear otra vez el calor sedoso de su boca.

Varian permanecía allí, tumbado sin sentido. No había detectado timidez ni vacilación en la pasión de Juliet, había sido todo tan feroz y primitivo como su instinto de supervivencia. No era una sorpresa que una criatura joven y vibrante como Juliet Dante considerara el acto sexual de la misma manera que consideraba su derecho a esgrimir una espada o comandar un buque en el combate.

Aún más, pese a lo increíblemente virginal que Varian se sentía en aquel momento, no era en absoluto un novato en la alcoba. Al mismo tiempo, el acto para él nunca había sido más que una liberación meramente física. Nunca, ni una sola vez en todos aquellos años, había sentido una necesidad tan rotunda de entregarse al cuerpo de una mujer, de soltarse por completo, tanto para dar como para obtener placer.

No estaba claro si él se movió primero, sacando la cabeza del interior del hombro de Juliet, o si ella se agitó y se escurrió un poco para conseguir que el peso de Varian se desplazara. Pero pasaron de estar analizando sus propios pensamientos a analizar los del otro, las miradas encontradas, mientras sus respiraciones refrescaban la humedad de los rostros. El cabello de él había caído hacia delante, había dejado en sombras la mayor parte de su cara. Por el contrario, el pelo de Juliet se extendía por debajo de ella como una nube de oscura seda desordenada y sus rasgos quedaban bañados por la luz de la vela.

¿Por qué, se preguntó Varian, no había advertido hasta ahora el diminuto lunar en relieve en un extremo de la boca? Se situaba justo por encima de la curva del labio y era del mismo rosa oscuro que sus pezones. El resto de su cutis era perfecto, suave como la seda, bronceado por el sol con un suntuoso oro miel. Todo su cuerpo estaba bronceado, con lo cual, en comparación el suyo parecía más blanco.

Al ampliar su exploración, vio la franja de piel brillante en el brazo, donde ella había dicho que se había quemado, los incontables rasguños y marcas de líneas blancas que podrían haber estado provocadas por puñales, espadas o un millar de otros instrumentos violentos.

La mirada regresó al rostro de Juliet: un rostro de veras encantador cuando no se esforzaba en parecer fiero y poco accesible. Los pómulos eran altos, las cejas amplias, los ojos grandes y luminosos. Su boca, cuando no reprendía, era sensual y evocadora, y hacía estragos en los sentidos de Varian. Se acurrucó de nuevo junto a ella entre las sábanas.

—¿Os divierte alguna cosa? —preguntó ella en tono cansino.

Él no intentó disimular su sonrisa.

—Mis propias percepciones insensatas, tal vez.

—Pues entonces tal vez podáis pensar en otra cosas y permitirme respirar un poco de aire.

—¿Y perder la ventaja que tanto me ha costado obtener?

Ella empezó a retorcerse para liberarse de aquel peso, pero de pronto se encontró sujeta por las muñecas contra la cama, con las piernas atrapadas con efectividad debajo de las de Varian.

—¿Ahora a qué jugáis?

—No estoy jugando en absoluto, capitana. No obstante, lo confieso, siento una gran curiosidad por saber si esto ha sido una simple diversión para vos o si teníais algún otro motivo para atraparme con vuestros encantos.

—No os sintáis halagado por la idea de que hay algo más aparte de una breve diversión. —Soltó un extravagante suspiro—. La verdad, no creía que los hombres necesitaran algún motivo para acostarse con una mujer; pensaba que simplemente necesitaban una oportunidad. Por tanto, ya que la habéis aprovechado, señor, podéis quitaros ahora de encima mío.

—En su momento… si es lo que de verdad queréis.

—¿Qué más podría querer?

La pregunta apenas había salido de sus labios… de hecho, la última palabra sonó titubeante, se apagó temblorosa mientras Juliet sentía que la parte inferior del cuerpo de Varian presionaba contra ella y luego se retiraba poco a poco.

Otra vez tenía una erección.

Por otro lado, ella estaba completamente tierna y untuosa por dentro. Había pensado que esto había acabado, puesto que ninguno de sus cuatro amantes, ni siquiera el exquisito francés, habían hecho otra cosa que gruñir y darse media vuelta una vez concluían; y no habían tenido ni la mitad de motivos que Varian St. Clare para apartarla a un lado. Había sido maleducada, socarrona y abiertamente beligerante con él desde el momento en que el duque despertó sobre la cubierta del *Iron Rose*. Le había engañado dejándole creer que iba a llevarlo a presencia de su padre, cuando, en verdad, era poco más que un rehén al cual su padre daría finalmente el uso que le conviniera. Lo cierto era que cuando le besó en la galería, había contado con el rechazo de pleno de su tosco intento de seducción.

Pero no sólo había respondido sino que con un solo movimiento de su lengua había vuelto las tornas, y si podía fiarse de lo que veía en las profundidades ardientes de sus ojos, estaba volviendo las tornas otra vez, le ofrecía a ella la opción de detenerse o continuar.

Sería diferente por la mañana, no lo dudaba, ya que él regresaría a su papel de emisario real y ella volvería a ser la hija del Pirata Lobo. Pero faltaban horas hasta que llegara la mañana y tenía otras cosas que considerar en aquel momento… por ejemplo, cómo unas extremidades que parecían pesos muertos tan sólo instantes antes estuvieran reaccionando y rodeando la cintura de él. O cómo un cuerpo que parecía tan absolutamente exhausto, ahora sintiera hormigueos por todas partes y cobrara fuerza con cada una de las lentas y apasionadas embestidas de su miembro.

Varian soltó sus muñecas, hizo una pausa lo bastante larga como para quitarle lo que quedaba de la camisa rota y, cuando volvió a llevar una boca decidida sobre su pecho, lo hizo con un atrevido y preocupante:

—En *garde*, capitana.

Juliet se mordió el labio y tuvo que apretar con fuerza los dientes para acallar un gemido de placer del todo decadente. Entretanto él le dio la media vuelta y la puso boca abajo al tiempo que le separaba los muslos con los brazos. Juliet se estiró para agarrarse al poste de la cama y dejó de apretar los labios mientras la prometida fricción desplegaba al máximo todo su ardor y empezaba a moverse en su interior.

Capítulo 12

—¡Arriba, maldición! ¡Tirad con todo vuestro peso!

Exasperada, Juliet saltó sobre la baranda de la cubierta y se unió a los hombres a bordo del *Iron Rose* que estaban intentando izar con un montacargas un pesado cañón de treinta y dos libras. Una inspección de los cañones había revelado una pequeña fisura en uno de los tubos, una grieta que podría ser fatal si el cañón se calentaba en exceso y se partía. La tripulación había desmontado la cureña y había atado unos cabos al tubo para sacarlo de su soporte, elevarlo y pasarlo al otro lado.

Juliet agarró el cabo con sus manos enfundadas en guantes y añadió su peso al de los hombres que tiraban y se echaban hacia atrás con gran esfuerzo para poner la culebrina de bronce dentro del soporte de madera. El forcejeo la dejó sin aliento en cuestión de momentos, se encontró sudando y apretando los dientes para que sus pies no resbalaran debajo de ella. Aunque se negaba a pensar en ello, sabía muy bien por qué sus reservas de energía estaban agotadas. Lo sabía cada vez que caminaba o se sentaba o se lamía con la lengua los labios, que le parecían tan hinchados y tiernos que se imaginaba a todos los hombres a bordo del *Rose* burlándose de ella de soslayo.

Aún no estaba segura del todo de lo que había sucedido la noche anterior, cómo había acabado en la cama de Varian St. Clare. Desde su triunfante regreso al cayo había estado inquieta, demasiado embriagada de vanidad —y también de vino— y toda aquella energía traicionera se había convertido de alguna manera en lujuria. Ahora, a plena luz del día, la ráfaga más mínima de aire que empujaba su camisa contra su piel hacía que sus pezones se irguieran como pequeños faros. Cada vez que su cabello barría su cuello o su mejilla se imaginaba que eran los labios de él inspeccionando su cuerpo, acariciándolo, susurrando contra su oreja.

La carne entre sus muslos aún sensible era un recordatorio constante. Le dolían lugares que no sabía que podían doler. Cuando alzaba la vista hacia la gran casa de piedra, de forma inocente o no, lo único que veía era la cama que habían compartido, su oscuro pelo salpicando la almohada, su cuerpo desnudo despatarrado sobre el lecho. Eso, a su vez, le hacía recordar el aspecto de Varian anoche mientras la luz de la vela resaltaba sus hombros, los músculos contrayéndose y flexionándose mientras se arqueaba encima de ella, cada tendón tensándose con dedicación.

Nunca debería haberle tocado. Había sido un impulso alocado, temerario e imprudente, y no se encontraba en mejores condiciones tras haber pasado media noche en los brazos de él. Tal y como estaban las cosas, no era el momento para distraerse con una cara bonita, una boca de inventiva increíble o un cuerpo peligrosamente seductor. Dios bendito, él sólo había tenido que acariciarle cadera con un dedo para que ella se arrastrara contra sus muslos.

Para agravar las cosas, había salido a hurtadillas de la cama antes del amanecer como una ladrona. Había subido a bordo del *Iron Rose* para trabajar junto a los hombres, confiando en que el puro agotamiento físico borraría cualquier pensamiento alocado que pudiera tener.

La cuerda se le escurría entre los guantes y Juliet dio un traspiés buscando otro punto de apoyo. El cañón pesaba más de dos toneladas, la presión hizo que las cornamusas metálicas chillaran como protesta. El chillido acabó con un sonoro chasquido cuando el perno del montacargas se rompió y Juliet sintió que el cable retrocedía como un látigo y se quedaba flojo entre sus manos. La hilera de hombres se cayó hacia atrás en un montón mientras el tubo del cañón se precipitaba con estrépito. Aterrizó en diagonal sobre la cureña y rompió en astillas la vara de madera antes de rebotar y caer ruidosamente sobre la cubierta. Uno de los oficiales de cubierta que había ayudado a guiar el cañón hacia la baranda se encontraba en su camino y su pie acabó aplastado por el impacto. El tubo cayó hacia delante y empujó los huesos de la pantorrilla hacia arriba contra la rodilla, rasgando la piel y salpicando la cubierta de sangre. Dos hombres de la tripulación se apresuraron a sujetar el tubo con travesaños para impedir que continuara rodando sobre los demás compañeros, mientras otros hombres intentaban liberar al compañero herido. Le envolvieron rápidamente con lonas los nauseabundos colgajos de carne que pendían de su tobillo y a él lo transportaron, aullando, hasta la enfermería.

Juliet se sentó jadeante sobre la cubierta. Había sucedido con tal rapidez que no había tenido tiempo de reaccionar. Ella había caído al suelo con los demás y, aunque sólo podía achacarse la culpa a un perno frágil del montacargas, estaba enfadada consigo misma, furiosa con todos los hombres que la rodeaban rascándose la cabeza y observando la polea como si quisieran acusarla de negligencia para con los seres humanos.

—¡Por todos los diablos! ¿A nadie se le ocurrió inspeccionar los ejes antes de ponernos a levantar cañones? —Se puso en pie y se sacudió el serrín de los fondillos del pantalón.

—Verificamos el montacargas —dijo Nathan con calma—. Parecía bastante firme. Pero el torno sencillamente no ha aguantado, eso es todo.

—¿Sencillamente no ha aguantado? —Juliet se giró en redondo hacia él—. Un buen hombre ha perdido el pie, o quizá la pierna, ¿y eso es lo único que podéis decir? Que no ha aguantado…

Nathan se echó hacia atrás el ala del sombrero para dejar la frente al descubierto. Pasando por alto el hecho de que ella era la capitana, la cogió por el brazo y la llevó hasta donde el resto de la tripulación no pudiera escucharles.

—¿Y qué preferís oír? ¿Que alguien se subió ahí, serró el metal y se quedó a un lado comiendo un plátano mientras esperaba a que el torno se partiera y cayera sobre uno de sus compañeros? Colgadme del mástil si eso os hace sentir mejor, pero ha sido un accidente, así de sencillo. Dad gracias de que no fuera vuestra pierna la aplastada, aunque tampoco eso os va a poner de mejor ánimo.

—Estoy de buen humor, gracias.

—Sí, para alguien tan cascarrabias. No habéis parado de ladrar y refunfuñar en toda la bendita mañana y los hombres están pensando en descubrirse las espaldas y recibir una docena de latigazos para que podáis desahogar vuestra ira de una vez por todas y acabar con esto. No estáis ayudando a nadie aquí, muchacha. Teneros por aquí rebuznando y dando patadas no sirve para que el trabajo se acabe antes. Id a tierra si es lo que queréis. Ya mandaré a un muchacho a buscaros. ¡No! —Levantó un dedo para adelantarse a cualquier respuesta que ella estuviera a punto de soltar—. Si no os vais por vuestro propio pie, os arrojaré por la borda yo mismo para que lleguéis a nado hasta la costa.

Se lanzaron miradas desafiadoras durante todo un minuto hasta que Juliet soltó una terrible maldición y se marchó furiosa hacia el portalón. Pasó una pierna por encima de la borda y descendió hasta uno de los muchos botes que se balanceaban abajo en el agua. Un rudo ladrido suyo hizo que ocho remos se metieran en el agua de forma simultánea, y en cosa de pocas paladas, ya volaban a través de la bahía.

Se subió al primer caballo que encontró atado al lado del embarcadero, le clavó una bota húmeda en la ijada y se fue galopando por la ladera hasta la casa. Consciente de que su ánimo no era el adecuado para encontrarse con algún miembro de su familia, recorrió la galería del piso inferior hasta llegar a la escalera de la parte de atrás. Subió los peldaños de dos en dos y de tres en tres y, sin mirar ni a izquierda ni a derecha, se fue directa hasta los ventanales de la habitación de Varian St. Clare. Los abrió de par en par y permaneció un momento en el umbral mientras la sangre pulsaba con fuerza en sus sienes.

Varian se despertó con un sobresalto. Se incorporó de golpe, con su oscuro pelo tieso sobre las orejas y caído hacia delante sobre la frente. El ruido, el sonido… fuera lo que fuera lo que le había despertado ya no estaba allí y no podía identificarlo. Estaba solo, eso al menos pudo confirmarlo al echar una rápida ojeada alrededor e inspeccionar la habitación. No había nada, ni siquiera una marca en la ropa de cama que indicara que había habido otro cuerpo a su lado durante la noche.

Se pasó una mano por el pelo y frunció el ceño. El ceño se convirtió en un respingo cuando se frotó la herida de la mejilla; una herida que, por extraño que pareciera, no le había molestado demasiado durante la noche. Ninguno de sus dolores o magulladuras le había molestado, aunque ahora, a la luz del día, se sentía como si le hubieran arrojado bajo la quilla de un barco recubierto de percebes acumulados durante seis meses.

Volvió a fruncir el ceño y examinó de nuevo la habitación más despacio. ¿Era posible que hubiera soñado todo el incidente? ¿Era posible que hubiera pasado la noche a solas y que la compañía de Juliet Dante no hubiera sido más que un sueño?

No, no había sido un sueño. La persistente pesadez de su cuerpo desdecía cualquier duda que pudiera tener, igual que el olor a sexo en las sábanas; las que no estaban tiradas por el suelo habían sido arrojadas en un montón a los pies de la cama.

Gimió y volvió a hundirse sobre la almohada cilíndrica del cabezal. Había tomado vino, pero sólo un par de copas, en absoluto lo suficiente para volverle loco de lujuria. El baño caliente y jabonoso —el primero que tomaba en meses— le había dejado ciertamente aturdido, pero en vez de darle sueño, lo había lanzado a merodear por la galería como un gato. Pero ver a Juliet allí, vestida tan sólo con la camisa de batista, había completado su caída en desgracia. Si ella no le hubiera dejado tan pasmado —pues había sido ella la que inició la seducción— probablemente la habría arrojado sobre su hombro y habría acabado violándola.

Puesto que ya había llegado a la conclusión de que Juliet Dante no era como las demás mujeres que hubiera conocido antes, no debería haberle sorprendido el hecho de que ella le quitara la ropa y le volviera loco antes de que pudiera reaccionar. Había conocido demasiadas mujeres ansiosas por conquistarle, aunque luego se quedaban paralizadas por las convenciones cuando llegaba el momento de disfrutar del acto sexual. Juliet, por otro lado, dejaba bastante claro que no estaba interesada en hacer ningún tipo de conquista. Simplemente quería algo, y lo había tomado con ganas y agresividad.

Su sangre se alteró con el recuerdo. Se puso de costado. Un único filamento de cabello castaño rojizo surcaba la almohada. Se quedó mirándolo unos momentos antes de cogerlo entre sus dedos. Largo y brillante, se lo imaginó enredado al resto de la sedosa melena, los extremos rizados de ésta importunando su carne mientras ella se movía por encima de él. Había sido un enorme placer dejar que, sentada a horcajadas sobre sus caderas, asumiera el mando de la nave, por decirlo de algún modo. Una navegante sobresaliente que les había conducido a través de una vorágine de muelles elásticos y trepidantes postes.

Sólo más tarde se le había ocurrido dar gracias a Dios del hecho de que su familia durmiera en el otro ala de la casa, y lo pensó consciente del sonido de su corazón acelerado y del nudo que le oprimía la garganta.

De todos modos, pese a que había acabado por conocer aquel cuerpo, no había logrado entender qué había detrás de aquellos pálidos ojos azules grisáceos. Cuando no estaban liados voluntariamente en actos de placer, Juliet no quería ninguna parte de él. Se había escurrido a un lado para no tocarle, lo cual era difícil en una cama que apenas superaba la amplitud de sus brazos extendidos, y sólo al final, cuando ninguno de los dos era ya capaz de mover un miembro o intercambiar una caricia aunque le fuera la vida en ello, Juliet se había acomodado contra la cálida curva del cuerpo de él y se había quedado dormida.

Varian tenía la vista fija en los danzantes puntitos de luz del sol que cubrían el techo. No tenía idea de qué hora era, ni tampoco de cuándo se había marchado ella o cómo había conseguido soltarse de sus brazos sin zarandear la cama. Ni siquiera quería aventurarse a pensar cuál sería su reacción cuando la viera hoy. ¿Le daría vergüenza? ¿Estaría furiosa? ¿Resentida con él por haber dejado expuesto el lado más tierno y vulnerable que tanto se esforzaba en ocultar bajo toda aquella coraza de insensibilidad?

O peor aún... ¿actuaría como si nada fuera de lo normal hubiera sucedido? ¿Como si tuviera la costumbre de llevarse a sus rehenes a la cama y obtener de ellos placer físico antes de entregarlos a su familia para que ésta se divirtiera?

Varian suspiró, se pasó las manos por el pelo con más nerviosismo y sacó las piernas de la cama.

¿Por qué preocuparse?, pensó agriamente. ¿Cuál sería su propia reacción cuando la volviera a ver? Había vendido su alma al diablo y sin duda el diablo le pediría el pago de su deuda. Era el duque de Harrow y había renunciado a sus costumbres licenciosas al acceder a contraer matrimonio con lady Margery Wrothwell. El hecho de no estar aún prometido oficialmente no era gran consuelo, ya que ambas partes entendían que el compromiso se anunciaría en cuanto el duque regresara a Inglaterra. Y aquí estaba él, con su cuerpo poseído por el deseo por una mujer que hacía tres días que había conocido. Una mujer que se encontraba más cómoda esgrimiendo una espada que una aguja de bordar. Una mujer cuya familia al completo sentía tan sólo desprecio por el rey, por Inglaterra, por las restricciones de una sociedad que había dictado cada faceta de la vida de Varian St. Clare durante los últimos veintiocho años.

Apenas había intercambiado una docena de palabras con Simon Dante, y aun así el corsario estaba bastante convencido de que le habían enviado aquí para nada, como Juliet había descrito de forma tan elocuente. Dante tenía una auténtica fortaleza en este lugar, de modo que ¿por qué iban a importarle los dictados de un rey que meneaba el cetro a tres mil millas de distancia? En todo caso, Jaime Estuardo debería preguntarse por qué el Pirata Lobo continuaba tomándose la molestia de enviar el diez por ciento del botín real de sus beneficios de corsario. Sin duda, después de todos estos años no necesitaba ninguna licencia de corso que le garantizara el permiso para realizar sus actividades. Aparte del arsenal que Varian había podido ver anclado en el puerto situado abajo, el clan Dante planteaba una amenaza formidable a cualquier puerto extranjero o autoridad. Le correspondía al rey hacer todo lo necesario para asegurar que el Lobo continuara ondeando los colores de Inglaterra en su tope.

Varian se levantó y se estiró con cautela para desentumecer los músculos de brazos y piernas. Un deslumbrante cielo azul aparecía a través de los ventanales, y la fresca brisa que jugueteaba entre sus cuerpos la noche anterior había sido sustituida por un calor húmedo. Echó una ojeada para buscar sus ropas, recordaba vagamente habérselas sacado con tal premura que casi vuelca la mesilla de noche. A simple vista no encontró la camisa o los pantalones, pero el jubón estaba colocado en el respaldo de la silla. Lo miró con poco entusiasmo pues no sentía ganas de abotonarse las capas restrictivas de terciopelo acolchado y cuero. El propietario original de las prendas no era tan alto ni tan ancho de hombros como él, y pese a los apresurados arreglos que había hecho Beacom, las mangas eran demasiado cortas y el volante de encaje español no se cerraba. Las medias de lana le rascaban y los pantalones tenían tal cantidad de relleno de crin de caballo que parecía que llevara dos calabazas sujetas a sus muslos.

Alimentando esta leve veta de rebeldía, se fue desnudo hasta la puerta. Permaneció con las manos apoyadas a ambos lados del marco, cerrando los ojos con fuerza para no deslumbrarse con la luz del sol mientras dejaba que el ardiente calor tropical bañara su piel. Recordó el comentario de Juliet respecto al terror de los ingleses a permitir que la luz del sol tocara su piel, y tuvo que admitir, aunque fuera sólo para sus adentros, que ésta era la primera vez que saludaba a la Madre Naturaleza tal y como vino al mundo. En cuanto a eso, los rayos del sol eran una delicia sobre su pecho y brazos; incluso las partes pudendas parecían responder favorablemente a esta nueva experiencia.

—Os garantizo que en diez minutos vuestra piel estará roja y empezarán a salir ampollas.

Varian abrió los ojos con un respingo y bajó las manos para taparse la entrepierna.

Juliet estaba sentada en el balcón con sus pies enfundados en botas apoyados en la baranda. Iba vestida con una etérea camisa blanca y pantalones negros; tenía el pelo recogido en la nuca y atado con una correa de cuero. A su lado había una segunda silla, una mesita de madera y sobre ésta una gran bandeja con pan, queso, un gran montón de lonchas de carne y cuencos con frutas exóticas que Varian no era capaz de identificar.

Ella siguió su mirada.

—He pensado que tal vez tuvierais hambre. Y quería daros las gracias por lo de anoche.

El vello que aún no se había erizado al ver toda esta domesticación se puso de punta al instante.

—¿Darme las gracias?

—Por ofrecerme refugio. Mis hermanos me buscaron por arriba y por abajo con la intención de sacarme de la cama y jugarme una de sus bromas atroces; por lo que me he enterado, tenía que ver con pegamento y plumas de pollo. Encontraron el lío de mantas que dejé en mi cama, pero no a mí, ya que ni se les ocurrió mirar en vuestra habitación. De modo que, sí, tengo que daros las gracias por mi indulto. —Sus ojos se entrecerraron y una sonrisa torció la comisura del labio—. ¿Por qué creíais que os daba las gracias?

Varian tuvo la discreción de sonrojarse y lo hizo con un magnífico destello carmesí que lo sombreó todo, incluso los lóbulos de las orejas.

—¿Una suposición bastante arrogante? —dijo ella en voz baja.

Sus miradas se encontraron durante uno o dos instantes antes de que Juliet cediera primero y apartara la mirada.

—De verdad, no deberíais exponer al sol demasiado tiempo toda esa piel intacta. ¿No querréis acabar como yo, verdad?

Inclinó la cabeza hacia arriba, dejando que el sol bañara una complexión que ya estaba bronceada de un tono dorado.

—Os complacería encantado, capitana, pero mis ropas parecen haber desaparecido.

—No, no es así. Os he traído ropa nueva. La encontraréis al pie de la cama. He pensado que no deberíais andar por la isla vestido como un caballero español. Resultaríais un blanco demasiado atractivo.

Varian se volvió, pero se detuvo una vez más.

—¿Puedo preguntar que habéis hecho con Beacom?

—¿Preferís su compañía a la mía?

—No he dicho eso.

Juliet abrió los ojos y le miró.

—Vestíos, Excelencia. Son más de las doce del mediodía y la paciencia de mi padre tiene sus límites.

—¿Mediodía? —Alzó la vista al sol con un sobresalto y entonces cayó en la cuenta de que tenía que estar descendiendo, no ascendiendo—. Santo cielo, ¿cómo es que nadie me ha despertado antes?

—Yo lo intenté, pero la única parte de vuestro cuerpo que parecía interesada en levantarse no era la que a mi padre le interesa ver.

Varian cerró la mandíbula y se apresuró a retirarse a la habitación. Encontró una camisa sencilla y unos pantalones bombachos, plegados con esmero al pie de la cama. Sorprendentemente, las dos prendas le quedaban muy bien, igual que las botas altas hasta la rodilla, confeccionadas en un cuero tan suave que se adaptaban a sus pies como zapatillas. La camisa tenía una lazada por delante, y estaba atando el último nudo cuando salió de nuevo a la galería.

Juliet no estaba en la silla.

Él miró a ambos lados de la amplia galería, pero no había nadie a la vista.

—Supuse que mi padre y vos tendríais más o menos la misma talla. Por lo que veo, estaba en lo cierto.

Él se giró en redondo. Estaba apoyada contra la pared con los brazos cruzados sobre el pecho y un pie cruzado encima del otro, haciendo equilibrios sobre la punta de la bota. Durante un momento, algo bailó en los ojos de Juliet mientras recorrían el cuerpo de Varian de arriba abajo una vez más, pero ese algo desapareció antes de que él pudiera identificarlo.

—El queso está excelente —dijo ella indicando la bandeja—. Se lo arrebatamos a un mercante holandés no hace demasiado. El añojo lo criamos nosotros y la cerveza es aceptable.

—No tengo demasiada hambre —mintió—. Y si vuestro padre está esperando…

Ella encogió un poco los hombros.

—Ay, me parece que no le alcanzaréis. Se ha ido al puerto. Podéis verle… allí… a través de los árboles.

Varian siguió el movimiento de la barbilla de Juliet y vio a Simon Dante montado en un enorme semental castaño, avanzando a medio galope por el camino que salía de la casa.

—¿No habéis ido con él? Pensaba que tendríais un centenar de cosas que hacer hoy.

—Más bien un millar —dijo con gesto grave—. Pero ya he estado en el barco y… y el señor Crisp me dio a entender que no hacía más que molestar. Mi madre entiende español mejor que yo, de modo que se ha encerrado en el estudio con los manifiestos que capturamos en el *Santo Domingo*. Mis hermanos, después de haber visto por una vez desbaratados sus planes de diversión, se están entreteniendo contando los barriles de perlas y monedas que descargan de los galeones. Geoffrey Pitt se está ocupando de atender al teniente Beck mientras al resto de la tripulación inglesa la inician en los baños calientes, la buena comida y el delicioso ron. En cuanto a vuestro hombre, Beacom, le he enviado a los almacenes con Johnny Boy para que inspeccione nuestro vasto inventario de terciopelos y encajes para ver si puede reparar vuestro vestuario. Eso parece dejaros únicamente a vos desatendido, señor, y a mí para pensar alguna forma de entreteneros durante unas pocas horas.

En los últimos días se estaba volviendo demasiado habitual sentir la tensión en la piel y la sangre palpitando en las venas, pero Varian no sabía qué hacer al respecto. El arrebato fue más fuerte en esta ocasión, ahora que él había experimentado de primera mano lo que su mente sólo había imaginado hasta la noche anterior. Pero antes de que pudiera atreverse a preguntar por aquella chispa en los ojos cristalinos de Juliet, ella le dedicó una breve risa.

—Venid. Si no os apetece comer, podemos ir a caminar. Tengo que enseñaros algo.

Juliet se volvió y se encaminó hacia la escalera situada en el extremo más alejado de la galería, con la hoja de su espada reflejando los destellos de luz del sol. Varian lanzó una hambrienta mirada de protesta a la bandeja y agarró un trozo de queso y un mendrugo de pan antes de seguirla.

En la parte inferior de la escalera había un camino de piedra; por un lado bordeaba el edificio hasta la parte delantera de la casa, y por el otro atravesaba el jardín y daba a un pequeño huerto de limeros. Siguieron este último, con Juliet encabezando la marcha a buen paso y Varian esforzándose por mantenerse a pocos pasos tras ella. El ritmo de la marcha contradecía cualquier noción de que hubieran salido a pasear y, al cabo de cinco minutos, cuando el camino se volvió de tierra y empezó a adoptar una empinada pendiente, Varian sintió cómo protestaban los músculos de sus muslos.

El sendero serpenteaba y viraba de forma brusca para circunvalar los ocasionales afloramientos de rocas, pero en su mayor parte ascendía en línea recta. Junto al camino crecían helechos que rozaban sus brazos y hombros, la fragante y exuberante vegetación estaba cargada de humedad. Tras unos centenares de metros, Varian observó la espalda curvilínea de Juliet Dante preguntándose si se cansaba alguna vez. Parecía poseer una energía ilimitada, no daba muestras de perder el aliento o de que le supusiera demasiado esfuerzo, ni siquiera cuando salieron de entre los árboles y tuvieron que seguir por un camino de cabras cubierto de maraña y rocas para alcanzar lo más alto de un risco.

—Existe otra ruta más fácil —dijo con alegría socarrona—, pero he pensado que os gustaría apreciar la vista desde aquí arriba.

Durante la ascensión, se había resistido de forma deliberada a la tentación de mirar atrás. No era ningún enamorado de las alturas, y sabía que si el camino parecía escarpado durante la subida, lo sería el doble si miraba hacia abajo.

Tropezó con un trozo de roca y aprovechó aquella excusa para recuperar el aliento. El sudor humedecía su pelo y bajaba por su cuello, empapaba la camisa por la espalda con grandes manchas húmedas. Los insectos, que por suerte se habían quedado atrás, bajo la sombra de los árboles, ya le habían picado en el cuello y los brazos una docena de veces. Dedicó un gesto ceñudo al deslumbrante y tórrido sol amarillo, pero cuando Juliet se volvió a echar una ojeada por encima del hombro, él sonrió y le hizo un ademán para que continuara.

—Me he dado en el dedo.

—No está mucho más lejos. Podría llevaros a cuestas, si lo deseáis.

La risa de Juliet provocó otro gesto de pocos amigos en él, pero cuando volvió a mirar hacia arriba, ella ya había desaparecido tras una piedra torcida, le había dejado a solas, ahogándose en su propio sudor por aquel camino de cabras.

Conteniendo una maldición inaudible, trepó los últimos metros y una vez arriba la vio de pie sobre la cima de una cresta volcánica. Una rápida mirada en todas direcciones, sin aliento por razones justificadas, le reveló que también habían alcanzado el pico más alto de la isla. El reluciente e interminable azul del océano les rodeaba en un enorme círculo azul, la superficie destellaba como peltre donde el sol rebotaba en las olas. Matices cambiantes de aguamarina, cobalto y turquesa circundaban la isla, así como estrías y sombreado creados por los bajíos y arrecifes. Los cuatro distantes atolones parecían conos estériles de roca, arrojados por la mano de algún gigante para recibir el embate de la espuma, mientras que más abajo podían oír el estruendo de las olas rompiendo contra los acantilados de Pigeon Cay.

Al dar una vuelta completa con parsimonia, Varian también pudo ver el interior de la cuenca del cráter volcánico, el verde de los pastos, las copas oscilantes de las palmeras que parecían hombres de pelo verde escuchando con embeleso algún coro que él no oía. Suponía que la isla medía diez, tal vez doce millas de largo en el punto más ancho y se elevaba unos mil pies por encima del mar. El techo de la gran casa quedaba oculto desde aquel punto aventajado, pero el puerto parecía la superficie interior de una concha, azul oscuro en el centro, que se tornaba a un gris perla a lo largo de la arena.

Éste era el reino de Dante. La guarida secreta del Pirata Lobo, y aunque Varian había encontrado muchas referencias veladas a un lugar tan mítico en los libros de contabilidad y en los documentos estudiados antes de embarcarse en este viaje, nunca había soñado que existiera de verdad.

—Contadme, Excelencia, cuando estáis en casa, allí en vuestro castillo inglés, ¿podéis salir a andar desde vuestra puerta y contemplar una vista así?

Había vuelto el rostro al sol y unos mechones de pelo caían hacia atrás como oscuras y suntuosas fundas de seda. Tenía los brazos estirados para atrapar el viento y su camisa se moldeaba contra su pecho recortando la forma perfecta de sus pechos, las tentadoras puntas de sus pezones.

—Confieso que no —admitió en voz baja—. Pero, por otro lado, ¿no teméis que el ver tal belleza cada día acabe por volverla menos espectacular?

—Cuando era pequeña, subíamos aquí cada día y siempre encontrábamos algo nuevo que no habíamos visto nunca. El color del agua, la forma de un ave planeando en las corrientes de aire, el paso de una nube... nunca era lo mismo que el día anterior.

—¿No sentís ningún deseo de ver lo que se encuentra más allá del campo de visión de este horizonte?

—Más allá de este lugar hay dragones —dijo ella en tono suave—. Era la advertencia escrita en todas las cartas de navegación de los antiguos marinos, quienes creían que el mundo era plano. Mi padre ha ido más allá del límite, y yo lo haré también algún día. Dice que hay islas más allá, al otro lado del mundo, y que son tan diferentes a estas como el sol de la luna, con volcanes que arrojan rocas fundidas a la noche como fuentes carmesíes, donde las especias son tan abundantes que se huelen a una semana de navegación.

Al ver que él no decía nada, y Dios bendito, ¿qué podía decir si tenía que contenerse con todas las fuerzas para no estirarse y cogerla entre sus brazos, Juliet se volvió y le miró directamente a los ojos.

—Habladme de vuestra Inglaterra. ¿Siempre es tan fría y húmeda como he oído?

—Nosotros... aguantamos lluvias y brumas muy frecuentes, eso es cierto. Pero cuando brilla el sol, la tierra es tan verde que cuesta soportarlo.

—Sin duda, esto no sucederá en las ciudades.

—No —sonrió—. En las ciudades, no. Ni se me ocurre pensar en ninguna ciudad en que se huela algo parecido a una especia. Pero un gran país no puede sobrevivir sin ciudades prósperas, y para poder prosperar debe alojar a mucha gente que mantenga llenas fábricas y tiendas...

—No creo que pudiera sobrevivir en una ciudad. Detesto los muros y los lugares concurridos.

—Os gustaría Harrowgate. Está alejada en el campo, rodeada de kilómetros de colinas verdes y ondulantes. Hay secciones de la casa que tienen tres siglos de antigüedad, con habitaciones tan grandes que hace falta gritar para que os oigan desde el otro extremo. De niños, a mis hermanos y a mí sólo se nos permitían acceder a ciertas áreas, no fuera que nos perdiéramos y se nos llevaran con cadenas los fantasmas.

—¿Teníais fantasmas?

Una pícara sonrisa pecaminosa se formó poco a poco en el rostro de Varian.

—Preguntad a Beacom si no me creéis, os hablará de ruidos y singulares incidentes que no tienen explicación. Está convencido de que uno de nuestros antepasados más misteriosos se introdujo en su habitación varias noches seguidas y reordenó sus pertenencias mientras dormía. Al principio sólo eran cepillos y zapatos, pero luego fueron los escritorios y las sillas lo que empezaron a moverse. En una ocasión, todas sus habitaciones acabaron patas arriba y, cuando él se levantó para orinar, lo hizo en su armario por equivocación. Aquello le volvió del todo loco durante una temporada. Incluso amenazó con marcharse de Harrowgate Hall y buscar empleo en otro lugar, pero mi padre dijo que era un hombre demasiado valioso como para perderlo y, al final, me envió a mí a un internado.

Los ojos de Juliet centellearon.

—¿Erais vos el fantasma?

—Beacom era una presa fácil, como podéis imaginar.

Juliet estaba imaginando mucho más de lo que él le invitaba a hacer. Estaba imaginándoselo tal y como le había visto antes al irrumpir de regreso en la casa, con los brazos agarrados aún a la almohada cilíndrica que ella le había dado como sustituta al levantarse más temprano aquella misma mañana. Verle así, comprender que, de haberse quedado, él seguiría estrechándola tan cerca, la había desinflado, la había despojado de su rabia, dejándola ahí de pie en el umbral, indefensa y vacía.

Parte de esa indefensión volvía a inundarla ahora mientras observaba aquellos ojos color medianoche. Su rostro era indescifrable, sus pensamientos inalcanzables, no había manera de saber si era consciente de la forma en que la sangre golpeaba por sus venas cada vez que él la miraba. En realidad, ¿por qué iba a ser consciente? No había intentado en ningún momento volver a tocarla, ni había mencionado lo sucedido entre ellos la noche anterior. La verdad, ella tampoco se había referido al tema, no de manera directa, pero sólo porque no sabía muy bien qué decir. También era cierto que a él no le hacía falta tocarla. El simple hecho de estar ahí mirándola tenía el mismo efecto que sus manos recorriendo su cuerpo de arriba abajo, acariciando lugares tiernos, provocando más ganas incontenibles.

Varian sonrió y, tras una breve vacilación, Juliet le devolvió la sonrisa.

—Si queréis regresamos por el camino fácil —dijo con aire indiferente.

—Estoy por completo en vuestras manos, capitana. —Hizo una leve inclinación y, cuando se enderezó, ella contuvo el aliento. La mirada cautelosa había desaparecido de los ojos de Varian, y en su lugar había algo más, una disculpa tal vez, a ella, a él mismo, por no saber fingir, por no saber simular indiferencia cuando en realidad deseaba mucho más.

Juliet sintió un estremecimiento en lo más profundo de su ser.

Aquella sensación resultaba extraña por lo aislada que parecía, ya que el resto del cuerpo se había quedado de pronto entumecido. Era vagamente consciente de que él se estaba acercando, de que su mano se estiró para apartarle un mechón de pelo que el viento había soplado sobre su rostro. Se lo sostuvo tras la oreja, luego le rozó la mejilla con el dorso de sus dedos, y la emoción resultante del placer que recorrió precipitadamente su columna casi la obliga a doblarse de rodillas.

Los segundos pasaron junto con el sonido de los latidos de su corazón, y él continuó a esa distancia. Luego, mientras deslizaba la mano bajo la barbilla de Juliet para acercar su boca, ella sacudió la cabeza para prevenirle.

—Hay vigías en todos los puntos de los riscos de esta isla. Es fácil que seis o siete hombres nos estén observando en este instante.

Él apartó la mirada de su rostro con esfuerzo y miró a lo largo de la cima de rocas. Juliet se dio cuenta por la manera en que su mirada parpadeaba, luego se detenía, parpadeaba y volvía a enfocar de nuevo, que había localizado al menos a dos de los centinelas.

Varian le acarició la barbilla con el pulgar y, sin volver a mirarla, murmuró.

—Entonces es muy probable que tengáis que bajarme a cuestas hasta la falda de la colina, capitana, ya que no estoy del todo seguro de poder andar sin graves dificultades.

Juliet echó una mirada hacia abajo. Una segunda marejada de picores y estremecimientos inundó su cuerpo, ella también tuvo dificultades para dar un discreto paso hacia atrás. Luego se volvió y arrancó a andar por el camino.

La mano de Varian quedó suspendida en el aire vacío durante un largo momento y no bajó hasta que el crujido de las pisadas de Juliet se desvaneció. Bajó la cabeza un momento y maldijo su propia estupidez, luego se obligó a seguir sus pasos.

El camino que ella había tomado rodeaba el extremo de las rocas en la que había menos árboles y la brisa soplaba con más fuerza, pero el descenso era mucho menos empinado y dio un respiro a la tensión de su cuerpo. Varian alcanzó a ver a Juliet un par de veces por delante suyo, pero luego, al doblar un recodo y atravesar un montón de piedras, ella ya había desaparecido. Continuó maldiciéndose de mil maneras diferentes y casi pasa por alto la estrecha bifurcación en el camino, que se apartaba de la ruta principal. Algo tirado en el sendero llamó su atención y entonces aminoró el paso.

Era el cinturón con la espada de Juliet.

Se adelantó a toda prisa para recogerla, una sacudida de alarma recorrió su cuerpo mientras desenfundaba la hoja y miraba a su alrededor.

Inspeccionó el sendero, los matorrales que lo rodeaban...

¡Ahí! Un poco más adelante, otra cosa...

Era una bota. Una bota negra alta hasta la rodilla, y tres metros más allá, su pareja.

Entonces casi se echó a correr. El primer pensamiento de Varian fue que un animal salvaje les había estado acechando, había saltado de entre los arbustos y la había atacado. El segundo, más racional pero igual de aterrador, era que podría tratarse de un animal de dos patas que tenía preparada una emboscada. Un animal que pudiera quitar un cinturón y botas y...

Una mancha blanca le obligó a salir del sendero y abrirse camino entre la maraña de helechos y vides para retirar la camisa de Juliet de una rama. Vio una abertura un poco más adelante, apenas una fisura profunda en la pared de roca, y miró a su alrededor una vez más, rodeando con su puño el mango de la espada.

No había nadie a la vista. No había oído ruidos de lucha, ni había ramas rotas que sugirieran que la hubieran arrastrado hasta aquí en contra de su voluntad. Miró de nuevo la camisa y comprendió con qué precisión había sido colocada, con un brazo estirado para indicar la grieta en las rocas. Echó una mirada a las botas, al cinturón, y cayó en la cuenta de que todos ellos habían sido dejados como señales también, que le guiaban hacia la fisura.

Se dobló hacia delante y se agachó para entrar por la rendija en la pared. Tres metros más allá, al otro lado, le esperaba una caverna cuyo techo se alzaba formando una bóveda de treinta pies y cuyos lados se extendían unos cincuenta pies o más. El olor a tierra y piedra húmeda, a espeso musgo, se mezcló con el vapor caliente que se elevaba de la balsa que ocupaba buena parte de este espacio interior. Aunque no había antorchas, ni grietas visibles encima del techo, ni otras fuentes de luz que pudiera detectar, el agua relucía con un verde iridescente. Estaba tan clara que podía ver el fondo arenoso, pálido... y la oscura forma serpenteante que lo surcaba bajo la superficie.

Juliet salió del agua con una potente brazada, su pelo y rostro surcados por cortinas de agua. Le vio y se fue nadando con facilidad hasta el lado, donde la profundidad le permitía pisar fondo. Allí, se incorporó como una diosa de mármol, su piel reluciente reflejando las luces verdes de la charca, su pelo pegado a espalda y hombros en una cortina lisa. Avanzó andando hasta él, desnuda como una ninfa de mar, y atrajo su boca hasta la de ella.

El beso fue breve, voluptuoso y lleno de promesas maliciosas, luego ella sonrió y retrocedió lentamente por el agua, con el vapor enroscándose a sus muslos como suaves dedos acariciadores.

—¿Disculparéis el breve retraso, verdad? Todo el mundo en la isla habría sabido en una hora que me habíais besado y que yo lo había permitido.

Varian esgrimió la espada con torpeza.

—Me habéis preocupado, pensaba que alguna bestia salvaje os había atrapado y arrastrado hasta la maleza.

—Como casi todos los que llevamos el apellido Dante, no soy fácil de atrapar. —Se rió una vez y luego se sumergió por debajo de la superficie y se alejó nadando como un rayo.

Varian, enmudecido, volvió a meter la espada en su funda y la dejó a un lado. Se quitó la camisa y se sacó las botas, que tiró sobre el musgo. Luego se bajó los pantalones, aguantando un momento de aguda incomodidad mientras su enorme erección pugnaba por salir.

Juliet se encontraba en el extremo más alejado de la balsa, su cuerpo flotaba en el agua, el pelo extendido en un húmedo abanico que rodeaba sus hombros. Cuando vio a Varian andar por la suave arena, se metió como un rayo bajo el agua y desapareció brevemente entre las sombras del fondo.

El largo cuerpo de Varian se zambulló limpiamente y llegó con unas pocas brazadas poderosas al punto en el que la había visto por última vez. Flotó vertical durante unos momentos, intentando adivinar a través de las capas filtradas de luz y sombra dónde podía esconderse, pero no la vio hasta que una salpicadura le dijo que volvía a encontrarse en la orilla contraria.

Dos veces más se cruzaron, Juliet pasaba más tiempo debajo de la superficie que encima. Le rozó la pierna en una ocasión y se escapó, pero la segunda vez él pudo cogerla por el tobillo y arrastrarla hacia atrás, hasta donde pudiera pisar fondo. Pero ella, escurridiza como una anguila, volvió a escabullirse, y se habría ido nadando si él no se hubiera plantado con firmeza en la arena y luego le hubiera hecho un gesto amenazador con el dedo.

—Quedaos quieta donde estáis, maldición.

Ella le observó caminar en su dirección, levantando pequeñas nubes de arena alrededor de sus pies. Juliet centelleaba como un millón de fragmentos de cristal, iluminada por la misma fuente desconocida que proporcionaba luz al interior de la caverna.

Cuando llegó a su lado, no hubo preámbulos, ningún juego previo. Varian le puso las manos bajo el trasero y la levantó para atraerla contra su propio cuerpo. A continuación la bajó con delicada ferocidad sobre el miembro tenso y voluminoso. Su boca intervino para cubrir el jadeo de Juliet y para convertir su ronco gemido en suaves suspiros superficiales.

Juliet le rodeó los muslos con las piernas, con suficiente fuerza como para que él sólo necesitara una mano para aguantarla, utilizando la otra para cogerla por la nuca. La boca de Varian era cálida y voraz; sus manos fuertes y seguras, y empezaron a mover a Juliet sobre su miembro.

Con un grito descaradamente febril, Juliet echó la cabeza hacia atrás y soltó un ruego entrecortado a las sombras vaporosas que tenía encima. El agua empezó a agitarse alrededor de ellos con el movimiento de sus caderas, con el esfuerzo de Juliet, que se retorcía y estremecía para que él llegara hasta el fondo. Ambos acabaron aferrándose tenazmente el uno al otro, sin querer desaprovechar ningún espasmo o sacudida.

Varian sostuvo a Juliet hasta que las ardientes, pulsátiles contracciones del clímax que ella experimentó se suavizaron con estremecimientos más atemperados. Luego, con el cuerpo de ella aún temblando alrededor suyo, la llevó hasta la orilla de la balsa y la bajó sobre el fresco lecho de espeso musgo. Pasó por alto los débiles susurros de protesta mientras le soltaba las piernas que rodeaban su cintura y se las subía a los hombros. Descendió a besos por todo su cuerpo tembloroso hasta enterrar su rostro entre los muslos y, cuando recuperó su dureza, volumen y fuerza para darle a ella todo el placer que pudiera soportar, se rindió del todo a la pura pasión de Juliet Dante. Se arrojó con ganas a la explosión de luz que estallaba tras los párpados y a la paz oscura y exquisita que vino a continuación.

Capítulo 13

Juliet se despertó con el penetrante olor del gran pie enfundado en una bota que estaba plantado con deliberado descuido junto a su nariz.

Abrió los ojos y siguió el rastro de cuero hasta el rostro divertido de su hermano Gabriel. Él, por su parte, miró con ironía el cuerpo desnudo de Varian St. Clare y murmuró:

—Supongo que esto ayuda a explicar por qué Jonas y yo no pudimos encontrarte anoche.

Ella bostezó y se estiró, luego se incorporó sobre sus codos.

—¿Y cómo es que ahora lo has conseguido?

—Nathan me ha contado lo sucedido a bordo del *Rose* y, al ver que no podía encontrarte en la casa, pensé que tal vez hubieras venido aquí... aunque confieso —dijo tras una pausa— que no esperaba encontrarte con compañía.

Ella le miró enfurruñada por encima del hombro mientras se levantaba y se metía de nuevo en la balsa. Gabriel apartó la vista con desinterés fraternal mientras ella se limpiaba la arena y el musgo del cuerpo, luego centró la atención en Varian St. Clare.

Varian se había despertado al oír sus voces y, al reconocer al intruso como Gabriel Dante, buscó sin éxito entre las sombras las ropas de las que antes se había desembarazado. Su camisa estaba tirada como una mancha pálida en contraste con el verde oscuro, fue Gabriel quien la detectó primero y la levantó del musgo con la punta de su estoque.

—Creo que no hemos tenido el placer de una presentación formal —dijo transportando la prenda con la punta de su espada—. Pero, claro, mi hermana a menudo descuida sus modales.

Juliet salió del agua.

—Varian St. Clare, Su Excelencia el duque de Harrow; mi hermano, Gabriel Dante, sin ninguna excelencia digna de mención.

Gabriel ejecutó una inclinación formal, algo que Varian no podía hacer con el lío de tela aplastada que agarraba a la altura de su cintura.

Juliet se metió la camisa por la cabeza, luego encontró sus pantalones.

—Tu preocupación por mi bienestar me emociona, querido hermano.

—¿Necesitas más emociones aún? —Echó una mirada despreocupada a Varian, quien estaba sentado inmóvil sobre la orilla cubierta de musgo—. ¿Dice algo, habla, o es ésta otra de sus atractivas cualidades?

—Soy perfectamente capaz de hablar —dijo Varian con frialdad—. Lo único es que habéis aparecido de forma bastante repentina y...

—¿Y ahora teméis correr un peligro mortal de acabar ante el altar empujado por la punta de mi espada?

Los músculos de la mandíbula de Varian se tensaron mientras trataba de hallar una respuesta, porque en verdad aquella era una de las imágenes inconexas que habían pasado fugaces ante sus ojos.

Gabriel no esperó a que la lengua de Varian se despegara del paladar y miró alzando una ceja a su hermana.

—Santo Dios, Jolly, si te casaras con este tipo tan entonado, eso te convertiría en duquesa, ¿no es así?

—El mismo diablo debería castrarte —replicó ella con un suspiro— y al mismo tiempo cortarte la lengua en rodajas; antes pasaría colgada un día embadurnada en resina y plumas de pollo que dar cuerda a tu puñetero sentido del humor. Además, quién diría que a ti nunca te hayan pillado con los pantalones bajados hasta la rodilla, querido hermano.

—No, pero todos los hombres somos bestias lujuriosas, es lo que se espera de nosotros, mientras que tú... —Se tocó un lado de la nariz con un dedo—. Eres una pícara astuta y haces pensar a todos los patanes que el único sable que te interesa es el que cuelga de su cinturón.

Ella entrecerró los ojos.

—A menos que quieras contestar a mi sable, mejor te metes la lengua tras los dientes y no hablas de esto con nadie.

—Ah. ¿Y exactamente cuánto valdría mi silencio sobre este nimio incidente, querida hermana?

—Dos ojos sin volverse morados y dos piernas sin romper.

La atractiva boca de Gabriel se frunció con gesto pensativo durante un momento, luego formó una sonrisa.

—Un trato justo, bien pensado. ¿Necesitáis que os ayude a buscar los pantalones, Excelencia?

—Puedo arreglármelas —dijo Varian con un gruñido grave.

Dante se encogió de hombros y volvió a enfundar su espada.

—Pues muy bien. Esperaré afuera. Mejor, ¿no? Os daré a los dos un momento para el dulce beso final.

Juliet le arrojó una bota contra la cabeza, pero él se agachó a tiempo y se apresuró hacia la salida entre las rocas. Cuando ella volvió a mirar a Varian, él se estaba poniendo los pantalones y, por el ceño que ponía, era obvio que no le hacía gracia todo aquello. Si hubiera habido más luz, tal vez hubiera distinguido que su boca estaba blanca por los extremos. Las ventanas de su perfecta nariz patricia estaban ensanchadas, la mandíbula rígida y, cuando se pasó una mano furiosa por el pelo, sus venas sobresalían en sus sienes como la hoja de una planta.

—Por curiosidad, ¿qué sucedería en Londres si un hombre y una mujer fueran pillados juntos desnudos por la familia de ella?

—Suponiendo que uno no fuera el rey y la otra no fuera una ordeñadora, con toda probabilidad estarían casados antes de que acabara la semana.

—¿Incluso si el hombre fuera un duque?

Varian evitó mirarle a los ojos.

—Si fuera un duque o un conde o incluso un barón, lo más probable es que intentara evitar con dinero cualquier compromiso. A menos, por supuesto, que tuviera una pizca de honor.

—¿Sois, Vuestra Excelencia, un hombre de honor?

Él alzó la vista.

—Os lo aseguro, estoy preparado para aceptar toda responsabilidad por mis actos.

—¿Casándoos conmigo?

Él se irguió lentamente y su voz sonó tan quebradiza como un palo seco.

—Estaría encantado de discutir los detalles con vuestro padre en cuanto me concediera audiencia.

—¿Sin preguntarme antes a mí?

Las sombras impedían que Juliet viera algo más que un débil reflejo de luz en sus ojos, pero sí alcanzó a ver que la luz dejó de titilar un momento, como si hubiera cerrado los párpados a causa de sus absoluta indignación: contra él mismo por caer en una trampa tan obvia y posiblemente contra ella por haberla tendido.

—Por supuesto, señora Dante, si tuvierais la gentileza de hacerme el honor...

Juliet se echó a reír y le interrumpió antes de que continuara.

—Tendría que levantarme una mañana y ver dos soles en el cielo para llegar a considerar la opción de casarme con vos, Vuestra Excelentísima, e incluso así tendría que hacerlo por un motivo mucho mejor que haber pasado unas pocas horas juntos y desnudos. Aceptad de una vez que hemos disfrutado de un poco de diversión y dejadlo así. A menos, por supuesto, que creyerais que un escarceo físico fuera a subyugarme y os hiciera ganar un aliado para vuestra causa...

—Mis asuntos con vuestro padre no han tenido nada que ver en esto, señora —dijo él con resentimiento pero sin alterarse.

—Si os hubiera llevado esta mañana ante su presencia, toda ruborizada como un títere dichoso, y hubiera insistido en que él escuchara vuestros ruegos para respetar la paz, ¿os habríais negado y dicho, «No, no, no le molestéis a estas horas»?

Varian sacudió la cabeza y dijo:

—No, no... yo... dudo incluso que hubiera sido capaz de enfrentarme a vuestro padre esta mañana, y mucho menos convencerle para que obedeciera un edicto del rey. ¡Cuerno de mujer! —Se pasó las manos con crispación por el pelo, de veras frustrado—. ¡Teníais razón! Después de lo que sucedió a bordo del *Argus*, ni siquiera estoy seguro de querer convencerle ya. Me siento más bien inclinado a animarle a él y a cualquier otro pirata o corsario de los que recorren estas aguas a que salgan y rompan el tratado en mil pedazos. ¡Que lo rompan con suficiente contundencia como para que España no se recupere jamás!

Durante varios segundos la sorprendente declaración encontró tan sólo un silencio, la única intrusión que se oyó fue un débil goteo de agua que resbalaba por la pared de piedra.

—Pero, por supuesto, no puedo hacer eso —continuó exhalando

aire de forma entrecortada—. Mi juramento me obliga a exponer las desagradables alternativas a las que se enfrentará vuestro padre si se niega a cumplir los términos de la Obra de Clemencia del Rey.

—¿Obra de Clemencia?

—Una amnistía, para entendernos. Un perdón completo por todas las transgresiones del pasado a todo corsario que acceda a regresar a Inglaterra hasta que se pueda negociar un sistema de comercio justo y legal entre los reyes de Inglaterra y Europa.

Juliet quería darle un tortazo, pero en vez de eso se plantó las manos en la cintura.

—¿Es éste el negocio importante que tan bien preservabais? ¿Esta... Obra de Clemencia?

—He hecho un juramento...

—Al cuerno vuestro juramento, señor. ¿No habéis oído ni una sola palabra de lo que os he dicho? La única manera de que los españoles negocien es saquear sus ciudades y exigir un rescate. Drake lo hizo. Entró directamente en la bahía de Maracaibo y con toda la desfachatez exigió quinientos mil ducados para que sus cañones no volaran la ciudad por los aires... ¡y tenía la mitad de potencia de fuego que nosotros ahora! ¿Sabíais que mi padre navegaba con Drake en aquellas incursiones?

—¿Me estáis diciendo que planea volver a Maracaibo? —La pregunta le salió muy cargada de sarcasmo, pero al ver la mirada en el rostro de Juliet, Varian se detuvo y se la quedó mirando—. ¿Juliet?

—¡No, no! —exclamó con más convicción—. Pero lo cierto es que podría si quisiera. —Pasó rozándole para recoger la bota que había arrojado contra Gabriel y se sorprendió un poco al ver a su hermano repantingado en las sombras.

—Pensaba que ibas a esperar afuera.

—¿Y perderme presenciar lo que bien podría ser tú única proposición de matrimonio? Eso me convertiría en un lamentable insensible, ¿o no? Y aparte me muero de curiosidad por oír el resto de argumentos que tiene el duque a favor de la paz. ¿Es consciente, supongo, de que el rey ya ha hecho esta generosa oferta con anterioridad? Aún no hace ni dos años —dijo mientras se adelantaba hasta el borde de la balsa— vino otro emisario con otro documento calificado como Obra de Clemencia, y algunos de nuestros hermanos creyeron en la propuesta lo suficiente como para acudir con sus naves al puerto de La Hispaniola, donde se les había garantizado una calurosa acogida de sus colegas españoles. Fue calurosa, cierto. Si vivís lo suficiente podéis preguntar al capitán David Smith cómo se sintió en la cubierta de su nave al ser el único buque en escapar a la emboscada que dejó atrapados en tal puerto a otros cuatro barcos, bombardeados e incendiados, sus tripulaciones encadenadas y condenadas a cortar caña de azúcar el resto de sus días.

La tensión se prolongó durante unos segundos. La misteriosa luz verdusca del agua resaltaba las curvas y ángulos del rostro de Gabriel y hacía brillar sus ojos en medio de la oscuridad como los de un gran gato. Al igual que su hermana, parecía capaz de ocultar sus emociones hasta que se apretaba el gatillo incorrecto y la chispa encendía la pólvora.

—No tenía conocimiento de ninguna Obra de Clemencia anterior —admitió Varian.

—Y ahora que lo sabéis, ¿aún creéis que podréis ir a ver a nuestro padre y hacerle la oferta sin que os atragantéis al hablar de la sinceridad del rey?

—El rey Jaime no es ningún necio, aunque a veces interprete bien ese papel. Comparte con la anterior reina el desdén hacia los españoles y, aunque no encuentra motivos para que se mantenga el monopolio comercial en estas aguas, también sabe que una declaración de guerra ahora agotaría por completo los recursos de ambos países. España perdió su única oportunidad de conquistar Inglaterra hace veinticinco años. Siempre han existido rumores de que los caballeros españoles no cejan en sus intentos de juntar otra armada para vengar a sus antepasados, pero Felipe III no es tan fanático como su padre. Su marina nunca ha acabado de recuperarse de la desoladora pérdida de hombres, barcos y armamento. Por el contrario, nuestra fuerza ha crecido a pasos de gigante y sólo es cuestión de tiempo que contemos con una armada capaz de desafiarles por la supremacía en el mar. Una guerra en estos momentos retardaría eso unos cuantos años.

—No tenemos intenciones de declarar la guerra —dijo Gabriel, y pronunció las palabras con tal compostura que obviamente su intención era provocar al destinatario—. Nos disponemos a suprimir algunos de esos voluminosos barcos cargados de tesoros cuando el convoy salga de la Habana el mes que viene.

—No podéis hacer eso —dijo Varian con tono cansino—. Nunca saldréis vivos de algo así.

Gabriel inclinó la cabeza.

—Diantre, Jolly. Al menos podías haber escogido un amante con más fe en nuestras habilidades.

—Tengo una fe increíble —dijo Varian—. Pero, también, da la casualidad de que sé que la flota que tiene previsto partir de la Habana dentro de cuatro semanas no es una flota normal. Ha habido un cambio drástico de poder dentro del gobierno español y muchos oficiales de alto rango han sido llamados de regreso a su país. Habrá una cantidad desmesurada de barcos en esa travesía, el doble, el triple del número habitual de naves, y no todos serán buques mercantes.

—¿De qué estáis hablando? —preguntó Juliet.

—Sin duda ya lo sabéis, era muy común hace cincuenta años que España enviara flotas de cien barcos o más de un lado a otro del Atlántico. Durante las últimas dos décadas, el número se ha visto reducido de forma drástica, en parte porque las flotas simplemente no son tan rentables como en otro tiempo. Las minas se agotan y hay que buscar oro y plata más al interior. Los esclavos mueren y tienen que ser reemplazados, o se rebelan y queman las aldeas. Se puede decir que la mitad del cargamento se transporta por tierra, procedente de la flota de Manila, que tiene su propia ruta entre Panamá y el Extremo Oriente.

—No nos decís nada que no sepamos —respondió Juliet mientras se ataba la hebilla del cinturón haciendo chasquear el cuero con impaciencia.

—Entonces también sabréis que la enorme flota se redujo por necesidad a dos convoyes más pequeños, la flota de Tierra Firme, que llega a La Habana a finales de Abril, y la flota de Nueva España, que llega a finales de verano. Ambas flotas son escoltadas desde Cádiz hasta La Habana por galeones que nada más llevan agua y provisiones y que al llegar dan de inmediato la vuelta para escoltar a las flotas que parten de regreso a casa. En un año normal, pueden llegar treinta buques mercantes, que llenan las bodegas con tesoros y parten seis meses después, escoltados por quince o más galeones armados.

—Cerca de veinte —dijo Juliet con sequedad—. Podría impresionaros con sus nombres, si queréis, su tonelaje, armamento…

—Puedo apreciar que vuestra información es muy buena, pero ¿sois conscientes de que una vez cada década más o menos, se da una coincidencia significativa, cuando los barcos de una flota que llega permanecen en puerto más tiempo del debido, o bien requieren reparaciones o la climatología les impide partir de inmediato? Barcos que tienen previsto viajar en abril, por ejemplo, se retrasan hasta la partida de la flota de septiembre y viceversa.

Juliet arqueó las cejas.

—¿Y qué? ¿Qué problema hay?

—La última vez que sucedió, había setenta y cinco buques en la flota que partió de La Habana.

—¿Estáis diciendo que va a volver a suceder? —preguntó Gabriel, todo indicio de indiferencia había desaparecido ya de su voz.

—Estoy diciendo, sí, va a volver a suceder —reconoció Varian—, pero incluso en mayor cantidad. Según las fuentes de nuestro gobierno en Sevilla y algunas comunicaciones interceptadas dirigidas al embajador español en Londres, se puede deducir que habrá cerca de un centenar de navíos cargados de tesoros, la suma de tres flotas retrasadas reunidas en La Habana para realizar conjuntamente la travesía de regreso.

—¿Un centenar de navíos? —Gabriel susurró en voz baja—. Sabíamos que había más actividad de la normal en las rutas marítimas, pero…

Juliet miró a Gabriel.

—Los informes de Van Neuk, el Holandés, hablaban de un número inusitado de buques anclados a la altura de Maracaibo. Sus palabras exactas creo que fueron que casi se mea en los pantalones al toparse por casualidad con una docena de galeones cobijados tras una pequeña isla a sotavento que normalmente se emplea para comerciar con los contrabandistas. Se retiró a toda prisa, pero dijo que había más patrullas de las que había visto con anterioridad.

—Eso no demuestra nada —dijo Gabriel—. Van Neuk es un fanfarrón. Si ha dicho que vio una docena de barcos, apostad a que fueron tres o cuatro. —Miró con severidad a Varian—. Y si tenemos motivos para dudar de él, ¿por qué íbamos a creeros a vos?

—Porque yo no tengo nada que ganar o perder con mentiras.

—Excepto la vida, por supuesto —recalcó Gabriel.

Juliet hizo un ademán a su hermano para que se callara.

—Yo aún no entiendo por qué pensáis que esto que explicáis va a convencernos de no atacar el convoy. En todo caso, vuestra información lanzaría a los hermanos contra la flota como tiburones muertos de hambre.

—Os lo explico porque, además de los mercantes adicionales, también van a añadir varios buques de guerra a la Guardia. De acuerdo con nuestras fuentes, están retirando más de la mitad de los barcos de la Guardia de Indias para reforzar la flota normal que escolta el regreso por el Atlántico. Eso podría suponer otros treinta buques de guerra para la Guardia, no menos de cuatrocientas toneladas. Estarán llenos de cañoneras con soldados y artillería, con la única intención de matar.

—¿Cómo sabéis todo esto?

—Olvidáis que no soy duque de nacimiento, recibí el título sólo por las leyes de primogenitura. He estado ocho años en el ejército, incluidos tres como Capitán de la Guardia Real de Su Majestad. Lo que tal vez no sepáis, algo que bien podría suponer mi muerte si se hiciera público, es que cuando heredé el título y toda la ceremonia que conlleva, no renuncié a mi puesto en el ejército. Tal vez haya cambiado el uniforme y los galones dorados por terciopelo púrpura y encaje plateado, pero sólo porque facilitaba mucho mis desplazamientos por Europa.

—¿Erais un espía?

—Prefiero decir que estuve en Sevilla para estudiar las técnicas de esgrima de Alejandro de Caranca, uno de los más renombrados maestros en tal arte allí. Entre los demás adeptos había varios oficiales de alto rango dentro del gobierno, incluido el almirantazgo. Son un montón de fanfarrones cuando se enfrentan a un inglés en el círculo.

—¿Y por eso pensó el rey que erais tan idóneo para venir aquí? Porque habíais conseguido con cierto éxito que unos cuantos españoles soltaran la lengua mientras practicaban esgrima?

—En realidad… me ofrecí voluntario para la tarea. Y si queréis más verdades, si me pusierais la punta del puñal en la garganta, tal vez incluso admitiera que quería embarcarme en una última aventura antes de que mi vida se viera ocupada por la política y los arrendamientos, aunque si repetís eso ante Beacom, yo lo negaré hasta quedarme sin respiración.

Juliet sonrió torciendo la boca.

—Parece que os habéis encontrado con más aventuras de las que esperabais.

—Desde luego que sí —murmuró Gabriel con sequedad—. Ahora puede regresar a casa y jactarse de que se ha follado a la hija del Pirata Lobo.

La paciencia de Varian había llegado al límite y la grosería de Gabriel supuso la gota final. Adelantó el puño con la potencia y velocidad de un martillo de hierro, que alcanzó a Dante debajo del mentón, enviando su cabeza hacia atrás con un crujido y levantándole del suelo con la fuerza. Le siguió de inmediato un segundo golpe en el abdomen y luego un tercero que le dio justo debajo del esternón y le echó hacia atrás junto al borde de la balsa. El joven se levantó tambaleante y se llevó de inmediato la mano a la espada. El sonido del acero deslizante al desenfundarse hizo que Varian retrocediera, pero sólo para inclinarse a recoger del suelo la espada de Juliet.

—Creo que no queréis hacer esto —advirtió.

—No sabéis lo que quiero hacer —contestó Gabriel mientras se secaba una mancha de sangre del labio.

El sonido de las dos cuchillas al chocar hizo temblar las paredes húmedas de la cueva y llevó a Juliet a retroceder de un salto por prudencia para mantenerse a un lado. Conocía las habilidades de su hermano, sospechaba las del duque y, aunque no despegó su mano de la empuñadura de la daga, retrocedió y observó a los dos hombres dar vueltas uno frente al otro como gallos en un ruedo.

Gabriel se apartó con cautela del borde resbaladizo de la balsa, con el brazo que sostenía la espada extendido del todo, sin vacilación alguna. Varian contaba con una leve ventaja en altura y constitución, pero Gabriel era puro músculo y nervio bajo sus ropas elegantes, y su destreza superaba con creces la de su hermano más corpulento. Su sonrisa era de puro placer cuando plantó cara a Varian St. Clare con varias paradas impresionantemente rápidas que atravesaron el aire en una serie de destellos plateados.

Las paredes de piedra resonaban con cada eco mientras las espadas chocaban, se tocaban, se deslizaban e incluso cortaban pequeñas astillas la una a la otra. Los dos hombres se enfrentaron sin romper el ritmo de sus pasos, cada embestida era brusca y eficiente, cada retirada gradual, calculada para arrastrar al oponente aquí o allá. El terreno estaba blando en algunas zonas, el musgo resbaladizo bajo los pies y, en algún momento, al arremeter con excesiva potencia, existía el peligro de que la espada se clavara en la roca, lanzando por los aires fragmentos que saltaban sobre el suelo.

Los dos hombres se quedaron juntos midiendo las espadas, ambos con muecas en el rostro a causa del esfuerzo y el conocimiento de que estaban más igualados de lo que hubieran sospechado. El acero cedió finalmente con una estridente y chirriante protesta, luego Varian consiguió hacer girar la hoja de Dante con un movimiento rotatorio, que casi le obliga a soltarla. Gabriel, sorprendido, se recuperó con rapidez y se giró con agilidad hacia la izquierda, pasando a un contraataque que envió al duque a la orilla, salpicando con el agua hasta la altura de la rodilla. Su mejilla presentaba también un nuevo corte. Era poco más que un rasguño, pero cuando apartó la mano, la tenía mojada de sangre.

Se quedó allí mirando sus dedos tanto rato que Gabriel lanzó una mirada a Juliet y sonrió. Pero oyó el siseo del acero junto a su oreja y comprendió su error demasiado tarde para evitar que un oscuro mechón de pelo fuera cortado de su sien. Gabriel, indignado, se lanzó a otro ataque para vengar aquel insulto. Recibió la respuesta de un torbellino de punzante metal, cuyas embestidas se sucedían con tal furia y rapidez que se vio empujado hasta las sombras más oscuras de la cueva.

Juliet siguió sus movimientos gracias a los sonidos de los gruñidos y juramentos que le llegaban. En un momento dado, Gabriel saltó como una gacela de una estalagmita a otra y recuperó el equilibrio sobre una de sus botas mientras realizaba una parada. A continuación embistió para enzarzarse con Varian en un intercambio jadeante de estocadas antes de volver a saltar de nuevo a suelo firme.

—¡Por Dios, tenéis un brazo ejemplar! —gritó—. No lo hubiera imaginado en un noble con cuello de encaje.

Varian mostró los dientes.

—Me alegra que deis vuestra aprobación. ¿Y ahora vais a hacerme caso cuando diga que no he estado aquí con vuestra hermana para poder fanfarronear? Nunca fue mi intención hacerlo; nunca se me había pasado por la cabeza.

—¿Nunca? ¿Ni una sola vez? —Gabriel se mofó de forma abierta—. ¿Vuestras intenciones eran nobles, virtuosas y honradas? ¿Y no habéis sentido el menor alivio cuando se ha negado a casarse con vos?

Varian bajó la guardia, tan sólo un instante, pero fue lo suficiente para que Gabriel se lanzara sobre la orilla. Entonces fue su puño, no su espada, lo que alcanzó la barbilla de Varian, enviándole hacia atrás sobre el saliente de la orilla y luego al agua iridescente.

Gabriel le observó hundirse en el fondo, luego se volvió a Juliet con mirada triunfante, una mirada que concluyó con un chillido al notar que unas manos le enganchaban por los tobillos desde detrás. Tras perder el equilibrio, se vio arrastrado hasta el interior de la balsa.

Juliet vio la horrible salpicadura y la enorme nube de limo blanco que se formaba mientras ambos caían juntos al fondo.

En el nombre de Dios, pensó mientras se acercaba un poco más al borde de la charca, seguían peleando. La fuerza del agua ralentizaba sus movimientos, pero el acero continuó destellando y sus puños golpeando al contrario como si se tratara de un gracioso ballet subacuático hasta que por fin ambos se quedaron sin aire y tuvieron que salir a la superficie.

Las dos cabezas oscuras salieron entre fuentes de burbujas y gotas relucientes. Varian se quedó allí dando unos pasos, pero Gabriel se dio la vuelta y se fue nadando en busca de aguas menos profundas. Salió goteante, entre risas, y luego se dobló por la cintura para intentar recuperar el aliento.

Detrás de Gabriel, Varian consiguió llegar hasta quedarse con el agua hasta la rodilla, agarrando todavía la espada con gesto cansino.

—Empate —dijo Gabriel entre jadeos—. Debe declararse un empate, sir, pues detestaría tener que atravesaros después de una exhibición tan fantástica.

—Sólo si reconocéis que mis motivos no eran los que insinuabais.

Gabriel se palpó con cautela el mentón, lo movió hacia delante y atrás para asegurarse de que continuaba funcionando de forma correcta.

—Reconoceré que tenéis un buen puño, casi me corto la lengua. En cuanto a lo otro, no tenéis que darme pruebas a mí de vuestros motivos.

Ambos hombres echaron una mirada hacia donde habían visto por última vez a Juliet, pero había desaparecido.

Capítulo 14

Varian se dio un manotazo en el cuello para matar uno de los diminutos mosquitos que no paraban de atormentarle. Pese a que durante la subida los insectos habían sido sumamente molestos, ahora, con el sol muy bajo en el oeste del cielo, eran auténticos caníbales los que pululaban alrededor de su cabeza y hombros en una nube oscura.

Juliet no les había esperado, y el camino de regreso escogido por Gabriel les llevaba bordeando la ladera oriental, pasando junto a varias baterías de negros cañones con largos tubos. Había dos hombres apostados en cada emplazamiento pero aquello, tal y como explicó Dante sin dar importancia, podía aumentar en cuestión de minutos a cincuenta con tan sólo el repique de una campana.

Una vez dejaron atrás los cañones y continuaron por el saliente que transcurría paralelo al canal, la vegetación se espesó considerablemente. A través de las palmeras y los emparrados de adelfas, Varian alcanzó a ver el agua y se percató que aún se encontraban bastante arriba de la pared vertical. Aquí, la vista y la perspectiva eran muy diferentes a las de la cubierta de un barco que navegara por las proximidades, podía ver que el sendero se anchaba con frecuencia, formaba terrazas que permitían situar camuflados en aquellas tribunas hombres con mosquetones que dispararían a cualquier navío que consiguiera pasar bajo los emplazamientos de los cañones. Al observar el agua, clara como la ginebra, alcanzó a ver también gruesos cables que se habían entrelazado formando redes que descansaban en el fondo. Nada más oír una señal, quedarían estiradas y sujetas a montantes situados en ambos lados del pasaje, atrapando en medio a cualquier intruso.

Varian volvió a darse un manotazo y miró enfurruñado la amplia espalda de Gabriel. Al joven Dante no parecía molestarle la nube de mosquitos; mantenía el paso rápido y sólo aminoraba la marcha cuando sabía que se aproximaban a un puesto de centinelas. Llevaba las ropas tan húmedas como los oscuros rizos de su pelo, y sus botas chirriaban con la humedad a cada paso que daba. Pese a la rápida mordacidad mostrada en la cueva, no dio muestras de tener mucho que decir mientras caminaban, se limitó a hablar para hacer alguna pregunta específica.

—Vuestro barco —se animó a decir Varian en un momento—, ¿es el... el *Tribute*?

—El *Valour*.

—Un nombre magnífico.

Gabriel se detuvo de forma tan repentina que Varian casi tropieza con sus talones.

—Casi al final, justo antes de que nos sumergiéramos, hicisteis algo con la muñeca. Un *imbrocade* al que siguió un cuarto de giro. Con tan sólo un poco más de presión podríais haber vencido con facilidad la tensión en mi muñeca y haber enviado la espada dando vueltas, obligándome a soltarla. Teníais la ventaja, señor, pero no continuasteis presionando.

Varian habría respondido de no ser por un bicho que se le metió volando en la boca en el momento en que la abrió.

—Si pensabais que podíais ganarme como aliado para vuestra causa, estabais equivocado. Si hubierais continuado y me hubierais desarmado con honradez, sosteniendo la cuchilla contra mi garganta y manteniéndola ahí hasta que yo os concediera la victoria, os habríais marcado más puntos.

—Ya lo sé para la próxima vez —dijo Varian con voz firme—. Sólo pensaba en...

—¿En librarme de pasar esa vergüenza ante mi hermana? Creedme, lo más probable es que ella se haya dado cuenta de lo que habéis hecho y no me hayáis ahorrado otra cosa que interminables dobles sentidos cada vez que me dirija la palabra. Es una chica lista, nuestra Jolly. Y permitidme haceros una advertencia, si alguna vez os enzarzáis en un duelo con ella, mejor lo dais todo u os cortará en trocitos por el insulto. —Hizo una pausa y sonrió con debilidad—. Es bastante quisquillosa en ese aspecto.

—Eso me había parecido.

—¿Me lo enseñaríais de nuevo? ¿El *imbrocade*? Es un movimiento que no había visto antes.

Varian inclinó la cabeza.

—Desde luego. Aunque no encontré demasiados errores en vuestro ataque. Me tuvisteis en guardia más tiempo del que me gustaría admitir.

Dante sonrió.

—Vaya, me abrumáis. ¿Y era cierto lo que dijisteis? ¿De verdad estudiasteis con Alejandro de Caranca?

—Si me conocierais mejor —dijo Varian sin alterarse— sabríais que mi palabra no se cuestiona y que varios hombres han muerto por ponerla en duda.

Gabriel cruzó los brazos sobre el pecho.

—Si conocierais mejor a mi hermana, sabríais que no se deja influir fácilmente por una cara bonita y un par de brazos fuertes. Fueran cuales fuesen las palabras que le susurrasteis al oído mientras la teníais debajo, no tendrán ningún peso si alguna vez tiene que elegir entre vos y el último de los marinos de su tripulación. En cuanto a mí mismo, si pensara que tenéis intención de dañarle tan sólo un pelo de su cabeza, os rajaría de arriba abajo, os dejaría atado debajo del sol y vería a los pájaros picotear vuestra carne hasta que gritarais enloquecido. Jonas sería incluso más creativo, estoy seguro, y mi padre… bien… basta decir que la locura y la muerte serían una bendición. Sed prudente y tened todo esto presente la próxima vez que os bajéis los pantalones.

A Varian se le confirió el honor de otra fugaz muestra de su deslumbrante sonrisa antes de que el joven Dante volviera a agacharse bajo el velo de vegetación y empezara a caminar. El resto del camino lo hicieron en silencio. Para cuando llegaron a la falda de la ladera, el aire había oscurecido hasta quedarse púrpura y había luces encendidas en las ventanas de ambos pisos de la gran casa blanca, y más centelleando abajo en el puerto.

Juliet no se había demorado en el exterior de la cueva. Cuando ya tuvo la certeza de que aquellos dos locos no iban a matarse entre sí, se había marchado y había emprendido el camino de regreso, demasiado furiosa consigo misma como para confiar en que no fuera a acabar enfrentándose a ambos hombres con su espada.

Había dado rienda suelta a parte de su rabia arremetiendo con salvaje regocijo contra las hojas de las palmeras que se encontraba en el camino de descenso. La otra parte continuaba ardiendo en sus mejillas cuando llegó a casa y empezó a ir de un lado a otro, deseando tener un par de cabezas para romper entre sus manos desnudas: a Gabriel por defenderla cuando a ella no le hacía ninguna falta, y a Varian St. Clare por... por ser un listo y un embustero y porque ella debería haber sido capaz de dejar su cama por la mañana tan sólo con un bostezo y un estiramiento de satisfacción.

Había admitido que era un espía. Había admitido que había venido a las Antillas para vivir una última aventura antes de retirarse a su castillo y a las virtudes de la dicha marital. ¿Tenía razón Gabriel? ¿Era ella también parte de la aventura?

Aunque lo fuera, ¿qué daño había en confesarlo? Ella admitía sin reparos que su motivo era la lujuria, pura y simple. ¿Por qué complicarse más buscando razones ocultas? ¿Por qué ofrecerse en matrimonio como si fuera una especie de panacea? Y, qué diantres, los hombres estaban perfectamente autorizados a actuar motivados sólo por el deseo; ¿por qué puñetas una mujer que siguiera esa pauta tenía que ser redimida al instante de las profundidades de tamaño pecado? ¿Por qué era preciso cubrirla de respetabilidad, sin tener en cuenta si ella quería o no? Varian parecía tener un hueso clavado en la garganta cuando intentó pronunciar las palabras de petición; si ella hubiera dicho que sí, ¿se habría desvanecido igual que su miserable sirviente?

Juliet soltó una maldición y dio una patada a una ofensiva maceta de flores para apartarla de su camino. La punta del pie se llevó la peor parte del golpe, o sea que Juliet se fue saltando hasta la galería para sentarse en el extremo.

Oyó pisadas y alzó la vista. Estaban saliendo del sendero situado en el extremo más alejado del jardín, Gabriel delante, St. Clare unos pocos pasos por detrás. Parecían caminar bastante tranquilos uno en compañía del otro, sin evidencias de la lucha que había continuado una vez ella se marchó. Se les habían secado las ropas casi del todo, pero el viento había despeinado por completo el pelo de Varian, dejándolo revuelto y enmarañado sobre sus hombros.

—Si quieres puedes verificar si hay más agujeros en su camisa —dijo Gabriel con alegría— pero vas a encontrarle entero. ¿Sabes si ya ha regresado nuestro padre?

—No he ido a mirar, pero he oído que llegaban caballos a la parte delantera hace apenas unos minutos.

—Ah, en ese caso, voy a ir a buscar una buena copa de ron para aliviar el dolor en mi mentón. Por cierto, Su Excelencia se ha ofrecido generosamente a enseñarme esa pequeña rotación tan llamativa que hizo al final. —Se detuvo para agitar una espada imaginaria en el aire—. Y yo he prometido dejarle alimentar las aves marinas cuando él quiera.

Hizo una inclinación cortés y se tocó un rizo oscuro antes de continuar su camino. Dejó a Juliet con el ceño fruncido con una pregunta en el rostro.

—¿Alimentar las aves marinas?

—Con mis propias entrañas —explicó de manera sucinta—. Si vuelvo a bajarme los pantalones sin antes pensarlo dos veces.

Juliet suspiró y sacudió la cabeza con visible frustración.

—No nos llevamos ni diez meses. Supongo que eso le hace sentir la necesidad de decir la última palabra.

—Creo que se ha comedido mucho. Si intercambiáramos nuestras posiciones y yo le pillara de forma tan flagrante con mi hermana... —Su voz se apagó durante un momento—. Juliet... hablaba en serio antes en la cueva. Mi oferta era sincera.

Ella frunció el ceño.

—Y vuestros labios están tan tensos de terror ahora como cuando lo habéis dicho antes. Ahorraos vuestros gestos caballerescos, Excelencia, aquí no los necesitamos ni los queremos. He disfrutado con nuestros encuentros, cierto, ha sido así, pero si seguís importunándome con ofrecimientos de matrimonio, seré yo quien os saque la espada. Y hablando de ello...

Juliet tendió su mano y Varian vaciló un momento antes de acordarse de devolverle la espada y el cinturón.

—Comprenderéis, por supuesto —continuó él— que mi querida madre, quien lleva los últimos años intentando que proponga matrimonio a alguien, a cualquiera, se sentirá desolada al saber que la primera vez que esas palabras salen de mi boca, son rechazadas sin más contemplaciones. Y en dos ocasiones.

—Vuestra querida madre debería haber educado a un hijo más sincero.

Él suspiró y ocupó un asiento a su lado.

—He sido más sincero con vos, Juliet, que con cualquiera en toda mi vida.

—¿Cuándo pensabais decirme que erais un espía?

Varian apretó los labios.

—Al haber sido un papel pequeño, desempeñado hace muchos meses, no pensé que fuera significativo. No estoy aquí con ningún otro propósito nefario del que ya he manifestado. No estoy aquí para escribir los nombres de los corsarios amigos de vuestro padre; ya los conocemos. No estoy aquí para evaluar vuestro poder o fuerza; eso también está bastante documentado. Os reconozco que la localización exacta de esta isla ha sido una especie de revelación, pero el mejor cálculo que puedo hacer es que nos encontramos a un día de navegación del Paso de Barlovento, de modo que vuestro padre puede estar del todo seguro de que no seré yo quien la desvele.

Cuando Juliet se volvió encontró los oscuros ojos esperándola.

—Y Johnny Boy que se pensaba que no podíais interpretar una carta de navegación —murmuró.

—No sabría decir si estoy cien leguas a un lado o al otro, pero conozco lo suficiente las constelaciones situadas sobre el ecuador y sé que nos encontramos considerablemente al norte.

—¿Se supone que esto debe ganarse mi confianza?

—¿Llamaría vuestra atención que os dijera que también estoy al corriente del próximo encuentro en la isla de New Providence? Si mis fechas no están tan liadas como mi mente, calculo que la reunión anual de todos los corsarios debería tener lugar en algún momento de la próxima quincena.

—¿Os ha dicho eso Gabriel?

Varian sacudió la cabeza.

—Lo sabía antes de partir de Londres. Ése era el destino del *Argus*.

—¿Ibais a navegar directamente hasta un puerto lleno de corsarios? ¿Y pedirles que retiraran los cañones y os siguieran de regreso a Inglaterra como dóciles corderitos?

—Me autorizaron a ofrecer algunos incentivos excelentes aparte de la amnistía y los perdones.

—¿Títulos? ¿Tierras? ¿Fincas? Ofrecer un título de sir a alguien que ya domina el mar es como arrojar una moneda a alguien para que recoja sus cofres, cuando ese alguien ya tiene tantos cofres llenos de oro que le faltan almacenes para atesorarlos.

Él mantuvo su mirada un momento y luego extendió las manos con un gesto de impotencia.

—En tal caso, no tengo nada más que ofrecer aparte de la verdad. No estoy aquí para espiar a vuestra familia. No tengo intención de estudiar los astros, cartas de navegación o demás referencias para revelar la localización de esta isla a nadie, ni tengo ningún otro motivo escabroso para ello. —Se inclinó hacia delante y la besó con suficiente contundencia como para dejar su boca sin aliento—. Si parecía rígido de terror cuando formulé mi propuesta, sencillamente era porque sois una joven que causáis verdadero terror, y porque me he quedado del todo confundido al ver con qué facilidad dejabais patas arriba todo mi mundo... todo lo que conocía hasta hace unos pocos días como inmutable, sólido y real... transformándolo en algo que apenas reconozco.

Se pasó una mano por el pelo, pero mientras permanecía allí y sus ojos continuaban estudiando el rostro de Juliet, no hizo ningún intento de besarla por segunda vez.

Juliet no sabía si sentirse decepcionada o aliviada. Tampoco sabía si hubiera devuelto el beso o le habría rechazado en caso de que él hubiera vuelto a estrecharla entre sus brazos. Ni siquiera la tranquilizaba un poco saber que ella no era la única que estaba confundida, porque como mínimo había dado por supuesto... en fin, sabía, maldición, que podía confiar en su arraigado sentido ducal de la compostura para mantener este tema entre ellos sin el menor grado posible de complicación.

De seguir así, a continuación él empezaría a soltar declaraciones de amor, y de ella se esperaría que supiera cómo responder.

Se puso de pronto en pie.

—Debemos ir adentro. Me muero de hambre y tengo la boca salada.

Varian se levantó más despacio, tardó más en cambiar de expresión y adoptar un gesto menos comprometedor.

—Si tengo que reunirme con vuestro padre, querría pedir un momento para ponerme más presentable.

—Las ropas que llevabais ayer os daban un aspecto arrogante e ambicioso. La verdad, daréis una mejor impresión con cuero de becerro y batista.

—Confío plenamente en vuestro criterio, señora.

—¿De veras? Entonces preparaos, señor, porque el verdadero jurado y veredicto está dentro.

· · ·

Varian aún no había conocido ni a Lucifer ni a Geoffrey Pitt, aunque sus reputaciones ciertamente les precedían. El cimarrón era posiblemente el hombre más alto y más ancho que había visto en su vida: una enorme montaña negra de músculo reluciente en una esquina de la habitación. Sus ojos eran como dos agujeros sin fondo grabados a fuego en su cabeza, y cuando despegó los labios formando una sonrisa, las puntas limadas de sus dientes destellaron como dagas.

Pitt sólo era un poco menos intimidador. No era tan alto ni tenía una constitución tan sólida como los otros hombres que llenaban la gran habitación, pero su masa muscular, había advertido Juliet, se encontraba entre sus orejas. Tenía una edad similar a la de Simon Dante, cincuenta y pico, pero no tenía el rostro tan curtido ni arrugado y no exhibía canas en las ondas de su pelo decolorado por el sol. Sus ojos eran del color del jade, verdes claros y muy atentos. El hombre que pensara contarle una mentira sin duda era un necio, ya que pese a que tenía una sonrisa en apariencia amistosa, su instinto parecía tan afilado como la hoja de su espada. Prueba de ello era la manera en que su boca se inclinó hacia arriba con una pequeña y especuladora sonrisa mientras desplazaba la mirada de Varian a Juliet y luego de vuelta a Varian al tiempo que ella acababa las presentaciones.

—¿Queréis tomar una copa de brandy con nosotros? —preguntó Simon Dante—. ¿O preferiríais probar el ron de nuestra isla?

—Brandy, gracias. Me temo que mi estómago aún no ha adquirido la tolerancia suficiente a vuestro ron.

Dante, mientras le llenaba una copa y se la tendía, estaba estudiando también el cabello enmarañado, las ropas húmedas, el rasguño reciente en su sien.

—Parece que hayáis tenido un rato complicado, muchacho. ¿A qué nuevo tormento os ha sometido esta vez mi hija?

Por suerte, Juliet aún no había probado su vino y, cuando tosió, sólo soltó aire.

—Se ofreció a mostrarme una vista impresionante de vuestra isla, y ha sido muy amable de llevarme hasta la cima —explicó Varian sin que le diera un vuelco el corazón—. Tengo que decir que estoy asombrado, capitán, ya que domináis todo el horizonte en cualquier dirección. Una lástima que no tengáis influencia sobre los insectos que nos atacaron tanto durante el ascenso como en nuestro camino de regreso.

—Pequeños despiadados, ¿verdad? —Gabriel mostró su conformidad y elevó la copa—. Me vi obligado a emplear la espada para despejar el camino.

—¿Tú también has subido la montaña? —Simon miró a su hijo menor como si una actividad tan extenuante no fuera habitual.

—Me apetecía. —Se encogió de hombros—. Se me ocurrió sin darme cuenta. Aparte, alguien tenía que acompañar a estos dos. Jolly podía haberle arrojado desde el acantilado sin que tuviéramos ocasión de oír su bonito discurso de parte del rey.

Dante miró de forma significativa la magulladura que empezaba a oscurecer la mejilla de su hijo, luego se volvió a Varian y sonrió mientras alzaba la copa.

—A vuestra salud, sir.

—A la vuestra, capitán.

Bebieron y sus miradas se encontraron por encima del borde de sus copas.

—De modo que habéis venido a ofrecer a los hermanos una Obra de Clemencia. Todos los pecados y transgresiones del pasado perdonados sólo con asumir los términos del tratado con España... ¿he captado lo fundamental?

—Hay unos cuantos incentivos adicionales, pero sí. Eso resumiría en una sola frase todos los detalles de los propósitos del rey.

—¿La amnistía ha sido firmada por el rey de propio puño? ¿O encargó el trabajo sucio a uno de sus ministros?

—Fue el propio rey. Fui testigo de la firma con mis propios ojos. Se firmó también en presencia del embajador español, quien luego envió una copia a España.

—¿Tenéis tal decreto con vos?

—Por desgracia, no. Se perdió con el *Argus*.

Jonas refunfuñó desde el otro lado de la habitación.

—Muy conveniente.

Varian se volvió y miró sus ojos color ámbar.

—Bien, así es —añadió Jonas—. Yo podría decir que viajaba con documentos que demostraban que soy el emperador de la China, pero al hundirse con el barco, ¿cómo iba a demostrarlo? Para el caso —añadió Jonas—, sólo tenemos vuestra palabra incluso para saber que sois quien decís ser.

—No tengo ninguna razón para mentir, señor —dijo Varian con

calma—. Y para la mayoría de hombres que conozco, mi palabra es suficiente.

—Mirad a vuestro alrededor. ¿Nos parecemos a la mayoría de hombres que conocéis?

—Oh, por el amor de Dios... —Juliet, que había estado sentada con una pierna por encima del brazo de un sillón. Se levantó y se fue hasta el aparador para volver a llenar su copa de vino—. ¿Por qué no vamos a por un recipiente de aceite hirviendo y le obligamos a sacar una piedra del fondo de la olla? Si la carne se derrite y deja el hueso a la vista, sabremos que miente; si lo saca intacto, sabremos que dice la verdad.

La única persona que respondió al sarcasmo fue Lucifer, que sonrió e hizo un gesto de asentimiento como si aprobara la idea.

Simon hizo girar con cuidado el contenido de su copa.

—Preferiría ofrecer a nuestro invitado el beneficio de la duda, al menos por el momento. Excepto que tengáis alguna buena razón, ¿por qué no íbamos a hacerlo?

Jonas soltó un resoplido.

—No confió en él. Es motivo suficiente para mí.

Isabeau entró andando por la puerta abierta.

—Si sus ojos fueran marrones en vez de azules, eso también sería motivo suficiente para ti, querido Jonas, cuando tienes la tripa llena de ron.

Se fue directa hasta el enorme escritorio de cerezo situado en un extremo de la habitación y dejó caer un fajo de papeles. Los de más arriba estaban enrollados por los bordes; algunos aún tenían trozos de cera pegados al pergamino allí donde se habían roto los sellos.

Se unió a Juliet en el aparador y se llenó una copa de vino, que vació antes de dirigirse a toda su familia.

—He pasado casi todo el día leyendo —anunció—. Aparte de los manifiestos de la tripulación y el cargamento, había diarios, a los que me referiré en su momento, y un fajo desmesuradamente grueso de cartas personales confiadas al capitán para su transporte a España. Los españoles son efusivos, por no decir otra cosa, y se quejan sin parar de la comida, los chinches, las ciénagas, las condiciones de los puertos, el ruido de las barracas de acuartelamiento; hablan de cuánto anhelan regresar a casa, cuánto echan de menos las cálidas llanuras de Castilla, las brisas de los Pirineos, la nieve, los olivares... páginas y páginas de líneas salpicadas de lágrimas, lamentando la difícil situación de sus amantes, queridas, esposas y familias. ¡Casi me quedo sin dentadura de tanto apretar los dientes cada vez que leo el saludo amor mío! —Hizo una pausa y tendió su copa a Juliet para que se la volviera a llenar—. Luego están los informes oficiales de los comandantes, del gobernador, del maldito lacayo encargado de tener manteles limpios en el comedor de oficiales. ¡Y el cocinero! Santo Cristo en la cruz, el pobre desgraciado está fuera de sí por la escasa provisión de *vessie*. Dedica tres páginas al tema. Tres malditas páginas sobre la *vessie*, ¡escritas con una letra que parece que haya usado la pata de un pollo como pluma! Por la sangre de Cristo, ¿qué es *vessie*? ¿Es el nombre de una chica o algo para comer?

Puesto que nadie era capaz de responder, Varian se atrevió a levantar un dedo.

—Si me permitís, creo que es el nombre francés para la vejiga de cerdo, que se emplea para cocinar al vapor algunas carnes o estofados.

—¿No podría emplearse también para aliviar el dolor de cabeza y la vista cansada? Si fuera así, pediría una caja para mí. La verdad es que me encontré apuñalando la carta una docena de veces para sentir cierto alivio. Los trozos están ahí, justo al lado de una segunda carta del mismo pobre desgraciado, en la que se lamenta del hecho de que, pese a haber más de veinte barcos en Barranquilla preparándose para partir con destino a La Habana y unirse a la más gloriosa armada que él haya visto partir en toda su vida, ay, no estaba destinado a bordo de ninguno de tales navíos.

—Dios bendiga a los cocineros que aspiran a cosas importantes —reflexionó Gabriel en voz alta.

—Por suerte para nosotros, no siempre fue cocinero —continuó Isabeau—. Por lo visto su familia quería que fuera sacerdote, pero él prefirió adorar el altar de la gula en vez del otro, y deduzco que le mandaron a Nueva España como castigo. Creedme, me conozco de memoria todas sus desgracias y quejas, incluso el estado de sus tripas… Vos debéis de ser el duque de Harrow —dijo alegremente mientras daba un paso hacia delante.

—Condesa —dijo él realizando una inclinación formal—. A vuestro servicio.

—¿Condesa? Corréis el riesgo de que os vuelvan a apuñalar, sir, si os dirigís a mí de este modo otra vez. Podéis llamarme Beau, ¿y yo os llamaré…?

—Varian. —Pareció sorprendido por la instantánea falta de ceremonia, casi tan sorprendido como le dejó su horrorosa metedura de pata al tender la mano de forma instintiva en busca de una ausente mano la cual besar—. El honor y el placer, por supuesto, son míos.

Ella estudió su rostro con ojos entrecerrados.

—Veo que mi hija ha estado practicando otra vez sus remiendos. Has mejorado, querida —añadió sonriendo por encima del hombro—. Y te estoy agradecida ya que sería una pena estropear a un tipo tan apuesto.

Varian tocó la herida de su mejilla con las puntas de los dedos. Aparte de una breve mirada mientras Beacom le afeitaba el día anterior, había evitado de forma intencionada examinar la herida que discurría paralela al nacimiento del pelo. Apuesto no era la palabra que hubiera aplicado a lo que vio reflejado: una masa de hilos anudados y magulladuras moteadas.

—En cuanto al diario —explicó volviéndose a su marido— parece el dietario de un viaje. El capitán llevó la nave desde La Habana a Nuevo León, en Méjico, luego fue hacia el sur a Vera Cruz, donde recogió su cargamento de monedas de plata. Desde allí continuó en dirección sur hasta el istmo de Nombre de Dios, donde accedió a llevar cajas de especias procedentes de los galeones de Manila que sobrepasaban la carga que los buques mercantes podían alojar. También reclutó al capitán Recalde y a un centenar de soldados del cuartel. Una semana después de que partieran de Nombre de Dios, por lo visto el capitán de navío del *Santo Domingo* tuvo un accidente, se cayó desde la cubierta del castillo de proa durante una tormenta y se rompió la espalda-, momento en el cual Recalde asumió el puesto. Hicieron escala en Porto Bello, Barranquilla, Cartagena y en la isla de Margarita. En cada parada, recogían cargamento y más soldados con destino a La Habana. En su última parada, cuando ya se dirigían hacia el norte, hacia La Hispaniola, el capitán encontró, para alivio suyo, un gran número de barcos esperando en el puerto: dieciocho para ser precisos. Algunos de los soldados que habían subido antes a bordo fueron transferidos a esos buques para aligerar sus abarrotadas cubiertas, que en algún momento alojaron casi a setecientos hombres.

—¿Setecientos? —preguntó Juliet.

—Sin incluir a los marineros. De modo que aún tuviste más suerte de la que crees, cariño; de haberos topado con el *Santo Domingo* una semana antes, os hubieran superado en una proporción de seis a uno en vez de tres a uno.

Geoffrey Pitt tenía el ceño fruncido.

—¿Dieciocho buques en La Hispaniola? Lo normal sería seis o siete.

—Y no olvidéis el informe del Holandés, que vio más barcos de los habituales a la altura de Maracaibo —añadió Gabriel—. De todos modos, tal vez querráis preguntar a nuestro invitado sobre ello. Tiene una intrigante explicación sobre la coincidencia de tres flotas en La Habana para juntar un centenar de galeones cargados de tesoros, a la espera de partir de regreso a España.

—¿Un centenar de galeones? No ha habido una flota de ese tamaño desde...

—Más de veinte años —dijo Varian ahorrando la molestia a Pitt.

—Yo diría más bien que cerca de treinta —añadió Isabeau con calma—. Ésa fue la última vez en que ordenaron regresar a casa a todas sus naves, y en especial a sus buques de guerra, y, no, no fue por la coincidencia de tres flotas. Fue como preparativo a la campaña de la Felicísima Invencible, la mayor flota invasora que haya conocido el mundo, que atacó Inglaterra la primavera siguiente. ¿Entendéis español, Varian?

—Pues... sí, sí que lo entiendo.

—Bien. Entonces esto será de especial interés para vos. —Regresó con un fajo de papeles que había dejado encima del escritorio y levantó la hoja superior. Era una sola hoja de pesado pergamino que aún llevaba los restos de dos sellos de cera y la firma recargada del gobernador de Nueva España.

—Parece ser que el rey ha llamado a todos sus oficiales de mayor rango y ha ordenado al grueso de tropas y buques de guerra que regresen a Castilla. Se permite incluso alguna fanfarronería, pues manifiesta haber conseguido convencer al rey inglés de que respetarán una paz duradera, y cree que con el regreso de la flota de las Antillas contarán con hombres y con naves suficientes, así como con los medios financieros necesarios para lanzar otra armada invasora a principios de año. De este modo, por fin vengarán el honor de sus nobles antepasados y al tiempo erradicarán a los herejes de Inglaterra de una vez por todas, devolviendo el poder y la gloria al único Dios verdadero. —Isabeau se adelantó y entregó el documento a Varian—. Según entiendo, os han enviado aquí para convencer a mi marido y a otros corsarios de que mantengan las naves en puerto. ¿Estáis del todo seguro de que tal cosa es lo que queréis hacer?

Capítulo 15

Varian fue invitado a acompañar al Pirata Lobo y a Geoffrey Pitt a la sala de derrota. El lugar ocupaba una de las áreas más grandes de la planta baja y, como su nombre indicaba, recogía enormes e impresionantes reproducciones de continentes y tramos de costa, pintadas directamente sobre dos de las paredes de cuatro metros de altura. Los territorios que constituían las posesiones españolas en el Nuevo Mundo, lo que ellos conocían como Spanish Main, ocupaban todo un cuadrante e incluían detalles minuciosos del litoral que se extendía desde el extremo de Florida, bordeaba la costa del golfo hasta el reino de Nuevo León, seguía luego hasta Yucatán y Panamá, y recorría la costa norte de Tierra Firme, desde Cartagena a Paria. Dentro del gran golfo estaban pintadas las islas de las Antillas Mayores, las islas de Baja Mar y las Caribes. Cada ciudad, puerto, cayo o islote conocido estaban identificados con precisión; las rutas navales y corredores también estaban marcados, al igual que la delgada línea azul de latitud que denotaba el Trópico de Cáncer.

Inglaterra, la costa occidental de Europa y el Mediterráneo llenaban la otra pared, mientras que el tercer muro estaba lleno de estantes de libros, soportes y más soportes llenos de mapas, cartas de navegación y cartas astrológicas. En la cuarta pared se encontraban las puertas abiertas que daban a la terraza, pero entre los dos altos ventanales había una mesa enorme del tamaño de una mesa de banquetes, sobre la cual se habían instalado un enorme mapa tridimensional de las posesiones españolas en América. Mostraba islas con todas las referencias reconocibles, canales, arrecifes, litorales y ríos. Los fortines se reproducían con pequeños bloques de piedra sobre los que ondeaban diminutas banderas que identificaban la nación que controlaba la isla o puerto. La mayoría de ellas eran españolas, pero había una cantidad sorprendente de banderas francesas y holandesas que indicaban los avances de tales naciones, especialmente en las islas Caribes más orientales.

En ambos extremos de la sala había escritorios, una mesa de dibujo, varias sillas diferentes y pequeñas mesas de lectura. Varian alzó la vista al techo y, lleno de incredulidad, también vio, suspendido allí encima cubriendo toda la superficie, un mapa de las constelaciones estelares idéntico a lo que podía verse si uno se subía al tejado y observaba el cielo.

—Obra de mi esposa —dijo Simon Dante mientras esperaba el tiempo necesario para que Varian absorbiera los sorprendentes detalles y volviera a cerrar la boca—. Se mantuvo más activa que una piraña durante sus tres embarazos: yo tenía que ocuparla de algún modo o dejarla en una isla durante varios meses.

—Confieso que me he quedado sin palabras. Nunca había visto un trabajo tan extraordinario, ni siquiera en iglesias o en catedrales. Los almirantes del rey darían su alma por tener una sala como ésta.

Dante sonrió como si agradeciera el cumplido y sirvió tres copas de ron. La cena había estado regada por un derroche de vinos: un peleón vino del Rin de mucho cuerpo con la sopa, un fragante madeira con los platos de gambas y langosta, y un borgoña seco aterciopelado con el añojo y la ternera. El cognac francés se había servido con platos de fruta y queso de postre, después de lo cual habían disfrutado del ron de caña de azúcar en la terraza mientras fumaban voluminosos puros holandeses. Aunque Varian tendría que estar mareado para entonces, se encontraba sorprendentemente centrado y despejado. Sin duda la rabia desempeñaba un papel importante en su sobriedad, ya que no sólo había leído el documento que Isabeau Dante le había enseñado, con la llamativa rúbrica, sino que había estudiado una docena de escritos más, que aislados no decían gran cosa aparte de rumores y cuchicheos. Si se consideraban en conjunto hablaban de traición y de astucia, engaños e incumplimientos. La perturbación, la confusión, apenas le habían permitido participar en ninguna de las conversaciones mantenidas en torno a la mesa del comedor. Advirtió que Pitt y Simon Dante intercambiaban algo más que unas breves palabras entre ellos, y le estudiaban como si intentaran calibrar su verdadero carácter. Por lo tanto aceptó con cierto interés y cautela la invitación a unirse a ellos en la sala de derrota.

—Entiendo que habéis servido en el ejército.

—Sí, durante nueve años.

—Debisteis de conseguir vuestro puesto muy joven.

—Con dieciséis años. Tenía dos hermanos mayores más interesados en los negocios y asuntos familiares. El ejército me ofrecía una práctica vía de escape.

—¿Y vuestros hermanos?

—El mayor, Richard, murió hace casi cinco años. Lawrence murió en un duelo.

—Lo cual os elevó a vuestra posición actual de duque, ¿deduzco bien? No obstante, parece que habéis continuado a servicio del rey.

Varian se encogió de hombros.

—Había guerras de poder en la corte y, con tanto lobo rondando, no parecía el momento conveniente para dar muestras de falta de lealtad.

—La lealtad es una cualidad admirable en cualquier hombre, sean cuales sean los motivos —manifestó Pitt—. Debéis de haber destacado en vuestro puesto para veros ascendido a capitán de la Guardia Real tan joven.

—Si destaqué en algo fue en estupidez. Un día me entregaron una nota en la que se advertía de una conspiración para hacer saltar por los aires el Parlamento al día siguiente mientras el rey lo inauguraba. Entré a la carga sin pensarlo dos veces, registré los sótanos, encontré al culpable y arranqué la mecha del barril de pólvora cuando quedaban sólo unos centímetros para que estallara.

Dante se rió.

—No me extraña que el rey tenga ahora tal aversión al Parlamento. No obstante, dudo que os concedieran el puesto sólo como recompensa por arrancar una mecha de un barril de pólvora. La vieja Gloriana también tenía vista para los jóvenes gladiadores. Podía tener de pie ante ella a diez luchadores con cuello de toro y escogía de modo certero aquél con suficiente ardor en la mirada como para ganar la pelea. Es más, cualquiera que pueda impresionar a mi hijo con sus habilidades como espadachín, tenéis que enseñarme ese movimiento del que Gabriel no para de hablar, no lleva el uniforme de capitán sólo porque sea guapo. Ni tampoco se le encomienda que recorra varios miles de leguas con el fin de persuadir a unos pocos piratas para que dejen las armas si no se ha ganado antes la confianza y el respeto de sus pares. Confianza, tengo que añadir, que parece merecida, pues lo cierto es que sois reservado. Tengo la impresión de que seríais un formidable adversario jugando al ajedrez. Pero basta de halagos. Habladme de este rey. ¿Cuál es el clima en el país con un rey escocés en el trono?

—Os garantizo que el pueblo le prefiere a él que a un español —respondió Varian con calma.

Dante sonrió.

—Y vos, sir, ¿qué preferiríais?

—Preferiría no verme en el aprieto de tener que escoger.

Los penetrantes ojos plateados se entrecerraron.

—Yo tampoco. De modo que mejor dejamos Inglaterra a su propio destino, ¿os parece? Podéis regresar a Londres y alardear de haber conocido al Pirata Lobo y de haberle convencido con diligente y sobrecogedora convicción de que respetara la paz. Yo, entre tanto, una vez advertido de las abrumadoras circunstancias que nos amenazan, y hostigado por las consecuencias de desobedecer un edicto real, mantendré mis buques en puerto y dejaré que la flota que transporta el tesoro más rico de toda la década parta de la Habana sin ser importunada.

Varian sintió que el nudo que tenía en el pecho se comprimía. Mirar a Simon Dante a los ojos era como mirar un mundo de sal y espuma de mar, de horizontes interminables y velas hinchadas, de cañones humeantes y violencia espeluznante. Sólo podía imaginar el tipo de fortaleza, astucia e inteligencia que un hombre necesitaba para sobrevivir durante treinta años en medio de las aguas más peligrosas de la tierra. Pero lo que sí podía afirmar con toda certeza era que ni la cobardía ni la cautela desempeñaban papel alguno en ese destino que había cobrado forma.

—Si hubiera otra opción —preguntó con calma—, ¿cuál sería?

Los ojos de Dante centellearon.

—Tal y como yo lo veo, tenemos dos opciones. No hacer nada o intentar hacer algo. La parte de no hacer nada es fácil. El «algo» es lo que no se puede tomar a la ligera y podría requerir más de lo que algunos de nosotros estamos dispuestos a dar.

—Si intentáis alarmarme —dijo Varian—, lo estáis consiguiendo.

Pitt había cruzado la habitación y estaba contemplando el mapa de Inglaterra.

—Lo lógico y práctico es enviaros a casa con la debida celeridad, Vuestra Excelencia, armado con todas las pruebas posibles que podamos facilitaros contra la duplicidad de España. Entonces dependería de vos convencer al almirantazgo de que Felipe no tiene intención de respetar la paz. Todo lo contrario: su única intención es preparar otra flota invasora y declarar una guerra abierta. —Se detuvo y miró un momento por encima del hombro—. Perdonadme si me repito, pero me ayuda pensar en voz alta. —Se volvió al mapa—. Con suerte, un barco rápido con climatología perfecta y fuertes vientos del noroeste tardaría cinco semanas en cruzar el Atlántico. Una vez en Londres, cualquier carta o documentación tendría que ser estudiada e interpretada por veinte consejeros, quienes tendrían entonces que discutir y debatir la prudencia de confiar en la palabra de un puñado de filibusteros que bien podrían haber escrito ellos mismos los documentos con el fin de justificar su propia *guerre de course*. Según vuestros poderes de persuasión, Vuestra Excelencia, tal vez algún astuto almirante podría, y digo podría, enviar algún barco a espiar a lo largo de la costa de España, pero es altamente dudoso... Sin pretender faltar a vuestra rectitud, estoy seguro de que defenderéis con firmeza e insistencia vuestras convicciones, y también con pasión, no obstante las salas consistoriales están llenas de hombres mayores. Tenemos un rey que ha estado más enfrascado en el encargo de una nueva versión de la Biblia que en el estado de su ejército y su armada. Vacilará y cavilará y, a menos que disponga de más pruebas que unas pocas cartas de un cocinero contrariado en Nombre de Dios, os dará un golpecito en la cabeza y os dará las gracias por vuestras observaciones, luego os enviará a vuestra finca en el campo a matar faisanes.

—Entretanto, la flota de La Habana habrá partido. Llegara a Cádiz sin apuros, y allí sumará a su armada unos cuarenta buques de guerra del tamaño del *Santo Domingo* y unas docenas de galeones reparados. Luego contarán con el invierno para prepararse, mientras envían a Londres mensajes floridos de armonía y buena voluntad, y en primavera lanzarán una flota llena de los hijos y sobrinos de los nobles oficiales y valientes soldados que murieron en el primer intento fallido de invasión. Navegarán con la venganza en sus corazones y con la moral alta, con la confianza de que Inglaterra no tendrá esta vez una fuerza formidable de corsarios para acudir en su defensa porque todos hemos recibido órdenes de mantener la paz.

—Pintáis un cuadro bastante funesto —dijo Varian.

—¿Encontráis algún error?

La verdad era que no. Cuando el embajador español empezó a plantear la posibilidad de abrir las Antillas al comercio legal con Inglaterra, el rey se había sentido halagado y complacido consigo mismo, y como buen escocés, harían falta más de treinta barriles de pólvora bajo su culo para que reconociera la posibilidad de que le hubieran embaucado.

—Hay otra opción —dijo Dante con tranquilidad, apartando los pensamientos de Varian de las salas consistoriales del rey—. Exigiría un salto tremendo de fe por vuestra parte, y lo más probable es que acarreara acusaciones de traición, sedición y piratería. También requeriría unos cojones del tamaño de un proyectil de hierro de treinta y dos libras.

Varian se quedó mirando la firme mirada plateada. El silencio era tan completo en la habitación que se oía el siseo amortiguado de las velas sobre el escritorio y el tañido distante de la campana de un barco en algún lugar del puerto.

—Sin duda sabéis captar la atención de un hombre, capitán.

Dante reconoció el cumplido con una lenta sonrisa.

—Ni siquiera he disparado aún mi artillería pesada.

Cruzó la habitación e indicó el mapa de las Indias Occidentales, en concreto un puñado de puntos situados justo al sur de la cadena de las islas Baja Mar, con una proximidad espeluznante a La Hispaniola.

—Estamos aquí, en Pigeon Cay. Esparcidas por el sur y el este hay más de una veintena de islas y puertos que sirven de refugio —vaciló durante un momento antes de escoger las palabras— para caballeros compañeros de desventura y de mentalidad parecida. Como podéis imaginar, la partida de los convoyes en primavera y otoño atrae cierto interés por parte de estos caballeros y, como media, podríamos esperar unos diez, tal vez quince capitanes presentes en el encuentro de New Providence. La flota partirá de La Habana dentro de las próximas cuatro o seis semanas. Si actuamos con rapidez, podemos mandar nuestra pequeña flota de pinazas a las islas y puertos vecinos, y si ofrecemos los incentivos apropiados, podríamos despertar el interés de treinta, tal vez incluso cuarenta capitanes con suficiente curiosidad como para oír lo que tengáis que decirles en New Providence.

—¿Y qué tengo que decirles?

Pitt pasó a su lado y dio una palmada en el hombro a Varian.

—Sois el emisario del rey, ¿cierto? Trajisteis documentos con el sello real que ofrecían a todos los corsarios una amnistía a cambio de respetar la paz, ¿no es así? Bien... sencillamente redactaremos de otra manera esos documentos para ofrecerles perdón total así como la parte correspondiente de los botines de cada barco que capturen o hundan, o en definitiva que disuadan de llegar a España.

Varian se quedó boquiabierto.

—De todos modos, media docena de ellos ni siquiera saben leer —explicó Dante— de modo que lo único que tendréis que hacer es menear un pergamino que parezca oficial ante sus cabezas. La otra mitad son nobles que en algún momento de su vida habrán dado algún mal paso en la vida, pero que siguen siendo incondicionalmente leales al rey y al país. Tendremos que conseguiros algunas selectas ropas ducales y rizaros un poco el pelo, pero mi hija me asegura que sois la misma imagen de un enviado real cuando os ponéis encaje plateado en la garganta y un par de plumas púrpura en el sombrero.

—Pero... no tengo tal decreto, ni nada que exhiba tan siquiera el sello real.

Pitt sonrió y dirigió una mirada a los murales pintados.

—Lo tendréis. Y parecerá tan auténtico que el mismo rey pensaría que lo había escrito de propia mano.

—Aún más importante —añadió Dante—, nos tendréis a nosotros para respaldaros. Si los capitanes saben que los Dante se han comprometido, se lo creerán y se unirán a la iniciativa sólo con que se les asegure que obtendrán la parte correspondiente del botín. Y en cuanto a eso, yo diría que soltar treinta corsarios sobre una flota de buques cargados con tesoros, y en especial si estos corsarios no están abrumados por la culpabilidad de alterar los manifiestos para cuadrar el diez por ciento que aportan a la corona, producirá los mismos resultados que arrojar un puñado de monedas de oro a una multitud de mendigos.

—¿Y no podemos decirles la verdad sin más? ¿Que España planea otra invasión y que Inglaterra necesita su ayuda?

—¿La misma Inglaterra que ha amenazado con declararles piratas fuera de la ley y que ha puesto precio a sus cabezas? ¿La misma Inglaterra que mira a otro lado cuando uno de sus buques es capturado y la tripulación se ve obligada a trabajar como esclavos en las minas? ¿La misma Inglaterra —añadió con tranquilidad— que permitió que la última flota de corsarios que acudió en su rescate pasara hambre a centenares y muriera de tifus y fiebre en barcos apestosos anclados en el Támesis? ¿Alguna vez, Vuestra Excelencia, os han emplumado?

Varian se sonrojó. Apenas tenía tres años cuando sir Francis Drake reunió a los halcones del mar para defender la costa inglesa contra la última armada «invencible», pero recordaba que la tremenda victoria se había visto empañada por las historias sobre el trato que recibieron después las tripulaciones. Multitud de marinos se vieron obligados a permanecer en puerto durante meses, sin cobrar, sin recibir apenas provisiones, con la prohibición de bajar a tierra. Cientos de hombres valientes pasaron hambre y murieron de enfermedad y, cuando la corona por fin les pagó por sus servicios, no era ni una quinta parte de lo que había prometido. Para agravar el insulto, la reina culpó a Drake de no haber alcanzado a los españoles en su huida y, al final, cayó en tal desgracia que se vio obligado a retirarse y acabar sus días casi rozando la pobreza.

—El nombre y leyenda de el Draque aún hace temblar a muchos hombres maduros aquí en las Antillas —comentó con sequedad Simon—. Yo le consideraba un poco engreído, pero nadie puede discutir sus éxitos contra los españoles. Salpicad de modo inteligente vuestra retórica con su nombre y conseguiréis que resurja el fantasma de la gloria y la victoria.

—Treinta buques contra un centenar sigue siendo una proporción con pocas probabilidades, capitán.

—Por supuesto. Por eso tendremos que trabajar rápido para mejorarlo de algún modo.

—No entiendo.

—Los españoles son arrogantes y, debido a esta misma arrogancia, se resisten a cambiar. No sólo continúan enviando sus tesoros en sus flotas dos veces al año según un programa regular, sino que el punto de desembarco, la ruta, el método de protección, no ha cambiado a lo largo de un siglo. Sus tácticas de combate también son predecibles, pues sólo hay una manera de que unos buques inestables por su elevada estructura y aparejos de cruz puedan conseguir cierta ventaja, y esa manera consiste en apartarse y apuntar con sus cañones al enemigo, luego acercarse y dejar la batalla en manos de sus soldados. Y por tal motivo la mitad de la dotación de un galeón se compone de soldados que no saben distinguir un nudo de velocidad del nudo de un cabo. Por la misma razón, el mando está dividido. Existe el capitán de mar que supervisa a los marineros y el capitán de navío que está al mando de los soldados y también al mando de todo el barco durante la batalla. La mayor parte del tiempo, ninguno de los dos sabe nada de lo que hace el otro, por consiguiente siempre hay cierta confusión a bordo; aún más si los dos comandantes no se llevan bien y convierten todo el asunto en una competición sobre quién mea más lejos. ¿Más ron?

Varian bajó la mirada a su copa y le sorprendió ver que estaba vacía.

—Por favor.

Después de que los hombres volvieran a llenar sus copas, Dante inclinó la cabeza como gesto de invitación a Varian para aproximarse a la mesa topográfica. Cogió una candela de encima de la repisa y la encendió con una de las velas que había sobre el escritorio, luego acercó la llama a los candelabros de múltiples brazos colocados en cada esquina de la mesa. Las velas llevaban unas pantallas curvadas de metal pulido que enfocaban toda la luz hacia abajo, sobre el tablero. El efecto creó sombras tras las cordilleras de montañas y dio una sensación de profundidad más realista a las islas y canales.

Entretanto, Pitt había sacado de debajo de la mesa un puñado de pequeñas réplicas de galeones talladas en madera. Empezó a distribuir buques por los puertos localizados en toda la mesa y, mientras lo hacía, los iba nombrando. Colocó un grupo especialmente numeroso en los dos puertos principales de Vera Cruz y Nombre de Dios.

—En algún momento de las próximas cuatro semanas, todos estos buques partirán de su puerto —indicó la mesa de un lado a otro— y se dirigirán a La Habana.

Varian observó con interés mientras Pitt y Dante empezaban a mover los buques para llevarlos a alta mar en medio del golfo, dirigiéndolos en escuadrones rumbo a La Habana. En un momento dado, percibió otro movimiento por el rabillo del ojo y echó un vistazo hacia la puerta a tiempo de ver a Juliet que entraba a hurtadillas en la sala. No se acercó a la mesa, tan brillantemente iluminada, sino que continuó retirada entre las sombras, con los hombros apoyados en la pared.

—Al Holandés le gusta batir por aquí —dijo Pitt mientras colocaba un buque que había sido pintado de verde en frente de las islas marcadas como las Pequeñas Antillas. Un buque azul, lo cual indicaba que se trataba de corsarios franceses, fue colocado al oeste de las

Caribes, y un tercer barco pintado de rojo se metió entre las islas Baja Mar—. Los franceses están decididos a ocupar posiciones al sur del Caribe, de modo que concentran sus esfuerzos ahí, mientras que los ingleses prefieren el estrecho de Florida, donde los galeones cogen las corrientes del golfo e inician su salida al Atlántico. En definitiva, mientras todos tengamos un enemigo común y rico, los españoles, existe cierto grado de cortesía entre las diversas nacionalidades. Con esto no quiero decir que un holandés no vaya a sacar a un francés del agua si se le presenta la oportunidad, pero por regla general intercambiamos información cuando nos conviene hacerlo a todas las partes.

—Por ejemplo, si nuestros hermanos del sur y del oeste se enteraran del aumento del número de buques con tesoros que se dirigen a La Habana —dijo Dante—, se embarcarían gustosamente en una frenética campaña por su cuenta. Sólo con que tengan un éxito moderado, correrá la voz de los ataques por todo el resto de la flota española, algo que pondría nervioso al almirante antes incluso de la partida de sus buques.

—Los españoles son predecibles también de otro modo. —Pitt continuaba maniobrando los buques en dirección al puerto de La Habana y los alineaba en una procesión ordenada en dirección norte—. Les gusta poner delante los buques de guerra más formidables y reparten naves de menor porte y menor arsenal a cada flanco, dejando en la retaguardia buques más pesados. Los buques con los tesoros van aquí —indicó— en medio. Una flota de este tamaño tardará al menos dos días en salir del puerto. Debido a los vientos y corrientes imperantes en esta época del año, el convoy se estirará a lo largo de veinte leguas o más hasta conseguir poner en formación a los más rezagados, tras los cuales cerrará la comitiva la guardia posterior, los perros pastores que llevan el rebaño. Una vez que la flota adquiera la formación final, será casi impenetrable, por lo cual, en cuanto hayan salido a aguas del Atlántico, sólo un insensato intentaría un ataque. Pero aquí —tocó con su largo y afilado dedo el puerto de La Habana y lo llevó por el corredor que transcurría entre la costa oriental de Florida y las islas Baja Mar— es donde son más vulnerables, ya que hay cientos de cayos arenosos, de poca profundidad, donde esconderse. Es la zona en la que las corrientes son más fuertes. Pocos barcos pueden cambiar de borda una vez ahí. Lo único que tiene que hacer un capitán emprendedor es esperar a que pase una linda perrita, luego lanzarse deprisa y atacar por detrás.

—Tal como lo explicáis suena muy fácil.

—¿De veras? Si os he dado esa impresión, borradla de inmediato de vuestra mente. Las condiciones del estrecho son las mismas para el predador que para la presa, y aunque os garantizo que nuestros barcos son más ligeros y rápidos, lo cual confiere una ventaja clara en cuanto a maniobrabilidad, no lo tienen nada fácil. Si no se consigue a la primera, puede llevar una hora o más recuperar la posición a barlovento y, para entonces, el elemento sorpresa se ha perdido y los cañones del galeón estarían cebados y listos para disparar.

—No obstante, si tuviéramos éxito —dijo Dante— contaríamos con una excelente ocasión de romper el convoy, obligar a algunos de sus barcos a ponerse a cubierto tras las islas, metiéndose entonces de lleno en las bocas hambrientas y en los cañones de nuestros hermanos.

Una vez más, Varian se quedó impresionado por la intensidad penetrante de los ojos plateados. Era la misma mirada que había visto en los ojos de Juliet en la cubierta del *Santo Domingo* mientras luchaba contra los españoles, y era el mismo poder intoxicador que había visto en sus ojos cuando habían ascendido a la cima y había estirado los brazos en toda su extensión para atrapar el viento.

«Más allá de este lugar hay dragones.»

El eco susurrado en las palabras de Juliet volvió a él con el estremecimiento del entendimiento. Los antiguos cartógrafos sabían más de lo que sospechaban, ya que Varian había llegado de hecho al extremo del mundo que él conocía y comprendía. Más allá de esta sala, más allá de los límites de esta isla paradisíaca, había dragones esperándole, demasiado numerosos incluso para empezar a contarlos. El siguiente paso que iba a tomar sería decidir el camino a seguir. Continuar hacia delante era pasar la línea del horizonte y arriesgarse a los peligros que ahí yacieran. Retroceder era retirarse a donde las cosas eran racionales, ordenadas y seguras, donde los riesgos los tomaban otros más aptos para la tarea. Era una decisión suya y sabía que una vez le atrapara la corriente, no habría marcha atrás.

Varian desplazó su mirada de Simon Dante a Geoffrey Pitt, y luego a la figura silenciosa, observadora, que se hallaba entre sombras. La opresión en el pecho creció casi hasta sentirse mareado. Sin tan siquiera mirar abajo para verificar la profundidad de la caída, sintió que empezaba a arrojarse hacia delante desde el extremo del precipicio.

Capítulo 16

—*S*acad los cañones, señor Crisp. Dispararemos tres descargas, con una ración extra de ron para el grupo más rápido.

—Sí, capitana. —Con una sonrisa, Nathan miró desde la baranda hacia abajo, al combés del barco. Los hombres estaban esperando la orden y miraban con expectación en dirección al alcázar. Tras salir de Pigeon Cay, habían superado las recortadas púas del arrecife de coral, y tendrían que largar velas para alcanzar a las cinco pirámides majestuosas de lona del *Santo Domingo* que tenían más adelante, pero en este viaje no se podía dejar nada al azar. Tras permanecer en puerto durante ocho días, Juliet quería que todos los cañones se dispararan, se limpiaran y se cargaran con munición nueva. No había nada más condenatorio que un cañón sin utilizar en el calor y la humedad tropical. Pese a los tapones de cera, la humedad de la lluvia y el rocío podían filtrarse en los oídos del cañón y degradar la pólvora, provocando un fiasco en el momento en que se acercara una cerilla. Su padre y hermanos habían tomado precauciones similares, igual que Geoffrey Pitt, que había sacado su elegante *Christiana* para su viaje inaugural.

A Lucifer se le había asignado el mando del *Santo Domingo*, su tripulación una vez más complementada con el teniente Beck y sus ingleses. Para ser sinceros, de no haber sido porque el propio Beck se había presentado ante ella con un brioso saludo y una oferta para ayudar a hacer navegar el galeón, Juliet no hubiera confiado en que el *Santo Domingo* hubiera conseguido salir de Pigeon Cay. Beck había admitido que la idea no era suya. Fue Varian St. Clare quien se acercó a él, le puso al corriente de la situación y de las intenciones españolas de reunir otra flota invasora, y dejó a la conciencia del teniente la decisión de embarcarse en un buque rápido para regresar a casa con las noticias, o quedarse y pelear.

Beacom, a quien se le ofreció una opción similar, se encontraba en aquellos momentos pálido y encogido al lado de Varian, con las manos tapando sus orejas mientras se transmitían las órdenes de sacar los pesados cañones de las troneras.

En cuanto Nathan dio la orden, los artilleros abrieron las portas, retiraron de un golpe las cuñas que bloqueaban las ruedas de las cureñas y procedieron a fijarlos en sus posiciones. Habían sacado las ocho medioculebrinas de veinticuatro libras de la cubierta principal así como las doce culebrinas de treinta y dos libras de la cubierta inferior. El mando de los artilleros de la batería de estribor recorrió la hilera a toda prisa para verificar los encañonamientos y la disposición de sus hombres, entregando al pasar lanzafuegos encendidos a cada equipo. El mando de la batería de babor hizo lo mismo, deteniéndose en una ocasión a dar una patada en el trasero de un hombre que había permitido que uno de los cabos se aflojara.

—¡Estribor listo!

—¡Babor listo!

—Dispuestas tres andanadas, caballeros. ¡Fuego a discreción!

Las palabras aún no habían salido de la boca de Nathan cuando el estruendo de la explosión de los veinte cañones barrió ambas cubiertas. El sonido se propagó por el maderamen e hizo temblar los mástiles. Las nubes de denso humo blanco surgidas de los cañones transportaron un fuerte hedor a sulfuro y cordita que ascendió por todas las cubiertas.

Aprovechando el retroceso, los equipos volvieron a fijar las moles en sus posiciones una vez quedaron metidas en el interior del casco. Mientras un hombre limpiaba el tubo del cañón con una esponja y agua, otro permanecía a la espera con una carga de pólvora y un cucharón; un tercero con la baqueta y el relleno de tela, y un cuarto estaba listo con un proyectil de hierro fundido. Otro hombre introducía la carga de pólvora a través del oído del cañón y añadía una cantidad de pólvora de encendido con su cuerno. Cuando el equipo concluía, el cañón volvía a sacarse y el extremo encendido del lanzafuegos se aplicaba a la carga iniciadora.

Juliet estaba orgullosa de su tripulación, y con motivo. Podían disparar dos andanadas en menos de tres minutos. Cada hombre sabía preparar una carga, de modo que si alguno caía en acción, otro podía ocupar su puesto y apuntar el cañón, ajustar las cuñas de elevación y el encañonamiento, cargarlo y dispararlo. Era algo en lo que su padre había insistido mucho tras ser testigo en diversas ocasiones de la confusión que se producía durante la batalla cuando, por falta de conocimiento e instrucción, los cañones se quedaban callados.

Se dispararon las tres andanadas y se produjo un empate entre los cuatro equipos. Juliet concedió de buena gana la cantidad prometida de ron a todos los hombres, luego ordenó que se cargaran de nuevo los cañones y quedaran sujetos en las troneras. A continuación subieron hombres a las cofas para desplegar más velas y, en cuestión de una hora, habían reducido la distancia que separaba al *Iron Rose* de sus barcos hermanos, el *Valour* y el *Tribute*, a unos cientos de metros. Resultaba extraño ver el galeón español navegando en medio, pero Juliet se sintió complacida al constatar que los cambios aplicados por Coco al *Santo Domingo* habían aumentado su velocidad de forma considerable. Podía mantener una buena velocidad constante de ocho nudos mientras el viento no cambiara de forma drástica, y las nuevas velas y jarcias permitirían mejor maniobrabilidad. Más de veinte carpinteros se habían afanado en estas labores de proa a popa del navío, habían serrado mamparos innecesarios, habían despojado a sus camarotes de paneles elegantes, incluso habían hecho desaparecer algunos camarotes. Habían canibalizado los dos castillos, de proa y de popa, de tal manera que desde cierta distancia la nave presentaba la silueta de un elevado galeón, pesado e inestable, pero más de cerca no era más que un mero cascarón con tablas añadidas alrededor de las amuradas superiores para dar la impresión de una cubierta completa. Las renovaciones continuaban también en alta mar, apenas pasaba una legua sin descartar planchas de tablones que quedaban flotando en su estela.

Un violento choque metálico trasladó la atención de Juliet de vuelta a la cubierta principal. Se movió despacio hasta la baranda pues sabía lo que iba a ver allí antes de llegar. Aunque Simon Dante había empleado su poder de persuasión para convencer al duque de Harrow de que les acompañara a New Providence, también había dejado claro a su hija que Varian St. Clare seguía siendo su responsabilidad. Había sido sugerencia de Nathan que le asignaran algo que hacer a bordo, y la supervisión de la práctica diaria de manejo de pistolas y espadas parecía una opción acertada. Él no había rehusado la oferta y, por la forma en que arremetía contra los cinco primeros hombres que se habían aventurado a entrar en el círculo, parecía que echara de menos aquel ejercicio.

La otra tarde, Juliet, tras dejar la sala de derrota había regresado al *Iron Rose*. Desde entonces, había pasado casi todos los días y las noches a bordo, supervisando las reparaciones de su barco y del *Santo Domingo*. Se había mantenido lo bastante ocupada como para no pensar en Varian St. Clare, apenas le había dedicado más de dos palabras al pasar a su lado y se había esforzado en no quedarse nunca a solas con él.

No era que temiera lo que pudiera suceder. No dudaba en ningún momento de que, a la menor oportunidad, ambos acabarían juntos. Más bien era una cuestión de demostrarse a sí misma que tenía suficiente fuerza de voluntad para mantenerse alejada, que podía permanecer distante y observarle desde la baranda del alcázar igual que observaba a cualquier otro miembro de su tripulación: con una mirada imparcial y crítica.

Los dos primeros oponentes que se enfrentaron a él intentaron media docena de estocadas antes de que un giro de la muñeca de St. Clare enviara sus espadas dando vueltas por los aires. El tercero sólo consiguió hacer una entrada a fondo antes de acabar despatarrado sobre la cubierta con la cara roja y un pie ducal plantado de forma sólida sobre su trasero. El cuarto y el quinto duraron un poco más, pero estaba claro que no eran rivales para la experiencia de St. Clare y, de nuevo, sus espadas cayeron víctimas del ligero toque de efecto que mandó sus armas dando vueltas por encima de sus cabezas.

Uno a uno, los hombres pasaron por sus manos. El círculo estaba cada vez más concurrido, los combatientes atraían cada vez más mirones, alguno de los cuales mostraba cada vez más resentimiento por el hecho de que sus compañeros cayeran víctimas de un truco u otro del duque, quien desarmaba y repelía cualquier ataque con la punta de su elegante estoque.

—La situación podría ponerse fea ahí abajo, muchacha —murmuró Nathan de pie junto a su hombro.

—Podría —corroboró ella.

El gentío se apartó con un vítore clamoroso y Juliet sonrió. Habían mandado llamar a Alf el Grandullón de la cubierta inferior, apartándole sin duda de sus tareas habituales para que diera una lección al guapo duque. Alf el Grandullón era merecedor de aquel apelativo: una torre de músculos marcados, con pelo saliendo por todos los poros concebibles de brazos, espalda y hombros. Su arma preferida era el alfanje corto y de hoja ancha, y todos a bordo le habían visto dejar sin cabeza a un oponente con un golpe realizado sin esfuerzo.

Pese a la constitución sólida de Varian, dentro de la botarga y mandil de lona de Alf entraban tres del tamaño del duque, y aún quedaría sitio. Y en cuanto apareció en el extremo del círculo, las miradas iracundas, los gestos refunfuñantes se volvieron risa excitada. ¡Ahí tenían, por fin, alguien dispuesto a enseñarle a ese presumido quién mandaba aquí!

Varian se limitó a considerar el tamaño de su oponente durante un momento, luego se acercó a Beacom, quien se hallaba a un lado sudando, a punto de formar un charco. Cambió su elegante estoque por un alfanje ancho y regresó a su cuadrante, moviendo la muñeca hacia delante y atrás para acostumbrarse al mayor peso.

Alf se lanzó adelante animado por los silbidos y gritos de sus compañeros. Tenía una sonrisa dibujada en su amplio y velludo rostro cuando sus primeros sablazos obligaron a St. Clare a adoptar una posición defensiva, pero la sonrisa no tardó en transformarse en una mueca mientras el duque respondía y desviaba todos aquellos golpes que hubieran enviado a un hombre normal a buscar cobijo donde pudiera. El rostro de Alf se puso rojo y sus golpes se hicieron cada vez más profundos. Aunque sólo estaban practicando y no había intención de matar o lisiar, la línea que marcaba la diferencia era muy fina.

Fuera como fuese, tras cuatro arremetidas más, la hoja de Alf salió cortando el aire enrarecido hacia donde debería de haber estado la cabeza de Varian, hundiéndose en su lugar en dos pulgadas de roble macizo de un mástil. Quedó clavada con firmeza, a fondo, y antes de que pudiera soltarla, el extremo de la hoja de Varian estaba ya situado en la yugular de Alf.

Al instante, los hombres se quedaron callados, su campeón estaba derrotado.

Desde el alcázar, Nathan leyó las expresiones en sus rostros y expresó su alarma con un gruñido grave:

—Muchacha...

—Esperad —susurró. Estaba observando a Varian, que tenía la

boca a dos centímetros de la oreja de Alf. Sus labios se movían, tan levemente que casi ni ella se dio cuenta.

—¿Cómo habéis dicho? —Alf alzó la cabeza de pronto y, luego, para sorpresa de todos, empezó a reírse a carcajadas. Soltó las manos de la espada que intentaba extraer del mástil y se dobló de la risa, mientras se daba con las palmas en los muslos como si el chiste fuera el mejor que hubiera oído en su vida. El propio Varian también sonreía. Dio un paso hacia atrás y pasó el pulgar por el filo del alfanje. Se volvió para tendérselo a Beacom, pero se había desmayado, así que se lo entregó a Johnny Boy, que estaba tan estupefacto y tenía los ojos tan abiertos como los demás.

Cuando Alf dejó de reírse, se enderezó y se pasó las manos por los ojos para secar las húmedas lágrimas. Dio una sonora palmada al duque en la espalda, que casi consigue lo que no había logrado manejando la espada, y luego lanzó una mirada desafiante a todo el corro.

—Pues sí. ¿Quién es el siguiente? ¡Un doblón de mi propio bolsillo al hombre que consiga al menos que este hijo de puta sude un poco!

—Acepto ese doblón. Y dos más del duque por la molestia.

Varian se volvió para seguir el origen de la voz. Juliet se hallaba en el borde del corro con las manos en las caderas y las piernas firmemente separadas.

—¿Bien, sir? ¿Me compensaréis por el esfuerzo?

—Sólo si vos me compensáis a mí —replicó con suavidad.

La lenta sonrisa de Juliet hizo que todos los hombres soltaran una risita en anticipación de un buen espectáculo.

—Si conseguís superarme, Excelencia, vuestros bolsillos se verán aumentados en cien doblones de oro… no, mejor doscientos. Pero, para eso, quiero ver de antemano cuál es vuestra apuesta.

Varian sonrió.

—Como bien sabéis, capitana, mis bolsillos están vacíos. Tendréis que fiarme la cantidad apostada, que estaré encantado de deducir de los doscientos que me deberéis al acabar.

Un murmullo recorrió la multitud. Algunos de los hombres echaron a reírse y los más lanzados empezaron un animado intercambio de apuestas particulares.

—Pediré algo a cambio entonces —dijo entrecerrando los ojos—. Si perdéis, haréis de grumete durante el resto del viaje. Iréis descalzo y restregaréis las cubiertas junto con el resto de la tripulación, y aprenderéis a largar una vela, zafar los rizos, incluso a hervir un puchero al gusto de la tripulación.

Varian recuperó el estoque de Johnny Boy y alzó la hoja como saludo de aceptación de los términos.

Los hombres soltaron vítores y algunos estiraron los brazos para hacer retroceder a los demás y ampliar el círculo. Juliet desenfundó la espada y flexionó el acero templado una vez, antes de arrojarlo hacia delante formando un reluciente arco hasta tocar con la punta la cubierta.

Varian adoptó una postura similar; luego, tras intercambiar un gesto de conformidad con Juliet, ambas hojas se levantaron y se dieron un ligero golpecito para empezar la danza más rápida.

Comenzaron a moverse, a acecharse de forma calculada siguiendo el sentido de las manecillas del reloj. Se miraban fijamente a los ojos, con las sonrisas petrificadas. El sol estaba casi en lo alto del cielo, con lo cual no concedía ventaja a un oponente sobre el otro. De forma similar, el viento era cálido y constante, sin ráfagas que pudieran hacer pestañear a uno de los combatientes o soplar un mechón de pelo sobre sus ojos.

Juliet dio una pequeña sacudida a su muñeca y se produjo el choque de metal contra metal. Vio los ojos de Varian entrecerrarse, pero su brazo seguía firme como una roca y rígido, extendido del todo. Una milésima de segundo después, su espada estaba en movimiento, atacándola con una descarga de embestidas cortas y tan rápidas que las dos largas hojas formaron una mancha en movimiento. Con su pie adelantado marcando el ataque, cruzó la mitad de la cubierta antes de que ella pudiera invertir el ímpetu de las arremetidas y hacerle retroceder hasta donde había comenzado. No se detuvo ahí sino que rechazó cualquier tentativa de ataque y embistió, arremetiendo adelante y atrás, de aquí para allá, incluso saltando a lo alto de un cabrestante para lanzar un chaparrón de estocadas desde un ángulo más elevado.

Cuando volvió a bajar de un salto, Juliet aterrizó con las rodillas encogidas y se agachó de inmediato, lanzando su espada perpendicular sobre la cubierta y obligando a Varian a saltar como un gato escaldado para evitar el corte.

Cuando el intercambio concluyó, ella dio unos pasos hacia atrás para volver a su posición en el primer cuadrante, con la espada extendida y la punta dibujando pequeños círculos en el aire.

Varian se apartó de la pared de hombres sonrientes y regresó a su posición. Una mirada hacia abajo confirmó el motivo de las risas, ya que la parte delantera de su camisa había quedado rajada en una docena de puntos. Era una camisa floja, aunque no mucho, y de todos modos ella había cortado la tela sin tan siquiera dejar un arañazo rosa en su piel.

—Mis felicitaciones, capitana —murmuró—. Demostráis gran destreza con la mano.

—¿Ah sí? ¿Os demuestro alguna cosa más?

Ante la inmensa sorpresa de Varian, Juliet se pasó la espada de la mano derecha a la izquierda y, sin esperar a que él se recuperara de la conmoción, retomó el ataque. Las espadas chocaron, embistieron y cortaron, buscando huecos a la izquierda, luego a la derecha. Ambos adversarios saltaban y se abrían camino entre el mar de hombres que entonces se apartaba. La pelea prosiguió de forma incesante sobre la cubierta hasta el peldaño inferior de la escala y, luego, con un gracioso salto dando media vuelta, hasta lo alto del alcázar. Siguieron el recorrido hasta el pique del bauprés antes de que cambiaran las tornas y el agresor fuera obligado a retroceder contra la escala opuesta. Varian estaba de espaldas a las escaleras, sabía que las tenía cerca, pero no se atrevía a apartar la mirada ni un instante. De todos modos, ya era hora, pensó, era hora de acabar mientras aún tuviera muñeca y astucia para hacerlo.

Juliet vio la leve chispa en los ojos azules medianoche y supo que ya tocaba. Había observado los enfrentamientos previos, había estudiado su muñeca, su hombro, el trabajo de los pies, los músculos de la mandíbula… cualquier señal diminuta que pudiera traicionar aquello que vendría a continuación. Y ahí estaba. El leve giro de la muñeca hacia abajo mientras se preparaba para la siguiente arremetida. Con cada uno de los oponentes anteriores, esta ligera inclinación le había permitido meter el extremo de la hoja por debajo de la del rival, luego recorrer toda la longitud del acero moviendo al tiempo su propia espada con un leve movimiento en espiral. La presión resultante obligaba a sus oponentes a flexionar los dedos y abrir la mano, y la empuñadura salía volando por los aires.

Juliet vio que el pulgar de Varian se deslizaba hacia atrás en guardia, un preludio a la ejecución de la «rotación», como lo había llamado Gabriel. Ni siquiera hubo una centésima de segundo entre el desplazamiento del pulgar y la inclinación de la muñeca, pero ella lo aprovechó para levantar la espada hacia arriba y bajarla con brusquedad cuando él se desestabilizó un momento. En vez de entrar por debajo de su espada, la de Varian se vio empujada hacia abajo por un marcado y penetrante latigazo que hizo que la empuñadura saliera impulsada hacia delante entre sus dedos sorprendidos y diera una voltereta plateada antes de aterrizar limpia y sólidamente en la mano extendida de Juliet.

Hubo un momento de silencio sobrecogedor, ensordecedor, antes de que la multitud estallara en un clamoroso rugido. Juliet alzó ambas espadas en señal de triunfo para agradecer sus vítores, luego impulsó la punta de la de Varian hacia abajo con un destello del sol, incrustando su extremo en la madera de la cubierta antes de soltarla de tal manera que el acero se quedó temblando y erguido ente ellos.

La expresión de absoluto asombro en el rostro de Varian no podía ser fingida. Tenía la mano suspendida en el aire como si aún sostuviera el mango. Lo único que se movía era la gruesa gota de sudor que descendía por su mejilla.

Juliet volvió a enfundar la espada.

—Creo que esto me da la victoria, señor.

Varian se recuperó lo suficiente como para hacer una profunda reverencia.

—A vuestro servicio, capitana.

—Desde luego que así será, señor. En cuanto a vos —dijo mientras se movía hasta la baranda para dirigirse a Alf el Grandullón—, el señor Crisp hará una nota para restar la suma de un doblón de oro de vuestra parte del botín antes de que os lo gastéis en bebida y fulanas.

—¡Éste también ha estado bien invertido, capitana! ¡Bien invertido!

Ella hizo un ademán con las manos para poner fin a los hurras. A su lado, la voz de Nathan resonó dando órdenes para que volvieran a sus tareas. Todos excepto Johnny Boy, que fue reclamado en el alcázar con una inclinación de cabeza de Juliet.

—Lleva a Su Excelencia el duque abajo a la cocina y enséñale dónde puede encontrar los avituallamientos para prepararme una bandeja para la cena. Oh, y búscale también un pote de negro de humo. Parece que tengo un par de rozaduras en las botas y va a hacer falta sacarles brillo.

Sonrió a Varian y luego, antes de bajar hacia su camarote, entregó el timón a un Nathan Crisp que sonreía con expresión maliciosa.

Una vez en el interior, cerró la puerta y se apoyó pesadamente contra la misma. Le había superado, pero sólo por los pelos, ya que él era rápido como un rayo y tenía más recursos de los que había previsto. Sentía la humedad del sudor entre los omóplatos, también en su nuca, rizando los finos cabellos que nacían allí. El precio húmedo del orgullo.

Sacudiendo las manos para aliviar el dolor de sus muñecas, se fue hasta el escritorio. En un día normal, al mediodía celebraba la reunión en cubierta para hacer cálculos y determinar su posición, pero puesto que se encontraban a tan sólo unas horas al norte de Pigeon Cay, la necesidad no era apremiante. Miró el nuevo dietario que se había traído a bordo. Había puesto la hora de salida y la fecha, tres de septiembre, pero aparte de eso las páginas estaban en blanco. Se mordió pensativa el labio inferior, sacó la silla y se sentó. Se levantó un momento después y se quitó el cinturón de la espada, luego volvió a sentarse preguntándose lo ocupada que debería aparentar estar el primer día de un viaje.

Tras abrir el cajón, sacó una pluma y una pequeña navaja, y afiló un poco la punta. Retiró la tapa del pote de tinta y colocó el tintero en su hueco, luego se pasó la lengua por los dientes unas pocas veces entre miradas pensativas lanzadas en dirección a la puerta.

Se inclinó hacia atrás en la silla y apoyó la bota en el borde de la mesa.

Una distracción, eso era él. Sólo una distracción que desaparecería de su vida bastante pronto.

Varian sólo se chocó contra dos mamparos mientras iba de la cocina al camarote del capitán. Llevaba, haciendo equilibrios, una bandeja en una mano y una jarra de cerveza en la otra. A la capitana le gustaba tomar cerveza con el almuerzo del mediodía, le había informado Johnny Boy; luego procedió a mostrarle dónde colgaba el cucharón de madera y qué tonel había sido señalado para el consumo personal de la capitana. Sin agua, le había confiado en tono susurrante, no como la cerveza más floja que asignaban a la tripulación con su ración diaria de dos cuartos de galón. Si no la aguaran un poco, todos serían unos borrachines.

Varian aún estaba dolido por las risas que le habían seguido cuando dejó la cubierta. Cómo se había dejado superar con la espada por una chiquilla así, era algo que no conseguía entender. Johnny Boy le había guiñado un ojo y le había dicho que estaba muy bien que se dejara ganar por la capitana. Había tenido que contener las ganas de darle un sopapo al chaval. ¿Dejarse ganar? La idea ni se le había ocurrido tras el primer intercambio de estocadas; en verdad, se había visto en apuros para que no le cortara en cintas algo más que la camisa.

Llegó al camarote de la capitana y, puesto que no le quedaban manos libres, llamó con el asa redondeada de la jarra.

—Adelante.

Levantó el pestillo con el codo y empujó la puerta. Entró dando un traspiés y mantuvo el equilibrio lo justo para que la bandeja no se le cayera al suelo. Ella estaba sentada ante el escritorio, con una pierna apoyada en una esquina. Tenía una pluma en la mano y las plumas rozaban sus labios mientras hacía girar el cañón entre el índice y el pulgar. La galería de ventanas quedaba tras ella, relumbrante con el reflejo del sol que rebotaba sobre el agua. Se había quitado el cordel de cuero del pelo y los oscuros rizos caoba se derramaban sueltos sobre sus hombros, los mechones más delicados brillaban rojos como el fuego en contraste con la luz.

Varian se adelantó despacio y dejó la bandeja y la jarra sobre el escritorio. Ella no dijo nada, se limitó a observarle e hizo girar el extremo de la pluma contra el leve mohín en su labio.

Fue algo muy sutil. Una pluma rozando su labio. Pero luego vio un rizo oscuro que descansaba sobre su pecho. Desde ahí, sólo era un desliz descortés descender con la vista hasta la hendidura en sus pantalones, allí donde empezaban los muslos. Varian notó otra gota de sudor surcando su sien y, antes de que pudiera incluso razonar consigo mismo, ya se encontraba de pie a la vera de Juliet, y a continuación se agachaba para estrecharla en sus brazos.

Ella podía haberle detenido con una sola palabra, pero no lo hizo. Podía haberse resistido, podía haberle empujado y sacudido por su audacia, pero estaba demasiado ocupada separando los labios y llevándose dentro todo el ardor de él. Le rodeó el cuello con los brazos y soltó un suave y ronco gemido mientras la lengua de Varian se apoderaba de su boca. Juliet hincó los dedos en su pelo para impedir que él, aunque quisiera, se separara hasta que ella se saciara.

Varian llevó las manos hasta su cintura y le soltó los cierres del pantalón. Una vez desabrochados, los bajó sobre sus caderas y acarició toda aquella zona cubierta momentos antes por el molesquín: sus nalgas, la superficie plana de su vientre, para acabar descendiendo hasta el cálido nido de sus suaves rizos. Pasó sus dedos entre los muslos y gimió contra su boca al sentir lo húmeda y tersa que estaba. Volvió a acariciarla y esta vez encontró el origen de todo aquel calor y humedad introduciendo el dedo y empujándolo lo suficiente hasta que ella jadeó y se estremeció en sus brazos.

Sin dejar de amoldar su boca a la de Juliet, la levantó y la sentó sobre el borde del escritorio. Consiguió sacarle una bota y una pierna de los pantalones antes de llevar una mano temblorosa a los cierres de su propia cinturilla. Aún no había soltado del todo las lazadas cuando barrió la parte superior del escritorio y tumbó a Juliet sobre la madera. La tomó con firmeza y rapidez, cada acometida conquistaba un grito de placer de los labios de ella. Rodeó la cintura de Varian con sus piernas y le mantuvo sujeto con fuerza hasta que ambos entraron en tensión y se enlazaron en medio de un clímax común y asombrosamente prolongado.

Varian no se detuvo después de la primera exaltación del éxtasis, ni siquiera tras la segunda. En algún momento él le sacó la otra bota y tiró sus pantalones al suelo, y los dos pasaron del escritorio a la silla. Juliet se sentó a horcajadas sobre su regazo mientras las manos de él vagaban bajo su camisa y de nuevo ponían en marcha la incesante palpitación entre sus muslos. Con un ligero cambio de peso hacia delante, de nuevo fue el turno de Varian, con una poderosa erección que obligó a Juliet a soltar un jadeo y clavarle las uñas en los hombros, incapaz de respirar.

—Estáis adquiriendo un hábito muy malo, Vuestra Excelencia —susurró—. Habéis aprendido a tomar sin pedir permiso.

Su boca se acurrucó en lo más profundo de la curva de la garganta de Juliet y su respuesta sonó amortiguada. A ella, de cualquier modo, no le importaba, se limitó a reír. Arqueó el cuello y sintió que él volvía a moverse dentro de ella, dentro de su cuerpo sedoso y exuberante por la pasión desbordada.

Varian retiró la boca de su hombro y observó el placer que surcaba aquel rostro, y se preguntó, por qué... cuándo había podido considerarla otra cosa que una belleza. Sus ojos, su nariz, su boca, en especial su boca cuando temblaba con un grito de incredulidad, habían conspirado para mantenerle inquieto, incapaz de dormir durante ocho días y ocho noches en Pigeon Cay.

—¿Así?

—Sí.

—¿Ahora?

—Santo Cristo, sí...

El susurro tembloroso de su aliento en la mejilla de Varian le hizo sonreír. Juliet se fundió contra su pecho, era lo único que podía hacer. Él controlaba la situación. Los pies de Juliet colgaban por encima del suelo, sin nada que pudiera servirle de palanca, estaba así a su merced... por una vez. Varian la cogió por la cintura y la sostuvo hasta que dejó de retorcerse, luego bajó los manos otra vez para rodearle las nalgas.

Juliet abrió los ojos cuando por fin fue capaz de hacerlo y le lanzó una mirada fulminante.

—Pagaréis por esto —prometió.

—Habrá merecido la pena —murmuró mientras empezaba a acariciarla con la punta de los dedos, de tal manera que ella se metió el labio inferior entre los dientes. Gimió inclinando la cabeza hacia delante y su frente tocó el mentón de Varian, y esta vez, cuando se movió dentro de ella, Juliet se quejó.

—¿Es porque os he ganado con la espada? ¿Estáis decidido a mostrar vuestra superioridad con un arma de otro tipo?

Él se rió, con voz grave y suave.

—Si tuvierais ese tipo de arma, me daría por vencido sin ninguna prueba.

—De todos modos, acabaréis vencido —siseó ella con calma—. Haré que roguéis de rodillas, maldición, yo...

Un golpe en la puerta interrumpió lo que estuviera a punto de decir. Se quedó paralizada.

—Capitana, ¿estáis ahí?

Era Johnny Boy.

—¿Capitana?

—¿Qué quieres? Estoy... ocupada.

Varian entrecerró los ojos. Llevó sus manos hasta la cadera de Juliet y apretó lo justo para sacarle una maldición de estremecimiento de entre los labios.

—El señor Crisp me ha mandado a coger la carta de navegación.

—¿Qu-qué carta de navegación, maldición?

—Dice que pasaremos junto a Crooked Isle antes de que se acabe la arena del reloj y le interesa saber dónde se sitúan los bajíos.

Juliet exhaló contra la garganta de Varian con un silbido de frustración.

—Tengo que dársela. No se marchará a menos que lo haga.

Varian transigió un momento. La levantó lo suficiente como para que pudiera bajarse de su regazo, pero no retiró las manos de su cintura hasta que ella estuvo firmemente en pie.

—Un minuto —dijo Juliet en voz alta— voy a buscar la maldita carta.

Se apresuró a rodear el escritorio y se agachó para buscar entre los rollos de pergamino que habían sido tirados al suelo momentos antes. Encontró la carta de navegación y se fue descalza hasta la puerta, echó una mirada hacia atrás antes de abrirla lo justo para empujar el pergamino por allí.

—Aquí está. Dile al señor Crisp que enseguida estoy en la cubierta.

—Sí, capitana. —El muchacho inclinó la cabeza e intentó ver detrás de ella, pero Juliet cerró la puerta con un firme golpe y echó el pasador. Ella esperó, apretando la cabeza y las manos contra la madera, y dejó pasar varios momentos antes de oír el sonido revelador de la pata de palo de Johnny Boy alejándose ruidosamente.

No obstante, no se podía mover. Le temblaban las piernas, por las que resbalaba una humedad nacarada, su respiración sonaba ronca de excitación en su garganta.

Una rápida mirada le dijo que él no se había movido, ninguna parte de él. Mantenía toda su erección, la carne vibraba como su espada cuando ella le retó sobre la cubierta. Nada se movía a excepción de sus dedos que la invitaban a regresar, prometiendo que ella obtendría lo que quería, pidiera permiso o no. Juliet ni siquiera fue consciente de sus pies pisando el suelo cuando regresó. Tomó la mano que le tendía Varian y permitió que la llevara de vuelta a aquel lugar que era el suyo, colocada sobre él sin un momento que perder.

El orgasmo fue tremendo e intenso, como los demás que había vivido en brazos de él, pero aun así fue diferente. No tenía principio, y mientras estremecía todo su cuerpo, no tuvo fin. El flujo de sensaciones pareció en apariencia remitir por un momento, pero sabía que otra mirada, otro roce, haría subir la marea en ella una vez más.

Capítulo 17

Desde un punto de vista estratégico, New Providence era ideal tanto para corsarios como para piratas. La entrada al puerto estaba protegida por una isla que permitía dos accesos de entrada y salida, por lo cual era imposible de bloquear a no ser que lo hiciera una flota de buques de guerra. Las colinas detrás de la playa ofrecían una vista expansiva del horizonte, proporcionando a los vigías mucho tiempo para alertar de naves hostiles que pudieran ser detectadas, además de una posición aventajada ideal para avistar buques mercantes que avanzaran a través de la sucesión de islas. A menos de cien metros de la costa existía una densa jungla de vegetación tropical en la cual podía desvanecerse toda una tripulación en cuestión de minutos y donde sus perseguidores nunca la encontrarían. Aunque no existían estructuras permanentes, la playa podía transformarse de la noche a la mañana en una ciudad de tiendas, con velas de lona extendidas sobre palos clavados en la arena.

La isla era también una base ideal para lanzar ataques contra buques mercantes que viajaban desde el Nuevo Mundo al Viejo Continente, en concreto contra los galeones españoles que habían estado usando el Estrecho de Florida como principal ruta de acceso al Atlántico desde que Colón había descubierto tierra. Incluso quienes escogían una vía diferente eran blancos legítimos pues la isla se encontraba a pocas horas de navegación de los canales de Providence y del Paso de Mona. Entre una ruta y la siguiente, había miles de cayos arenosos, de poca profundidad, donde podía ocultarse un buque al acecho y caer sobre su víctima sin previo aviso. Eso era el motivo de que los buques a menudo hicieran causa común por cuestiones de protección y de que las flotas cargadas de ricos tesoros fueran escoltadas por una pequeña armada de buques.

Varian se encontraba en cubierta cuando el *Iron Rose* se acercaba a la embocadura del puerto de New Providence. Teniendo en cuenta lo estimulante que había sido la aproximación a Pigeon Cay, en comparación ésta era menos estremecedora pero igual de intrigante, ya que fácilmente había más de veinte buques fondeados en la bahía. Era evidente que los vigías apostados en la parte exterior de la isla habían reconocido la silueta y pabellones de Simon Dante. Hicieron señales de bienvenida y saludaron desde el otro lado del agua, curiosos por saber algo más del galeón español situado en medio de ellos, una visión que dejó deslumbrados a todos los hombres en las cubiertas de los barcos y que atrajo montones de curiosos a la playa.

Siempre un hombre cauteloso, Dante había preferido dejar el *Tribute*, el *Valour* y el *Santo Domingo* atracados frente a las costas con el *Christiana*, pero no cabía duda de la enormidad del galeón, incluso desde aquella distancia. Jonas y Geoffrey Pitt se encontraban a bordo del *Avenger*, y Gabriel navegaba con Juliet, aunque era lo suficiente diplomático como para no hostigar a su hermana en el alcázar mientras el buque hacía maniobras para entrar en el puerto.

De hecho, estaba de pie al lado de Johnny Boy en el combés del buque, y se rió y gritó junto con el resto de la tripulación cuando el muchacho ató unos pequeños cartuchos llenos de carbón vegetal, negro de humo y trozos de cobre al extremo de una flecha, encendió la mecha y lanzó el proyectil hacia el cielo. Cuando la flecha alcanzó lo más alto de su trayectoria, el paquete explotó y lanzó un chorro de chispas azules ardiendo que rociaron el agua. Estos cohetes se lanzaban como respuesta cada vez que alguno de los demás corsarios disparaba sus salvas como saludo a los recién llegados.

Tras gastar varias docenas de flechas, Johnny Boy se colgó el arco del hombro y recogió contento las monedas que algunos de los hombres le arrojaron por la exhibición. La contribución de Gabriel fue una moneda de oro, acompañada de una palmada en su despeinada cabeza, antes de acercarse a la baranda donde se hallaba Varian.

—No era consciente de que el arco fuera un arma popular tan al sur de los bosques ingleses.

Gabriel indicó el alcázar con el pulgar por encima de su hombro.

—Jolly pensó que era algo de lo que podía ocuparse el muchacho. Los mosquetones y los arcabuces son demasiado pesados, demasiado engorrosos para cargarlos y dispararlos con una sola pierna. Es un experto con el puñal y lo arroja con la habilidad de un gitano. Pero cuando puso la mano en el arco, fue como si hubiera puesto la palma sobre el pecho de una mujer. En cuestión de semanas podía disparar una flecha desde un extremo del barco hasta el otro sin sacarle el ojo a nadie. Coco le ayudó en el esfuerzo al hacerle un arco especial, ajustado a su altura y peso. Después de eso, bien, nadie le pudo parar. Y, por supuesto, hay un aspecto más práctico en esta habilidad, aparte de estas exhibiciones de chispas voladoras: las flechas pueden arrojar bolas de fuego empapadas de brea contra las velas del enemigo desde trescientos metros. Y si es Johnny Boy quien ve el objetivo, puede llegar a alcanzarlo con un error aproximado de un dedo.

Varian echó una rápida mirada al muchacho, quien difícilmente podía tener la edad para adquirir esas destrezas, y mucho menos enfrentarse a la necesidad de aprenderlas.

—¿Habéis ensayado bien vuestro papel, Excelencia? —preguntó Gabriel, inspeccionando las playas y las colinas circundantes.

—Todo lo bien que permiten unos documentos falsificados y una mentira que explicar.

Gabriel sonrió.

—Ah, pero son falsificaciones excelentes, hay que admitirlo, y tenéis labia suficiente como para haber llegado a lugares donde pocos hombres se han atrevido antes a aventurarse. Mucho ojo, Excelencia, parece que no hacéis demasiado caso de las advertencias, ¿cierto?

Varian mantenía la vista enfocada en el bosque de mástiles oscilantes que llenaban el puerto y se negó a morder el anzuelo. Juliet había insistido en guardar cierto grado de discreción durante los últimos dos días, aunque desde el momento en que habían salido del camarote aquella primera mañana, parecía que toda la tripulación del barco fuera consciente de sus pecados. Gabriel Dante llevaba a bordo menos de media hora y resultaba aparente que ya había sido informado de que la tarde en la cueva no había sido la última.

Los ojos dorados de Gabriel no transigían, y Varian se hizo a la idea de encontrarlos, pero ganó un momento de tregua al ver a Juliet aproximándose hasta ellos por detrás.

—¿Qué estáis tramando los dos?

Iba vestida con su jubón y pantalones negros. La capa negra con el forro escarlata era tan impactante como la blancura del volante del cuello.

—Sólo estábamos comentando lo verdaderamente guapa que estáis, capitana —dijo Gabriel mientras se inclinaba sobre su mano enguantada—. Y... me atrevería a decir que... feliz. Encuentro un color en tus mejillas estos días y un ánimo malicioso en tu paso. De hecho, temo por la seguridad de la virilidad de Van Neuk si esta noche intenta tocarte el culo.

—En verdad, ha estado intentando pellizcarlo desde que tengo once años.

—Diez años sin conseguirlo. —Gabriel pensó en voz alta—. Tal vez, si hubiera condensado sus esfuerzos en diez días, hubiera obtenido mejores resultados.

Juliet sonrió.

—Compórtate o te clavo una puñalada.

Gabriel alzó las manos.

—Sólo estoy pensando en voz alta lo que la mayoría de la tripulación está cuchicheando a escondidas.

—Pues que cuchicheen. Y cuando vayas a tierra esta noche y metas la cara entre los pechos de la primera puta que se baje la blusa, ojalá que te asfixies sin compasión. Y también cuando regreses de nuevo a Pigeon Cay y expliques a Melissa por qué tienes la polla tan roja y te pica tanto. ¿Por casualidad conocisteis a la amada de mi hermano en vuestros paseos por el cayo? —preguntó volviéndose a Varian—. No es posible confundirla ya que tiene casi dos metros de altura, pechos del tamaño de melones maduros y un carácter tan exaltado y tan ardiente como para freír un huevo.

La repentina afluencia de sangre oscura a las mejillas de Gabriel le provocó cierto mareo que hizo que se tambaleara levemente.

—Sí. —Gabriel se aclaró la garganta—. Bien. —Miró al cielo entrecerrando los ojos—. Tendríamos que desembarcar antes del anochecer. —Bajó otra vez la cabeza tras unos momentos de silencio con los ojos enfocados en Juliet—. Sí, bien, de acuerdo. Ten cuidado, nada más. No querrás dar motivos a toda una sala llena de filibusteros para pensar que te has ablandado, o peor, que te has dejado influir por alguna otra cosa que la retórica del emisario real. Dudo que a nuestro padre le gustara la idea.

Se tocó un mechón de pelo como saludo antes de alejarse para ir a charlar con Nathan Crisp.

Juliet se limitó a suspirar y apoyó las manos en la baranda, volviendo el rostro hacia el puerto. La pluma escarlata en su sombrero apenas se agitaba con el paso del aire, lo cual indicaba que el *Iron Rose* había ralentizado considerablemente la marcha. Ahora se deslizaba con majestuosidad hacia el fondeadero, con el *Avenger* un poco más adelante, a un disparo de pistola de distancia desde el lado de estribor. Podían oír el sonido de los cables a través del escobén y la salpicadura de la enorme ancla al impactar contra la superficie del agua.

—Pues tiene razón —murmuró Varian—. Tal vez deberíamos…

—¿Mantener las distancias? ¿Os asusta herir la sensibilidad de una carpa llena de corsarios? ¿O acaso os asusta lo que pueda hacer mi padre si se entera dónde habéis pasado las noches?

—No me asusta vuestro padre. Quiero decir, no del todo. —Se sonrojó—. Sólo pienso que…

—¿Pensáis que, fuera de las puertas cerradas del camarote, deberíamos comportarnos con el decoro adecuado?

A Varian se le cortó la respiración al notar una mano que se había deslizado entre él y la madera de la amurada para cubrirle la entrepierna.

—Sería prudente mostrar cierta compostura, sí.

Ella se rió y retiró la mano.

—¿Prudencia y compostura? Cielos, qué manera de ponerme a prueba, señor. ¿Puedo someteros yo a examen también? ¿Ya tenéis preparado el discurso? Mi padre no querrá perder tiempo con sutilezas. Ahora ya es tarde y la mayoría de capitanes estarán borrachos o a punto de estarlo. Pero lo primero que hará por la mañana será arrojaros a los leones, y tendréis que ser convincente. El hecho de que hayáis llegado bajo su protección ganará la atención inicial de todos ellos, pero el resto dependerá de vos. Si titubeáis o mostráis la menor vacilación…

—¿Qué vacilación puede haber? Si estos hombres no consiguen desarticular la flota, Inglaterra entrará en guerra con España. No habrá paz a ningún lado de la línea. Y en concreto, ¿quién es este Van Neuk?

Juliet pensó haber visto un mínimo rayo verde en los ojos medianoche y casi sonríe.

—Es un holandés. Anders Van Neuk. Lleva surcando estas aguas casi tanto tiempo como mi padre y siempre le hubiera gustado que hubiera una alianza más fuerte entre nuestras dos familias. Además, es endemoniadamente guapo, el muy bruto. Casi caigo en la tentación la última vez que nos vimos y acepto su invitación a disfrutar de una cena privada a bordo de su barco.

—¿Y qué os detuvo?

Se encogió de hombros y respondió con franqueza.

—No estoy segura. Tal vez el hecho de que las mujeres de los puertos de toda la zona fantocheen sobre lo grande que es, lo incansable y magnífico como amante. Y porque si algún día me encuentro embarazada de un hijo bastardo, no me gustaría que se pareciera a todos los niños rubios de ojos verdes que ha dejado repartidos por todas las islas.

La franqueza de Juliet provocó un gesto de tensión en Varian, que arrugó las líneas que rodeaban su boca. No era la primera vez que calibraba las consecuencias de cada rato que ella pasaba entre sus brazos. Pero que ella manifestara de forma tan rotunda, y con tal naturalidad, que consideraría un bastardo a cualquier hijo que tuviera de él, le turbó mucho más que el pensamiento no expresado en voz alta.

Nathan Crisp hizo una señal desde el alcázar, y Juliet se fue a supervisar los momentos finales antes de echar el ancla. Varian apoyó su peso en la baranda pero no pudo evitar seguir con su mirada a Juliet mientras ascendía de dos en dos los peldaños que llevaban a la cubierta superior. Tenía el faldón de la capa echado hacia atrás sobre un hombro, con lo cual mostraba la mancha de seda carmesí. Había pulido la hoja de su espada hasta sacarle brillo, estaba tan afilada que podría cortar limpiamente una vela por la mitad sin que la parte superior se desplazara. Estaba magnífica, y sus sentimientos hacia ella le asustaban cada vez más. Lo que más le aterraba, más allá de una sala llena de piratas, de un padre o hermanos indignados o de cualquier guerra que amenazara el futuro, lo que le aterraba de veras era la posibilidad de estar enamorándose de ella.

Anders Van Neuk era casi una caricatura de la descripción de un pirata que haría cualquier granuja en un salón de baile londinense para despertar el interés de las féminas y dejarlas desvanecidas. Era alto, con hombros increíblemente anchos, cintura estrecha y piernas largas y poderosas. Tenía el cabello decolorado por el sol, casi blanco, y le colgaba en una masa de rizos relucientes por debajo de los hombros, entrelazados aquí y allá en trenzas con cuentas de oro puro ensartadas. Los ojos verdes de largas pestañas centelleaban con el fuego de su mirada. Una nariz delgada y aguileña y los labios sensuales y carnosos completaban un cuadro que no necesitaba la ayuda del jubón de cuero negro tachonado y las bandoleras engalanadas con armas y puñales de todos los tamaños, pesos y tipos.

Era con diferencia el más impresionante de los capitanes y oficiales reunidos en la taberna improvisada, construida con estacas de madera y toldos de lona. Habían montado mesas sobre caballetes encima del suelo de arena, y mujeres pechugonas con las piernas desnudas iban corriendo desde las mesas hasta los enormes barriles apilados en el fondo para volver a llenar las jarras y cántaros de cerveza. A lo largo de la playa se habían cavado grandes hoyos con hogueras, cuyas brasas relucían rojas bajo los cerdos ensartados en espetones o bajo cabras, pollos o incluso una vaca entera que había sido carneada en cuartos más manejables. Las fuentes con restos de huesos y migas de pan llenaban las mesas, evidencia de que algunos de los capitanes llevaban unos días en el puerto. Los perros se peleaban e intentaban morder los restos de carne mientras los grumetes organizaban juegos a lo largo de la playa; eran demasiado mayores para quedarse a bordo pero demasiado jóvenes para divertirse con fulanas.

Varian absorbió todas las imágenes y olores mientras se acercaban andando desde los botes.

Beacom se había tomado especiales molestias con el cepillo hasta eliminar cualquier pelusa o mota de polvo del jubón y capa de color azul zafiro que llevaba puesto. Sus medias no tenían enganchones, los pantalones se le ajustaban a la perfección, sin rellenos ni plisado. El cuello almidonado que rodeaba su garganta era del mejor lino, rizado en pliegues de un cuarto de pulgada, la parte delantera quedaba prendida en su extremo triangular inferior con un rubí del tamaño del puño de un niño. Flanqueándole iban los Dante, y era imposible imaginar una exhibición de riqueza y poder más impresionante. También les acompañaba el teniente Jonathan Beck, quien llevaba un atuendo totalmente nuevo al que había añadido los torques de eslabones de oro y un medallón con la insignia naval oficial. A Isabeau Dante le había parecido que los torques eran un detalle lucido, aunque Varian no había querido preguntar de dónde habían sacado el medallón. Tampoco había preguntado por el sello que aparecía en los papeles falsificados, ni por la firma idéntica a la de Jaime Estuardo, incluso en la rúbrica inclinada y desplazada.

La mayoría de capitanes ya conocían a Simon Dante y gritaron sus saludos antes que el resto de camaradas. Otros sólo le conocían por su reputación y se volvieron a mirarle, estudiando a cada miembro del grupo del Pirata Lobo como si hasta la fecha no se hubieran creído todas las historias que les habían contado. Muchas miradas se detenían en Isabeau, pues su identidad quedaba confirmada con una rápida ojeada a la manga vacía, después de lo cual el interés se volvía a Juliet, quien simplemente devolvía las miradas especuladoras hasta que los curiosos bajaban la vista de nuevo a la cerveza.

Van Neuk apartó a la multitud y avanzó a grandes zancadas con su amplia sonrisa, que relucía como la dentadura de un tiburón a través de un bigote recortado con esmero y una barba de color naranja ladrillo.

—¡Simon Dante, vejestorio hijo de perra! Ya veo que aún aguantáis de pie ante el mástil.

Dante agarró su mano tachonada de anillos y devolvió el saludo:

—¿Aún no te han colgado de la horca, Anders? Oí que te habían atrapado haciendo contrabando cerca de Porto Bello la primavera pasada.

—Un rumor de muy mal gusto: me refiero a lo de atraparme, no a lo del contrabando. Me dispararon, pero yo lancé más disparos y acabé añadiendo un barco nuevo a mi arsenal. Una preciosa y joven goleta que vuela como el viento. Pero, maldita mi alma, ¡nada iguala a ese grandioso fortín del *Santo Domingo*! —Los centelleantes ojos buscaron a Juliet—. ¿Es cierto, muchacha? ¿Es cierto que fuisteis vos quien lo consiguió?

Ella arqueó una ceja.

—El *Iron Rose* y su tripulación lo consiguieron.

Él entrecerró un ojo verde.

—¿Sin ayuda? ¿Vuestros hermanos no navegaban detrás?

Juliet cruzó los brazos sobre el pecho.

—Si dudáis de mí, puedo enseñaros cómo lo hice: apuntaré mis cañones contra el *Dove* y más os valdrá apresuraros a esconderos.

Van Neuk la estudió durante un momento, violándola casi con los ojos.

—Que me zurzan si no es justo lo que me gustaría, esconderme donde no me encuentren, pero con vos, amorcito.

Juliet no respondió a su grosero sentido del humor, pero él debió de captar algún otro movimiento por el rabillo del ojo, ya que lanzó una mirada penetrante por detrás de Juliet y volvió a entrecerrar los ojos al descubrir a Varian St. Clare.

—¿Y quién es éste? Por lo visto os habéis traído una de las niñeras del rey.

Varian se puso tenso y, de forma instintiva, bajó la mano a la empuñadura de su espada, pero fue Gabriel quien se adelantó y se interpuso entre St. Clare y el Holandés.

—Los negocios pueden esperar a mañana, maldición. Tengo la boca tan seca como una boñiga de camello en el desierto. Si no me la mojo pronto, la lengua se me pegará a los dientes, y no tendré ocasión de preguntar quiénes son, Dios, no permitáis que pierda la cordura, esas encantadoras mozuelas que saltaban sobre vuestras rodillas cuando hemos llegado.

Van Neuk soltó una risita.

—No era mi rodilla donde saltaban, muchacho, y están a vuestra disposición si os interesan, puesto que yo ya he acabado con mis prácticas licenciosas. He descubierto cuáles son mis verdaderos sentimientos —añadió, dedicando una sonrisa ebria a Juliet— y hago votos de castidad aquí y ahora mismo. Sólo permitiré que ella me dé descanso.

—Entonces lamento deciros que seréis casto mucho tiempo —replicó Juliet dándole una palmada en el pecho para que la dejara pasar. Siguió a su padre hasta una mesa que despejaron apresuradamente para que se instalara todo el clan e hizo una indicación a Varian con la cabeza para sugerirle que se uniera a ellos mientras Gabriel tenía al Holandés distraído.

Cuando se sentó al lado de ella soltó una larga exhalación y un murmullo de incredulidad.

—¿Son éstos los hombres con quienes vuestro padre pretende detener una flota española?

—Qué bien —dijo ella—. Parecéis indignado y escéptico. Eso resultará convincente cuando pidáis su apoyo a nuestra causa.

—Si parezco indignado y escéptico es porque estoy indignado y escéptico. Son groseros, son indecentes. Canallas y borrachos y… y, Dios bendito, ¿qué está haciendo esa mujer ahí de rodillas?

Juliet siguió la mirada escandalizada de Varian hasta la mujer que estaba metida entre los muslos de un bruto de cara roja, meneando la cabeza con rapidez arriba y abajo sobre su regazo.

—Decididamente, no se comporta con prudencia ni compostura, doy fe —murmuró—. ¿Estáis celoso?

—Os ruego me disculpéis, pero…

—Rogadme más tarde —susurró ella con una sonrisa ladina— y decidiré si os disculpo o no.

Juliet aún se estaba riendo en voz baja cuando se volvió y se percató de que su madre les había estado observando. Los ojos dorados iban y venían del rostro de su hija al del duque, acompañados por un leve ceño fruncido que sugería que había oído también los susurros, aunque le costara creerlos.

Poco a poco, un sonrojo defensivo empezó a ascender por el rostro de Juliet. Se interrumpió cuando, con un estrépito, dejaron sobre la mesa varias jarras de peltre que derramaban espuma por los lados, a las que siguieron como por arte de magia las fuentes de carne, barras de pan, platos y dos grandes candelabros de plata. Se hicieron varios brindis para dar la bienvenida al Pirata Lobo y celebrar que hubiera vuelto al redil, y para cuando Juliet volvió a recordar la débil pregunta en los ojos de su madre, sus propios interrogantes se estaban disipando gracias a las risas y los licores.

Capítulo 18

*E*l fuerte rayo de sol alcanzó a Juliet directamente en el ojo, obligándola a mover la cabeza a un lado. No sirvió de nada. El sol estaba casi a la altura del horizonte, por el oeste, y con aquella luz deslumbradora, la cabeza empezó a palpitarle y el estómago se le revolvió.

Había sido un mal necesario beber cada vez que brindaban en honor de los Dante la noche anterior, pero a medida que avanzaba la velada, a la cerveza se sumó el vino, al vino el ron, y había necesitado un gran esfuerzo de concentración para regresar al barco sin caerse del bote. No recordaba cómo había trepado por el casco a la cubierta, ni recordaba pasar de la cubierta al camarote. Cuando Johnny Boy la despertó a las cuatro de la tarde, seguía vestida con toda la ropa, tumbada boca abajo en su litera con un hilillo de baba cayendo por la comisura de sus labios.

No se había molestado casi ni en salpicarse el rostro con agua fría y beber medio jarro de agua directamente del recipiente antes de bajar al bote otra vez para remar hasta el Avenger. Varian St. Clare tenía la misma cara de sueño cuando se sentó al lado de ella en un silencio fatigado, demasiado desdichado como para decir algo; más bien gruñó cuando ella comentó que parecían haber llegado más barcos a lo largo del día, ya que el puerto era un bosque de mástiles de un extremo al otro. O eso o sus ojos aún veían doble.

Ni Jonas ni Gabriel habían regresado al barco después de la noche de juerga, pero Simon Dante se reunió con su hija en el portalón con una sonrisa alegre, del todo natural, pese al hecho de haber tumbado a la mitad de sus colegas capitanes antes de salir tambaleante de la tienda al amanecer.

Ahora Juliet volvía a encontrarse de pie en la misma tienda sin aire, agobiada por el hedor a cuerpos sudorosos, cerveza rancia y a mujeres que habían pasado la mayor parte de la noche tumbadas boca arriba. Llevaba las mismas ropas con las que había dormido la noche anterior y el terciopelo resultaba sofocante, la capa no paraba de resbalársele por el brazo, estrangulándola, y una de las plumas escarlatas del sombrero se caía incordiante sobre su ojo izquierdo.

Se ajustó el borde del sombrero por décima vez y, en vez de pensar en su terrible dolor de cabeza, intentó concentrarse en las discusiones que zumbaban en sus oídos. Simon Dante se había dirigido en primer lugar a los capitanes sin perder tiempo en oratorias. Ofreció detalles de las cartas capturadas con el *Santo Domingo*, mencionó los diversos rumores de fuentes diferentes que hacían referencia a la cantidad poco habitual de buques amarrados. En este momento, varios capitanes informaron de modo voluntario sobre el incremento de actividad que habían detectado en toda la zona, y cuando empezaron a especular sobre las razones, Dante presentó a Varian St. Clare, Su Excelencia el duque de Harrow, llegado desde Londres con la explicación, y una oferta lucrativa del rey.

Varian, una vez el Pirata Lobo le cedió el turno, pronunció el mínimo de palabras. Tenía los ojos más rojos que blancos, su boca se comprimía formando una apretada línea cada vez que algún ruido estallaba entre los presentes, pero consiguió hacerse con la atención de todo el mundo cuando sacó el decreto real que garantizaba la amnistía completa a cualquier corsario que estuviera dispuesto a colaborar en distraer los barcos españoles. Cuando añadió que el rey mostraba voluntad de renunciar al diez por ciento que correspondía a la Corona por cada cargamento que se tomaba como botín, las mesas oscilaron y saltaron con la fuerza de los golpes de las jarras de peltre sobre las maderas.

A la pregunta de por qué el rey se mostraba tan generoso, no mintió más de lo estrictamente necesario. Las negociaciones de paz con España se habían roto, dijo, y el rey de Inglaterra quería golpear donde a Felipe más le doliera: el Tesoro español.

Los corsarios eran gente recelosa, precavida y, aunque algunos de ellos no sabían leer, todos exigieron inspeccionar la Obra de Clemencia, frunciendo el ceño mientras observaban el sello de cera en relieve, dando un golpecito pensativo con el dedo sobre la firma del rey... Algunos estamparon su firma en el pergamino sin vacilar, una vez que se les aseguró que los Dante se habían comprometido. Otros, que habían firmado contratos de corso privados con dos o tres de los demás capitanes, se veían obligados por esos contratos a discutir cualquier iniciativa entre ellos antes de votar sí o no, pero sólo hizo falta susurrar al oído el valor estimado del cargamento del *Santo Domingo*, dato que recorrió la multitud a toda velocidad.

Todos ellos sin excepción firmaron y al final de la reunión había treinta y siete firmas o marcas, incluidas las cinco firmas que representaban los barcos de los Dante. Aún quedaba por delante una larga noche de bebida y más debate, pero para cuando el sol se hundió por debajo de las dunas, la cabeza de Juliet estaba a punto de estallar. Era necesario que Varian se quedara y capeara las preguntas planteadas por los capitanes, pero ella se fue discretamente por una abertura entre las paredes de lona y salió agachándose al limpio aire de la noche.

Lo primero que hizo fue sacarse la capa, que arrojó a la arena haciéndola girar como un abanico. Lo siguiente fue el sombrero, tras lo cual se soltó los cierres del jubón, que se quitó y se colgó del brazo. Luego tocó soltarse las lazadas de la blusa. Se abrió la tela de batista casi hasta la cintura para dejar que su piel respirara y luego se llevó un cuchillo a los molestos volantes del cuello, dejando caer el encaje sobre la arena tras ella.

Ascendió por la duna y continuó hasta el extremo más alejado de la playa, donde el ruido se reducía a un zumbido distante. Encontró una balsa poco profunda de agua de mar, encajonada tras un montón de piedras de poca altura. Aunque, justo al otro lado del estrecho rompeolas, las corrientes eran fuertes y las olas de mayor tamaño, la alargada balsa en sí estaba calmada, y el agua lisa se mecía con suavidad sobre los finos gránulos de arena. Dejó caer el jubón y el sombrero sobre la arena y se sentó en una roca, luego se quitó las botas, el cinturón con la espada y las pistolas. Tras meter los pies desnudos dentro del agua fresca, empezó a vadear hasta que el agua le llegó a las rodillas y permaneció allí de pie, ladeando la cabeza de un lado a otro para eliminar la tensión del cuello, cogiendo agua con las manos para salpicársela sobre la garganta y el pecho. En el puerto, todos los barcos tenían las lámparas encendidas, colgadas de barandas y jarcias. La luna saldría más tarde, pero había medio centenar de antorchas parpadeando en la costa distante, y mientras el cielo se oscurecía, las estrellas empezaban a aparecer primero de una en una, luego en grupos, relucientes como agujeros a través de una vasta tela negra.

Juliet alzó una mano y siguió con un dedo las posiciones de las brillantes estrellas de una constelación que le era familiar.

—Eso sería Sagitario, el Arquero. Un símbolo adecuado, considerándolo todo.

Juliet se giró en redondo. Anders Van Neuk estaba estirado en la arena con la cabeza apoyada en las manos enlazadas tras el cuello y los pies cruzados por los tobillos.

Una rápida mirada le dijo a Juliet que no estaba solo. Una mirada más prolongada, a la que añadió una maldición silenciosa por su propia estupidez, reveló que se había situado a corta distancia de sus ropas, de su espada y sus armas.

—He captado vuestras señales, mocita. Ya era hora.

—¿Qué señales?

—Esa manera de retocaros el sombrero cada vez que os miraba. Habría bastado con que os levantarais y me cogierais del brazo, o de lo que fuera, para el caso, os habría seguido de todos modos. Ojo, admito que esto es una pizca más romántico, ya que parecéis una ninfa recién salida del mar.

—Anders, es tarde y estoy muy cansada. Si os ha parecido que os hacía señales para participar en algún tipo de intriga romántica, os habéis equivocado. Me moría de ganas de salir de la tienda, eso es todo.

—¿Os moríais de ganas? Sí, conozco bien la sensación —dijo con calma—. Yo me moría de ganas por vos, mozuela, y desde hace mucho tiempo, tanto que ya ni me acuerdo. Y si dejarais a un lado vuestras tomaduras de pelo, admitiríais que os sucede lo mismo y que la última vez que os vi estuvisteis a punto de darme consuelo.

Juliet se mordió el interior del labio. Recordó que, en una ocasión y durante un breve momento, su curiosidad casi la había vencido. Estaba con Gabriel, y habían reconocido el *Dove* anclado cuando pasaban junto al cayo del Francés. Los dos barcos se acercaron para ofrecer al Holandés una parte de su cargamento a cambio de láminas de chapado de cobre, y una combinación de circunstancias alocadas les encontraron a ellos dos en cubierta bajo las estrellas, las manos del Holandés encima de la camisa de Juliet y la lengua casi en su garganta.

—Fue un error. Los dos habíamos estado bebiendo y...

—No fue ningún error, mozuela. Estabais tan excitada por mí como yo por vos. Fue vuestro hermano quien nos interrumpió, maldito sea, pero no volverá a pasar. He tomado precauciones esta vez y me he asegurado de que no nos molesten.

Alzó una mano y chasqueó un dedo. Casi de inmediato, las siluetas de cuatro robustos hombres se dibujaron tras las rocas. Se quedaron con los brazos cruzados sobre el pecho, sonriendo con gesto burlón a través de sus barbas. Cuatro más aparecieron por la izquierda y otros dos llegaron desde la cresta de la duna. En conjunto, formaban un semicírculo protector alrededor de la pequeña ensenada, sin dejar otra escapatoria que el mar.

Estúpida, estúpida, estúpida, por haber andado tan lejos por la playa.

Más estúpido todavía había sido el desprenderse de la espada y las armas. Aquello la dejaba sólo con su ingenio, que no estaba en muy buena forma, aunque se despejaba con rapidez. Era una buena nadadora. Sería una distancia endiabladamente larga a través de la corriente que entraba a gran velocidad por la embocadura del puerto, pero con suerte no sería arrastrada al océano sin antes arremeter contra la garganta del Holandés.

Acababa de pensar en esta salida cuando oyó una débil salpicadura tras ella. Antes de reaccionar, un grueso brazo la había cogido por la cintura y otro por el cuello. Juliet se retorció y lanzó dos dedos hacia donde pensaba que se hallaban los ojos de su atacante. Alcanzó uno, sintió cómo se ablandaba contra su uña, pero no apuntó del todo bien y el otro no lo alcanzó. Aun así, el agresor aulló y la soltó lo suficiente como para que ella pudiera volverse y lanzar la rodilla contra su entrepierna.

Se liberó, pero oyó más pasos salpicando por el agua. Esta vez eran cinco hombres, reunidos ante ella como sabuesos, riéndose y estirándose para cogerle los brazos, las piernas, la cintura. El primero que la tocó acabó con la nariz rota, los huesos aplastados hacia dentro con la base de su mano. El segundo soltó un rugido y se fue dando vueltas con la mejilla rasgada por una cuña de coral que recogió del fondo arenoso. Empezó a correr para adentrarse más en el agua, pero alguien la cogió del pelo y tiró de su cabeza hacia atrás. Alguien más le aporreó la sien con un puño, provocando una explosión de dolor, dejándola tambaleándose durante un momento, el tiempo que ellos necesitaron para sacarla del agua y llevarla a la orilla.

Juliet se retorcía y maldecía cuando la arrastraron fuera de la espuma, pero sólo sirvió para que la agarraran mejor y la bajaran sobre la arena como si la ofrecieran en sacrificio. Le estiraron los brazos y se los sujetaron contra el suelo, le separaron las piernas hasta lo imposible y alguien plantó una bota con firmeza sobre su pelo para mantenerle la cabeza pegada al suelo.

Anders Van Neuk se levantó y se sacudió la arena de los pantalones. La miró meneando la cabeza como si estuviera terriblemente decepcionado por su conducta.

—Podemos hacerlo de dos maneras, mocita. Podéis mostrar el entusiasmo debido o podéis quedaros ahí tumbada con todos estos gañanes mirando. Sea como sea, voy a meterme entre vuestros muslos y me voy a divertir.

—Mi padre, mis hermanos… os matarán —siseó.

—Sí, es algo a tener en cuenta —reconoció mientras empezaba a desabrocharse hebillas y cinturones—. Pero imagino que para cuando empiecen a preguntarse qué os ha pasado, estaréis a buen recaudo a bordo del *Dove* y ya nos habremos puesto en marcha.

—Os perseguirán. Os darán caza como a un perro y os arrancarán la piel a tiras.

—Mejor os preocupáis de vuestra propia piel, mocita, y de cuánto quedará cuando el español acabe con vos.

—¿Español? ¿Qué español?

—Ah, bien, ahí está la gracia, ya veis, de ondear la bandera holandesa. Da la casualidad que, no hace ni cuatro días, me encontraba en Puerto de Manatí cuando llegaron un montón de españoles en estado lamentable, rescatados de un pequeño montículo de arena en medio de la nada. Uno de ellos llamaba especialmente la atención, sin orejas, ni dignidad, pero, claro, ya sabemos como son estos papistas. En todo caso, parece que había perdido las orejas en el *Santo Domingo* y estaba de lo más ansioso por conocer de nuevo a la Rosa de Hierro. Tan ansioso que ofreció al hombre que os llevará de regreso junto a él su peso en oro, que en este caso, tendréis que admitir, es considerable.

—¡Vais a entregarme a un maldito español a cambio de oro!

—Si fuera sólo el oro, mozuela, os vendería luego a vuestro padre por la misma cantidad. Pero lo mejor de todo esto es que el español también ofrece un salvoconducto para navegar por este agua con derecho a comerciar en cualquier puerto, comprar cualquier cargamento y sacar todo el beneficio que podamos cargar en nuestras bodegas. Aunque tengamos que perdernos la diversión de hundir a cañonazos a los malditos papistas, el trato deja mis cañones y mis buques a salvo, y además me convierte en un hombre rico, muy rico. La verdad —añadió— es que sólo tenía intención de arrearos en la cabeza y llevaros de regreso a Porto de Manatí amarrada como una gallina de Guinea, pero... —volvió a hacer una pausa y los duros ojos verdes recorrieron su cuerpo—, pero sois un bocado tan tentador, así mojada y reluciente, que he decidido probar primero la mercadería... sólo para asegurarme de que merece la pena tanta molestia.

Se llevó las manos a la cintura y empezó a desatar las correas de cuero que cerraban su bragadura. Juliet se retorció, culebreó, juró y escupió, pero en cuanto Van Neuk dio la orden, las manos que rodeaban sus muñecas y tobillos la apretaron como grilletes de hierro. Un gruñido le advirtió que él se había librado de los pantalones y Juliet volvió a maldecir al ver que el Holandés se ponía de rodillas. Su miembro era voluminoso y sobresalía desde la base de su vientre como un garrote de madera y, mientras él se movía el prepucio con una mano, con la otra le apartó la camisa a Juliet para buscar sus pechos. Tenía las uñas largas y mal cortadas, las palmas ásperas como el cuero, Juliet tuvo que apretar la mandíbula para no chillar mientras él la sobaba, le arañaba y casi le arrancaba los pezones del cuerpo con sus zarpas.

Sus hombres empezaron a hacer sugerencias lascivas. Uno se ofreció a mantenerle la boca abierta por si quería darle a probar lo que le esperaba. Otro se ofreció a cerrársela a puñetazos para ahorrarles el chorro continuo de juramentos y maldiciones con las que les estaba escupiendo. El Holandés se limitó a darle un fuerte bofetón en la mejilla para hacerla callar, luego llevó una afilada daga hasta los pantalones de Juliet. La punta le provocó dos cortes, pues sus retortijones hicieron que el cuchillo cortara algo más que la tela, pero él no desistió. Sondeó con los dedos la entrepierna y luego el cuchillo empezó a descender por la otra pernera cuando el sonido del choque del acero distrajo su concentración. Se giró para buscar el motivo.

Dos hombres peleaban con sus espadas sobre la duna y, mientras Van Neuk observaba, uno de ellos gritó y se desplomó, agarrándose la tripa con las manos: era el hombre que había dejado allí apostado para avisar de cualquier visita inesperada. El espadachín se dio la vuelta y bajó corriendo hasta la playa levantando terrones de arena tras él. Dos hombres más de la tripulación del holandés sacaron sus sables y cargaron contra él, pero una cuchillada y un tajo les dejaron gritando sobre la arena.

Anders gruñó y ladró una orden. La bota se levantó del pelo de Juliet y ella por fin fue capaz de alzar la cabeza a tiempo de ver a Varian St. Clare enfrentándose a su nuevo atacante con una fiera exhibición de golpes y tajos que mandaron el arma del hombre volando por los aires. Varian recogió la espada y llevó las hojas de ambas armas al cuello de su oponente, arrancándole casi la cabeza de los hombros.

Tres de los hombres que sujetaban a Juliet se pusieron en pie de un brinco para salir corriendo y sumarse a la refriega. Aquello permitió a Juliet lanzarse a por el cuchillo que Anders aún mantenía sujeto sobre su entrepierna. Le cogió la muñeca y se la levantó hacia atrás, empujándola luego arriba, hacia su barbilla. Anders reaccionó, pero demasiado tarde como para desviar el cuchillo, mientras que Juliet, aplicando cada gramo de fuerza de sus puños, apretó el puñal hacia arriba y hacia dentro, sintiendo cómo cortaba el cartílago, el hueso, cómo partía la tráquea y penetraba hasta la parte posterior de su cráneo.

A Van Neuk se le salieron los ojos de las órbitas. Sujetó con fuerza la mano de Juliet intentando sacar el cuchillo de su garganta, pero ya había perforado demasiado el cerebro, se estaba muriendo. Juliet salió rodando de debajo de su cuerpo que se inclinaba hacia delante sobre el suelo. Se levantó de un brinco y fue corriendo a coger el cinturón con su espada. La desenfundó y la hizo girar con una rociada de arena para lanzarse al encuentro de los dos hombres que saltaban las rocas en ese momento y venían a por ella. Su rabia había alcanzado tal punto que atravesó al primer hombre directamente por el pecho, la hoja perforó limpiamente la columna y salió luego por la parte posterior del jubón.

El segundo bruto consiguió realizar un ataque con el sable antes de que ella le tumbara. Cuando Juliet se dio media vuelta para buscar la siguiente amenaza, las dos siluetas que hasta entonces habían permanecido contra las rocas, ascendieron con dificultad por las dunas y fueron tragadas por las sombras de la noche.

—¿Estáis bien? —Varian llegó corriendo, limpiándose las salpicaduras de sangre de la cara.

Durante un momento se sintió demasiado furiosa como para responder. Furiosa consigo misma, furiosa con Anders Van Neuk, furiosa con toda la humanidad.

—¿Juliet...?

—¡Dejadme en paz! Simplemente... ¡dejadme en paz! —Empezó a andar de regreso por la playa, pero se detuvo tras dar unos pasos. Se quedó allí jadeante, observando con la mirada fija las luces en la distancia. Después de tanto hablar, de tanta bravuconada, de tanta exhibición de habilidad y fuerza para demostrar que era igual a cualquier hombre, un hijo de perra con un pene podía habérselo arrebatado todo.

Cuando confió en que podía volver a hablar, se dio media vuelta y miró a Varian.

—¿De dónde habéis salido? ¿Cómo sabíais dónde encontrarme?

—Os vi salir de la tienda. Luego vi que el Holandés se marchaba inmediatamente después. Pensé, por la mirada en su rostro, que no andaba detrás de nada bueno, de manera que busqué alguna excusa y salí tras él. ¿Estáis bien? ¿Os ha... os ha hecho daño?

Ella siguió la mirada de él hacia abajo. La pernera del pantalón estaba cortada y colgaba del muslo como una falda. El muslo quedaba al descubierto, manchado de sangre.

—El muy hijo de perra me cortó. Aparte de eso... no, no me ha hecho daño. De cualquier modo, no lo habría permitido, o sea, que si estáis ahí esperando a que os dé las gracias por salvarme de ser violada, tendréis que esperar mucho.

Pasó junto a Varian rozándole y se inclinó sobre el cuerpo del Holandés. No había dudas de que estaba muerto. Tenía los ojos abiertos, vidriados, mirando la gran mancha oscura que se había formado debajo suyo en la arena, y las manos estaban petrificadas alrededor de la empuñadura del puñal que sobresalía de su garganta.

—Tiene suerte de haber muerto tan rápidamente —masculló Juliet. Echó un vistazo a los otros cuerpos despatarrados sobre la arena y señaló uno de los más pequeños—. Ése me servirá. Ayudadme a quitarle los pantalones.

Unos minutos después, Juliet se estaba atando las lazadas de la prenda del hombre muerto. De pronto tenía frío y agradeció el calor del jubón. Recogió el cinturón y el sombrero y empezó a andar de regreso por la playa, pero de nuevo se detuvo y retrocedió lo andado. Mientras Varian la observaba, ella arrastró el cuerpo medio desnudo junto al cadáver de Anders Van Neuk. Lo dispuso boca abajo con el trasero al aire, luego le cogió el cuchillo y cortó la otra pernera de los pantalones abandonados, dejándolos sujetos entre la mano enjoyada del Holandés.

—Dejemos pensar a quien los encuentre que el Holandés murió sodomizando a uno de sus propios hombres —escupió.

Después de eliminar cualquier huella reveladora que hubiera dejado en la arena, emprendió el recorrido de regreso en dirección al extremo iluminado del puerto, sin apenas abrir la boca hasta que se acercaron a la larga hilera de botes encallados en la arena.

—Agradecería que no mencionarais esto a mi padre. Creo que contaba con el apoyo de ese hijo de puta.

—¿Y qué hay de los hombres que escaparon? ¿No contarán una historia diferente a la que habéis querido simular en la otra punta de la playa?

Juliet puso una mueca.

—Me sorprendería que el *Dove* siguiera en el puerto al llegar la mañana. Si así fuera, un nuevo hijo de puta habrá asumido el mando, a quien no le preocupará cómo ha llegado a capitán, sólo le importará el hecho de que no habrá tenido que tomarse la molestia de hacerlo él solo: el asesinato es un medio habitual de desgaste en este negocio. —Arrojó el sombrero al primer esquife que encontraron y empujó la quilla dentro del agua.

—¿A dónde vais?

—De regreso al *Rose*.

—Vengo con vos —dijo él siguiéndola por la espuma.

—¡No! Quiero decir… no, preferiría que no lo hicierais. Aparte, tal vez hagáis falta aquí.

Varian le colocó un dedo debajo de la barbilla e inclinó el rostro de Juliet hacia arriba. Ella intentó retroceder pero él la cogió por los hombros y la obligó a mirarle.

—¿No me permitiréis ni tan sólo una pequeña ilusión, señora? ¿Que tal vez me necesitéis aunque sólo sea un poquito más esta noche?

Ella le miró a los ojos sin responder, sin moverse. El pulgar le acarició la barbilla durante un momento, Varian intuyó otro rechazo pues percibió un temblor ahí. Pero cuando la mano empezó a bajar, ella la cogió y le detuvo justo antes de que él la apartara.

—De hecho… tal vez necesite vuestra ayuda. Sólo un poco.

Se balanceó y empezó a doblarse hacia delante. Varian la cogió por debajo de los brazos y, al levantarla, sintió sus pantalones empapados a lo largo del muslo.

—El hijo de perra me cortó —volvió a susurrar. Las palabras, amortiguadas contra la garganta de él, se fueron apagando mientras el cuerpo de Juliet perdía las fuerzas y su cabeza caía hacia atrás sobre el brazo de Varian.

Capítulo 19

—*Y*o no me desmayo. Nunca me he desmayado en la vida.

—De acuerdo. Diremos que habéis perdido tanta sangre que fue un milagro que os quedaran fuerzas para seguir respirando.

Juliet entrecerró los ojos.

—No diremos nada en absoluto, señor. Y mirad esto —indicó el corte en el muslo, que aunque no era un rasguño tampoco había puesto en peligro su vida—, si llega a entrar un centímetro más me habría perforado una vena vital.

Varian obedeció y miró. Era un corte tan largo como su mano y había sangrado de forma abundante, pero los extremos de la herida se estaban cerrando sin necesidad de puntos. Más abajo en la pierna había un corte más pequeño y dos más profundos cerca del tobillo, donde el cuchillo del Holandés había pinchado varias veces al enredarse con la parte inferior de sus pantalones. Sospechó que estas últimas heridas le causarían más molestias cuando intentara ponerse las botas.

Varian había pasado la noche abrazándola. Una vez regresaron a bordo, y tras ayudarle a sacarse los pantalones ensangrentados, el arrojo de Juliet finalmente empezó a decaer y se puso a temblar como un polluelo.

Aquella visión conmocionó a Varian como si de un golpe físico se tratara. Siempre era tan segura de sí misma, mantenía tal control, dominaba sus emociones, que la imagen de algo tan absolutamente femenino, humano hasta lo imposible, hizo que quisiera matar dragones por ella el resto de su vida.

Había limpiado la sangre del muslo, le había puesto una camisa limpia y pasó la noche sentado en la silla acunándola en sus brazos.

Juliet suspiró y acurrucó la cabeza contra el hombro de él.

—Acabo de oír la campana y el cielo está cada vez más claro. Johnny Boy llamará enseguida a la puerta para traerme galletas y queso, y entretanto vuestro ayudante Beacom se levantará y empezará a retorcerse las manos, convencido de que os hemos cortado el cuello y estáis enterrado en cualquier duna.

—Beacom está aprendiendo a adaptarse bastante bien a mis largas ausencias.

Juliet se incorporó un poco y le miró a los ojos un momento antes de besarle. No hubo nada provocativo ni seductor en aquel beso. Fue sólo un beso, labios y alientos juntándose, carne en contacto con carne; no obstante provocó una onda de placer en ambos.

—Gracias —susurró ella.

—¿Por qué?

—Por lo de anoche. Por estar en la playa, por traerme de regreso al barco y curarme las heridas.

—Creedme —murmuró—, fue un gran placer para mí rescataros. E igual de relevante fue descubrir que al fin y al cabo sois humana.

—¿Teníais algún motivo para ponerlo en duda?

—¿Motivo? ¿Tenéis alguna idea de lo que están haciendo en este momento en Inglaterra las ricas aristócratas de vuestra edad?

—Me lo puedo imaginar —dijo, y soltó un extenuado suspiro—. ¿Bordar monogramas en la ropa de cama? ¿Angustiarse decidiendo qué atuendo ponerse para cenar? ¿A qué obra de Shakespeare asistir?

—Con toda certeza no planean atacar una flota española. Y si les hubiera asaltado un bruto como Van Neuk, lo más probable es que se hubieran quedado conmocionadas para el resto de sus vidas. Dios santo, Juliet. Sois la capitana de un buque de guerra. Lleváis pantalones y botas y cantáis salomas toda la noche rodeada de piratas hasta que sale el sol. Dormís una hora por la noche, como mucho. Esgrimís una espada como un hada endiablada y tenéis un barco lleno de marinos que siguen cada palabra y orden que pronunciáis. Mirad, por el amor de Dios, lo que habéis hecho conmigo en menos de dos semanas. Me tenéis llevando documentos falsos, dando falso testimonio, cometiendo actos de traición y sedición, por no mencionar que corrompéis al pobre teniente Beck para que haga lo mismo. ¡Me tenéis durmiendo en suelos de madera y disfrutando de ello como si fuera una cama de plumas! En verdad, si hubiera más mujeres como vos en estas islas del Caribe, estaría preocupado por la seguridad de todos los hombres mortales que se atrevan a venir por aquí.

El rostro de Juliet se puso tenso un momento antes de que ella se incorporara para levantarse. Buscó entre el montón de papeles que cubrían su escritorio para localizar yesca y pedernal y luego encendió una vela.

Varian se levantó para estirar las piernas y se estremeció mientras se frotaba la columna con los nudillos. Dobló los brazos y se peinó con los dedos, luego se acercó a la galería.

La noche se retiraba como si la mano de un gigante apartara un lienzo. Una estrecha banda a lo largo del horizonte más oriental cambiaba de color casi por momentos, rosa y oro y gris peltre. Aún había antorchas y hogueras visibles en el litoral en forma de media luna. La brisa era fresca pero venía cargada de la amenaza del calor tropical, y también del olor a humo de madera, el efluvio de los fuegos para cocinar, de la arena y la sal y el pescado de todo el puerto. La mayoría de barcos anclados tenía enormes lámparas encendidas en las cubiertas superiores, y Varian alcanzó a ver la silueta de diminutas figuras en las diversas fases del cambio de guardia.

Había tantos hombres... y no obstante confiaban sus destinos a tan pocos. ¿Cuestionaban alguna vez las decisiones de sus capitanes? ¿Alguna vez reconocían los peligros increíbles a los que se enfrentaban antes de embarcarse en una aventura de tal dimensión como la que ahora iban a iniciar?

En teoría, el principal empuje del plan que había fomentado Simon Dante con los diversos capitanes sonaba lo suficiente simple. Cada corsario debería intentar capturar al menos un barco enemigo. Treinta y siete corsarios reducirían el tamaño de la flota española casi a la mitad: una conclusión impresionante hasta que uno recordaba que algunos buques del convoy tenían entre cuarenta y sesenta cañones en sus baterías. Algunos de los corsarios más pequeños llegaban justo a los diez o doce cañones; tendrían que hacer por tanto causa común para representar cierta amenaza.

El *Argus* contaba con diez cañones, la mayoría de los cuales quedaron silenciados tras la primera andanada de los españoles.

Los pensamientos de Varian se vieron inconscientemente arrastrados de regreso al calor de la batalla, al ruido, a los fuegos, al estruendo de los cañones, a los hombres peleando como demonios sin otra orden o propósito aparente que matar al enemigo. Todo había parecido un caos tan letal, y aun así tenía que admitir, al menos a sí mismo, que había sido emocionante. Incluso estimulante. Como si hubiera mostrado su pecho al demonio y hubiera salido ileso.

Aunque eso no era del todo cierto, ya que había salido muy tocado. Se había dejado seducir por una bruja de mar, una que le había animado a saborear la sensación del sol caliente sobre su piel, el sudor del duro trabajo en su frente. Había matado la noche anterior a aquellos hombres, sin vacilar, el deseo de sangre casi tan potente como el deseo que sentía ahora: extender sus amplias manos y atrapar el aire.

—¿Cuánto calculáis que falta para que la flota se haga a la mar?

Juliet se unió a él en la galería. Se había puesto un par de pantalones, con cuidado de no dañar la herida aún reciente en la parte superior del muslo y se estaba metiendo la parte posterior de la camisa por la cintura abierta.

—Una semana, quizá dos o tres. Sabremos más cuando Jonas y Gabriel regresen de La Habana.

Varian percibió la inquietud en su voz y supo que tenía motivos para ello. Los Gemelos Infernales se habían ofrecido voluntarios para acercarse con sus barcos al gran puerto español todo lo que se atrevieran con el fin de reconocer la ensenada, los galeones de guerra y el estado de los preparativos en la flota.

—*Fortuna favet fatuis* —murmuró él.

—La fortuna favorece a los locos —tradujo ella—. ¿Pensáis que es una iniciativa alocada?

—Con sinceridad, no sé qué pensar, aparte de considerar bastante disparatado suponer que podamos hacer alguna otra cosa aparte de incordiar a los españoles.

—Tenéis mucha razón, pero también es cierto que podemos ser muy incordiantes.

Los ojos de él resplandecieron bajo la luz nacarada del amanecer. Su piel tenía un aspecto satinado, esplendoroso, y Varian no pudo resistir la tentación de estirar la mano y apartarle un mechón de pelo de la mejilla. Bajó los dedos por la garganta hasta la prominencia de su pecho, allí encontró el pezón a través de la batista y lo friccionó con el pulgar hasta que estuvo firme y terso. Vio cómo se dilataban las pupilas oscuras de sus ojos y continuó bajando la mano hasta deslizarla entre los extremos aún sin abotonar de los pantalones, para jugar entre la suave mata de vello. Un solo dedo, luego dos, exploraron los pliegues y contornos. Ella se puso tensa cuando los dedos sondeaban más a fondo, sin duda recordando el brutal maltrato del holandés. Pero Varian era tan delicado, sus intenciones tan sinceras, que al final ella tuvo que inclinarse contra el brazo de él y ceder al placer, moviéndose con ritmo fluido y un suave suspiro.

Cuando su cuerpo acabó de fundirse sobre la mano de Varian, éste sonrió y la atrajo a sus brazos, secó la humedad que brillaba en las pestañas.

—¿Y me consideráis a mí una mujer insensata? —susurró Juliet contra su pecho—. Podríamos atraer más la atención si permaneciéramos desnudos en medio de la cubierta.

Varian echó una ojeada por encima de su hombro. El *Avenger* estaba anclado cien metros a estribor de la proa, por suerte no era visible desde donde ellos se encontraban ahora. Se veían barcos a la altura de la popa, pero aún no había suficiente luz como para atraer miradas curiosas.

—Si os preocupa vuestra reputación, capitana, podríamos regresar adentro —murmuró él.

—Al cuerno mi reputación —exclamó ella y se rió con voz entrecortada—. Santo Cristo, cómo os voy a echar de menos.

—Todavía no me voy a ningún sitio, señora. No os libraréis de mí tan fácilmente...

Cuando Juliet recuperó la cordura lo suficiente como para alzar la vista, Varian vio la misma tensión que había detectado en su rostro apenas cinco minutos antes. No era tan necio como para suponer que empezaba a conocer una décima parte de sus expresiones o los secretos que ella mantenía ocultos; no obstante aquel gesto tenía una sombra inconfundible de premonición, lo bastante clara como para disparar una alarma en su nuca.

La sensación creció cuando ella apartó la mirada y se separó de sus brazos, retrocediendo casi hasta la puerta de la galería.

—¿Recordáis ayer cuando conocisteis al capitán Robert Brockman, un inglés alto, de pelo canoso, con un parche en el ojo?

Varian asintió y ella necesitó respirar a fondo para continuar.

—Su barco, el *Gale*, es uno de los más rápidos del puerto; ha llegado a hacer la travesía hasta Inglaterra en menos de cuarenta días. Una de las razones por las que su barco es tan rápido es porque sólo lleva ocho cañones pesados y... y debido a ese mismo motivo, ha accedido a aprovechar mejor sus servicios viajando lo más rápido posible a Inglaterra. Mi padre cree que el rey debería al menos estar al corriente de lo que está sucediendo aquí. Si conseguimos mediante algún milagro retrasar o desbaratar la flota, eso concedería al almirantazgo en Londres tiempo suficiente para enviar barcos a interceptar el resto de la flota antes de su llegada a España. Puesto que habéis armado tanto jaleo sobre la confianza que el rey y su consejo depositó en vos, el Pirata Lobo ha pensado, naturalmente, que deberíais ser vos quien fuera a dar la alerta.

Al ver que Varian no decía nada, que se limitaba a seguir observándola, Juliet apeló a su sentido de la lógica.

—En realidad nadie esperaba que fuerais a luchar junto al resto de nosotros. —Alzó una mano para advertirle que continuara callado—. Y aunque salgáis con alguna protesta o me recordéis vuestros años en la infantería, tampoco va a servir de nada. Los pequeños soldados de plomo, vestidos de rojo y desfilando en línea recta, hacen un favor al enemigo presentándose como un blanco llamativo y estable. No pueden competir con cañones disparados desde trescientos metros de distancia. Vos mismo dijisteis que aquí estabais por completo perdido. Admitisteis que estaríais encantado de librar batallas y ganar guerras en un campo de batalla con artillería y caballería, pero que en el mar cambian todas las reglas. Y teníais razón. Habéis tenido una muestra de lo que es una batalla a bordo de un barco, señor; deberíais saber por tanto que no hay reglas aparte de las de la mera supervivencia. Vuestra propia supervivencia personal —añadió con énfasis—, ya que en la mayoría de casos queda muy poco tiempo para preocuparse por el hombre que está a vuestro lado. No se permiten errores. Ni tampoco distracciones.

—¿Es por eso por lo que me mandáis de regreso? ¿Por haberme convertido en una distracción?

Juliet suspiró.

—No tiene sentido discutir conmigo. La decisión fue tomada antes de que saliéramos de Pigeon Cay.

—Vaya. ¿Y cuándo pensabais comunicármela?

—Acabo de hacerlo.

A Varian le tembló un músculo en la mejilla.

—¿Y eso es definitivo? ¿Yo no puedo opinar al respecto?

—Con toda honestidad —dijo ella sin alterarse—, nunca se os ha permitido opinar. Sois un duque, por el amor de Dios, un miembro de la nobleza británica y el representante oficial del rey en las

Antillas. Todos nosotros tenemos el deber de manteneros vivo, de que sigáis respirando el tiempo suficiente para que regreséis en vuestra calidad de emisario oficial y expliquéis por qué hemos desobedecido las órdenes de la Corona y hemos atacado la flota.

—No soy tan fácil de matar, pensaba que eso ya lo había demostrado anoche.

Ella se ruborizó levemente.

—Anoche fue la exhibición de un maestro de esgrima contra patanes que se escondían en rincones y cortaban cuellos en las sombras.

La mirada de Varian se perdió hasta la magulladura algo amoratada en la sien de Juliet.

—Vuestra actitud no era tan desdeñosa anoche cuando era vuestro cuello el que estaba amenazado.

—Ni me ablanda con facilidad un cuerpo caliente y alguien con labia. ¿Acaso habéis llegado a la conclusión, Vuestra Excelencia, de que al habernos acostado tenéis permiso para desafiarme cada dos por tres?

—Si algo he aprendido en estas dos semanas, capitana, es que mantenéis dos personalidades muy diferentes, una a la que puedo desafiar con toda libertad, y otra a la que no.

—Exacto. En este caso, no podéis.

—Destacáis en los duelos de palabras tanto como en los del acero, Juliet, pero, ¿por qué? ¿Os asusta hacer amigos, acercaros demasiado a alguien o dejar que alguien se acerque demasiado a vos?

—No me asusta hacer amigos, señor; me asusta perderlos. En cuanto a lo de acercarme… el hecho de que se me humedezcan las calzas no me confunde tanto como para no comprender que fue un error tremendo, incomprensible, haberos tocado la primera vez. Debería haberos enviado de inmediato a vuestra habitación la primera noche en Pigeon Cay. Al menos de ese modo ahora no sufriríais ninguna ilusión sobre quién y qué soy. Aún estaríais ansioso por regresar a Inglaterra, junto a vuestra confiada prometida, que sin duda ha bordado vuestro monograma en un millar de fundas de almohada durante vuestra ausencia. Volved a casa, con ella, Varian. Volved a vuestra casa de sesenta y cinco habitaciones, vuestros limpiabotas y vuestros ondulados campos verdes. Es ahí a donde pertenecéis.

—¿Y si no estoy conforme?

Juliet pareció sorprendida durante un momento, pero al siguiente su mandíbula adquirió firmeza, sus hombros se cuadraron.

—Con franqueza, llegados a este punto, no importa que estéis conforme o no. Volvéis a casa, señor. El *Gale* parte esta noche, con la marea del atardecer, y vos iréis en él.

Antes de partir de Pigeon Cay, Nathan Crisp había cedido a regañadientes su camarote para uso del duque. Era un camarote de diez por diez pies situado en la parte delantera de la cubierta inferior e incluía una estrecha litera y un taburete con tres patas desiguales. Beacom había sido instalado en el diminuto armario adyacente al camarote, amueblado con poco más que una hamaca colgada entre dos vigas. Los mamparos eran delgados, de maderas de media pulgada, de modo que cuando Beacom oyó la puerta cerrarse de golpe y alguien que entraba con paso furioso en el camarote, dio un grito y se cayó de la hamaca.

Se vistió a toda prisa, se alisó con las manos el pelo, que se le había puesto de punta, y luego se apresuró a salir de su cubículo y llamar con suavidad a la puerta de su señor.

Varian la abrió de golpe con tal violencia que la pequeña caja de madera que Beacom llevaba en las manos casi se le escapa del susto. Una rápida mirada a los ojos medianoche fue más que suficiente para advertir al sirviente que su amo estaba de mal humor; no le hacía falta oír la maldición con que Varian empezó de nuevo a recorrer el camarote de lado a lado.

Beacom se aclaró la garganta.

—Buenos días, Vuestra Excelencia. Entiendo que habéis dormido bien. ¿Vais a necesitar que os afeite?

Varian se dio media vuelta y dejó de mirar el ojo de buey para observarle fijo a él durante un momento, cómo si intentara recordar quién era y por qué estaba allí.

—Una idea tentadora, Beacom, pero ¿parece acaso que en estos momentos deseo sentarme y que alguien me ponga una cuchilla en el cuello?

—Ah… no. No, la verdad es que no, Vuestra Excelencia. ¿Tal vez queráis comer algo? ¿O un poco de cerveza?

—Tal vez, lo mejor sería que os quitarais de en medio y me dejarais pensar.

Beacom se apartó con prudencia a un lado y, estaba a punto de dejar el estuche de afeitado, cuando advirtió que la tapa del arcón estaba abierta y su contenido sacado y revuelto por completo.

—¿Buscabais algo en concreto, Vuestra Excelencia?

—¿Qué? —Siguió la mirada de Beacom hasta el arcón—. Una camisa limpia. Pantalones. Medias. Soy el emisario del rey, maldición. Al menos debería aparentar ese papel.

Beacom subió mucho las cejas. Por primera vez, advirtió que la camisa y los pantalones que Varian llevaba puestos tenían lo que parecían sospechosas salpicaduras de sangre en medio de manchas de agua salada, arrugas y rozaduras de tierra.

—Por supuesto, Vuestra Excelencia. Deberíais.

Mientras Varian se desnudaba, Beacom se apresuró a buscar unas medias y pantalones limpios, y una camisa blanca de camelote. Varian agarró cada prenda que le tendía el asistente pero no se molestó ni tan sólo en abotonarse los puños de la chaquetilla ajustada que tenía puesta. Permaneció rígido mientras Beacom se encargaba de él. Se sentó y permitió que le cepillara el cabello suavemente, e incluso inclinó la barbilla hacia arriba sin quejarse cuando Beacom se acercó con cierta vacilación con el volante almidonado del cuello. Pero cuando el asistente buscó el broche de rubí que sujetaba la parte delantera, éste no aparecía por ningún lado.

—¿Buscabais esto?

Beacom soltó un resuello y se giró en redondo, volviéndose a dar contra el mamparo, pero Varian se limitó a volverse para reconocer tanto el sonido de la puerta que se había abierto de golpe como la presencia de Simon Dante en el umbral. El alto corsario de pelo azabache tuvo que inclinarse para pasar bajo el dintel, al igual que su hijo mayor, Jonas, quien se quedó en la entrada, llenando el umbral con su gran cuerpo.

Los reflejos de Varian fueron lo suficientemente rápidos como para atrapar el objeto que Dante le arrojó. Sin bajar la vista, supo que era el broche del tamaño de un huevo que había prendido a su cuello el día anterior.

—Lo encontraron en la playa, a menos de diez metros de los cuerpos del capitán y ocho hombres de la tripulación del *Dove*.

Varian manipuló el broche dentro de su mano, consciente a regañadientes de la promesa que había hecho la noche anterior a Juliet.

—¿Por casualidad no sabréis cómo llegó ahí, verdad? —La voz de

Dante sonaba aplacada pero la mirada era dura. Dura y fría, igual que la de Juliet mientras le miraba a los ojos para decirle que regresara a casa.

Dante frunció el ceño, pues era obvio que estaba poco acostumbrado a esperar a que le dieran explicaciones una vez las había exigido.

—Si os hace falta refrescaros la memoria, permitidme que os diga lo que sé. Encontramos ocho cuerpos en la playa anoche, incluido el de Anders Van Neuk. Al principio parecía que le hubieran pillado sodomizando a uno de sus propios hombres, y si ése hubiera sido el caso, ahí habría acabado el problema: que el diablo se lo lleve y adiós. Por desgracia, no acaba ahí la cuestión. Dos de los hombres de Anders, que sangraban por diversas heridas, fueron descubiertos ocultos entre los árboles y, al ser interrogados, contaron una historia bastante diferente.

—Dijeron que por casualidad os habían descubierto intentando aprovecharos de Juliet —gruñó Jonas—. Cuando salieron corriendo en busca de ayuda, vos y vuestro asistente se lo impedisteis con espadas.

A aquella acusación siguió un chillido apagado y el golpe seco de Beacom al darse con la cabeza en la viga.

—Beacom no estaba anoche en las proximidades de la playa —dijo Varian con calma—. Nunca salió del barco.

El Pirata Lobo echó una ojeada a Beacom y apretó los labios.

—Con franqueza, ni siquiera lo tuve en consideración. Por lo visto, Gabriel tampoco, y para cuando dejó de mancharse los nudillos de sangre con aquel par de infelices, había sacado una historia por completo diferente de sus gargantas.

Varian se puso en pie.

—En tal caso, sois libre de creer la versión que tenga más sentido.

—Dijeron —Jonas cerró los ojos hasta que formaron dos rendijas de incredulidad— que salisteis de la nada y que dejasteis a cinco de ellos tirados en la arena sin tan siquiera dejar de andar. Dijeron que parecíais un gran murciélago sanguinario, con vuestra capa volando como si fueran alas.

Varian se le quedó mirando fijamente un momento, luego se volvió para acabar de vestirse. Descolgó la capa del colgador y se la arrojó a Beacom, quien por su parte tuvo que apoyarse en el mamparo para adelantarse y echar el manto sobre el hombro izquierdo de su señor. Se lo sujetó pasando las lazadas por debajo de los brazos y luego cogió el cinturón con la espada de Varian para abrochárselo en torno a la cintura.

—¿Vais a algún lado? —preguntó Dante como si tal cosa.

—Vuestra hija me ha dicho que me voy. A Inglaterra, a toda prisa.

—Y... ¿no estáis contento con nuestra decisión de enviaros a casa?

—Ni contento ni descontento. Lo que no me agrada, capitán Dante, es que se me utilice como un títere y luego se me considere prescindible una vez he cumplido la primera parte de la estrategia.

—Si ésa es vuestra impresión, señor, la verdad es que no era mi intención.

—¿Ah no?

Simon sacudió la cabeza.

—No. No lo era. Ni siquiera ha sido idea mía enviaros a casa. En verdad no he sido yo quien ha insistido en enviaros en uno de nuestros barcos más rápidos con uno de nuestros capitanes más preparados e imprescindibles.

—Entonces, ¿por qué...? La pregunta salió de los labios de Varian antes de que pudiera reprimirse. La respuesta estaba clara: era Juliet, por supuesto. Había sido idea suya, por mucho que ella hubiera intentado eludir parte de la culpa. Al fin y al cabo, él le pertenecía, era su botín, su responsabilidad y podía disponer de él de la manera que considerara conveniente, tal y como había hecho con el *Santo Domingo*.

—El capitán del Gale está almacenando provisiones y agua fresca para la travesía —explicó Dante—. Estará listo para partir al anochecer con la marea. Todos los papeles y documentos que necesitáis llevar con vos están a bordo del *Avenger*, de modo que, así que estéis listo...

—Estoy listo ahora mismo —dijo Varian de forma abrupta—. Si no tenéis objeciones, os acompañaré al barco y, desde allí, me iré al *Gale*. Sería negligente por mi parte —añadió obligándose a esbozar una sonrisa— regresar a Inglaterra sin haber pisado el famoso *Avenger*.

—Como queráis. ¿Podéis ocuparos del arcón o debería enviar a alguien...?

—¡Oh, puedo arreglármelas, señor! —Beacom estaba tan extasiado con la idea de regresar por fin a casa que podría haber subido volando a cubierta con el arcón haciendo equilibrios sobre su cabeza—. ¡Desde luego que sí, yo os sigo al instante!

Simon hizo un gesto afirmativo a Varian antes de volverse para salir. En la puerta, hizo una pausa y echó una mirada atrás.

—Si os sirve de consuelo, la decisión de enviaros a casa fue tomada antes de salir de Pigeon Cay. En vista de los últimos acontecimientos, tal vez ella no sea tan inflexible al respecto.

—No ha sucedido nada para que ella cambie de idea, capitán —dijo Varian con calma—. Eso es lo que yo sé.

Juliet estaba decidida a que un corte en su muslo no le impidiera continuar con su rutina diaria. Por mucho que le rozara la tela, por mucho que las botas irritaran las heridas recientes, pasó la mayor parte del día con Gabriel, a quien había acompañado hasta el *Valour*. Ella no preguntó por los nudillos magullados y él no preguntó por los moratones en su mentón y mejilla. Sólo con mirarse brevemente a los ojos, sabían qué había sucedido. El hecho de que Gabriel se mordiera la lengua tenía aún más mérito: ver a su hermana a punto de romper a llorar en varias ocasiones a lo largo de la mañana le tenía sobrecogido.

El *Valour* y el *Tribute* levaron anclas justo después del mediodía, con lo cual a Juliet no le quedó otra opción que regresar al *Iron Rose*. Fue desde allí, de pie sobre el alcázar seis horas más tarde cuando empezaba a oscurecer, donde observó que la tripulación del *Gale* iniciaba las maniobras para que la ágil embarcación avanzara entre la congestión de barcos en el puerto. Docenas de lámparas y linternas colgaban de las jarcias y proyectaban un reflejo centelleante sobre la superficie del agua mientras se encaminaba hacia las rutas marítimas exteriores. Una a una, esas lámparas se fueron apagando ya que, en cuanto el barco superara la isla exterior, lo más recomendable por razones de seguridad era navegar a oscuras en dirección al horizonte.

Juliet bajó el catalejo. Había reconocido al alto capitán Brockman de pie en el alcázar, su mata de pelo gris le hacía fácil de identificar. No había visto ninguna otra figura familiar sobre cubierta en el momento de la partida. Nadie de amplios hombros, cabello oscuro o un elegante sombrero de caballero sobre la cabeza.

Mejor así.

Por el momento, a lo largo de aquel día interminable, insufrible, había conservado intacta su expresión de capitana. Lo había logrado manteniéndose ocupada, sin pensar en él, sin bajar ni una sola vez a su camarote donde todo lo que mirara le recordaría sin duda a él. La cama, el escritorio, la galería, incluso la silla, por el amor de Dios, habían sido utilizados para otras cosas que no eran los fines con los que se concibieron, y ella no estaba segura de poder mirar todo aquello como si tal cosa, sin sentir la mácula de su presencia.

¿Cómo había acabado tan loca por él? No tenía ni idea. Ni cómo ni por qué ni cuándo. Sólo sabía que al verle en el portalón esa misma mañana, preparado para desembarcar con su padre, había sentido su corazón partiéndose en pedazos, descendiendo hasta sus pies. Sintió ganas de gritar que todo era una equivocación, que en realidad no quería que se marchara, que lo que parecía tan lógico y necesario hacía una semana ahora la dejaba con una terrible sensación de indefensión y confusión.

Desde el principio, en ningún momento había sido insincera consigo misma ni con él sobre lo que quería. Se lo había llevado a la cama porque quería su cuerpo, anhelaba la liberación abrumadora de unos pocos orgasmos bien trabajados que le ayudaran a aliviar el desasosiego y la tensión que había ofuscado su mente en los últimos tiempos. Confiado en que, tras quemar tanta insensatez y eliminarla de su sistema, volvería a ser ella misma: dura, fuerte y resistente.

Pero, en vez de ello, se sentía descentrada, incapaz de pensar en las tareas más sencillas. Algo que antes hacía de forma automática, como calcular distancias, velocidades y trazar la ruta a seguir por la mañana, se había convertido en una operación que por momentos se hacía imposible, y le ganaba el reproche de Nathan Crisp, por cometer errores tan básicos. Se había quedado bloqueada con la bitácora, casi se cae de cabeza por una escala y más tarde su mente se quedó en blanco mirando a Nathan, quien le hacía preguntas por segunda y tercera vez.

También había pensado más de una vez que ésta era la manera en que su madre se comportaba cuando su padre tardaba más de la cuenta en regresar a Pigeon Cay. Si eso era el amor, tal vez fuera mejor que Varian St. Clare se marchara.

Si eso era el amor, era un disparate, una estupidez. No se engañaba, desde luego no se hacía ilusiones de que pudiera haber algo entre ellos, eso sería ridículo. Sus mundos eran tan diferentes, la lista de razones de que ninguno de los dos pudiera adaptarse al otro era interminable. Lo que movía la vida de Juliet era el instinto y la pasión; él se regía por normas y máximas sociales.

En el plazo de un mes, él estaría ya de regreso en Inglaterra, dando paseos junto al Támesis, contando sus aventuras con un peligroso grupo de piratas ante una multitud embelesada de féminas que escucharían entre risitas. Estaría de regreso en su propio mundo, rodeado de hermosas mujeres con vestidos llamativos que dejaban ver su blanda carne blanca y su escote perfumado. Le recordarían sus responsabilidades como duque de Harrow y, a regañadientes o no, cumpliría con su deber. Aceptaría a la novia que su madre había escogido para él, la miraría a los ojos y pronunciaría sus promesas de matrimonio, y luego, la llevaría a su cama, entre sus brazos…

Profirió un sonido sofocado y se apartó de la baranda. Nathan Crisp se encontraba tras ella y alzó una ceja con gesto interrogador.

—Si dais la orden, aún hay tiempo de hacer señas al capitán Brockman para hacerle virar.

—¿Por qué, en nombre de Dios, querría yo eso?

Nathan puso una mueca.

—Para ahorrarnos a todos nosotros un mal rato. Lleváis todo el día como una gata a la que le han metido trementina por el culo, y no veo que la situación mejore ahora que él se aleja. Si me lo ordenáis, mandaré al instante la señal. Le haremos regresar a bordo y así podremos continuar con el asunto que tenemos entre manos, no tendremos que preocuparnos por si nos obligáis a disparar contra nuestros propios barcos.

—A veces —dijo ella despacio— os sobrepasáis, señor Crisp.

—Y a veces —él hizo una pausa y se acercó tanto que Juliet pudo oler la sinceridad en su aliento— intentáis con tal empeño demostrar que algo no os importa, que lo único que conseguís es enredar más las cosas. Si queréis que regrese, le iremos a buscar. Así de sencillo, y nadie os lo echará en cara. No después de lo que hizo anoche.

—¿Anoche? —susurró ella.

La mueca de Crisp se marcó aún más al ver la conmoción en el rostro de Juliet.

—¿No pensaríais que se mantendría en secreto, verdad? No con vuestro hermano moliendo a palos a todos los hombres a bordo del Dove. Toda la tripulación lo sabe. Toda la flota, es probable, y no hay un solo hombre a bordo que no quiera estrechar la mano del duque por haberles ahorrado la molestia de acabar con el maldito Holandés y mandarle de una puñetera vez al infierno, que es a donde pertenece. —Se detuvo y miró hacia la embocadura del puerto donde en aquellos momentos el *Gale* desplegaba más velas y cogía velocidad conforme se acercaba a alta mar—. Sólo tenéis un minuto para decidir.

Juliet volvió la cabeza para seguir el avance del barco. La mayoría de sus luces estaban ahora apagadas, navegaba hacia la oscuridad del cielo de poniente, con sus enormes velas mayores desplegadas e hinchadas por el viento, pálidas en contraste con la luz que perdía intensidad.

Juliet se quedó mirando hasta que el barco bordeó la isla y se perdió de vista a toda velocidad.

—Levaremos anclas en cuanto amanezca —dijo con calma—. Que esté todo listo para entonces.

Nathan dio un paso hacia atrás.

—Sí, capitana.

Juliet alzó un poco la cabeza y miró al cielo.

—Está despejado, tendremos buen tiempo. Si el viento se mantiene, podremos llegar a los Dientes del Diablo en dos días. Para entonces, señor Crisp —le miró a los ojos— estaremos demasiado ocupados como para recordar incluso que mantuvimos esta conversación.

—Sí, capitana —admitió él tras un momento—. Sin duda así será.

Capítulo 20

*L*a cadena serpenteante de islas conocida como los Dientes del Diablo era el lugar idóneo para tender una emboscada. Docenas de atolones e islotes pequeños, deshabitados, se encadenaban formando una media luna alargada que se prolongaba a lo largo de las cincuenta millas que flanqueaban el extremo oriental del Estrecho de Florida. Simon Dante había proporcionado a los demás capitanes mapas detallados y cartas de navegación de los cayos, dejando luego al criterio de cada uno la decisión de cuál sería la posición en que su barco se desenvolvería mejor. Algunos preferían el método de atacar y darse a la fuga. Permanecían a la espera ocultos tras una de las islas hasta que los galeones aparecían poco a poco en la distancia, luego, como perros, sacrificaban de forma selectiva la presa elegida entre todo el rebaño: caían sobre el buque más pequeño y se enzarzaban en combate.

Los capitanes españoles tenían fama de despiadados, incluso con su propia gente. Si un barco encontraba problemas para mantenerse a flote o era separado del grupo, si el capitán general consideraba que no merecía la pena poner en peligro la seguridad de los demás barcos de la flota, los galeones eran sacrificados a los carroñeros, arrojados como pedazos de carne cruda a una manada de lobos hambrientos.

En esta ocasión no sabrían exactamente lo hambrientos que estaban los lobos o si iba a hacer falta más de unos míseros buques para mitigar aquel hambre. Los corsarios iban a desplegarse por las cincuenta millas de cayos, harían caer en la trampa a los barcos, de forma individual o de dos en dos o tres en tres, con pequeñas opciones de escapatoria.

El *Iron Rose* se dirigía hacia un par de atolones situados hacia la mitad de la cadena, marcados en las cartas de navegación de los Dante como cayo del Español y cayo del Francés, nombres que denotaban la nacionalidad concreta de los barcos abordados allí con anterioridad. Aunque parecían unos islotes bastante inocentes desde las aguas profundas del estrecho, se encontraban en una zona en la que el fondo se elevaba abruptamente formando arrecifes y terrazas y donde las corrientes secundarias que se nutrían de la corriente del Golfo arrastraban a más de un barco descuidado hacia los bajíos de agua menos profunda, a menudo con menos de dos brazas de hondura. Una vez ahí, un buque astuto que esperara al otro lado del banco podía machacar al barco atrapado hasta que la bandera blanca de la rendición se elevara en su mástil.

Con ese objetivo en mente, la intención de Simon era emplear el *Dove* como anzuelo, una solución más práctica que dejarlo fuera de juego como había sugerido Juliet con tal ansia en un principio. Propuso dejar el barco holandés y el propio *Avenger* del todo visibles cuando la flota hiciera aparición, ambos con aspecto de estar dañados y con dificultades para mantenerse a flote. Había pocos capitanes españoles que no conocieran la silueta del *Avenger* nada más verlo, pocos cuya arrogancia no les impulsara a dejar de lado la cautela si se les presentaba la ocasión de ser quien sometiera finalmente al infame Pirata Lobo.

Entretanto, el *Santo Domingo* sería despojado de sus cañones y morteros, que se desplegarían a lo largo de las playas de las dos pequeñas islas que flanqueaban el estrecho pasaje que atravesaba los atolones. Su anchura sólo permitía el paso de un barco cada vez, y así que los galeones se pusieran a perseguir al *Avenger*, serían atrapados en un fuego cruzado desde las dos baterías situadas en tierra. El *Iron Rose* y el *Christiana* estarían esperando ocultos tras las islas, mientras que el *Santo Domingo* podría emplearse para bloquear la retirada. Contarían también con la asistencia de un centenar de hombres más, voluntarios procedentes en grupos de cinco de cualquier otro barco que pudiera prescindir de ellos. Los hombres de refuerzo serían necesarios para ocuparse de las baterías emplazadas en tierra una vez que los cañones estuvieran ocupados.

El *Avenger* había guiado a la flota de corsarios al salir de New Providence y había establecido una rápida navegación en dirección norte, eludiendo cualquier isla que pudiera tener patrullas de buques españoles en sus aguas. Siguiendo de cerca la popa de Dante, flanqueado por el *Iron Rose* y el *Christiana*, estaba el *Dove*, recién apropiado, cuya tripulación había recibido la opción de someterse a la nueva capitana, Isabeau Dante, o ser vendida a los portugueses para trabajar en los campos de caña de azúcar. La visión de casi cuarenta buques saliendo del puerto, todos ellos con la bandera del Reino Unido en el tope, era impresionante. Simon Dante sólo había visto algo así en una ocasión con anterioridad, y había sido la víspera en la que había partido de Portsmouth con Francis Drake para defender Inglaterra contra la amenaza de otra flota española.

Fiel a sus predicciones, Juliet se mantuvo tan ocupada durante las horas del día que apenas dedicó ningún pensamiento a Varian St. Clare. Era más difícil una vez oscurecía, cuando se le acababan las excusas para no retirarse a su camarote, pero allí también, tras la tercera noche, casi consiguió quedarse dormida sin tener que enfrentarse a la necesidad imperiosa de bajar la mano y metérsela entre los muslos.

Antes de llegar al cayo del Francés, dos de los capitanes se separaron para preparar sus propias emboscadas en las proximidades del extremo del grupo de islas. El capitán David Smith tenía sus propias cuentas que ajustar con los españoles y, junto con el capitán Peter Wilbury, se había ofrecido a ocupar la primera posición. Los cañones combinados de los cinco buques de su grupo anunciarían la llegada del convoy cuando iniciara la entrada en el estrecho. Los cañones de Dante a su vez avisarían de la siguiente emboscada y así sucesivamente a lo largo de las cincuneta millas de extensión de los Dientes del Diablo.

Juliet echó anclas a media tarde en las aguas poco profundas situadas a menos de media milla de la diminuta isla. El *Santo Domingo* se hallaba junto al *Rose* mientras que el *Avenger*, el *Christiana* y el *Dove* ocupaban sus posiciones detrás del cayo del Español. Simon Dante, Pitt y Juliet remaron hasta tierra firme con sus cabos de mar y cabos de artillería para recorrer la longitud de la playa. Inspeccionaron la ladera de dunas en busca de emplazamientos para instalar los cañones, comprobando también si el canal entre los dos cayos era como ellos lo recordaban. Les complació ver una gruesa hilera de árboles a menos de doscientos metros de ambas playas.

De los cincuenta y dos cañones que el galeón llevaba original-
mente, ya habían retirado cuatro para sustituir cañones deteriorados
a bordo del *Iron Rose*. Treinta culebrinas, doce medioculebrinas y
seis morteros de ochenta libras se desmontarían y se trasladarían a
tierra, divididos equitativamente entre las dos islas. Les esperaba una
buena cantidad de trabajo extenuante, pero también contaban con la
tripulación del *Dove* para complementar la mano de obra, así como
los cien hombres adicionales que finalmente se harían cargo de las
baterías.

—Llevará dos semanas —dijo su padre con gesto grave—, con
todos nosotros deslomándonos y con ampollas en las manos. Con la
primera luz del día enviaremos algunas patrullas a buscar rocas, a
cortar árboles y a llenar sacos de arena que sirvan para construir
nuestras defensas. También quiero grupos de búsqueda que recorran
el perímetro completo de ambas islas para asegurarse de que no ha
habido cambios desagradables desde nuestra última visita.

Pitt se mostró conforme.

—No estaría de más situar un par de botes en el agua para verificar también los islotes más distantes a ambos lados.

—Si no me falla la memoria, sólo una de las dos islas disponía de
agua dulce, la otra —Juliet señaló la playa situada al lado opuesto del
pasaje— apenas tiene tres millas de largo.

—Necesitaremos vigías —dijo Simon mientras advertía la llegada
a la playa de botes con hombres. Isabeau había llegado en uno de
ellos y, cuando Simon la vio, una astuta sonrisa ocupó su rostro—.
Me ofrezco voluntario para inspeccionar junto con Beau el cayo del
Español, mientras que tú, Juliet —hizo una señal a uno de los hombres que llegaba a la playa— te irás con uno de los muchachos y
encontrarás un buen punto aventajado sobre esos árboles.

—Sí, padre. —Se volvió, esperando ver aparecer a Lucifer o como
mínimo a uno de los hombres de su propia tripulación armado hasta
los dientes con pistolas y cuernos con pólvora.

En vez de eso vio a Varian St. Clare avanzando a zancadas por la
playa, su pelo oscuro soplado por el viento sobre su rostro, sus largas
piernas obligando a Isabeau Dante casi a correr para mantener el
paso. Vestía una sencilla camisa blanca y pantalones oscuros. Tenía la
espada atada a la cadera y llevaba bandoleras ajustadas al pecho que
sostenían un par de pistolas.

Ralentizó el paso a medida que se aproximaban al pequeño grupo situado al borde del agua. Tras hacer un ademán con la cabeza a Simon Dante y tocarse con un dedo la ceja como reconocimiento de la sonrisa que tenía Geoffrey Pitt en la cara, se fue directo hasta Juliet, la cogió de la mano y empezó a caminar en dirección a los árboles sin tan siquiera pedir permiso.

Ella estaba tan pasmada que le siguió media docena de pasos antes de clavar los tacones en la arena y detenerse.

—¿De dónde diantres salís? ¡Se suponía que estabais en un barco con destino a Inglaterra!

—A diferencia de la hija, quien es demasiado orgullosa y terca, pude convencer al padre de que yo sería mucho más útil aquí. De hecho, ahora nos llevamos a las mil maravillas desde que empezamos a compartir algunas anécdotas sobre las mujeres testarudas, tercas, que se han cruzado en nuestras vidas. Después de oír a vuestro padre hablar sobre el primer encuentro con vuestra madre, veo con claridad que erais sincera cuando me amenazasteis con castrarme. ¿Y es cierto que erais tan fastidiosa de pequeña que vuestros hermanos os ataron como a un pollo y os colgaron por los tobillos del extremo de un bauprés?

Juliet, boquiabierta, dirigió una rápida mirada a sus padres, quienes no parecían en absoluto avergonzados.

—Vimos partir el *Gale* —dijo ella volviendo a Varian.

—Por supuesto. El teniente Beck no estaba del todo contento con la idea de ocupar mi puesto, pero entendió la necesidad y reconoció que era su deber. Y Beacom estaba más que encantado de acompañarle y ofrecer sus servicios durante la travesía. No sólo eso, también se ha llevado algunas cartas de regreso a Inglaterra que explicarán mi retraso. Y bien, ¿nos ponemos en marcha? Nos espera una buena ascensión y sólo quedan un par de horas de luz.

Le dedicó un breve sonrisa, luego empezó a caminar, la arena sonaba a cáscaras de huevo aplastadas mientras él avanzaba a buen paso hacia los árboles.

Juliet se quedó mirando. Tras otro largo minuto, lanzó una segunda mirada a sus padres, pero ya habían empezado a andar cogidos de la mano en dirección a uno de los botes. Geoffrey y Nathan estaban charlando, este último con una amplia sonrisa, rascándose la barbilla como si él ya hubiera sabido lo que iba a suceder.

Para cuando volvió a mirar a los árboles, Varian ya le había sacado varios cientos de pies de ventaja, de modo que caminó a buen paso para alcanzarle. Sus pensamientos se sucedían con demasiada celeridad como para asimilar incluso que él se encontraba ahí, por no hablar de otro hecho: su padre había pasado más de una hora hablando de las armas y las defensas que iban a desplegar sin darle ni siquiera una pista de lo que estaba tramando.

La rabia la hizo andar con nuevo brío mientras empezaba a acortar la distancia. La isla contaba con un pico alto y varios más pequeños que se extendían por varias millas de distancia, descendían como la espina dorsal de alguna criatura prehistórica. El camino, si se le podía llamar así, era irregular y en algunos lugares escarpado, con terrazas de maleza enmarañada y hierbas largas, libres de la huella humana durante siglos. Su posición mientras ascendían cerca de la cumbre era tan dominante como cualquiera de las de Pigeon Cay, proporcionándoles una vista privilegiada de la zona circundante. El agua brillaba como una lámina ondulada de esmalte bajo el sol y se extendía por el estrecho a lo largo de veinte leguas hasta encontrar la costa de Florida. Al norte, la siguiente isla en la cadena quedaba visible como una vaporosa bruma azul enlazada por debajo del agua por una alta repisa de arrecife. Al sur, el cayo del Español se elevaba como la aleta de un delfín, con su cima básicamente rocosa rodeada de un anillo de árboles y arena rosa clara.

Juliet había perdido de vista a Varian, pero sabía que no podría estar mucho más adelante. Atravesó un estrecho cinturón de hierba alargada y abundante y estaba a punto de ascender los últimos diez pies hasta llegar a la repisa rocosa más elevada cuando le vio. Estaba apoyado en una roca apartada a un lado, sus largas piernas cruzadas por los tobillos, los brazos doblados sobre el pecho.

—¿Por qué os habéis parado? Aún no habéis llegado a lo alto.

—Creo que ya es lo bastante alto, ¿no os parece?

—¿Lo bastante alto para qué?

—Para aclarar cualquier malentendido que pudiera haber entre nosotros.

Ella echó un vistazo a su alrededor, no tanto para asegurarse de que estaban a solas sino más bien para evitar que su mirada quedara atrapada por la de Varian.

—Os aseguro que no sé de lo que estáis hablando.

—¿Ah no? Cuando he llegado a la playa ahí abajo, ¿tenéis idea de lo cerca que habéis estado de ser arrojada sobre la arena para acabar violada ahí mismo, ante vuestra madre, vuestro padre… ante Dios mismo?

—Os habrían matado si lo hubierais intentado.

Sonrió.

—Lo dudo. De hecho fue vuestra madre quien sugirió que os arrastrara hasta la maleza y os retuviera ahí hasta que recuperarais el juicio. Dijo que ésa fue la única manera que encontró vuestro padre de convencerla a ella, convencerla de que sería más fuerte con él que sin él.

Juliet entrecerró los ojos con recelo. Varian se había quitado las bandoleras y las pistolas, advirtió. Las había dejado en unas rocas próximas junto con la espada y su funda.

—Eso ha dicho, ¿eh?

—También ha dicho que os parecíais demasiado a ella, algo que algunas veces lamenta. Que siempre estáis tan decidida a demostrar que no necesitáis la ayuda de nadie para seguir adelante que a veces olvidáis que los demás sí que la necesitan.

—¿Estáis diciendo que necesitáis mi ayuda?

—Llamadlo un defecto de mi carácter. La necesidad de comprender lo incomprensible. Aunque creo que necesitar tal vez sea una palabra demasiado fuerte. Deseo tal vez sea más adecuada. El deseo de entenderos y la necesidad de entenderme a mí mismo.

—¿Y qué es lo que os cuesta entender? Estáis aquí para cumplir con vuestro deber para con la Corona. Ya lo habéis hecho. Hace dos semanas estabais ansioso por liquidar nuestras actividades y así regresar a vuestra Inglaterra, a vuestras colinas onduladas y verdes y a vuestra existencia tan ordenada. —Hizo un ademán con un brazo, indicando vagamente la extensión de agua azul—. Habéis tenido vuestra oportunidad hace tres días. No la habéis aprovechado. ¿Y ahora precisáis mi ayuda para entender por qué no lo hicisteis?

—Oh, sé demasiado bien el porqué. Resulta que me he pasado los últimos veintiocho años de mi vida dando tumbos sin ningún objetivo real, sin ninguna capacidad real de salirme del camino que escogieron para mí, el que se marcó con una línea recta desde el día en que nací. Ya expliqué que me convertí en duque para ocupar el vacío dejado por los demás miembros de la familia, y hasta ahí es cierto. Pero hace diez años, si me hubierais colocado al lado de mis dos hermanos os habría costado distinguirnos. Nos vestíamos igual, hablábamos igual, nos habían educado los mismos tutores. Supongo que incluso haríamos el amor del mismo modo, pues a todos nos llevaron al mismo burdel para nuestra iniciación en los deleites terrenales de la carne femenina.

»Mi hermano mayor estudió política porque eso era lo que se esperaba de él. Mi hermano mediano aprendió finanzas y derecho para que el negocio familiar continuara funcionando. Yo me uní al ejército porque eso es lo que hacen los hijos terceros. Incluso accedimos, todos los hermanos, a casarnos con las mujeres que escogieran para nosotros porque, aunque vos ya habíais visto el amor de cerca en la familia y sabíais que existía, yo nunca había estado expuesto a algo tan... primitivo y poco civilizado. Nuestros padres se mostraban educados las dos o tres veces al año que asistían a los mismos bailes y ceremonias en la Corte. Nunca se tocaban, nunca, Dios me perdone, sonreían. Cuando mi padre murió, la principal prioridad de mi madre fue asegurarse de que todos nosotros teníamos el guardarropa adecuado. Yo desconocía por completo que el amor llegara a producir dolor físico real. No hasta que os vi de pie en lo alto de Pigeon Cay con los brazos estirados, jurando que un día navegaríais más allá del horizonte para ver si de verdad existían cosas como los dragones. No podéis tener la menor idea de lo verdaderamente doloroso que fue ese momento para mí. Allí estaba yo, preguntándome si en algún instante en mi vida había creído que existiera algo como el amor, mientras vos estabais convencida de que había criaturas míticas acechando tras el horizonte, esperando a ser descubiertas.

»Creo que ésa fue la primera vez que entendí por qué me latía con tal fuerza el corazón. Fue el momento en que me enamoré de vos, aunque después ha habido ocasiones en que he pensado, ah, ése fue el momento, o, no, fue aquél otro. Pero he tenido tres días y tres noches muy largas para pensar en ello, sabéis, y... supongo que tenía la esperanza de que vos también os hubierais sentido al menos un poco miserable por el hecho de haberme obligado a marchar.

Juliet le miraba fijamente, observaba cómo movía los labios, oía las palabras que decía. Y le había seguido hasta el momento en que había dicho que la amaba. Ahí era donde su mente se había paralizado, donde todo pensamiento se había detenido por completo.

—Soy consciente que desde el principio dejasteis claro, de forma rotunda, que no queríais nada más que una diversión agradable —añadió un poco incómodo bajo la mirada de ella—. Simplemente pensé... di por supuesto...

Al ver que ella continuaba allí de pie, sin decir nada, suspiró y se pasó una mano por el pelo.

—Por supuesto, es mucho suponer, ¿verdad? Sería suponer que

os importaba de una manera u otra, que no me mandabais de regreso porque os habíais hartado de mí sino porque temíais que dejara de ser una simple diversión.

Algo ardiente, una especie de picor, brotó entre las pestañas de Juliet, nubló la figura de Varian hasta convertirla en un borrón de camisa blanca y pelo oscuro soplado por el viento. Un pestañeo hizo fluir una lágrima hasta su mejilla y un suave jadeo rugió entre sus labios. Todo estaba ahí, todo estaba en los ojos de Varian. Cuánto la amaba, cuánto la deseaba, cuán desesperadamente necesitaba que ella le quisiera y le amara del mismo modo. Era aterrador y emocionante al mismo tiempo caer en la cuenta de que tenía ese tipo de poder sobre otro ser humano, y saber que alguien tenía ese mismo tipo de poder sobre ella. No el poder que se gana con una espada o un cuchillo o bramando una orden, sino la clase de poder que surge en los momentos tranquilos, con una mirada o una caricia o la promesa de una sonrisa.

—Os mandé marchar —susurró ella— porque no pensaba…

Él se apartó de la roca y se acercó un poco.

—No pensabais… ¿qué?

—No pensaba… que pudierais amar a alguien como yo.

Varian alzó una mano y tocó con la punta del dedo la gruesa lágrima que surcaba lentamente su mejilla.

—¿Alguien como vos? —murmuró—. ¿Alguien que me deja sin aliento? ¿Alguien que me hace desear ser más hombre, porque ella supera a cualquier otra mujer que haya tenido el privilegio, el honor, el placer de conocer? ¿Alguien por quien estaría dispuesto a matar dragones el resto de mi vida?

Juliet sintió que un rubor ascendía por sus mejillas. Sus ojos encontraron los de Varian por un breve instante, las lágrimas le saltaban con molesta persistencia, como si no fueran a detenerse una vez que habían empezado. Las puntas de los cuatro dedos de Varian estaba ya húmedas, e intentó usar el pulgar para contener el flujo, pero las lágrimas no dejaban de brotar.

—¿Tampoco pensabais que fuera a pasaros algo así?

Sacudió la cabeza.

—No. La verdad es que nunca pensé que fuera a pasar.

—¿Y? ¿Ha pasado?

Era una pregunta ridícula, él por supuesto sabía la respuesta. La había sabido incluso antes de que Juliet reconociera la mera posibilidad de que esos latidos salvajes en su pecho, ese calor que fundía sus miembros, el placer de que él estuviera simplemente sentado con ella durante la noche y la abrazara, todo eso era más de lo que jamás hubiera esperado. No sabía cómo o cuándo había sucedido, pero él había logrado introducirse no sólo en su cuerpo sino en su sangre, ahora era una parte de ella, fluía por sus venas como la propia vida.

Juliet miraba con suma atención el hueco situado en la base del cuello de Varian, incapaz de alzar la mirada por encima de la clavícula. Cuando él inclinó la cabeza en un intento de encontrar su mirada, ella la bajó todavía más, no le dejó otra opción que pasar sus largos dedos por su pelo y volverle delicadamente la cabeza hacia arriba. Varian debió de ver la respuesta a su pregunta titilando en sus ojos, ya que sonrió y cerró los suyos. Juliet creyó oírle pronunciar un débil «Gracias a Dios», pero no podía estar segura, ya que al instante siguiente, él le estaba besando las mejillas, los ojos, las sienes, la frente. Le rozó levemente los labios antes de llevar su boca con fuerza y firmeza sobre la de ella, que en parte se reía, en parte sollozaba mientras él la levantaba del suelo y la hacía girar por los aires hasta marearla.

Juliet le oyó pronunciar su nombre una y otra vez y se estremeció de forma violenta, pues sabía que deseaba oírlo decir de ese modo, con voz ronca y entrecortada por la pasión, por siempre jamás. Movió sus propios labios y, aunque era incapaz de decir si sus palabras tenían fundamento o no, al menos sabía sin dudas ni vacilaciones que quería decirlas, y eso, por el momento, era suficiente.

Capítulo 21

La Habana
15 de septiembre de 1614

El Contadora se encontraba entre los treinta y dos buques de guerra anclados en un semicírculo defensivo en el puerto, y era uno de los buques de guerra más grandes incluidos en la Armada de la Guardia. Había cincuenta y nueve buques mercantes dentro del anillo de galeones y sus capitanes estaban cada vez más nerviosos por el viaje venidero a España. Ya el verano pasado, los capitanes, los gobernadores de las islas, los oficiales de todas las guarniciones en las posesiones españoles habían estado con los nervios a flor de piel pues sabían que era importante que la vasta armada llegara a España a salvo. El rey necesitaba los buques y el tesoro que transportaba la flota. Casi más que el oro y la plata, España necesitaba a sus mejores soldados y oficiales para que sus planes de una nueva invasión de Inglaterra tuvieran éxito.

Los marineros y oficiales de rango inferior no estaban aún informados de que la flota cargada de tesoros era más grande de lo habitual. Los marinos tenían fama de indiscretos y los corsarios de cualquier nación habrían caído sobre ellos como plagas de langostas. Ni tampoco se les había informado de que las Antillas iban a quedarse sin sus buques de guerra más poderosos. Esos mismos marinos indiscretos habrían fanfarroneado de que planeaban exigir venganza por la flota de 1588, y España no sólo perdería la ventaja del factor sorpresa una vez que regresaran a Europa, sino que se declararía una guerra abierta con los corsarios ingleses en el Caribe.

Entre los que sabían que algo se estaba tramando, a pocos se les había confiado algún detalle, y aún eran menos los que se habían percatado del verdadero alcance de la campaña antes de que sus buques se acercaran al encuentro en La Habana y vieran el puerto tan abarrotado. Al mismo tiempo, la mayoría de barcos había informado del incremento de ataques a las naves que intentaban llegar a La Habana. Cada grupo de barcos que llegaba traía historias de merodeadores franceses y holandeses rondando como moscas un cadáver putrefacto. Siete buques habían sido hundidos o capturados y otros doce habían dado media vuelta para regresar a sus puertos de origen pues no querían poner en peligro sus valiosos cargamentos.

El *Contadora* había navegado desde Vera Cruz. Llevaba cuarenta y ocho cañones, lo cual era suficiente para disuadir a los buques corsarios que asediaban a los mercantes más pequeños y sin escolta. Su capitán, Luis Ortolo, había sido relevado de sus deberes habituales de vigilancia a lo largo de la costa de Cartagena, además iba a ser su primer viaje a casa en cinco años. El barco llevaba también de regreso a veintitrés pasajeros importantes, incluido el anterior gobernador de Nueva España y su familia. También se encontraba a bordo el capitán Diego Flores de Aquayo y varios de sus oficiales, víctimas de los corsarios merodeadores. Las noticias de la asombrosa captura del *Santo Domingo* se habían extendido como un reguero de pólvora por toda la flota, sumándose a la tensión que iba en aumento en el puerto con cada historia de ataques y hundimientos sufridos. Si un barco de ese porte, con ese arsenal, había sido atacado con tal descaro, ¿cómo podrían defenderse los barcos más pequeños?

Aquella misma noche, un rato antes, el obeso y colorado Aquayo había vuelto a narrar la historia una vez más en honor de los nuevos pasajeros a bordo del *Contadora*. Su versión del ataque también se transformaba cada vez que la contaba; esta noche en concreto había implicado en la desaparición del *Santo Domingo* a siete buques muy armados. Su tripulación se había defendido con valentía, casi habían agotado su arsenal de proyectiles y había ocasionado daños brutales en sus enemigos (¡hundiendo al menos un barco durante el choque!), pero el capitán había considerado una necesidad misericordiosa rendirse antes de que los piratas asesinaran hasta al último hombre.

Colmó de elogios a don Cristóbal Nufio Espinosa y Recalde por su valentía y coraje. El capitán les había plantado cara hasta el último instante posible ¡y sólo tenía que enseñar sus sangrientas cicatrices para demostrarlo! Las mitades inferiores de sus orejas habían saltado a causa de los disparos, dejando unas negras costras nudosas, cuyos restos aún eran visibles bajo las ondas de pelo peinadas con precisión.

El propio Recalde había permanecido en un estricto silencio durante la mayor parte del relato de los hechos por parte de Aquayo, aunque hubo algún parpadeo ocasional de exasperación en sus ojos de ébano cuando los aderezos alcanzaron dimensiones poco creíbles. Pero nadie negaba la identidad del buque atacante y, por consiguiente, el gobernador don Felipe Mendoza se mostró totalmente conforme con que el capitán Aquayo había sido afortunado de salir con vida.

—La Rosa de Hierro. El *Iron Rose*. —El gobernador había sacudido la cabeza lleno de incredulidad—. En su día interpretamos erróneamente que sólo era el nombre de un buque. Sabíamos, por supuesto, que bajo la bandera carmesí del Pirata Lobo navegaban sus hijos, ¡pero pensar que una hija tuviera tal arrojo! Tiene que ser tan hombruna y fea que ningún hombre será capaz de considerarla una mujer.

Aquella afirmación había recibido un rumor general de conformidad en toda la mesa del comedor. Compartiendo también el exquisito vino y los platos preparados con maestría se encontraban tres bellezas de cabello oscuro y grandes ojos: la esposa del gobernador y sus dos hijas, de diecisiete y quince años respectivamente. A ninguna de las dos se les permitía poner el pie fuera del camarote sin la sombra protectora de su dama de compañía, por lo que estas cenas rodeadas de oficiales tan apuestos dejaban a las dos ruborizadas y sin aliento al acabar la velada.

—¿Es cierto, señor capitán? —había preguntado la hija mayor con un susurro tan lleno de intriga que Recalde incluso alzó la vista de la sopa—. ¿Es tan fea que se la podría tomar por un hombre?

—Sólo estuvimos unos instantes en su compañía, señorita Lucía.

—Oh, vamos, don Cristóbal —bramó Aquayo—. Sin duda no podéis olvidar su pecho como un barril de hierro, un rostro tan salvaje como para asustar al propio demonio. Si yo tuviera una hija así, la encerraría en la bodega por vergüenza.

La mirada de Recalde se endureció.

—No he dicho que haya olvidado su rostro, señor capitán general. En verdad, ha quedado grabado en mi mente y ahí permanecerá hasta que la vea de pie ante mí una vez más. Encadenada, por supuesto. Con una cuerda alrededor del cuello.

—Con la recompensa que ofrecisteis al Holandés por su captura, vuestra visión se hará realidad muy pronto, no os quepa duda.

—Yo espero que se haga realidad la misma visión para su padre —dijo el capitán del *Contadora*—. Habláis del monstruo al que os habéis enfrentado, don Diego, pero sin duda ella es un engendro del diablo. Su padre aparece de la nada y provoca el infierno en nuestras naves. Se arroja al ataque, sin distinción entre débiles y fuertes, como si no temiera nada, no le intimidan ni nuestras armas ni el número de hombres, ni nuestro poderío.

—Es un hombre —dijo Recalde con frialdad—. Si le cortáis, sangrará. Si le disparáis, morirá.

—Lo difícil, don Cristóbal —dijo otro oficial, es acercarse lo suficiente como para cortarle o dispararle. No hay ni un solo hombre en esta habitación que pueda vanagloriarse de haber visto a ese Simon Dante cara a cara.

Recalde permaneció en silencio. Su más ansiada esperanza antes de partir de La Habana había sido contar con una última oportunidad de vengarse de los Dante. Padre, hija, poco importaba. Sería una buena manera de iniciar una nueva campaña contra Inglaterra, con una victoria contra su halcón del mar más prolífico.

La pérdida del *Santo Domingo* bajo su mando era un insulto que no quedaría sin respuesta, por mucho que tardara. Teniendo en cuenta eso, no consideraba su regreso a España un placer sino más bien un inconveniente. Podían suceder un millar de cosas entre este momento y el momento en que la guerra con Inglaterra se resolviera con éxito. Podría ser otro capitán quien atrapara a La Rosa. Podrían matarla en el ataque a otro barco. Podría caerse por la borda y ahogarse, y Recalde nunca tendría el placer de verla pagar por sus crímenes.

En ese momento, la conversación cambió de tema y dio paso a un debate sobre la inminente campaña contra Inglaterra. Nadie dio muestras de percatarse de que Recalde no tomaba parte. Nadie excepto Lucía, quien no había dejado de mirarle toda la noche como si fuera un bocado suculento de algún dulce raro y exótico.

Consciente de que le observaba, Recalde dejó que su mirada descendiera con atrevimiento por su cuello, hasta el valle de su escote. A sus diecisiete años, sus pechos eran pequeños, sin forma, pero gracias a las artimañas de la moda del momento, habían quedado elevados y comprimidos, coronando de forma impresionante el corpiño. Tenía un buen cutis aceitunado con grandes ojos aduladores y, mientras ella charlaba sin cesar sobre su próxima boda con el hijo de una de las familias más ricas de toda España, Recalde pensó en otras maneras de dar buen uso a esa boca.

Desplazó la mirada deliberadamente a la hija menor, sentada más lejos en la mesa. La mayor parte del tiempo mantenía la mirada baja, pero Recalde había pillado los efectos de un impaciente suspiro que la estremecía cada vez que su hermana volvía a redirigir la conversación hacia ella.

Por suerte, las damas se retiraron temprano y, a la primera oportunidad, Recalde se disculpó ante el gobernador y el capitán, recurrió a sus heridas como excusa para retirarse él también de la mesa.

No era del todo mentira. Cuando los disparos destruyeron sus lóbulos, el dolor había sido atroz. La muy zorra estaba lo bastante cerca en el momento de disparar, por lo que él aún llevaba marcas de quemaduras de pólvora surcando sus mejillas. Una fracción más arriba y habría perdido el oído. Tal y como estaba, padecía terribles dolores de cabeza y tenía que soportar un zumbido resonante en el lado izquierdo, una molestia que afectaba a la capacidad de distinguir entre el sonido de la brisa que corría entre los árboles en tierra y el suave susurro de una falda de seda que se aproximaba por la cubierta.

—¿Encontráis aburrida nuestra compañía, señor capitán? ¿Tal vez os parece tediosa la conversación?

Él estaba junto a la baranda, escuchando el agua salpicar contra un centenar de cascos de barcos, cuando la delicada figura se acercó hasta su lado. Era la hija menor del gobernador, Marisol, con los extremos de gasa de su chal de encaje revoloteando suavemente con la brisa nocturna.

Miró detrás de la chica, pero no se veía por ningún lado la voluminosa y robusta figura de la dama de compañía siempre presente.

—Puedo prometeros, señorita, que no es por la compañía —dijo él inclinándose con galantería—. En todo caso, tengo la impresión de que mi presencia pueda insultar la belleza de unos ojos tan tiernos como los vuestros.

—¿Os referís a vuestras heridas, capitán? A mí no me parecen ofensivas en lo más mínimo. Además, vuestro cabello está peinado con tal esmero que apenas resultan visibles. Sé un poco de hierbas curativas, pues me enseñaron las hermanas del convento en Madrid, y si os duelen las heridas, tal vez yo os pueda ayudar.

Mientras ella seguía avanzando, Recalde dio un paso atrás y alzó una mano de forma instintiva para proteger de su curiosidad las orejas dañadas. No le hacía falta algo así en este preciso instante, no necesitaba una novicia mimadora compadeciéndose de su vanidad herida.

—El aire ha refrescado un poco, señorita. Tal vez fuera prudente que regresarais abajo.

—Tonterías. Hace tanto calor que la saturación me humedece la piel como rocío. —Se bajó el chal de los hombros y, haciendo caso omiso de la sugerencia de Recalde, colocó las manos en la baranda y se puso a mirar el otro lado del puerto—. Qué hermosura —susurró—. Qué hermosura tan absoluta y extraordinaria. Creo que nunca he visto tantos barcos reunidos en un solo lugar. Relucen y centellean como las estrellas. Por cierto, tampoco había visto tantas estrellas como aquí en el Nuevo Mundo. —Alzó la mirada al cielo y su rostro pareció contrariarse pues había llovido todo el día y aún estaba cargado de nubes.

Todo el océano detrás del puerto estaba negro, no se veía ni un punto de luz. Era como mirar un gran vacío negro, y la voz de Marisol reflejó su asombro.

—Es tan hermoso, y al mismo tiempo tan aterrador… Me sorprendo a veces mirando las interminables, ilimitadas leguas de agua y pensando que somos tan pequeños, tan insignificantes. Unos cuantos maderos sujetos con clavos y brea, a flote por la gracia de Dios, a la merced completa del viento y la climatología. ¿No os asusta, capitán, saber que vuestra vida puede malograrse de forma tan caprichosa? ¿Que una tormenta podría alcanzarnos o podría abrirse un boquete e irnos al fondo sin dejar rastro?

—Os preocupáis de manera innecesaria, señorita. Este barco es tan sólido como un fortín. Y no vamos a estar a solas en el océano. Estaremos acompañados por un centenar de galeones, una armada que se extenderá de un extremo al otro del horizonte hasta que lleguemos sanos y salvo a casa.

—A casa. —Ella suspiró con añoranza—. Vaya, estaba tan contenta, tan entusiasmada cuando nuestro padre nos dijo que veníamos al Nuevo Mundo… estaba tan agradecida de librarme del convento, que pensé que me moriría de excitación antes incluso de llegar a Vera Cruz. —Hizo una pausa y le miró de soslayo—. ¿Os parece un atrevimiento que diga esto? ¿Que me alegrara de alejarme de los reclinatorios y del olor a incienso?

—No me parece ningún atrevimiento decir la verdad.

Ella sonrió y acercó un poco su mano a la de él sobre la baranda.

—Entonces seguro que os escandaliza que os diga que el Nuevo Mundo no ha estado a la altura de las expectativas. Vivíamos en una villa magnífica y no nos faltaba nada, pero nuestro padre no permitía que ni Lucía ni yo atravesáramos sus puertas. En dos años, tan sólo una vez me permitieron acudir en carruaje a Vera Cruz, y lo hice con tantos guardias de escolta que era imposible ver a través del muro de caballos. Lucía estaba todo el rato aterrorizada pensando en que pudieran atacarla y violarla, y como resultado, nuestra madre me castigó a mí por sus temores.

—Eso sí que es imperdonable, ya que Vera Cruz es una ciudad elegante y hermosa.

—Sí, lo sé. —Le dedicó otra sonrisa, otra mirada astuta—. He dicho que nuestro padre sólo nos permitió salir de la villa en una ocasión. No he dicho que saliera esa única vez. El hijo del jardinero estaba tan enamorado de mí que a menudo me sacaba a través de la verja posterior. Me enseñó cosas que hubieran dejado a nuestra madre desmayada durante un mes si llegara a enterarse.

Recalde le devolvió la sonrisa.

—Si se enterara de que ahora os encontráis aquí en la cubierta conmigo, sin vuestra dama de compañía, haría algo más que desmayarse.

—¿De veras? ¿Sois un hombre peligroso, capitán? ¿Tenéis mala reputación por aprovecharos de doncellas vírgenes sin acompañante?

La muchacha estaba coqueteando con él. Era lo bastante guapa como para que el juego resultara interesante, pero también era una muchacha malcriada y díscola, y resultaba obvio que se tenía por una atrevida fiera exótica por haberse escabullido fuera de los muros de la villa con el hijo del jardinero.

—Puedo aseguraros, señorita, que vuestra reputación está perfectamente a salvo conmigo.

Ella frunció los labios y fingió un mohín de desaprobación.

—Y yo que confiaba en que fuerais diferente a los demás.

—¿Diferente? ¿Y cómo?

—Los otros oficiales me miran como la hija del gobernador. Se pavonean, ponen sonrisitas y no hablan de otra cosa que del tiempo. Mientras que vos, capitán, me habéis mirado como si pudierais ver debajo de mi corpiño, como si fuerais a desgarrarlo si sintierais alguna provocación, y tomar lo que quisierais sin molestaros en pedir permiso.

—¿Y si hiciera eso? ¿Qué haríais vos?

—Podría gritar. —Se acercó un poco más y le pasó un dedo sobre una de las venas prominentes en el dorso de su mano—. O podría deciros que dejé de ser virgen hace ya mucho tiempo y que os daría lo que desearais más que gustosamente. —Le miró a la cara y puso una expresión que al hijo del jardinero debió de parecerle seductora—. ¿Sabéis dónde está mi camarote?

—Lo sé.

—Los ronquidos de mi dama de compañía son más escandalosos que una trompeta y nunca he sido capaz de tolerar que durmiera en la misma habitación por la noche. Si arañarais mi puerta más tarde, me encontraríais totalmente a solas.

La mirada de Recalde se desplazó un instante hacia las sombras y sonrió.

—Y si arañara la puerta de vuestro padre ahora mismo y le explicara esta conversación, a buen seguro no dormiríais a solas mucho más tiempo.

La muchacha se puso rígida. Apartó la mano de la de Recalde y formó un puño con los dedos que tembló al notar el impulso infantil de alzarla y marcar todo su rostro de rasguños. Con un giro de sus amplias faldas, desapareció corriendo por la cubierta, llena de rabia y humillación.

Casi antes de que el sonido de sus pisadas se desvanecieran, otra figura se apartó de un hueco en el mamparo situado tras ellos, sus ojos oscuros encendidos de rabia.

—Vaya. ¿O sea que mi hermana menor también se arrodilla ante vos, señor?

—Yo no requerí su compañía. Me siguió hasta aquí por propia iniciativa.

—La verdad. —Lucía entrecerró los ojos—. Si no llego a estar aquí de pie, ¿también la hubierais despedido?

Recalde sonrió y dio varios pasos calculados en dirección a ella, desplazándola de nuevo hasta la oscuridad del hueco. Continuó donde lo habían dejado antes de la interrupción, acabó de sacar sus pechos del corpiño y le levantó las faldas por encima de la cintura. La joven, al igual que había hecho las tres noches anteriores, cuando se habían encontrado «de forma accidental» en cubierta, le recibió con un abrazo ansioso y gimió cuando él la empaló con su miembro y embistió repetidamente contra el duro maderamen. En un periquete, los gemidos insinuantes se transformaron en voraces resoplidos de placer, viéndose obligado a taparle la boca con la mano, atento a los vigilantes situados en la cubierta superior.

Él mismo eyaculó con rapidez, llegó al orgasmo con punzante ferocidad al imaginarse que era Juliet Dante quien se agarraba a él llena de temor, que su venganza rezumaba por cada uno de los orificios corporales de ella. Cuando acabó, se apartó sin más y dejó a la muchacha temblando donde se encontraba, de pie contra el mamparo.

—Por Dios —susurró mientras se bajaba despacio las faldas para taparse las piernas desnudas—. Mi hermana pequeña se moriría si le hicierais algo así. Yo misma me pregunto si podré sobrevivir las seis semanas que me esperan en alta mar, por Dios misericordioso —se rió con voz suave—. Me pregunto si tan siquiera voy a poder regresar ahora a mi camarote.

Recalde empezó a abrocharse los pantalones.

—Si no estáis satisfecha, estoy seguro de que habrá más hombres a bordo que estarán encantados de comportarse con más consideración, señorita.

—Bromeáis, capitán. —Sonrió y, con cuidado, volvió a colocarse dentro del corpiño los pechos que acababan de ser lamidos y mordidos hasta enrojecer—. El zoquete con el que tengo que casarme de vuelta en España es gordo y calvo, muy parecido a vuestro capitán Aquayo. La idea de dejar tan siquiera que me toque ya me produce náuseas. Es rico y disfruta de la confianza del rey, de modo que tengo que casarme con él, pero vos, mi guapo capitán, alimentaréis los recuerdos que me harán falta para superar ese horror.

—Me halaga haberme ganado vuestra consideración —murmuró él con sequedad.

—Oh, sí que os la habéis ganado —admitió ella mientras estiraba la mano para detenerle antes de que acabara de abrocharse los pantalones—. Y la ganaréis cada día y noche durante el tiempo que lleve cruzar este enorme océano. No sólo eso, sino que me ocuparé de que me deseéis con igual ansia que yo a vos, y así cuando regresemos a Sevilla no os olvidaréis con facilidad de mí.

Recalde ya la había medio olvidado en ese momento. Estaba mirando más allá de la baranda, su vista fija en un punto alejado, donde el mar se encontraba con el cielo. Entrecerró los ojos y retrocedió para volver a inspeccionar la negrura con más atención. No había nada visible a simple vista y, no obstante, por un momento le pareció haber visto algo. De cualquier modo, no es que hubiera visto algo, más bien había percibido algo, había notado una presencia acechante allí, agazapada en el horizonte más oriental.

Se llevó la mano de forma instintiva a la cintura, pero iba vestido para una cena de gala y el cinturón que normalmente sostenía su catalejo de bronce se había quedado en su camarote. Era muy probable que no fuese nada. Había una docena de pataches patrullando los accesos al puerto, por no mencionar los vigías en cada punto elevado del litoral. Sólo un loco navegaría tan cerca de La Habana la víspera del día en que la armada tenía que partir.

Soltó un resuello y miró hacia abajo, regresó al presente con una sacudida al sentir la mano furiosa que se insinuaba bajo su ropa y se agarraba su miembro. Estaba a punto de dar un manotazo tanto a ella como a su mano, cuando se percató con un gruñido de sorpresa de que no era precisamente la mano lo que exigía toda su atención.

Gabriel Dante bajó el catalejo. La amplia extensión de litoral situada a una legua exhibía pocas luces a ambos lados de la deslumbrante expansión de destello brillante que creaba el puerto de La Habana. Él y Jonas no habían sido capaces de acercar demasiado sus barcos durante las horas diurnas, pero con la lluvia y el cielo encapotado protegiéndoles, habían pensado en aprovechar la oportunidad antes de volver hacia el norte.

Los dos barcos navegaban a oscuras. Ni fuegos, ni luces, no se permitía ni tan siguiera una pipa. El menor pinchazo rojo podía reflejarse a lo largo de millas en una noche húmeda y cerrada. Habían llegado incluso a cambiar las habituales velas de lona por otras teñidas de añil, una práctica que les había permitido acercarse hasta quinientas yardas de un enemigo en el pasado. Esta noche incluso Jonas estaba actuando con cautela, ya que había pataches y pinazas patrullando de un lado a otro del estrecho y sus accesos, algunas de ellas navegando tan a oscuras como ellos, difíciles también de detectar.

Los dos se habían quedado atónitos al ver lo abarrotado que estaba el puerto. Aunque no hubieran visto cómo maniobraban los buques de guerra de mayor tamaño en dirección a la embocadura del puerto, habrían sabido que la flota empezaría su monumental éxodo en cualquier momento. Al advertir este nuevo y significativo posicionamiento de los buques de guerra, Jonas decidió acercar el *Tribute* todo lo que se atrevía para ver si conseguía calcular con exactitud cuántos de los potentes galeones partirían con el primer convoy. Después de eso sería el momento de alzar velas y regresar a los cayos a toda velocidad.

Gabriel se pasó una mano por la nuca. Alzó el catalejo y dio otro barrido por la costa, pero las siluetas de los cuatro pataches que ya había identificado antes se distinguían con claridad en contraste con las luces del puerto, y ya no le ponían en alerta. Como precaución se fue hasta el lado de babor y recorrió el horizonte que quedaba detrás de ellos. No vio nada la primera vez, ni siquiera la segunda. Pero con el tercer barrido detectó una pálida silueta que entraba con rapidez desde occidente en dirección al *Tribute*. Era otro barco, más grande que los pataches que patrullaban, con tres mástiles como mínimo y altas torres de proa y popa.

Un galeón. Navegando a oscuras.

Gabriel dirigió su catalejo hacia el *Tribute*. Sabía que su hermano se encargaba de vigilar su retaguardia y por consiguiente lo más probable era que tuviera a la mayoría de vigías con mejor vista inspeccionando lo que tenían por delante. Como si aquel temor necesitara confirmación, Gabriel no vio ningún cambio visible de velocidad o dirección en el barco de su hermano. Avanzaba despacio por necesidad, en el trinquete llevaba alzados sólo el juanete y el velacho de color añil, en el palo mayor y el de mesana sólo las velas superiores. Tendrían que desplegar las velas en los tres mástiles pronto si querían coger suficiente velocidad para maniobrar y alejarse del galeón antes de que el español se situara a una distancia efectiva para sus cañones.

—¡Joder! —pensó Gabriel en voz alta.

—No va a hacer falta —dijo el timonel con sequedad—. Creo que el placer va a ser todo de ellos. —A continuación indicó dos espectros más que se acercaban a toda velocidad por su propio flanco.

Gabriel volvió el catalejo al otro lado y, estaba claro, el *Tribute* no era el único barco con problemas. Un par de sabuesos que salían de la nada habían captado el olor del *Valour*. Le habrían encontrado de la misma manera que él había descubierto los pataches, localizando su silueta en contraste con las luces brillantes del puerto. Era un error de juicio estúpido, descuidado y potencialmente peligroso haberse acercado tanto, y tendrían suerte de encontrar la velocidad para dejarles atrás antes de que se desatara un infierno.

—Todos los tripulantes arriba —ordenó con calma—. Abrid las cañoneras y despejad las cubiertas para pasar a la acción. Cuando dé la señal... —Se detuvo y lanzó una rápida mirada al *Tribute*, aún aparentemente inconsciente del peligro que se avecinaba en la oscuridad. Jonas no iba a ver ninguna señal a menos que fuera un cañonazo o una bengala, y si tenían que hacer eso...

—En cuanto estén cebados, quiero que los artilleros lancen una andanada.

—¿Una andanada, señor? Pero aún estamos fuera de su alcance y no conseguiremos otra cosa más que advertirles de que somos extranjeros.

—Sospecho que a estas alturas ya lo saben. Pero si se te ocurre una manera mejor para captar la atención de mi hermano, soy todo oídos.

El timonel sonrió con gesto burlón.

—Sí, señor. Será una andanada.

—Oh, y Riley... puesto que sólo vamos a escupir en el charco, carga los cañones con doble carga de pólvora. Ya puestos, igual damos a esos hijos de perra una impresionante exhibición de fuegos artificiales.

Recalde soltó un gruñido. Lucía estaba abusando de él con la misma ferocidad decidida que él había mostrado antes, y Recalde no estaba viendo sólo las estrellas, estaba viendo explotar unas luces frente a su visión. Momentos después, vio más luces, pero para entonces una descarga amortiguada del estruendo de la primera explosión había llegado hasta el puerto y Recalde sabía que no tenía nada que ver con las habilidades de Lucía con la boca.

—¡Jesucristo! —Retorció los dedos sobre su pelo y apartó la cabeza de su entrepierna, casi dándole una patada con su prisa por correr hasta la baranda. Más lejos, en la oscuridad nublada de la noche, un barco estaba disparando un cañón, las sacudidas producían reflejos naranjas y oro al otro lado del agua y en la espesura suspendida en el aire.

Arriba y abajo se oían pisadas corriendo mientras los demás miembros de la tripulación del *Contadora* eran atraídos por el intercambio, y probablemente la misma reacción se estuviese dando a bordo de cada galeón en el puerto de La Habana. Los dedos señalaban el aire con excitación cuando un segundo barco abrió fuego, luego un tercero... ¡luego un cuarto! Había dos pequeñas siluetas delante, una de ellas sorprendentemente cerca del puerto, y tres más grandes detrás. Los dos barcos más pequeños eran empujados hacia tierra, pero a medida que alzaron velas, su velocidad aumentó y fueron capaces de distanciarse, uno hacia el este, el otro hacia el oeste.

El que se lanzó hacia el oeste encontró aguas despejadas, pero el que se dirigió hacia el este se topó con los patches patrulleros, equipados con diez cañones cada uno. Mientras éstos se situaban a distancia y abrían fuego, el barco tuvo que virar una vez más para evitar ponerse a tiro, pero para entonces los galeones habían empleado bien su velocidad de proa y estaban vaciando sus baterías con toda la rapidez que sus tripulaciones podían disparar.

Recalde estaba hipnotizado por la escena desarrollada a menos de una legua, igual que todos los hombres a bordo. Agarraba con las manos la baranda como si fuera a estrujarla, ya que por la silueta podía distinguir que el buque atrapado era un corsario inglés.

—Emplead las balas enramadas —instó, deseando que su orden se transmitiera por la distancia—. Apuntad a las velas. ¡Azuzadles bien, por Dios, y les tendréis!

Como una danza fascinante ejecutada con pasos muy lentos, el corsario reculó con la esperanza de eludir los patches reunidos y luego superarlos hasta llegar a alta mar, pero se metió directamente bajo los cañones de los dos galeones que se aproximaban. Los cinco barcos estaban arrojando llamaradas anaranjadas, algunos de sus disparos alcanzaban sus objetivos y otros arrojaban altos chorros de agua blanca sobre el mar. Los ecos de los disparos ahora no tardaban tanto en alcanzar el puerto, pero los barcos estaban envueltos en nubes de humo blanco que quedaba suspendido en el aire como una manta y se desplazaba hacia la costa, impidiendo ver la acción.

Lo último que pudo entrever Recalde con claridad fue al corsario con problemas para mantenerse a flote, sus velas agujereadas por los proyectiles, algunas hechas jirones. Había un incendio en la cubierta superior y era difícil distinguirlo de las explosiones constantes de cañonazos sobre ambas cubiertas. Cuando desapareció de la vista y se fue tras un promontorio de tierra de poca altura, dejó tras de sí una amplia serpentina de espantoso humo.

Capítulo 22

*H*abían tardado doce días extenuantes en retirar los cañones del *Santo Domingo* y ubicarlos en las baterías de tierra firme. El cayo del Francés tenía un embarcadero natural formado por un banco situado a lo largo de la playa, pero los trabajos de preparación del terreno en el cayo del Español requerían zanjas y construcciones. De todos modos, había pocas quejas aparte del dolor muscular. La comida era abundante y los días, avanzado ya el mes de septiembre, no eran tan cálidos ni tan húmedos como un mes antes. La mañana llegaba con el repiqueteo de la campana de un barco y los hombres se ponían a trabajar hasta que se hacía de noche, cuando se retiraban a sus hamacas dispuestas entre los árboles. Aunque había tiendas de lona levantadas a lo largo de ambas playas, la mayoría de los hombres prefería dormir bajo las estrellas.

Juliet trabajaba junto con la tripulación. Las culebrinas pesaban entre cuatro y cinco mil libras cada una, disparaban proyectiles de treinta y dos libras la pieza y cebarlas requería una carga de pólvora de dieciocho libras, todo lo cual tenía que transportarse desde el galeón a las tiendas levantadas en la costa. Lo que a Juliet le faltaba de fuerza bruta lo compensaba con su labor supervisora en el montaje de cada cureña sobre la orilla. Los tubos de cobre tenían que atornillarse en el morrón, luego los visores se ajustaban con una piedra angular que daba la elevación adecuada. Una vez que alzaron el último monstruo por encima de la borda, lo trasladaron remando hasta una de las playas y lo arrastraron hasta su ubicación definitiva, Juliet ordenó a Crisp que hiciera navegar el *Iron Rose* a través del canal para apuntar bien cada cañón y aprovechar todo su efecto destructivo cuando se disparara.

Cuatro tipos de proyectiles se acumularon en las improvisadas santabárbaras construidas tras la hilera de árboles. Las balas de cañón eran eficaces para agujerear cubiertas y cascos. Las balas enramadas, consistentes en dos balas de hierro forjado unidas por una cadena, se enredaban en los palos y vergas y los reducían a astillas. La metralla se empleaba sobre todo para disuadir a los enemigos de salir al descubierto: docenas de pequeñas balas redondas se comprimían dentro de la abertura del cañón y, cuando éste se disparaba, rociaba la cubierta formando un amplio abanico, matando o mutilando a todo el que estuviera allí. El cuarto y último tipo de proyectil era el sangrenel, una bolsa de tela llena de virutas irregulares de metal. La bolsa se desintegraba cuando la pólvora prendía, y los agudísimos pedazos penetraban en la carne y los huesos como un cuchillo ardiendo penetra en la manteca.

Varian St. Clare trabajaba, desnudo hasta la cintura, junto con los demás miembros de la tripulación. Tras pasar largas jornadas al sol, su piel empezaba a adquirir un bronceado intenso, que conseguía que su sonrisa pareciera más amplia y más blanca que antes. Sus músculos, ya de por sí trabajados, ahora estaban duros como el roble, y su risa, que antes no se oía con facilidad, provocaba las sonrisas de todos los hombres a su alrededor, en especial cuando él mismo se burlaba de su incapacidad para hacer cosas que los marinos llevaban a cabo de modo inconsciente. Por muy diestro que fuera con la espada, resultó ser un negado a la hora de coger una alabarda o un mandoble, armas empleadas en las distancias cortas como los barcos, donde no había espacio para hábiles juegos de piernas o metódicos cuadrantes. Mientras le instruían en el manejo del botavante, consiguió de alguna manera engancharse los pantalones y precipitarse por el portalón abierto en la baranda. Y cuando trepó un día a las jarcias y gritó a Juliet para que mirara lo bien que lo estaba haciendo, se torció el pie en un flechaste y acabó colgando boca abajo de un obenque hasta que alguien dejo de reír un rato para subir a rescatarle.

Por ínfima que fuera la categoría de la tarea, siempre mostraba voluntad de aprender. Pasó una tarde entera con Nathan para que le enseñara las cuestiones más esenciales de hacerse a la vela, y cuando Coco Kelly le demostró la forma correcta de asegurar una de las cureñas, fue el mismo Kelly quien pasó el martillo a Varian para dejarle acabar el trabajo, como siempre con la sonrisa intacta. Incluso se fue una tarde a cazar con Johnny Boy y, tras despellejarse la parte interior del antebrazo intentando aprender a disparar el arco, le enseñó con orgullo a Juliet el coco que había atravesado con la flecha.

Juliet también sonreía más a menudo. Parecía empezar a hacerlo en el momento en que abría los ojos y se encontraba acurrucada contra el gran cuerpo de Varian, y era lo último que hacía por la noche cuando se tumbaban desnudos y se saciaban en los brazos del otro. Era una pena que la realidad acabara siempre por entrometerse; ella habría estado encantada de pasar los días nadando en las charcas que dejaba la marea o haciendo el amor de forma prolongada y lánguida.

—Tendrían que haber regresado ya —dijo mientras inspeccionaba con su catalejo el horizonte despejado, inquietantemente vacío—. Han pasado casi tres semanas. Hemos movido cañones, preparado trampas, construido fortificaciones. Cáspita, incluso te hemos enseñado a trepar a un árbol y a cocer cangrejos en la arena.

Al menos una vez al día Juliet se subía al punto más elevado de la isla. La mayoría de veces, Varian a acompañaba, lo cual significaba que en vez de trepar directamente allí o regresar abajo sin pararse, tomarían algún tipo de desvío. Este día en concreto habían llegado a lo alto bastante antes de la puesta de sol y habían relevado a los dos vigías una hora antes del momento habitual del cambio de guardia.

Varian, de pie tras ella, le echó el pelo a un lado y le dio un beso en la delicada curva del cuello.

—Tus hermanos siempre me han sorprendido por su capacidad para cuidar de sí mismos. De hecho, me atrevería a decir que serían capaces de enseñar el trasero a los españoles y pasar corriendo ante ellos como liebres provocando a un sabueso.

Ella bajó el catalejo y suspiró.

—Pero tres semanas… Los esquifes que hemos enviado tampoco han visto nada. Ningún barco. Ninguna flota. Ningún movimiento de ningún tipo en el estrecho y, con toda franqueza, a mi padre le preocupa que algún otro capitán se impaciente y acabe marchándose.

—¡Tal vez los corsarios franceses y holandeses hayan hecho su trabajo demasiado bien y el virrey de Nueva España haya ordenado a la flota que se quede en puerto!

—Tal vez la próxima vez que abras un coco lo encuentres lleno de doblones de oro.

Varian bajó las manos por sus hombros y las desplazó hasta sus pechos para cubrirlos.

—¿Os atrevéis a burlaros de mí, señora? Yo, que en este preciso día he arriesgado la vida y el físico por atrapar una tortuga para que podáis cenar un *potage de tortue*?

Juliet se apoyó en su pecho, mientras sentía que sus pezones se erguían de forma instantánea bajo las palmas de él. Había pensado que, después de tres semanas, los fuegos internos se habrían ido apagando hasta quedar en niveles más apacibles, pero no. Un contacto, una mirada, esa sonrisa insinuante que Varian parecía tener reservada sólo para ella, cualquier detalle podía iniciar todo un maremágnum de sensaciones que cobraba vida en su interior.

Era lo que sucedía en aquellos instantes y, tras unas pocas risas entrecortadas, ella tuvo a Varian tumbado de espaldas sobre la hierba. Juliet, a horcajadas sobre sus caderas, le sacó la camisa de los pantalones y subió los faldones sueltos por debajo de sus brazos para dejar al descubierto los músculos que sobresalían en su pecho. Apoyó las palmas sobre la dura superficie y dejó que el abundante vello oscuro le hiciera cosquillas en palmas y dedos antes de seguir arrastrándolos sobre la suavidad del vientre. Cuando encontró el amplio cinturón negro que él llevaba puesto, le miró a la cara mientras lo desabrochaba y buscaba los botones que quedaban más abajo.

Los primeros días pasados en el cayo del Francés, él había intentando mantener la perilla y el fino bigote pulcramente cortados, pero durante la última quincena había renunciado a afeitarse, la barba caoba de varios días se había vuelto tupida y suave. Además, había empezado a llevar el pelo recogido en una coleta, con un pañuelo atado alrededor de la frente para que el sudor no le cayera a los ojos. Combinado con la holgada camisa de batista, los pantalones de gamuza, la piel morena y la radiante sonrisa blanca, parecía cada vez más un pirata, y menos un duque, algo que ella jamás hubiera imaginado la primera vez que le vio en la cubierta del *Argus*.

—¿No echas de menos para nada tus plumas púrpuras? —preguntó con un murmullo grave. Sus manos ya estaban dentro de los pantalones y el cuerpo de Varian se tensaba debajo de ella.

—Ah, perdón, ¿cómo has dicho? Me temo que no estaba escuchando.

Ella se rió y meneó la cabeza para renunciar a la pregunta. Estaba a punto de doblarse encima de él y distraerle un poco más cuando su vista se extravió hasta el pequeño montículo que señalaba, enfrente, la cumbre del cayo del Español. Los puntos más elevados de las dos islas se hallaban tal vez a tres cuartos de milla de distancia, demasiado lejos para oír el sonido de una campana de alarma, pero lo bastante cerca para ver la pequeña bocanada de humo blanco que ascendía del fuego de una señal. Juliet se irguió durante un momento, luego se estiró para alcanzar el catalejo y se puso de pie.

—¿Qué sucede? —preguntó Varian—. ¿De qué se trata?

—No lo sé, la verdad, no consigo…

Juliet maldijo el ángulo del sol y la luz deslumbradora que provocaba esferas que se refractaban en el interior del catalejo. Era sólo una manchita muy al sur, perdida entre los senos de las olas, pero pronto reconoció las ágiles líneas del *Christiana*. Geoffrey Pitt se lo había llevado hacía tres mañanas para hacer un poco de reconocimiento por su cuenta entre los cayos.

—Es el señor Pitt que se aproxima a toda velocidad.

Ella apuntó hacia el oeste su catalejo e inspeccionó el horizonte distante, pero seguía despejado. No obstante, el *Christiana* se acercaba apenas rozando las olas, como si llevara un fuego en la quilla, y Juliet arrojó el catalejo a las manos de Varian.

—Tengo que volver abajo a la playa. ¿Puedes quedarte y esperar a que cambie la guardia? Es probable que no sea nada, pero si ves algo fuera de lo normal… cualquier cosa, enciende el fuego de señal y haz sonar la campana.

Varian asintió y se abrochó los pantalones antes de volver a meterse la camisa por dentro.

—Encender el fuego, tocar la campana. Sí, capitana.

Ella no prestó atención ni a su saludo ni a su mueca; ya se había marchado.

El *Christiana* apenas aminoró la velocidad hasta que llegó a la entrada del canal. Una vez allí, hizo recular las velas para dar un amplio y gracioso giro por detrás de las islas, pero en vez de ordenar echar el ancla al agua, Pitt se zambulló por un lado y se fue nadando hacia tierra con brazadas largas y fáciles, pese a que el *Christiana* desplegaba velas a toda prisa para aprovechar toda la fuerza del viento.

Para entonces ya había una buena multitud reunida en la playa, incluidos Simon, Isabeau y Juliet.

—Acababa de echar el ancla frente a Running Rock cuando una de las patrullas del capitán Smith llegó —dijo Pitt saliendo del agua y sacudiéndose las gotas del pelo—. La flota ya ha salido de La Habana. La avanzada debería pasar por el extremo meridional de los cayos en algún momento del día de mañana. He mandado a Spit al norte a dar la alerta, y así dar tiempo a los demás capitanes para tener a sus tripulaciones preparadas.

Simon Dante asintió. La espera había concluido. No obstante, aún había una pregunta en sus ojos, que Geoffrey Pitt no podía contestar.

—No hay noticias. Nadie los ha visto ni nadie ha oído nada del *Tribute* ni del *Valour*. Smith ha dicho que sus hombres dieron alcance a un mercante francés por puro pasatiempo y que oyeron decir que se había librado una batalla a la altura de La Habana. Desconocían quién estaba implicado, sólo sabían que un par de corsarios se encontraron en una refriega y que al final del día se habían hundido dos barcos.

—¿Eran nuestros? —preguntó Isabeau con voz suave, de pie junto a su esposo.

Geoffrey negó con la cabeza.

—No lo sabían.

Nadie durmió aquella noche. Se llevaron a tierra los últimos barriles de pólvora y se hicieron los preparativos finales en ambos malecones. Con la primera luz, el *Avenger* levó anclas y tiró del casco casi inútil del *Santo Domingo* hasta dejarlo en el lado occidental de los cayos. Por sugerencia de Geoffrey Pitt, habían decidido revisar ligeramente el plan original, que empleaba el galeón y el barco del Pirata Lobo como cebo. Sin el *Tribute* y el *Valour* para aportar su aresenal, necesitaban los cañones del Holandés al otro lado del canal, por lo tanto se decidió cambiar la posición del *Dove*. Los españoles no eran estúpidos del todo. Si veían un par de corsarios a la deriva en aguas poco profundas cerca de dos islas, bien podrían entrever la trampa, tal y como era, especialmente si ya habían sido atacados más al sur.

Mientras su padre tiraba del galeón hasta dejarlo en su posición, Juliet andaba por la playa por décima vez, observando con ojo crítico cualquier cosa que pudiera traicionar la presencia de hombres o cañones en el litoral. Todas las tiendas se habían desmontado y los barriles de pólvora estaban bien escondidos detrás de los árboles, tapados por los matorrales. Los cañones tenían los tubos envueltos con lonas que se habían pintado con brea y cubierto con arena para que se disimularan entre el paisaje. No se permitía fuego de ningún tipo aparte de los dos pucheros con brasas de carbón que se mantenían bien tapados debajo de cada línea de cañones para encender las mechas en el momento debido.

Cuando no quedaba nada por hacer, Juliet ascendió a la cumbre acompañada de Varian y Geoffrey Pitt. Una vez que subieran a bordo de sus respectivos barcos se mantendrían a ciegas hasta recibir la señal de los vigías.

Lo primero que Juliet pensó al alcanzar lo alto fue que el *Avenger* había remolcado una distancia asombrosa al *Santo Domingo*, mucho más allá de la franja turquesa que marcaba el extremo del banco de coral. Su segundo pensamiento fue que, de no haber sabido que los jirones y destrozos eran una estratagema, ella misma hubiera creído que el *Avenger* era el resto de un naufragio. De las vergas torcidas colgaban lonas rotas. Se habían soltado cabos de los obenques; cables y palos colgaban sobre las barandas arrastrando velas por el agua. Incluso habían frotado con polvo de carbón los mástiles y barandas para que pareciera que un fuego descontrolado se había propagado por las cubiertas. Cuando los vigías dieran la señal, prenderían unos cubos con estopa en ambos barcos para provocar nubes de denso humo negro.

Al lado de Juliet, Varian alzó la vista al cielo, asombrosamente limpio. Más temprano, esa misma mañana, una bruma había envuelto las islas de un sudario blanco, pero el sol la había evaporado y ahora el cielo estaba despejado en todas direcciones, lo cual le hizo fruncir el ceño.

—¿Truenos? ¿Qué es eso?

Juliet ladeó la cabeza y escuchó el lejano estruendo, grave y palpitante, que apenas era audible con el balanceo de los árboles.

—No son truenos —murmuró ella—. Son los cañones del capitán Smith. Ya ha empezado.

La vanguardia de la flota española cargada de tesoros se hizo visible en menos de una hora. Pitt, Juliet y los dos vigías se agacharon de forma instintiva cuando aparecieron las primeras velas en el horizonte, y aunque Varian sabía que era del todo imposible que alguien pudiera detectar sus siluetas desde tal distancia, él también se agachó. Dos, tres, cinco, ocho torres majestuosas de velas y madera aparecieron, con sus lonas muy blancas en contraste con el cielo azul, del todo identificables por las grandes cruces rojas pintadas en ellas. Los galeones delanteros eran monumentales, igual de grandes o mayores que el *Santo Domingo*. Lo normal hubiera sido que navegaran en una formación en «v», abierta detrás del almirante, como aves migratorias, con los buques más pequeños que transportaban el tesoro dentro del escudo protector de los buques de guerra. Pero mientras el convoy se iba acercando, pudieron distinguir que, por algún motivo, la formación se había escalonado

—Parece que falten algunos escoltas en el flanco derecho —farfulló Geoffrey—. Dios bendiga a los capitanes Smith y Wilbury. Y mirad allí, en la parte posterior...

Clavó un dedo en el aire mientras apuntaba con excitación su catalejo hacia el límite más meridional de su visión. Juliet siguió su ejemplo y sonrió, aunque Varian sólo podía mirar entrecerrando los ojos y preguntarse qué era lo que había atraído su atención.

—Ahí. —Pitt se rió y le pasó el catalejo—. Mirad justo detrás de ese punto en el cayo del Español.

Varian se llevó al ojo el catalejo forrado de cuero y enfocó mejor el horizonte. Los barcos aún eran pequeños, Varian dudaba que pudiera distinguir un galeón de un bote a esa distancia, pero no había duda: había una delgada columna de humo formando una cola en la estela de uno de los buques que estaba separado del grupo, y parecía tener dificultades para agregarse de nuevo al convoy.

—Mejor bajamos a los barcos —recomendó Pitt mientras se ponía de pie y sacudía la arena de sus rodillas. Pero Juliet ya corría por delante, sesgando la hierba con sus largas piernas y su pelo ondeando y formando cintas oscuras tras ella.

Capítulo 23

*F*ue casi demasiado fácil. El barco a la cabeza del convoy, el almirante, izó una serie de banderas que indicaban a la flota que redujera la velocidad y luego a dos buques de guerra que se adelantaran a inspeccionar. Tras recibir la orden, las dos naves se separaron del grupo y, sin duda recelosas tras un primer ataque sorpresa sobre la flota, se acercaron a investigar los dos barcos humeantes y a la deriva en los bancos de arena. Los españoles conocían estas franjas engañosamente tranquilas de aguas celestes y cerúleas que señalaban, como su nombre bien indicaba, la zona de Baja Mar en sus cartas de navegación. Habían perdido suficientes barcos como para saberlo: no era tan improbable que un corsario arrogante se hubiese quedado allí atrapado y no hubiera logrado escapar del arsenal superior del galeón. Ambos barcos parecían estar seriamente inutilizados y, al acercarse más, pudieron ver que los oficiales españoles, con sus cascos relumbrantes bajo la luz del sol, les hacían señales desde la cubierta del alto castillo de popa para que se acercaran.

A bordo del *Avenger*, Dante casi pudo precisar con exactitud el momento en que el capitán del primer galeón comprendió que el buque alcanzado pertenecía al Pirata Lobo. De golpe las cañoneras se abrieron de forma prematura en todas las cubiertas. Marinos y soldados por igual se agolparon en las barandas, algunos de ellos dando saltos en el aire y profiriendo vítores ante la idea de los diez mil doblones de recompensa que se repartirían.

Dante ordenó desplegar las velas superiores, sólo lo necesario para poder apartarse suavemente y dar la impresión de buscar a duras penas refugio tras las dos islas. En cuanto atravesó el canal, impresionado de no detectar el menor indicio de cañones en tierra debajo del perfecto camuflaje, y se encontró al otro lado, ordenó tesar las jarcias con firmeza y substituir las velas hechas jirones por lonas nuevas y tensas. De inmediato viró por completo a estribor y el *Avenger* describió un círculo cerrado que le colocó de nuevo en una posición que le permitiera encontrarse frente a los buques de guerra que salieran del canal. Isabeau había renunciado al mando del *Dove* y lo había transferido a Pitt; éste ya tenía este barco colocado a sotavento del cayo del Francés. Junto con Simon Dante, dejaría a los galeones encajonados en un mortal fuego cruzado.

Entretanto, Juliet estaba preparada para sacar el *Iron Rose* desde detrás de la isla y precintar cualquier retirada apuntando sus cañones hacia la garganta del canal. Los barcos no se movían así como así y, por consiguiente, todo el proceso duró casi dos horas, pero cuando los galeones españoles advirtieron que el *Rose* les tenía encañonados, el primer buque ya estaba en el canal y el segundo iba tras él, animado por los hombres a bordo del *Santo Domingo* que gritaban y les hacían señales, la mayoría de los cuales se quitaron los cascos y se bajaron los pantalones mientras pasaba el galeón.

Los hombres destinados en las baterías de tierra esperaron a que los buques se vieran atrapados entre las islas. Entonces retiraron las lonas impermeabilizadas con brea y arena, encendieron las mechas y las primeras series de balas enramadas estallaron por los aires antes de que los españoles se percataran de que estaban atrapados. La metralla y el sangrenel derribaron a los hombres situados en las cofas, mientras las balas enramadas rompían las jarcias y abrían agujeros en velas y cubiertas. Los galeones ni siquiera tuvieron ocasión de responder. Las tripulaciones escudadas tras los mamparos conseguían disparar de forma esporádica, pero debido a la elevada construcción de las naves, cada proyectil pasaba volando muy por encima de los hombres situados en tierra, levantando chorros explosivos de arena, piedra y hojas de palmera cientos de metros por detrás de las posiciones.

Por su parte, una vez arrasadas las velas y el guarnimiento de los galeones, los cañones emplazados en tierra se ajustaron y apuntaron a boca de jarro contra los cascos. Los daños ocasionados por las culebrinas de treinta y dos libras y los morteros de ochenta fueron atroces. Sin posibilidad de retroceder y sin medios efectivos para contraatacar, los españoles se vieron obligados a recorrer toda la longitud de la bocana y aguantar el mortal acoso hasta salir al otro lado y encontrarse frente a los cañones del *Dove* y del *Avenger*, resucitado de forma majestuosa.

Los artilleros de Dante dispararon una sola andanada y el primer galeón izó una docena de banderas blancas. Un oficial desesperado, sin camisa, salió a gatas del caos del alcázar español y agitó los brazos frenéticamente por encima de la cabeza para llamar la atención de los corsarios antes de que otra descarga les triturara. El segundo galeón se topó con los cañones de Pitt y sufrió el mismo destino, rindiéndose en medio de los vítores y pitidos de los hombres que saltaban detrás de las baterías enclavadas en la arena.

El *Iron Rose* se acercó deslizándose por el extremo occidental del canal, y aunque vio que sus cañones no hacían falta, lanzó de todos modos una única andanada contra los árboles a modo de saludo. Juliet dio órdenes para cambiar de dirección, sin dejar de vigilar con cautela el resto de la flota y sin perder de vista a los vigías que, situados en su posición ventajosa, avisarían si cualquier otro barco se separaba de la expedición. Desde un punto de vista meramente codicioso, confiaba en que alguna nave lo hiciera. Sus hombres estaban hambrientos de acción, igual que sus cañones bien cebados.

Durante un rato permaneció bloqueando el acceso al canal, pues era probable que hubiera montones de españoles con morriones de acero observándoles en aquel momento, dejándose marcas de catalejo en los ojos. Habían sido testigos de cómo se desarrollaba toda la emboscada y sabrían por las columnas de humo que se elevaban tras las islas que sus barcos hermanos estaban perdidos. También habrían identificado el *Avenger* y probablemente el *Iron Rose*; pero de ninguna manera podían saber cuántos corsarios más acechaban ocultos tras las islas, confiando en que cayeran en la trampa.

—¿Qué supones que van a hacer? —preguntó Varian con tranquilidad.

Juliet sacudió la cabeza.

—Aunque sean previsibles, no son cobardes. No van a darse prisa en marchar. Mira allí, el almirante ya está aminorando la marcha e indica a los otros escoltas que formen una hilera compacta.

—¿Bonita vista, verdad? —comentó Crisp mientras se quedaba de pie al otro lado de Juliet—. ¿Cuántos contáis?

—Ocho guardias, veintitrés mercantes —respondió Juliet ausente—. Estarán intentando decidir ahora si es mejor tomar velocidad y llevar los barcos con los tesoros a aguas más tranquilas, más allá de los bancos, o demorarse y esperar a que el resto de la flota les alcance.

Dirigió el catalejo más al sur, pero sólo había cuatro o cinco naves rezagadas en el horizonte, que se apresuraban en alcanzar el primer grupo. Sin duda luego vendrían más, dependía sólo de cuántos barcos habían partido de La Habana con la primera oleada, cuánto se había estirado el convoy y la rapidez con que el barco más lento se moviese dentro de la flota.

—Si deciden escapar, nuestros amigos situados más al norte tienen todas las de ganar.

—Sí, ya habrán oído los estruendos y sabrán que se acerca la tormenta. —Nathan guiñó un ojo a Varian mientras decía esto, luego soltó una risita—. Y en el caso de que los galeones sean tragados por los bajíos y se desvanezcan sin dejar rastro, los españoles empezarán a pensar que hay poderes misteriosos en estas aguas.

Fue una buena broma y arrancó una sonrisa a Varian quien, en honor a la verdad, no iba a apenarse mucho si la flota decidía cortar por lo sano y abandonar estos galeones para continuar adelante. Ocho guardias y veintitrés mercantes, había dicho Juliet con mucha calma, como si enfrentarse a su arsenal combinado fuera algo así como un paseo por Mayfair en una tarde soleada.

La idea le hizo preguntarse, no por primera vez en las últimas semanas, cuál sería la reacción de su madre si viera a su hijo pasearse por algún lugar de Londres, o para el caso de Inglaterra, con Juliet Dante del brazo. Con toda certeza, la matriarca de labios severos se desmayaría y haría falta un saco entero de sales para que recuperara el conocimiento. También podía adivinar las expresiones en los rostros de sus amigos y conocidos cuando narrara cómo había conocido a su deslumbrante chica pirata, cómo se había situado a su lado en la cubierta de un alto galeón y había visto aquellos ojos plateados desafiando a toda la flota del tesoro español, invitándoles a probar el fuego de sus armas.

En estos momentos sólo podía ver uno de esos ojos plateados, ya que el otro estaba pegado al catalejo. Algo había cambiado en su expresión. Tenía el mentón rígido, apretaba los labios hasta formar una delgada línea blanca y, pese a su tono bronceado, la sangre había abandonado su rostro dejando un color amarillo poco saludable en su piel. Ya no estaba mirando al almirante, desafiándole a hacer una salida. Su mirada impasible estaba fija en un par de barcos situados cerca de la retaguardia del grupo.

Estiró el brazo y tanteó el aire vacío antes de que pudiera alcanzar el brazo de Crisp.

—¿Qué pasa, muchacha? ¿Qué veis? ¿Tenemos más compañía?

Ella no respondió, ni siquiera podía bajar el catalejo para mirarle, así que Nathan abrió de golpe el suyo de bronce y cuero y lo sostuvo en su ojo.

Varian inspeccionó la hilera distante de barcos, pero a simple vista no vio nada que pudiera explicar la expresión helada de Juliet. Quedaba claro que los galeones se habían apiñado un poco más, aunque aún quedaban unos pocos rezagados, que avanzaban más alejados por el flanco de estribor.

Crisp soltó una maldición, bajó el catalejo y observó el agua con los ojos entrecerrados durante un momento, antes de alzar de nuevo el instrumento y mirar por él apoyándose en la baranda como si aquello le acercara mucho más.

Soltó un jadeo, contuvo el aire en los pulmones durante un momento y luego lo soltó con una maldición explosiva.

—Dios nos ampare —dijo siseando—. Es el barco del capitán Gabriel. Es el *Valour*. Y navega bajo bandera española.

Gabriel se metió la punta de la lengua en la cavidad que tenía en la parte posterior de la boca y jugueteó con el espacio vacío. Era la única parte de su cuerpo que podía mover. Las sogas que rodeaban sus muñecas y tobillos garantizaban que no pudiera levantarse y ponerse andar, ni siquiera sacarse la sangre que se había secado sobre su ojos. Y si levantaba la cabeza, los muy hijos de perra sabrían que volvía a estar consciente y reanudarían las palizas.

Habían hecho falta dos buques de guerra y cuatro pataches para empujarle hasta la orilla en La Habana, y aunque él y todos sus hombres estaban dispuestos a pelear hasta la muerte, habría sido una arrogante pérdida de valiosas vidas. Jonas y el *Tribute* ya se habían alejado y estaban a salvo, sin duda Gabriel hubiera oído fanfarronear a los españoles de no haber sido así, y si una virtud adornaba a su hermano era ser más persistente que un sabueso. No permitiría que a su hermano pequeño se lo llevaran con grilletes, condenado a remar en una galera de esclavos. Es más, cuando Jonas le contara a su padre lo sucedido... maldición, casi sentía lástima por aquellos hijos de perra españoles.

Por todos menos por uno.

Gabriel le había reconocido de inmediato por la descripción que había hecho Juliet. El rostro alargado, como de halcón, los ojos negros como la muerte, los lóbulos ausentes en las orejas. Dedujo que el hijo de perra tenía que ser importante o tener mucha influencia o, más sencillo, era lo bastante desalmado como para reservarse el privilegio de «interrogar» a los prisioneros ya que, además de ser de los primeros en llegar a bordo del *Valour* capturado, posteriormente había asumido el mando.

Capitán Cristóbal Nufio Espinosa y Recalde.

El nombre, como el dolor provocado por los miles de golpes que el timonel había propinado al cuerpo de Gabriel, palpitaba en su cabeza como un cántico religioso. Eso y matar a aquel cabrón, machacar a aquel cabrón, estrangular a aquel cabrón.

Dadme sólo una oportunidad con ese cabrón. Una pequeña rendija.

Era aparente que habían decidido que el *Valour* no estaba lo bastante dañado y que podrían darle algún uso de regreso en España. Gabriel podía oír los serruchos y los martillos. Parte de él estaba complacido por el hecho de que repararan su barco, otra parte confiaba en que fueran carpinteros suficientemente buenos, ya que enseguida se había hecho evidente que los marinos españoles no sabían manejar tanta potencia y respuesta de timón como la de su buque. Estaban acostumbrados a velas de cruz, cuadradas, con configuraciones fijas. Los españoles sabían poco o nada de la manera de ajustar las lonas de proa a popa para poder sacar el mejor partido al viento, y ése era el motivo de que, tras estar a punto de colisionar con otro galeón, el *Valour* hubiera quedado relegado a una posición exterior en la uve metódica en que navegaban.

Gabriel estaba retenido debajo de la cubierta, en lo que había sido el pequeño camarote del cabo de mar. Habían roto los goznes de la puerta y sólo había una silla en el centro, clavada en el suelo. Continuamente había un guardia como mínimo apostado en el pasillo exterior, o bien eran dos, como si aún consideraran que, pese a estar atado y apaleado, representara una amenaza.

Cabrones, no tenéis ni idea.

Cuando Recalde vino a visitarle trajo consigo una lámpara para ver algo, pues la única fuente de luz era una escotilla de ocho por ocho pulgadas, con la trampilla en parte cerrada. El aire viciado con partículas de polvo y el olor de su propia sangre y orina, tras permanecer atado a la silla de pies y manos durante dos días sin descanso, eran un incentivo constante para seguir vivo, esperar un momento en que bajaran la guardia.

Se imaginaba su propio aspecto. El primer día le habían desnudado hasta dejarle en ropa interior, en busca de armas que llevara ocultas entre las prendas, y no se había molestado en volver a vestirse. Dos días y varios interrogatorios después, la piel que no estaba salpicada de sangre exhibía magulladuras de color morado oscuro. Tenía un corte sobre el ojo que a sus guardianes les daba un placer especial reabrir con el primer puñetazo de cada sesión. Había otro en su mejilla, y sabía que los labios eran una masa hinchada de tajos y costras. Desde el día anterior no podía sentir los pies ni las manos, ni tan siquiera era capaz de menear los dedos; habían atado las cuerdas con fuerza para evitar cualquier posibilidad de desatarlas y, por lo que él sabía, sus dedos estaban ya ennegrecidos y sin fuerzas. Oía muy poco con el oído izquierdo, pero no era capaz de decir si era resultado de los golpes o de un coagulo de sangre. El lado derecho aún funcionaba. Suficiente para oír las cañonadas temprano cada mañana. Suficiente para oír los ataques recientes, que habían provocado tal irritación en Recalde que había entrado a zancadas en el camarote y se había ensuciado sus propios guantes propinándole tal puñetazo a Gabriel en el mentón que lo dejó literalmente sin sentido durante unos pocos minutos.

Abrió el ojo bueno tan sólo una rendija, preguntándose si el español seguía ahí. Recalde estaba quieto como una pitón, había vuelto a engañar a Gabriel.

Aún estaba pensando esto cuando le agarraron por el pelo y le sacudieron la cabeza para ponérsela derecha. El gruñido que escapó de sus labios no era fingido: cada vez que aquel hijo de puta le cogía del pelo, sentía como si todo su cuero cabelludo estuviera a punto de quebrarse.

—Veo que vuelve a estar con nosotros, señor Dante —dijo Recalde en un claro inglés—. Ajá. —Levantó un dedo de advertencia—. Si volvéis a escupirme, daré instrucciones a Jorge para que os corte la lengua.

Gabriel entornó los ojos en dirección a Jorge. Un bruto gigante y feo, a su lado Lucifer habría parecido un delicado principito. Tenía puños del tamaño de mazos, sus hombros parecían una serie de barriles de pólvora sujetos con correas, cuyos músculos sobresalían con formas duras y redondas. La mayoría de lesiones en el cuerpo de Gabriel se habían conseguido con bofetadas tediosas y puñetazos livianos, de modo que Dante no tenía ganas de ver qué era capaz de hacer con un puñal aquel gigante.

Recalde soltó el mechón de pelo, complacido al ver comprensión en aquellos ojos de lobezno.

—Una decisión prudente.

Gabriel empezó a dejar hundir su cabeza hacia delante una vez más, pero se detuvo al ver que el puño enguantado de Recalde se movía como si fuera a agarrarle de nuevo el pelo.

—No soy un hombre que crea en las coincidencias. —Recalde se inclinó hacia abajo para que el olor a ajo de su aliento bañara el rostro de Gabriel—. No ha sido coincidencia que os atrapáramos a vos y a vuestro hermano inspeccionando La Habana. No ha sido coincidencia que nuestros barcos hayan sido atacados recientemente frente a las costas de La Hispaniola. Ni ha sido coincidencia, aunque ambas emboscadas se ejecutaron de forma brillante, que nuestra flota haya recibido dos ataques en el día de hoy.

Se enderezó y se agarró las manos detrás de la espalda.

—No me sorprende la fama de osada que tiene vuestra familia. Si este barco infernal hubiera navegado más rápido, yo habría sido capaz de detener esta última farsa antes de perder dos más de nuestros magníficos buques, que han caído en la trampa.

—Deberíais haberme puesto al timón —replicó Gabriel con voz ronca—. Hubiera estado encantado de aumentar la velocidad para ir directo hasta el corazón de la refriega.

Jorge dio un paso adelante que no auguraba nada bueno, pero Recalde alzó la mano.

—No. No, la oferta es generosa, y la acepto. Desde luego que sí, podéis subir a cubierta, señor Dante. De hecho, vuestra tripulación ya se encuentra ahí, esperando a que os unáis a ella, a que la dirijáis mientras vamos al encuentro del Pirata Lobo de triste fama. Jorge, suelta al caballero. Cuidado con sus manos, las tiene tan hinchadas que podrían estallar si la cuchilla se tuerce lo más mínimo.

Gabriel no sintió el cuchillo que partió las sogas. Aún más, sus manos y pies parecieron pesos de plomo en el momento en que quedaron libres. Estaba casi seguro de no ser capaz de aguantarse en pie por sí solo.

Recalde hizo una indicación a un par de guardias que esperaban fuera en el pasillo. Se afanaron eficientes, entraron en el camarote y se apresuraron a levantar a Gabriel cada uno por debajo de un brazo, arrastrándolo hasta fuera entre ellos. Le remolcaron hacia arriba por la escala y sus pies daban contra los peldaños como bloques de madera. Cuando llegaron a cubierta, se detuvieron un momento para dejar pasar primero al capitán Recalde quien subió directo al alcázar.

Para entonces, el horror de Gabriel era tal que su ojo maltrecho se abrió como si tuviera voluntad propia. El jadeo de incredulidad indignada sonó más como un grito y atrajo igualmente los indefensos gritos de rabia de su tripulación al ver el estado lamentable de su aguerrido capitán.

Cada miembro de la tripulación del *Valour* iba desnudo hasta la cintura y estaba atado de pies y manos a los obenques y las barandas, formando un escudo humano alrededor de la cubierta superior.

Gabriel fue trasladado hasta el alcázar; allí le ataron a los flechastes con las piernas y brazos bien extendidos, bien visible para cualquiera que les avistara con un catalejo. Empezó a gritar blasfemias antes de que le ataran las sogas, a las que se unieron sus hombres, y cuando el barullo resultó más molesto que divertido, Recalde hizo varios ademanes con la cabeza a los soldados, que empezaron a azotar de modo salvaje las espaldas desnudas, los hombros y los vientres de los hombres atados. Les azotaron y vapulearon hasta que estuvieron empapados en sudor, salpicados de sangre, y el barullo quedó reducido a maldiciones susurradas.

—Pues bien. —Recalde permanecía de pie en el alcázar al lado de Gabriel—. Estoy seguro de que a vuestra familia le gustará ver que seguís con vida y… en un razonable buen estado por el momento. ¿Vamos a hacerles una visita ahora? Estoy de veras ansioso por reanudar las relaciones con vuestra hermana —murmuró mientras se llevaba una mano a la oreja mutilada—. Por lo que recuerdo, le hice una promesa en nuestro último encuentro, y sé que toda mi tripulación espera ilusionada ver como la cumplo. Jorge el primero de todos, creo yo. Tiene una polla tan grande, el pobre tipo, que incluso las putas le tienen miedo. Pero creo que la Rosa de Hierro la aceptará con ganas si piensa que con ello puede salvar la vida de su hermano. ¿Qué creéis, señor Dante? ¿Valora vuestra vida lo bastante como para sacrificarse a sí misma?

—Al infierno —ladró Gabriel—. Directamente al puñetero infierno.

Recalde suspiró e hizo un gesto de asentimiento a Jorge, quien levantó un cubo lleno de agua salada empleada para conservar carne en salmuera y lo arrojó contra la cabeza y el cuerpo de Gabriel. Una parte salpicó al hombre que estaba a su lado, cuya espalda había sido azotada con un látigo, quien soltó tal grito que dejó temblando a cada uno de los ciento veinte hombres de la tripulación del *Valour* atados a las distintas secciones del barco.

Gabriel no profirió sonido alguno. Cada músculo, cada tendón de su cuerpo estaba comprimido en una agonía inconcebible mientras el agua salada se filtraba por sus heridas abiertas. Justo cuando pensaba que tal vez consiguiera abrir los ojos y volver a respirar, oyó la orden de navegar a toda vela, y notó que el *Valour* respondía abalanzándose hacia delante. Se apartaban de la flota y se encaminaban directamente hacia los cayos. Peor aún, no iban solos: seguían su estela tres de los mayores buques de guerra de la flota, con las cañoneras abiertas y las cubiertas despejadas para pasar a la acción.

—Gabriel —susurró Juliet—. Dios santo, es Gabriel... ahí, en los obenques.

Los labios de Crisp se movían, pero los juramentos o bien eran demasiado groseros como para darles salida o sus pulmones iban demasiado escasos de aire como para darles sonido.

Habían lanzado otro disparo para alertar a su padre y a Geoffrey Pitt de la inminente llegada de compañía, pero no había manera rápida de indicarles que uno de los cuatro buques era el *Valour*. Juliet había enviado un mensajero en un esquife, pero había sido antes de que vieran el escudo humano mientras se preparaban para enfrentarse a la amenaza que se aproximaba. Tampoco el *Avenger* ni el *Dove* habían aparecido por el canal, y Juliet supuso que todavía estarían ocupándose de los dos primeros galeones. Habría que desarmar a prisioneros, tal vez incluso enviarlos a tierra con vigilancia, para garantizar que no volvían a apoderarse de sus barcos y atacar por la retaguardia.

Juliet sabía que no podía salir sola contra los cuatro barcos al no contar con suficiente potencia de fuego. Y si los españoles habían tomado el *Valour*, ni siquiera contaría con la baza de la velocidad, ya que los dos buques se equiparaban bastante y cualquier intento que hiciera ella de atacar con rapidez encontraría un contraataque igual de hábil por parte del *Valour*.

Aunque lo cierto era que nada de eso importaba en tales momentos. En cuanto vio a la tripulación atada a los obenques, todo cambió. Cada pizca de nervio, coraje y bravura se le fue a los pies y en aquel instante conoció el verdadero impacto aturdidor del miedo.

—¿Cuáles son las órdenes, muchacha? —preguntó Crisp en voz baja—. Los hombres os están mirando.

—Cristo bendito —dijo entre dientes—. Si luchamos, vamos a matar a Gabriel y a todos sus hombres.

—Les matarán de cualquier modo. Y si retrocedemos, los muy hijos de perra se meterán directamente en el canal. Sabrán que los hombres que tenemos en tierra no dispararán y que tampoco lo hará vuestro padre. Y entonces todos estaremos en un buen lío.

—Esperad —dijo Varian—. Mirad… están reduciendo la velocidad, se están separando.

El trío observó los buques de guerra recogiendo velas y reorganizándose sobre el agua para situarse en formación de bloqueo a una legua de distancia de la costa. El único barco que continuaba avanzando era el *Valour* y, una vez estuvo a media milla, éste también se puso de costado hasta quedarse paralelo a la orilla.

No era una maniobra ejecutada con demasiada gracia, algunas vergas estaban mal alineadas y el barco viró demasiado despacio, algo que Juliet advirtió pero que, por el momento, no supo cómo aprovechar. Lo único en lo que podía pensar era en su hermano atado indefenso a los obenques. No estaba del todo preparada para descartar su vida con la misma facilidad que Crisp, aunque entendía que no había sitio para la emoción en la cubierta de un buque de guerra. Todos habían entendido los riesgos antes de salir de New Providence. Entendían los riesgos cada vez que salían de Pigeon Cay.

Echó una mirada rápida por encima del hombro, pero seguía sin haber señales del *Avenger*. Al volverse, se encontró con la mirada de Varian y se la aguantó durante un momento, preguntándose si él, con su molesta capacidad de leerle los pensamientos, podía hacerlo ahora.

—Los españoles son soldados —dijo con calma—. Piensan como soldados, no como marinos.

—¿Y qué quieres decir con eso?

—Una negociación —aconsejó.

—¿Qué?

—Pide una negociación. Descubre qué quieren, qué están dispuestos a hacer para obtenerlo.

—Ya sé qué es lo que quieren —respondió con brusquedad—. Y sé demasiado bien qué están dispuestos a hacer para conseguirlo.

—Entonces empléame para ganar un poco de tiempo. Envíame con una bandera blanca y déjame hablar con ellos.

—¿Tú? ¿Por qué diantres iba a enviarte a ti?

—Porque soy el duque de Harrow. Soy el emisario del rey y aún tengo poder para negociar una tregua.

—¿Una tregua? —casi escupe la palabra—. No quieren ninguna tregua, Varian, quieren sangre. La mía y la de mi padre.

—Precisamente, pero aún no saben si sólo tienen que tratar contigo y con tu padre. De momento, sólo han visto el *Iron Rose* y el *Avenger*. Por lo que ellos saben, podría haber una docena más de barcos a la espera tras los cayos.

—¿Quieres intentar embaucarles con un farol? —Le miró aún más aterrada, si es que aquello era posible—. Si no te creen, y no te creerán, te matarán a ti. No tienes ninguna garantía de que no vayan a atarte a ti también a los obenques junto con mi hermano.

—No soy tan fácil de matar. Deberías saberlo a estas alturas. Y si me atan a los obenques al lado de tu hermano, estaré en una compañía excelente. Baja un bote y saca una bandera —le instó con amabilidad—. Déjales saber que quieres negociar. Es lo que haría cualquier buen general, y lo que esperaría cualquier soldado bien instruido.

Juliet aguantó su mirada de modo implacable mientras un centenar de motivos diversos para negar su sugerencia atravesaban vertiginosos su mente. Un motivo en especial le provocó una terrible palpitación en las sienes, aunque sin embargo no fue tan aturdidora como para ahogar la grave orden que dio a Nathan Crisp: que preparara el esquife y encontrara una bandera blanca.

—Concédeme cinco minutos —dijo Varian, mirando por encima del hombro al cabo de mar que le observaba con el ceño fruncido—. Y cuatro de los remeros más fuertes para que no tenga tiempo de cambiar de opinión.

Miró a Juliet una última vez, luego se fue velozmente hacia abajo para encontrar ropas más adecuadas para un emisario real. El jubón y los pantalones de terciopelo azul marino que había llevado para impresionar a los capitanes corsarios estaban arrugados pero aún se los podía poner. Se estaba abrochando con esfuerzo el volante almidonado alrededor de su cuello cuando oyó que la puerta del camarote se abría a su espalda.

Cuando Juliet vio con qué torpeza sus dedos se ocupaban de aquella tarea, le quitó con suavidad el volante y el broche rubí de las manos.

—Déjame que haga eso antes de que te lo claves. Pensaba que ya habías adquirido un poco de habilidad para vestirte desde la marcha de Beacom.

—Cuando hay prisa, soy más experto en desvestirme, como tú bien sabes.

Alzó la vista y captó la intensa mirada en los ojos medianoche.

—Entre tú y yo —admitió ella en voz baja— normalmente me echo a temblar a posteriori, en especial cuando he hecho algo estúpido de verdad y caigo en la cuenta de lo afortunada que soy de seguir con vida. —Le sonrió con ternura y le tocó la mejilla con la punta de un dedo—. No vas a hacer nada estúpido, ¿verdad que no?

Varian hubiera contestado, pero le distrajeron los dedos de ella, que se desplazaron rápidos hasta su nuca para atar una estrecha correa de cuero por debajo del cuello blanco almidonado. Enfundado en la correa había un cuchillo que se deslizó por debajo del jubón y se quedó colgando contra la piel pegajosa situada entre sus omoplatos. Juliet se arrodilló delante de él y le soltó la liga que quedaba por debajo de su rodilla, luego le subió los pantalones lo suficiente para permitirle sujetar al interior del muslo un segundo puñal para cortar filetes, fino como una aguja. Otra correa le rodeó la pantorrilla con un puñal más antes de que Juliet le volviera a ajustar el doblez de la bota. El último, un cuchillo corto de doble filo serrado, se lo deslizó por el interior de la parte frontal de los pantalones.

—Dudo que haya demasiados hombres, ni tan siquiera españoles, que vayan a buscar ahí un arma —dijo Juliet—. Pero si yo fuera tú, tendría cuidado al sentarme.

Después de un último repaso para ver si se detectaba alguno de los puñales, le ayudó a ajustarse el cinturón de la espada y dio un último toque de suerte a la pulida empuñadura de su estoque.

—Si puedes acercarte a Gabriel… —Su voz titubeó y él metió su dedo anular bajo la barbilla para inclinar hacia arriba su rostro.

—Se lo diré. —Estudió su cara durante un momento infinito, como si memorizara cada poro y cada pestaña, luego la besó con suavidad en la boca y se enderezó para indicar que no podía estar más preparado.

Capítulo 24

*I*sabeau Dante se quedó mirando al mensajero y le pidió que repitiera lo que acababa de decir.

—Es el barco del capitán Gabriel, capitana Beau. Es el *Valour*. Los españoles llevan el timón y se acercan a toda velocidad con tres galeones más en su flanco.

—¿Y la capitana Juliet?

—Aguanta firme, capitana, a la espera de órdenes.

—Oh, santo cielo. —Beau lanzó una mirada al más próximo de los dos galeones ardiendo que estaban acorralados en el recodo del cayo del Español. Simon había subido a bordo del primero para dictar los términos de la rendición; Pitt había hecho lo mismo en el segundo, situado un poco más allá. Estaban demasiado lejos como para entender un aviso a gritos, de modo que llamó a uno de sus nadadores más rápidos y le mandó zambullirse con las urgentes noticias. Antes de que hubiera dado diez brazadas, Beau ordenó a los hombres subirse a las cofas y, para cuando el nadador alcanzó el casco del primer galeón español, el *Avenger* ya había desplegado todas las velas que podía y se había puesto en marcha, en dirección al punto más septentrional del cayo.

Cuando el Pirata Lobo oyó el mensaje de los labios del empapado y jadeante marinero, se enfureció lo suficiente como para disparar una colisa que encontró a mano. El proyectil pasó por encima de la popa de su esposa, pero ella no se detuvo. Simon llamó a Geoffrey Pitt con un salvaje aullido y en cuestión de minutos estaban a bordo del *Dove* largando velas, pero su posición no era la adecuada y tuvieron que hacer un amplio y lento viraje, con el inconveniente de que no les llegaba viento por encima de la cresta del cayo del Francés.

Los capitanes españoles, con sus barcos reducidos a ruinas humeantes, se vieron abandonados y gritaron a sus oficiales que lograran como fuera vela suficiente que desplegar en los palos rotos para intentar efectuar una escapada. Ambos buques se batieron en retirada por el oeste, hacia alta mar, confiando en poner toda la distancia posible entre ellos y los feroces dientes del Pirata Lobo.

No iban a ir muy lejos.

Entretanto, Isabeau había doblado el cabo del cayo del Francés. Captó toda la situación con una rápida mirada: los tres buques de guerra formando un hilera amenazadora y el *Iron Rose* a punto de detenerse, pequeño y vulnerable, tal y como David debía de estar ante Goliat. Un bote cruzaba las aguas picadas hacia el *Valour* e, incluso desde esa distancia, se distinguía con claridad la bandera blanca en su popa.

—¿Un duque inglés? —Recalde describió un lento círculo alrededor de Varian St. Clare con la luz reflejada en la punta de su casco en forma de cono—. Confieso que me intriga saber por qué os codeáis con una banda de piratas de tan terrible reputación.

—No he sido yo quien lo ha buscado, os lo aseguro —respondió Varian—. Mi propio barco fue abordado no hace mucho por corsarios holandeses, quienes planearon pedir un rescate. Al parecer los Dante pagaron lo que les pedían pensando en rescatar a un compatriota inglés de las garras de esos devoradores de queso, pero aún tengo que encontrar un motivo para darles las gracias, sobre todo ahora —añadió estirándose un volante para alisarlo y sacudiéndose una molesta y diminuta pelusa del terciopelo—. Me desagrada verme obligado a hacer algo a punta de pistola, tanto si la pistola la esgrime un inglés como un español.

Recalde apretó los labios.

—¿Estáis diciendo que os han obligado a venir a negociar?

—Creen que si yo transmito la propuesta, tendrá más peso que si llegara con un marinero cubierto de mugre.

—Ah. ¿De caballero a caballero?

—Mi querido capitán, aunque vuestro aspecto sea bastante respetable —Varian hizo una pausa para lanzar una rápida y significativa mirada a los hombres desnudos y ensangrentados atados a las jarcias—, no veo nada que me haga creer que seáis algo tan elevado como un caballero.

Recalde, que había inclinado la cabeza a la derecha mientras escuchaba, ahora la inclinó despacio hacia la izquierda para estudiar el rostro de Varian.

—Por desgracia, señor, los caballeros no conservan demasiado tiempo los modales en la jungla de Nombre de Dios —murmuró—. Cuando hay que tratar con criminales e inadaptados, uno aprende enseguida que no responden a esos modales, sólo a la exhibición de fuerza y a la voluntad de ser del todo cruel. Y en cuanto a esta... propuesta que traéis, aunque me divierte y halaga la audacia de Dante, puedo aseguraros que sólo se aceptará una rendición completa.

—Teniendo esto en cuenta, creo que podríamos establecer que tenemos un verdadero problema, ya que la capitana del *Iron Rose*...

—La capitana del *Iron Rose* se presentará aquí antes de una hora, señor, ya que de lo contrario no sólo condenará a muerte a su hermano sino que será responsable de las muertes de cada hombre que haya servido a bordo de este barco.

—Por otro lado me han autorizado a deciros que a menos que os rindáis de inmediato, el resto de la flota Dante —Varian casi se queda trabado al volverse y ver aparecer velas por el norte, bordeando el cabo del cayo del Francés, y velas por el sur donde el *Avenger* ahora se situaba a la altura del cayo Español— no mostrará ninguna piedad cuando aniquilen vuestros barcos.

—Entiendo que una situación así debería calificarse de un empate, ¿no os parece?

—Podéis tener la certeza de que la capitana Dante es sincera en sus amenazas.

—Igual que yo, señor. —Alzó una mano y uno de los soldados vestido de escarlata acercó una mecha encendida al oído de una colisa montada en la baranda de cubierta—. ¿Vemos quien pestañea antes?

Juliet reaccionó sin pensar.

Había estado observando el bote que llevó a Varian hasta el *Valour*, había seguido la mancha reluciente de terciopelo azul mientras ascendía por el casco y cruzaba el portalón. Después de eso, sólo había podido avistar en algunos momentos el azul marino en medio del mar de túnicas escarlatas y petos de cuero amoldados a los torsos de los soldados.

Luego, la descarga de metralla había alcanzado la hilera de hombres de su tripulación con resultados horrendos, y supo que las negociaciones habían llegado a un final violento. No tenía tiempo para pensar. No tenía tiempo para asimilar la conmoción de ver a hombres indefensos saltando en pedazos. Sólo tenía tiempo para reaccionar y confiar en su instinto.

A menos de trescientas yardas no era posible coger suficiente velocidad como para meterse deprisa bajo el arco de los cañones del *Valour*, lanzar una andanada desde el costado del *Iron Rose* y salirse de aquella posición otra vez sin ser cañoneado duramente. Pero nadie, ni siquiera Nathan Crisp, se mostró reacio a aceptar la orden de hacer exactamente eso. Con todas las lonas desplegándose de forma repentina en las vergas, el *Iron Rose* se impulsó hacia delante para cubrir la distancia que separaba a los dos buques hermanos. En el último momento, cuando ya parecía imposible, escoró de forma brusca y mostró las baterías de su costado.

Disparando a bocajarro, todos los proyectiles machacaron el casco del *Valour* con resultados devastadores, las balas de hierro partieron las maderas del revestimiento exterior y arrasaron a través de las portas abiertas, derribando cañones y aniquilando a los artilleros españoles encargados de dispararlos. Los proyectiles que abrieron una brecha en el casco rebotaron por la cubierta inferior, convirtiéndola en un caos sangriento. Las tripulaciones españolas, poco habituadas a las cureñas inglesas, disparaban a lo loco y, aunque muchos proyectiles atravesaron las velas y aparejos del *Iron Rose*, una cantidad fuera de lo normal se desvió.

Contando cada precioso segundo necesario para que los artilleros del *Iron Rose* recargaran los cañones, Juliet vio a los arcabuceros a bordo del *Valour* apostándose en barandas y jarcias. Sabía que la cubierta superior de Gabriel tenía cinco colisas, pero alcanzó a ver con indignación creciente que no las preparaban en la borda para arremeter contra la tripulación del corsario que se aproximaba a toda velocidad. Las estaban disparando, una tras otra, contra los hombres que gritaban atados a los obenques. Antes de que descargara el último cañón, un rayo de terciopelo azul cruzó la cubierta, la espada centelleante, el volante del cuello muy blanco en contraste con el rostro bronceado y el cabello castaño volando al viento. Varian fue capaz de abrirse paso hasta una de las colisas e inmovilizar al hombre que sostenía la mecha antes de que la bajara hasta el oído del cañón. Luego atravesó con la espada a tres hombres más antes de que finalmente cayeran sobre él un montón de soldados de rojo y negro.

Juliet no tuvo tiempo de pensar en el destino de Varian pues en aquellos momentos el *Iron Rose*, que avanzaba ya demasiado rápido como para evitar una colisión, reculó las gavias y demoró por el través. De este modo, al chocar contra el *Valour*, ambos barcos quedaron uno al costado del otro y el impacto provocó un enorme surtidor de agua espumosa que se elevó entre ambas naves. Para entonces, los artilleros ya habían vuelto a cargar los cañones y lanzaban otra descarga de sangrenel y munición incendiaria que estalló directamente contra el casco ya dañado, inutilizando la mayoría de cañones que quedaban en la cubierta inferior y provocando fuegos en cualquier lugar donde pudiera prender un fragmento de la lona empapada en brea. Arriba en las cofas del *Rose*, los hombres con mosquetones empezaron a responder al fuego mortal de los tiradores españoles, pero el escudo humano era un obstáculo y muchos de ellos murieron en sus posiciones sin poder hacer ni un disparo.

Juliet ordenó a gritos que lanzaran los garfios para amarrar bien los dos barcos.

El primer intento desesperado de abordaje fue repelido por una descarga de cañonazos. Juliet había preparado todos sus falconetes en la baranda de estribor, pero los hombres encargados de dispararlos contra las cofas de enfrente estaban siendo liquidados con una precisión terrible. Hasta que no consiguieran despejar las vergas, los hombres sobre la cubierta del *Iron Rose* estarían expuestos e indefensos.

Juliet quedó inmovilizada contra la amurada del alcázar. Sangraba por el brazo; una bala de mosquetón había impactado en él. Nathan estaba agachado a su lado intentando llegar hasta el timonel, tendido sobre el pinzote con una mancha roja desplegándose sobre su espalda.

Una figura solitaria apareció por la escotilla situada debajo del alcázar y, tras respirar a fondo para calmarse, corrió entre la lluvia de balas de mosquetes para buscar cobijo tras el mamparo.

Johnny Boy se colocó la aljaba de flechas en la espalda. Empleando el borde de la cubierta como protección, empezó a disparar a los arcabuceros españoles, derribándoles de las vergas con precisión rápida y mortífera. Era capaz de buscar huecos para sus flechas entre el escudo de carne humana, por encima de los hombres que se estremecían o por debajo de ellos. Disparaba sus dardos allí donde la puntería incierta de los mosquetes había hecho imposible responder al fuego español. Lanzó una flecha tras otra hasta que la primera aljaba quedó vacía, luego cogió la segunda y empezó a crear un hueco apreciable en las defensas de los españoles.

—¡Ahora! —gritó Juliet—. ¡Todos los hombres al abordaje!

Los hombres del *Iron Rose* no necesitaron que se les insistiera. En cuanto los mosquetones quedaron silenciados, se lanzaron en tropel sobre las cubiertas, con los cuchillos entre los dientes, las picas y los machetes alzados para ir al encuentro del mar de soldados que inundaban la cubierta del *Valour*. Se abrieron camino como pudieron sobre los restos sangrientos de hombres destrozados y soltaron a los que aún estaban vivos y chillaban para que les liberaran. Los que por fin consiguieron ser desligados, se unieron a la refriega con rabia en el corazón y en los ojos, cargando contra los españoles con cualquier cosa susceptible de usar como arma o incluso con los puños desnudos si no había nada más a mano.

Juliet vació las cuatro pistolas que llevaba en sus bandoleras, luego las arrojó a un lado y avanzó peleando a través de la piña de soldados con casco, armada con su espada en la mano derecha y una daga en la izquierda. Las flechas continuaban volando sobre sus cabezas y los cuerpos caían aullando desde las vergas hasta la refriega que tenía lugar abajo. Los artilleros a bordo del *Iron Rose* lanzaron otra andanada que barrió el vientre del *Valour*. Tacos de madera y brasas ardiendo se elevaron entre las horquillas explosivas de las llamas anaranjadas. Cortaron la obencadura para liberar a los hombres atados y las vergas quedaron sueltas, arrojando así a más españoles que perdían el equilibrio. En cuanto la tripulación del *Valour* quedó liberada de los obenques, los cañones de proa del *Rose* empezaron a disparar a las cofas, ganándose el nombre alternativo que recibían con sangrienta justificación: cañones asesinos.

El agua empezó a salir por los agujeros abiertos en el casco del *Valour*. El humo y el vapor tapaban pasadizos y escaleras. Los marinos que habían optado por quedarse abajo se vieron obligados a subir a cubierta y allí les reducían los corsarios o les disparaban sus propios soldados en medio de la confusión.

Juliet intentó abrirse camino hasta el alcázar donde había visto la mayor concentración de jubones escarlata y petos de acero. También era donde había visto por última vez a su hermano, agitándose con rabia y retorciéndose para intentar liberarse. Soltaba gritos de ánimo a los hombres del *Iron Rose* que atacaban el barco, y chillaba al mismo tiempo que alguien le soltara y así poder unirse a la lucha. Juliet casi había llegado al alcázar, pero se encontró arrinconada contra el mamparo debajo del alcázar, repeliendo con su espada los ataques de un puñado de españoles armados con pesados machetes.

Nathan estaba a su izquierda. Arremetió contra uno de los soldados para bloquear una embestida que desvió con un poderoso golpe de su propia espada. Partió el acero a la altura de la empuñadura, pero el español tenía una daga en la otra mano, que adelantó y hundió por completo en el hombro de Nathan. La sacó y habría vuelto a clavarla, pero su intento se vio frustrado cuando una estocada de fino acero pareció surgir de la nada y envió la daga del español dando vueltas por la cubierta, con el puño aún agarrando la empuñadura.

—Vamos a tener que dejar de encontrarnos así, amor mío —dijo Varian deteniéndose un instante para dedicarle una sonrisa antes de situarse a su lado, hombro con hombro, para enfrentarse a los atacantes. Tenía el rostro ensangrentado, el volante había desaparecido y una manga de la chaquetilla estaba rota por el hombro, revelando un profundo corte en la parte superior del brazo. Sangraba de otro corte en el muslo, pero aquello no parecía ser un obstáculo para seguir dando zancadas mientras ayudaba a despejar el camino hasta la escala.

Juliet, con la espalda bien protegida, saltó por los escalones hasta el alcázar. Los hombres del *Iron Rose* habían cruzado hasta este lado colgados de sogas y se enfrentaban a un auténtico gigante en un rincón, mientras que en el otro lado, un español con el peto de acero de los oficiales, intentaba manipular algo junto a la baranda. Al principio no pudo ver de qué se trataba, pero cuando el hombre se dio la vuelta, tenía agarrada la larga palanca trasera de un falconete cargado y estaba a punto de hacer girar el cañón de hierro y apuntar su orificio contra los obenques donde Gabriel estaba atado.

Juliet vio el lanzafuego encendido. Vio una sonrisa burlona formándose en la boca del oficial, oyó algo que le sonó a la distorsión profunda y lenta de una maldición. Vio unos desafiantes ojos negros mirándola desde debajo del casco y reconoció de inmediato a Cristóbal Recalde. La conmoción la detuvo por un momento, suficiente para que él le mostrara la mecha encendida que estaba bajando hacia el ojo del cañón de popa.

Juliet se oyó a sí misma gritar. Fue consciente de que sus pies la impulsaban hacia delante, pero los pasos parecían rezagarse, sentía sus piernas tan pesadas que tenía la impresión de caminar hundida hasta la cintura en arenas movedizas. Gabriel se volvió, también con tal lentitud que las gotas de sudor de su frente le parecieron gotas de almíbar refulgentes que eran sopladas por la brisa. Sus miradas se encontraron, durante un solo instante, pero fue un instante que duró una eternidad, llenó de imágenes rotas de cada sonrisa, cada risa, cada broma infantil que el otro le había preparado. Sus labios reventados se movían, decía algo que no pudo escuchar, pero para entonces Juliet ya estaba estirándose, saltando por el aire y alcanzando el pecho y el hombro de Recalde justo cuando éste ponía la mecha siseante en el orificio de la pólvora.

Juliet pareció quedarse suspendida en medio del aire mientras la pólvora chisporroteaba y llameaba. El retardo le permitió saber que había apartado con su golpe las manos de Recalde del cañón, pero luego oyó el estruendoso estallido al explotar la carga principal. Vio las relucientes cuentas de hierro de la metralla salir de las fauces acampanadas del cañón, pero en vez de rociar los obenques donde estaba atado Gabriel, salieron lanzadas directamente contra su pecho...

Inmediatamente después de que el *Iron Rose* abriera fuego, los tres galeones españoles izaron velas y se unieron al ataque. El primero que llegó hasta donde se libraba el combate viró para buscar una posición en que pudiera descargar una potente andanada. Pero en ese instante Isabeau apareció con el *Avenger* y se interpuso en su camino. Los artilleros de ambos buques estaban listos, pero el corsario era más ligero, más rápido y más osado que el español, y los cañones del *Avenger* no tardaron en barrer las barandas y portas del lado de babor, abriendo grandes boquetes en la cubierta y derribando cureñas que retrocedieron convirtiéndose en astillas. Los españoles contraatacaron perforando las cofas del *Avenger*, pero para entonces el corsario ya había orientado las velas y estaba dispuesto a combatir. Cambió de dirección y disparó una andanada incendiaria directa contra la proa, que hizo saltar el alto castillo con una serie de barridas que envolvió a ambos buques en nubes de humo.

Tras librarse de la bruma sulfurosa, Isabeau ordenó largar más velas y volvió a cambiar la dirección del timón, cerrando aún más el círculo. Sabía que la mayor amenaza no eran las baterías fijas del galeón, poco efectivas a menos de trescientas yardas, el peligro venía de las decenas de tiradores repartidos por vergas y barandas como hormigas incendiarias. A distancia suficiente, liquidarían a los valientes luchadores a bordo del *Iron Rose* y del *Valour*. Con Lucifer al timón, acercó de nuevo el *Avenger* a través de una franja de agua rizada y esta vez barrió las cubiertas superiores de los españoles con un bombardeo de balas enramadas y sangrenel.

Los restos del alto castillo de proa fueron aniquilados. Fragmentos de madera volaron por el aire junto con cuerpos dando volteretas impulsados por una serie de explosiones en cadena que se sucedieron con estallidos de llamas anaranjadas a lo largo de la cubierta. Los destrozos eran espectaculares teniendo en cuenta que se trataba de un único cañoneo y, aunque Isabeau sabía que la tripulación de su marido era eficiente, no pensaba que fueran capaces de machacar a un galeón por los dos costados al mismo tiempo.

Al cabo de medio minuto, un segundo barco salió del humo y se hizo visible y, cuando sucedió, Isabeau tuvo que abrir los ojos sorprendida ya que no se trataba del *Dove* como ella esperaba. Era el *Tribute*, furioso y castigado por el combate, con su pelirrojo capitán de pie ante el mástil ordenando con un brioso movimiento de su puño otra descarga de munición destructiva.

—Es el señor Jonas —dijo Lucifer con una sonrisa de oreja a oreja—. ¡Y mirad que trae con él!

El enorme negro cimarrón sonrió y señaló con su dedo hacia el norte, a través de la bruma de humo. El barco de Geoffrey Pitt, el *Christiana*, llegaba desde el norte con Spit McCutcheon al timón y con él una escuadrilla de tres corsarios, mientras que un par más de barcos que obviamente acompañaban a Jonas, se apartaban del *Tribute* y se apresuraban a seguir a los dos galeones españoles que quedaban, los cuales estaban intentando virar e iniciar la retirada hacia su flota.

Isabeau oyó el rumor de otra quilla y al volverse vio que el *Dove* se acercaba a toda velocidad por su popa. Pudo ver a Simon de pie en el alcázar con las manos en las caderas, su largo pelo negro ondeando al viento. Indicó a Lucifer cuáles eran sus intenciones y a continuación se separó también para avanzar en dirección al *Iron Rose*, no sin antes dedicar a Isabeau un tipo de señal muy diferente, que llevó un rubor a las mejillas de su mujer y un renovado desafío a su voz cuando se volvió para transmitir nuevas órdenes al timonel.

Varian se encontraba un paso por detrás de Juliet en lo alto de la escala. Asimiló toda la escena que tenía lugar en el alcázar con una sola mirada, pero era demasiado tarde para impedir que Juliet se interpusiera con su salto salvaje en la trayectoria del falconete. Todo sucedió con una rapidez tan increíble que se redujo a un vago movimiento. Juliet estaba ahí y al siguiente instante saltaba por los aires y golpeaba a Recalde, derribándole con fuerza contra la baranda. El cañón hizo explosión, pero la mano de Recalde ya no estaba ahí para estabilizarlo, de modo que el propio retroceso volcó el cañón de lado, que descargó su metralla con una amplia rociada. Una parte se desvió silbando por el aire tan cerca de la cabeza de Varian que le agitó el pelo. La mayor parte se esparció como una lluvia de guijarros sobre la espalda del gran gigante que eludía por sí solo los esfuerzos de media docena de marinos con espadas y machetes. El impacto le hizo tambalearse y luego le empujó sobre las cuchillas de la tripulación del Rose. Aun así, tuvieron que ensartarle varias veces antes de que profiriera por fin un último grito de rabia y se desplomara boca abajo sobre la cubierta.

Varian se fue corriendo al lado de Juliet. No se movía y, cuando la cogió por los hombros para levantarla de encima de Recalde, pudo ver que tenía un lado del rostro cubierto de sangre. Entretanto, el español consiguió ponerse en pie y desenfundó su espada.

El estoque de Varian bloqueó una cuchillada que pretendía atravesar la garganta de Juliet. Las hojas se encontraron y se mantuvieron juntas el tiempo que precisó Varian para ponerse en pie y repeler la presión de Recalde. Sus espadas se separaron y volvieron a golpear, se tocaron y chocaron, con una serie de estocadas rápidas y letales que hacían avanzar y retroceder a ambos combatientes por toda la anchura del alcázar.

Si bien la destreza de Juliet con la hoja le había sorprendido, la de Recalde la había dado por supuesta, pues los españoles no tenían rival como espadachines. Hizo falta toda la notable maestría de Varian simplemente para esquivar cada golpe, para impedir que le empujara contra la bitácora o por encima de la baranda. Como un tiburón que huele la sangre, Recalde buscaba el corte en el hombro de Varian o su muslo herido. Sus estocadas eran rápidas y limpias, nunca daba dos pasos si uno era suficiente, rara vez ejecutaba una finta pues prefería desgastar a su oponente con precisión fría y cortante.

Entretanto, habían bajado a Gabriel de los obenques y le habían tendido sobre la cubierta. Todavía tenía los pies demasiado hinchados como para sostenerse, pero se arrastró a gatas hasta donde se encontraba Juliet desplomada contra el mamparo. Le escocían las manos como el fuego del infierno. Aunque habían recuperado parte de su movilidad, aún estaban torpes, y lo único que pudo hacer fue acunarla contra su pecho y palpar bajo el pañuelo azul en busca del origen de toda la sangre que manaba por su rostro.

Varian cometió el clásico error de apartar la vista una fracción de segundo. Había visto a Gabriel acercándose a su hermana, cogiéndola en sus brazos, pero ella parecía inerte y la necesidad de saber si le había volado media cabeza superó su instinto de mantener la atención fija en la hoja de Recalde.

La distracción le salió cara. Sintió el acero que pinchaba su caja torácica y empezaba a hundirse en la carne. Retrocedió hacia atrás antes de que la arremetida pudiera completarse, pero la sangre empezó a brotar de su costado, empapó su jubón y goteó por sus pantalones. Cuando se replegó, Recalde le siguió. Cuando se tropezó con el cuerpo del gigante español y casi pierde el equilibrio, Recalde no le dio la ocasión de recuperar su estabilidad sino que le llevó a golpes hasta el rincón con una ofensiva mortífera que hizo desplomarse a Varian sobre una rodilla, dejando su cabeza y hombros desprotegidos.

De pie sobre él, Recalde levantó su estoque, la punta inclinada hacia abajo en un ángulo que atravesaría la columna de Varian como golpe de gracia.

—Después de todo, parece que habéis sido vos quien ha pestañeado antes, señor.

—Esta vez no, desde luego que no —exclamó Juliet con un siseo.

Recalde se giró en redondo. La corsaria se encontraba de pie detrás de él, esforzándose por mantener el equilibrio. El español vio que la espada de Juliet arremetía como un dardo de luz plateada y su punta buscaba el hueco junto al brazo donde la armadura se unía con la manga. Al mismo tiempo, Varian sacó el cuchillo que aún tenía enfundado entre sus omoplatos, mientras Gabriel descubría que había recuperado suficiente habilidad en su dedo como para rodear el gatillo de una pistola que arrebató a uno de sus hombres.

El cuerpo de Recalde se estremeció con los tres golpes: mientras la daga perforaba su tripa, el disparo le atravesaba el cuello y la espada de Juliet perforaba limpiamente su pecho. Se tambaleó hacia atrás y fue a chocar con brusquedad contra una sección rota de la baranda. La madera cedió con un sonoro chasquido y él cayó de espaldas por encima de la cubierta, muerto antes de que salpicara las revueltas aguas en las que se hundió.

Durante unos momentos, nadie se movió. Aún continuaba la lucha en el combés del barco, pero los españoles estaban empezando a arrojar sus armas. Los hombres de la tripulación del *Iron Rose* y del *Valour* daban vítores mientras observaban al *Tribute*, al *Avenger* y al *Dove* dirigir su pequeña flota contra los tres buques de guerra españoles y cortarles la retirada, cayendo sobre ellos con toda la artillería.

A Juliet le flaquearon las rodillas y Varian fue a su lado de una zancada para sostenerla. Había una profunda incisión en su sien, en el punto donde se había cortado contra el borde del casco de Recalde. Aunque la herida tenía mala pinta, ella sonreía. Rodeó con un brazo a Varian y con el otro a Gabriel, quien toleró su afecto fraternal pese a la presión que ejercía sobre sus heridas.

El duque no estaba mucho mejor. Tenía un agujero en el costado, un corte en el brazo, una cuchillada en el muslo, y alguien tendría que volver a coserle la cabeza. Para ser un hombre que había llegado al Caribe con tan sólo una pequeña cicatriz de un percance infantil, ahora parecía seguir por otros derroteros.

Gabriel se apartó despacio de los brazos de Juliet y se fue cojeando hasta la baranda para mirar las ruinas de la cubierta de batería.

—¡Mi barco! —sollozó en voz baja—. ¡Mirad que habéis hecho con mi barco!

Pero Juliet no respondió a su sonrisa abatida cuando su hermano se volvió. Rodeaba con sus brazos el cuello de Varian y sus bocas estaban firmemente pegadas. Con la mano derecha agarraba su espada y con la izquierda los pliegues apachurrados de la bandera española, la misma que hasta hacía un momento había ondeado en el tope del *Valour*.

Capítulo 25

A bordo del *Iron Rose*, Simon Dante iba de un lado al otro del gran camarote. Sus pasos eran lentos y calculados, cuando llegaba a un extremo, se daba media vuelta y recorría la misma distancia. Llevaba las manos agarradas tras la espalda y la cabeza inclinada. De vez en cuando echaba una mirada a la litera, donde Coco Kelly estaba cosiendo el último punto en la sien de su hija.

—Es posible que tenga una fractura en el cráneo —declaró Coco con solemnidad—. Como mínimo, le pitarán los oídos y se chocará contra las paredes unos días... o unas semanas si no se está quieta, mejor que no haga esfuerzos más allá de mear en el orinal. El hombro también le dolerá de mil demonios, pero ha tenido suerte y no está roto, sólo hinchado y amoratado... Mientras no le dé por arrojarse contra más españoles con cascos de acero, curará bastante deprisa. Aparte de eso... unos cuantos cortes, unos cuantos rasguños.

—Tendrá tiempo suficiente para curarse una vez esté de regreso en Pigeon Cay —dijo Simon Dante sin alterarse. Vio que los ojos de Juliet se abrían y entrecerró los suyos como advertencia—. Y no vamos a discutirlo, ¿me oyes? Nathan tiene un agujero en el hombro, la mitad de tu tripulación se lame las heridas, el barco de Gabriel se ha ido al fondo del océano, o sea, que ya me he hecho a la idea de que de vosotros no saldrá un capitán capaz de saber cuándo dar media vuelta y cuándo pelear. Lo cual me lleva a la otra mujer aturullada de esta familia.

Volvió toda la ferocidad de su mirada a Isabeau, quien estaba sentada en el escritorio de Juliet colocándose un venda limpia en una herida en su muñón.

—El hecho de que a mí, entre todo el mundo, me haya tocado la maldición de dos mujeres que...

—Que te quieren con locura —dijo Beau en tono dulce— y toleran con paciencia encomiable tus ataques de mal humor.

—¿Mi mal humor? ¿Tu paciencia? ¡Señora! ¡Te llevas mi barco al combate, arriesgas tu vida, las vidas de mi tripulación, el bienestar de mi barco...

—Para ir al rescate de tu hijo y tu hija.

—¿Para ir...? —Se detuvo y apretó los labios con fuerza—. A ti también debería enviarte de regreso a Pigeon Cay.

Isabeau sonrió.

—Inténtalo.

Él masculló una maldición y dirigió su mirada a la siguiente víctima; este camarote del *Iron Rose* estaba muy concurrido. Gabriel y Jonas estaban de pie en un rincón, repantingados contra la pared, el primero casi irreconocible entre su ojo hinchado y cerrado, múltiples magulladuras y unos labios que parecían dos pedazos de carne cruda. Jonas había seguido de cerca al convoy desde que salió de La Habana con la esperanza de encontrar alguna oportunidad para meterse en medio y recuperar el barco de su hermano. Tenía un corte en la parte inferior de la mejilla, otro en el brazo y una sonrisa de una milla dividiendo el rojo pelo rizado de su barba. Rodeaba a su hermano por el hombro con el brazo sano y de vez en cuando le alborotaba el pelo como si todavía no pudiera creer que los Hermanos Infernales volvían a estar juntos de nuevo, y los dos vivos.

—¿Te divierte alguna cosa? —preguntó Simon.

—Sí, padre —respondió con voz de trueno—. Un hermano que huele como un tanque de arenques en vinagre, por poner un ejemplo. ¿Otro? Una hermana que tiene unas pelotas del tamaño de Gibraltar, heredadas de una madre que supera navegando y disparando en el agua a cualquier maldito papista. Podemos añadir a eso tres enormes galeones cargados de tesoros hasta la cubierta, y entonces diría que, sí, tenemos algún motivo para lucir una sonrisa en nuestros rostros. Oh, ¿y he mencionado un padre lo bastante listo como para encontrar una esposa que le dé hijos e hijas de los que hablar?

Dante le lanzó una breve y fulminante mirada, luego desplazó los ojos a Geoffrey Pitt.

—¿Estoy yo loco, o son ellos?

—Un poco de ambas cosas.

Los ojos plateados se entrecerraron.

—Sabía que podía contar contigo, el más viejo y más sabio de mis amigos, para recibir una respuesta definitiva.

—Ven y siéntate aquí —dijo Isabeau dando una palmada al rincón vacío del escritorio—. Deja que Coco se ocupe de ti con su aguja e hilo.

—Que vea primero al duque. Por su aspecto tiene más brechas.

Varian había permanecido en silencio de pie junto a la litera, con el brazo herido sostenido contra el pecho. Se había quitado el jubón cuando Juliet insistió en no dejar que nadie la tocara hasta que Coco inspeccionara primero sus costillas. Pero la sangre ya había dejado de manar y el dolor era soportable; una mirada de sus ojos medianoche había enviado al carpintero de nuevo junto al lecho de Juliet. Ahora ya había cosido a Juliet, igual que a Gabriel. También había cauterizado el hombro de Nathan, quien, junto con Spit McCutcheon, estaba organizando a los prisioneros y asignando tripulaciones a los barcos conquistados para preparar el regreso a Pigeon Cay.

Los daños del *Valour* eran demasiado serios como para repararse. Después de retirar todo lo que tuviera algún valor, habían abierto sus portas para dejar que entrara el mar. Jonas, quien había unido fuerzas con tres corsarios que llegaban tarde al encuentro de New Providence, les había enviado a perseguir a los dos galeones que al iniciar la contienda se habían visto atrapados en la emboscada. Como resultado, había ahora cinco buques españoles, seis si se incluía el casco del *Santo Domingo*, rendidos a los Dante y anclados a sotavento de los dos islotes. Uno fue entregado a los corsarios que habían llegado con Jonas, su botín se repartiría entre sus tripulaciones; el otro se entregó a los dos barcos que habían acompañado al *Christiana* de regreso a los islotes, atraídos por el estruendo de los cañones. Ambos barcos capturados continuarían participando en la emboscada, al igual que cualquier hombre del *Valour* o del *Iron Rose* que aún tuviera ganas de luchar, mientras que los heridos iban a ser enviados de regreso a Pigeon Cay en el *Rose*.

De los tres buques capturados que quedaban, uno se entregaría a Gabriel hasta que pudiera tener un sustituto más adecuado del *Valour*. El *Santo Domingo* estaba inservible para cualquier cosa excepto para ser usado como señuelo, y ésa era la intención de

Simon Dante, quien planeaba cargarlo de barriles de pólvora y enviarlo al encuentro de la siguiente oleada de buques de guerra españoles. La vanguardia había huido a toda prisa hacia el norte, sólo había mandado regresar a una pinaza con órdenes de alertar al resto de la flota del peligro de emboscadas. El *Christiana*, surcando las olas como un pájaro que vuela a poca altura, había interceptado al mensajero y lo había hundido antes de que pudiera dar la alarma; había pues bastantes posibilidades de que al día siguiente aparecieran más galeones navegando alegremente, que encontrarían su sino en estas aguas.

En verdad, la jornada había sido más exitosa de lo que Simon podía haberse imaginado. Los daños en el *Avenger* no eran lo bastante serios como para enviarlo de regreso a casa todavía; los carpinteros trabajarían durante toda la noche para repararlo. Ganar cinco barcos y perder sólo uno, el Valour, era un resultado destacable, y si el resto de los aventureros tenían la mitad de suerte, la flota española quedaría reducida a la mitad antes de acercarse a la salida septentrional del estrecho. Allí, también, Dante tenía intención de organizar un bloqueo de corsarios, cuya mera presencia sin duda haría que el resto de buques se pelearan por volver a La Habana.

No obstante, en este momento, el Pirata Lobo aplicaba toda su fuerza y concentración en mantener una mirada severa sobre los miembros recalcitrantes de su familia, ya que si permitía que le desbordara una décima parte del orgullo que sentía, dudaba poder recuperar alguna vez el control sobre el clan.

Con esa intención, concentró la mirada en Varian St. Clare, el único ocupante del camarote que aún no había empezado a parlotear como una gaviota escandalosa y el único al que su mirada plateada aún podía intimidar. El duque había permitido al final que Coco se ocupara de sus heridas, aunque no se había apartado del lado de la litera ni había separado ni un instante su mano de la de Juliet. A la menor señal de dolor en el rostro de ella, le daba un apretón con sus dedos. Aún más increíble, los dedos de Juliet estrechaban también la mano de Varian.

Recordando fugazmente una imagen suya en una posición muy parecida veinticinco años atrás, el legendario Pirata Lobo sonrió y sacudió la cabeza.

—Teníais que haber huido cuando tuvisteis la oportunidad, Excelencia.

Varian volvió la mirada a Simon Dante. Tras un momento, le devolvió la sonrisa.

—¿Alguna vez lamentasteis no haberlo hecho vos mismo?

Simon dedicó una rápida mirada a Beau, quien se reía de algo que habían dicho Jonas y Gabriel.

—No, ni un maldito momento.

—Entonces, también está bien para mí.

Dos horas después de que el *Iron Rose* levara el ancla para alejarse deslizante con el amanecer que marcaba el horizonte de vetas rosadas, Nathan trazó un rumbo que les llevaría bastante al este antes de virar hacia al sur y dirigirse a casa. Les acompañaban tres pinazas que navegarían a suficiente distancia por delante como para avisarles con tiempo de cualquier tráfico que detectaran en las rutas marítimas.

Varian dejó a Juliet dormida en la litera y salió a la puerta de la galería para observar los dos islotes que se alejaban por la popa, cada vez más pequeños. Le dolía el costado y sentía palpitaciones en el brazo. Si cerraba los ojos podía aislar e identificar cada corte y rasguño que había recibido en las últimas veinticuatro horas. Tenía que reconocer que no estaba descontento de su regreso a Pigeon Cay. Por otro lado, habían sido veinticuatro horas estimulantes, y tuvo que preguntarse una vez más si hombres como Simon Dante, que vivían cada día como una aventura, se volvían a la postre indiferentes a ello.

El olor a pólvora y lonas quemadas aún impregnaba el aire dentro del camarote, y tras echar un último vistazo a Juliet, salió al estrecho balcón. El viento agitó su cabello, la espuma se elevó de la ondulación que dejaba la estela del barco y, al caer de nuevo al mar, centelleó como puñados de diamantes. Un par de delfines nadaban a su lado, sus cuerpos de líneas elegantes relucientes bajo el agua azul; de vez en cuando cruzaban la estela, saltaban sobre las olas y se zambullían de nuevo como rayos grises.

Oyó un golpe a su espalda y se volvió justo cuando Juliet salía a la galería. Se agarraba la cabeza y se balanceaba levemente con el movimiento del barco. En un visto y no visto Varian estuvo a su lado, le rodeó la cintura con los brazos mientras fruncía el ceño.

—Te han dado órdenes claras de permanecer en cama, capitana.

—No te encontraba —susurró—. Cuando he abierto los ojos y no estabas.

La cogió en sus brazos y sintió que ella apretaba el rostro contra la curva de su hombro.

—Aquí estoy. Y seguiré estando siempre que quieras.

Juliet inclinó la cabeza hacia arriba, lentamente, como si pesara el doble de lo normal. Sus ojos estaban vidriados, las pupilas dilatadas por la infusión que Coco Kelly le había obligado a beber. Pero sonreía.

—Creo que me gustaría que los dos os quedarais.

—¿Los dos?

—Exacto. Sois dos. Veo todo doble. De hecho, he tenido que intentarlo dos veces para salir por la puerta correcta.

Intentó llevarse una mano a la mejilla, pero el dolor de las magulladuras en su hombro y pecho la obligó a reconsiderarlo. Mientras miraba más allá del casco inclinado del barco, donde el sol brillaba con intensidad por el este con la promesa de un día despejado, otra cosa captó su atención.

—Veo doble —susurró con voz suave.

Varian echó una mirada y vio a los delfines deslizándose uno al lado del otro a través del agua. Estaba a punto de comentar que su visión iba mejorando cuando se percató de que ella no miraba en absoluto al agua. Siguió su mirada y sintió que se le alteraba el pulso al evocar una escena anterior.

—Por lo que recuerdo, era una de tus condiciones, ¿cierto? Tendrías que levantarte una mañana y ver dos soles en el cielo para considerar el casarte conmigo…

Ella inclinó la cabeza y le miró con un ceño un poco acusador, como si él hubiera conseguido de alguna manera organizar aquel fenómeno. Luego descansó su mirada en la boca de Varian, en la sonrisa que se ensanchaba mientras ella seguía observando.

—Esta vez, sin presiones, señora. Será un absoluto y auténtico placer verte cumplir tu palabra. Algo de lo que me sentiré agradecido, pues ya he hablado con tu padre.

—¿Con mi padre?

—Así es —dijo, y cogió la mano de Juliet para rozarla con sus labios—. Él cree que sería más juicioso por mi parte casarme con una avispa, pero le he contestado que, de cualquier modo, ya me han picado. Y antes de que me preguntes, no, nunca te pediré que vivas en

Inglaterra. Es más, he necesitado estas últimas semanas para caer en la cuenta de que seré mucho más feliz aquí, navegando contigo hasta el fin del mundo.

—¿Quieres matar dragones conmigo?

—Hasta no dejar ninguno, amor mío. Ninguno.

Últimas novedades
de Titania

Amor sin fin

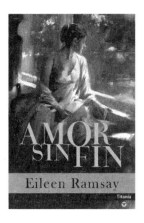

Cuando Holly regresa a casa de su difunta tía Tony sólo espera encontrar recuerdos de la persona a la que más quiso en su vida. Pero hace un descubrimiento sorprendente: una colección de cuadros pintados por su tía en los que aparece el famoso cantante de ópera Blaise Fougère. Aquellas pinturas revelan una apasionante historia de amor entre dos seres excepcionales, una intensa relación en el Londres de antes de la última guerra mundial. Un amor que Holly decide revelar al mundo. Pero en su camino se interpone Taylor Hartman, el arrogante nieto y heredero de Blaise. La confrontación entre ambos tendrá consecuencias insospechadas.

El amante secreto

Sophie había cometido un pecado difícil de perdonar en su época: dejó a su marido, huyó al extranjero y obtuvo el divorcio gracias a las influencias de su hermano. Tras ocho años viajando por toda Europa al servicio de miss Honorine, se ve obligada a regresar a Londres e intenta recuperar su lugar en los círculos sociales. Las cenizas del escándalo aún están calientes, pero lo que no puede sospechar es que se le complicarán más las cosas con la aparición de un hombre, atractivo, audaz y poco recomendable para cualquier señorita sensata. ¿Supondrá este amor una nueva equivocación, o la respuesta a sus deseos más íntimos?

Your receipt
Santa Maria Public Library

Items that you checked out

Title: La rica heredera /
ID: 32113008002738
Due: Thursday, June 2, 2022

Title: La rosa de hierro /
ID: 32113005899540
Due: Thursday, June 2, 2022

Title: Un amor muy conveniente /
ID: 32113006907573
Due: Thursday, June 2, 2022

Total items: 3
Account balance: $0.00
5/12/2022 1:47 PM
Checked out: 3
Hold requests: 0
Ready for pickup: 0

Beginning March 1, all renewals, including
automatic renewals, on borrowed materials will
be suspended temporarily to allow time for
materials to be returned to their owning
libraries.
A partir del 1 de marzo, todas las
renovaciones, incluidas las renovaciones
automáticas, de materiales prestados se
suspenderán temporalmente para dar tiempo a
que los materiales se devuelvan a sus
bibliotecas de propiedad.

www.titania.org

Visite nuestro sitio web y descubra cómo ganar
premios leyendo fabulosas historias.

Además, sin salir de su casa, podrá conocer
las últimas novedades de
Susan King, Jo Beverley o Mary Jo Putney,
entre otras excelentes escritoras.

Escoja, sin compromiso y con tranquilidad,
la historia que más le seduzca
leyendo el primer capítulo de cualquier libro
de Titania.

Vote por su libro preferido y envíe su opinión
para informar a otros lectores.

Y mucho más…